FOLIO POLICIER

Rebecca Lighieri

Husbands

P.O.L

© *P.O.L éditeur, 2013.*

Rebecca Lighieri est écrivain. Elle a reçu le prix des Libraires Folio / *Télérama* pour son livre *Les garçons de l'été*.

Pour Sébastien Garino

Farouk

11 mai

Mes mains tremblent, mon cœur cogne, une main aussi immatérielle qu'implacable enserre ma nuque. Je ne sais pas comment je trouve la force de monter au premier et de m'asseoir devant l'ordinateur, mais j'ai cette force. Je dois absolument me soustraire à la rumeur paisible du rez-de-chaussée, à tous ces bruits familiers et rassurants : la radio en sourdine dans la chambre de Lila, les voix de Farès et Chloé dans la cuisine, les miaulements insistants du chat, la porte du frigo, ouverte puis refermée. Je me sens brusquement indigne de tout ce bonheur domestique. Indigne alors même que je suis la victime et non l'auteur de la trahison. Mais voilà, on ne se refait pas, on ne passe pas trente-huit ans à éprouver un sentiment d'illégitimité et d'imposture sans que ça laisse des traces.

Je me connecte, machinalement. Mes doigts effleurent les touches sans idée préconçue. Je cherche l'apaisement, l'échappatoire, l'arrêt de la souffrance, l'amnésie momentanée – car je sais bien que je ne pourrai jamais oublier. Je pourrais tout aussi bien prendre une douche, enfiler des baskets et sortir courir, ou boire jusqu'au coma éthylique, mais finalement, je cherche refuge dans ma routine : ouvrir ma boîte e-mail où aucun message intéressant ne m'attend, naviguer de site en site, la page du *Monde*, le site de Darty...

Car il n'y a pas si longtemps, j'étais un homme normal, un père de famille qui envisageait l'achat d'une nouvelle plaque de cuisson pour remplacer nos brûleurs traditionnels, que Chloé trouvait dépassés, peu pratiques, encrassés, impossibles à nettoyer. Chloé, mon amour, ma jeunesse... Chloé, mon beau souci... Chloé, tu vois, quand je te parle, ce sont les mots des autres qui me viennent à l'esprit, les mots les plus beaux, ceux des poètes. Chloé, comment as-tu pu me faire ça ?

Je finis par taper « maris ». Je ne sais pas ce que j'espère exactement. Tomber sur mes frères, peut-être, sur une communauté d'hommes se définissant d'abord et avant tout par leur statut d'époux, par leur appartenance, voire leur allégeance à une femme, l'engagement total de tout leur être dans cette grande affaire : le mariage. Les larmes brouillent ma vue tandis que je fais défiler les sites. Suis-je ridicule d'avoir cru que mon union avec Chloé était d'une autre nature que le mariage des autres, ces petits arrangements aussi pitoyables que provisoires ? Suis-je ridicule d'avoir cherché à rendre ma femme heureuse, d'avoir employé toute mon énergie et tous mes efforts à lui rendre la vie plus douce et plus facile ? Suis-je ridicule de l'avoir aimée aussi éperdument et aussi exclusivement ?

Me croira-t-on si je dis que non seulement j'ai été fidèle à Chloé durant quatorze ans, mais encore que pas une fois je n'ai levé les yeux sur une autre femme ? Toutes mes pensées sont allées vers elle, toutes mes rêveries érotiques ont tourné autour d'elle : ses seins tendres, ses hanches un peu grasses, ses attaches délicates, l'éclat laiteux de sa peau, le blond cendré de ses cheveux, ses paupières lourdes sur le bleu éteint de ses yeux...

Je peux bien l'avouer, même mes enfants passent au second plan derrière Chloé. Lila, Farès, je les aime tendrement, je suis pour eux un père attentif, soucieux de leur développement intellectuel, physique et émotionnel, mais ils sont d'abord pour moi des émanations de leur mère, un prolongement d'elle, surtout Lila, qui lui ressemble tant. Tout d'un coup, tandis que je sanglote au-dessus de l'ordinateur, tout d'un coup je ne sais plus si je vais pouvoir les aimer encore, si mon amour pour eux va pouvoir survivre au coup terrible que Chloé vient de me porter.

La veille encore, je l'ai emmenée dans un restaurant de poissons, histoire de lui offrir la meilleure bourride de Marseille. Ma main a tendrement serré la sienne au-dessus de la nappe damassée. J'ai plaisanté sur les croûtons frottés à l'ail, qui ne m'empêcheraient pas de l'embrasser en rentrant. Elle a souri, effleuré ma main en retour. On ne peut pas attendre de Chloé qu'elle verse dans les grandes démonstrations ni les effusions sentimentales. Elle est réservée, presque mutique par moments. Mais j'aime jusqu'à sa retenue. Je lui suis même reconnaissant d'être si différente de toutes les autres femmes que j'ai pu connaître et côtoyer. Les autres, par comparaison, me semblent vulgaires, constamment à faire étalage de leurs charmes frelatés, aussi impudiques en paroles que dans leur comportement

En fait, jusqu'à aujourd'hui, je nous croyais *différents*. Pas forcément meilleurs, non : j'ai une trop piètre opinion de moi-même pour nourrir un complexe de supériorité. Je nous croyais juste d'une autre étoffe, elle comme moi. Elle, surtout. Et voilà que je découvre que ma femme est comme les autres, pire que les autres, même. Car connaissant la nature de mon amour pour elle, ce sentiment proche de la vénération dont je n'ai jamais fait mystère, comment a-t-elle pu se conduire comme la dernière des putes et faire de moi un cocu ridicule ? Avec un ricanement amer, je clique sur « maris cocus », et là, je tombe effectivement sur mes frères, les époux trompés et bafoués par celles en qui ils ont mis toute leur confiance, tous leurs espoirs d'une vie pas trop minable, pas trop rétrécie par les déceptions, pas trop bouffée par les contraintes et les renoncements.

Je clique pour me sentir moins seul, pour pouvoir cracher ma rage et mon désespoir à la face de ceux qui pourront me comprendre, ceux qui sont déjà passés par là, ceux qui ont déjà perdu leur Lætitia ou leur Amélie. Sauf que forcément, leur rage et leur désespoir ne seront rien en comparaison des miens, parce qu'aucune Lætitia, aucune Amélie, n'arrivera jamais à la cheville de ma Chloé.

Je clique, et un monde s'ouvre. Un monde infernal, mais qui me semble, sur le coup, infiniment préférable à mon enfer personnel, ce chagrin et cette humiliation sans fond ni remède. Je clique sans savoir que ma vie, qui vient déjà d'être radicalement dévastée, à tel point que je ne sais pas encore si je vais pouvoir vivre un jour de plus, va subir une nouvelle dévastation.

Reynald

13 juin

La sonnerie du portable me tire de la torpeur dans laquelle m'ont plongé les antalgiques prescrits par le dentiste. La douleur me revient en même temps que la conscience : des élancements sourds, synchrones avec mes pulsations cardiaques. Ma gencive charcutée me fait mal, mais ce n'est rien à côté de ce que ma molaire enragée m'a infligé tout le week-end. J'ai passé deux jours à me bourrer de médicaments. J'ai même essayé la coke, dont j'ai toujours un gramme ou deux pour mes invités, mais à laquelle je ne touche qu'exceptionnellement. En vain. Tout ça pour dire que quarante-huit heures durant, j'ai été un zombie dans ma propre maison, prêtant à peine attention aux allées et venues de Lauriane, qui s'est d'ailleurs calfeutrée dans sa chambre, comme d'habitude.

Lauriane a cette étonnante capacité à ne rien faire, à rêvasser vautrée sur son lit, à discuter sur Skype ou MSN (si on peut appeler discussions les échanges stupides qu'elle a avec ses non moins stupides copines), à écouter en boucle les mêmes chansons, quand elle ne dort pas carrément : je ne connais personne qui dorme autant qu'elle. Ses yeux, d'ailleurs, sont constamment cernés et bouffis, ce qui lui donne un air incontestablement sexy, comme si elle signifiait en permanence « je sors du lit, je viens de faire plein de cochonneries », etc.

Je suis moi-même tombé dans le panneau, inutile de le nier. Oui, il y a eu un temps où les airs perpétuellement langoureux de Lauriane, sa tignasse crêpelée, ses fesses, surtout, ses fesses d'Antillaise, fermes, haut perchées, provocantes, tout cela me faisait de l'effet. Je me suis empressé de lui offrir une paire de prothèses en silicone, histoire d'amener son modeste 85 B à la hauteur de ce cul de légende. On a fêté son augmentation mammaire au Fouquet's et au champagne, je me rappelle. On a trinqué à la gloire qui ne saurait tarder, et à la carrière brillante qu'elle ne manquerait pas de faire sous ma houlette avisée.

D'ailleurs, tout a marché comme sur des roulettes, tout s'est déroulé exactement comme je l'avais prédit : Lauriane est aujourd'hui une artiste en vogue. Enfin, artiste, il faut le dire vite vu qu'elle n'a pas le moindre talent, tout juste un brin de voix, ce feulement de chat sauvage qui est paraît-il sa marque de fabrique. Je suis persuadé que s'il n'y avait pas cette poitrine désormais phénoménale, Lauriane serait tombée dans l'oubli depuis longtemps, comme tant d'autres minettes qui croient pouvoir percer dans la chanson.

Il faut dire que j'ai mis le paquet et que nous sommes loin, bien loin, de son bonnet B originel, puisque Lauriane affiche aujourd'hui un bon 100 D. Certes, un tel résultat ne s'obtient pas en un jour et il a fallu trois opérations pour qu'elle puisse pigeonner avec autant de munificence. Si on ajoute à ces deux obus, soigneusement moulés dans du lurex doré ou de la soie écarlate, les chansons sur mesure que Boris et moi lui concoctons, des mélopées sucrées, entre zouk et bonne variété française, on a l'alchimie d'une parfaite réussite commerciale. Les deux premiers albums de Lauriane ont cartonné, et je ne vois pas pourquoi ça ne durerait pas. Elle a vingt-quatre ans, toute la vie devant elle, et quelque chose me dit que le succès pourrait bien se muer en triomphe.

Je réponds au téléphone d'une voix atone, propre à décourager mon interlocuteur de se lancer dans une discussion suivie. C'est Boris, furibond :

— Tu as vu Lauriane ?

Je fais un effort héroïque pour me raccorder à la réalité : on est lundi et il est 15 heures.

— Non, attends, elle devrait être au studio, là. Elle n'y est pas ?

— Ben non. Pourquoi je t'appellerais si elle y était ?

Je devrais savoir que Lauriane est incapable d'honorer un rendez-vous si je ne l'accompagne pas ou si je ne la fous pas moi-même dans un taxi.

— Putain, la conne !

Boris partageant mon opinion concernant les facultés intellectuelles de mon épouse, je n'ai aucune raison de me gêner avec lui. D'ailleurs, il renchérit, sombrement :

— Ouais, la conne ! Tu sais combien ça coûte, une heure de studio ?

Personne n'est plus au fait que moi des réalités économiques de ce métier, et je ne prends pas la peine de répondre à Boris. À l'heure qu'il est, Lauriane devrait être en train d'enregistrer son prochain single, deux minutes trente de niaiseries insulaires. Musique : Boris André, textes : Reynald Thévenet, votre serviteur.

Avec Lauriane on a toujours joué la carte de l'exotisme. Un exotisme léger (après tout, la Guadeloupe, c'est la France) mais incontestable : des clichés à la louche, vanille et cannelle, azur, embruns, baisers échangés sur le sable mouillé, éternel été, palmiers, parfums ambrés, etc. Boris a le chic pour mélanger dans un même chaudron des rythmes de R'nB, de salsa, de reggae, de raï, sans compter l'inévitable zouk, que Lauriane n'apprécie pas plus que ça, mais je n'ai pas l'intention de tenir compte de ses préférences en matière de musique, ni en matière de quoi que ce soit, vu qu'elle a des goûts de chiottes. Il n'y a qu'à voir ses fringues : si je la laissais faire, elle sortirait par tous les temps habillée comme la petite banlieusarde un peu vulgaire qu'elle n'a jamais cessé d'être. Heureusement que je suis là pour introduire un peu de raffinement dans ses tenues. À mon avis, son bonnet D la dispense d'en rajouter dans le sex-appeal. Je suis pour le mélange des registres : elle n'est jamais plus excitante que quand elle enfouit sa poitrine sensationnelle dans un chemisier sage ou dans un col roulé austère.

En attendant, Lauriane a séché sa séance d'enregistrement, et j'en oublie l'extraction de ma molaire.

J'aurais dû la réveiller moi-même, cette pute décérébrée, et m'assurer qu'elle montait dans son taxi, au lieu de courir chez mon dentiste. Je n'ai pas plus tôt raccroché que j'entends le bruit d'une clef dans la serrure. C'est Lauriane elle-même, jupe de cuir ras le bonbon, collants vert pomme, bottines vertigineuses, perfecto bleu électrique, color block à fond. Elle jette son trousseau de clefs sur le guéridon de l'entrée, sans aucun égard pour la délicate marqueterie qui fait tout son charme – et soit dit en passant tout son prix.

Elle passe devant moi, le visage impénétrable. Elle s'apprête à foncer directement dans sa chambre. Dans deux minutes, j'entendrai le bruit du loquet qu'elle tirera sur elle et ses petits secrets minables, sa vie d'ado attardée, cent SMS par jour, la télé allumée tout le temps, la musique dans ses oreillettes en permanence, Facebook, MSN et Skype, sans compter les petits joints sans lesquels elle est incapable de fonctionner. C'est moi qui la fournis en herbe. Ça me permet d'avoir une idée de sa consommation. Et puis mieux vaut une herbe de bonne qualité qu'un mauvais shit qui la rendrait lunatique, agressive, ingérable.

Car je gère complètement Lauriane depuis qu'elle a dix-neuf ans. Ses rendez-vous, son régime alimentaire, ses visites chez la gynéco ou l'esthéticienne, ses séances de shopping, son abonnement à la salle de gym... Sans parler de sa carrière professionnelle, qui n'existerait pas sans moi. Et si une rage de dents ne m'avait pas momentanément mis hors service, Lauriane serait en train d'enregistrer docilement la chanson que j'ai choisie pour elle.

Je monte les escaliers derrière elle et l'empêche de me claquer la porte au nez.

— On peut savoir ce que tu fous là ?
— J'ai mal à la tête. Je voudrais me reposer.
— Devine qui je viens d'avoir au téléphone : Boris ! Tu sais qu'ils t'attendent au studio, là ?
— Ouais, ben qu'ils m'attendent : je suis malade.

Je la dévisage. Si l'on fait abstraction de ses inévitables cernes, elle est fraîche comme une rose. Je connais Lauriane et son intolérance à la douleur : le moindre début de migraine la met à l'agonie. Elle n'est même pas foutue d'avoir ses règles sans en faire tout un cinéma, gémissements, mines dolentes, main plaquée sur le front ou le bas-ventre. Bref, si elle était vraiment malade, ça se verrait. Je lui aurais d'ailleurs dépêché le docteur Sarabian, qui est un ami et qui suit Lauriane depuis que je l'ai épousée, quatre ans plus tôt.

Car Lauriane est ma femme, et notre mariage a été un mariage d'amour, au moins en ce qui la concerne. Ça paraît difficile à croire aujourd'hui, alors qu'elle me fait la gueule en permanence, évite de se trouver dans la même pièce que moi, et discute la moindre de mes décisions, mais il y a encore huit mois, cette créature de rêve me mangeait dans la main. Je remplissais dans sa vie toutes les fonctions viriles imaginables : j'étais son mari, son psy, son père, son confident, son agent, l'auteur de ses chansons et le producteur de ses spectacles. Elle ne jurait que par moi. Ma cinquantaine, ma bedaine naissante, ma calvitie bien avancée, qui paraissent la dégoûter aujourd'hui, lui semblaient des charmes supplémentaires. J'ai tout de suite senti ça chez elle, qu'elle avait besoin d'un homme mûr à ses côtés, et je n'ai pas été étonné d'apprendre qu'elle a à peine connu son père. Elle me l'a confié d'une voix chevrotante, dès notre premier tête-à-tête – au Fouquet's, déjà :

— Il est parti quand j'avais trois ans. J'ai dû le revoir quatre ou cinq fois depuis. La dernière fois, j'avais douze ans. Il vit à Pointe-à-Pitre.

Je lui ai pris la main et j'ai modulé quelques syllabes rassurantes. Le message subliminal était clair : « Je suis là, moi, tu vois, et je ne te laisserai jamais tomber, Lauriane. »

De fait, on ne se débarrasse pas comme ça de Reynald Thévenet. Si Lauriane ne l'a pas encore compris, elle va l'apprendre à ses dépens. Et pour commencer, je vais appeler un taxi pour que nous filions illico au studio : je paierai pour le temps perdu, je paierai tout ce qu'on voudra, mais Lauriane va enregistrer « Escale », qu'elle le veuille ou non.

— Je l'aime pas cette chanson. Je t'ai déjà dit que je voulais pas la faire. Elle est naze.

— Tu n'as pas la moindre idée de ce qui est naze ou pas. Pas la moindre idée de ce qui marche. Pas la moindre idée des chansons qu'il te faut, qui collent à ton image. Si tu l'avais su, tu n'aurais pas eu besoin de moi. Si tu avais un peu de sens artistique, tu ne te serais pas lamentablement vautrée à « La Nouvelle Star ».

Car c'est comme ça que je l'ai repérée, Lauriane : parmi les candidats qui tentaient leur chance dans cette émission de merde. Elle était suffisamment télégénique pour avoir attiré l'attention de la production, et tandis qu'elle piétinait dans la file d'attente de tous ceux qui comme elle se rêvaient stars, tandis que la caméra s'attardait complaisamment sur les visages hagards, les traits tirés et les looks improbables de tous ces jeunes gens pleins d'espoir, l'animateur lui a tendu un micro :

— Lauriane, tu peux nous dire pourquoi t'es là ? Ce que tu penses pouvoir apporter de neuf à « La Nouvelle Star » ? Parce que tu sais que notre jury est trèèèès difficile !

Elle a tourné vers lui ses yeux obliques, plus bouffis que jamais, et des millions de téléspectateurs ont dû éclater de rire tellement il était manifeste qu'elle était défoncée, ce que son élocution laborieuse a confirmé :

— Ben... J'sais pas trop. Le feeling, peut-être.
— Tu viens d'où, Lauriane ?
— D'Aulnay-sous-bois.

L'animateur attendait visiblement une autre réponse et il a insisté :

— Non, j'veux dire, t'es originaire d'où ?

Lauriane, qui est née à Sevran et qui a passé toute sa vie dans le 9-3, l'a regardé sans comprendre. Gros plan sur sa bouche pulpeuse, ses joues dorées, ses tresses alourdies de perles multicolores, façon Yannick Noah à Roland-Garros. Puis son visage s'est illuminé :

— Ah oui ! La Guadeloupe, Pointe-à-Pitre !

L'animateur était content, il avait son quota d'exotisme, une négrillonne à laquelle ne manquait que le boubou. Il pouvait passer au candidat suivant, soigneusement présélectionné pour offrir un contraste avec Lauriane : un certain Quentin, gothique efflanqué, blême, boutonneux, et beaucoup plus prolixe que ma pauvre Lauriane. Il était prévu que l'on retrouve Lauriane comme Quentin, pour un reportage à leurs domiciles respectifs : la vie des aspirants à la gloire planétaire, les chambres tapissées de posters, les peluches sur le lit, papa et maman si fiers de leur progéniture prometteuse, les larmes de la grand-mère, fan numéro un, etc. On aurait droit sans doute aussi aux petits boulots minables qu'ils faisaient en attendant que leur talent soit reconnu, à moins qu'ils ne pointent à Pôle Emploi.

Lauriane, dix-neuf ans, ne faisait rien, se cherchait vaguement un job depuis qu'elle avait arrêté brutalement ses études, à trois mois d'un bac professionnel. Elle n'ouvrait jamais un livre ni un journal, n'avait d'opinion sur rien, ne s'intéressait à rien d'autre qu'à sa petite personne. Non, je suis sévère : elle s'est intéressée à moi, m'a aimé à sa façon éperdue et naïve, et a fait durant des mois des efforts louables pour me plaire, sans savoir que ces efforts étaient vains et qu'elle ne me plairait jamais. Tout au plus a-t-elle réussi à m'exciter un peu. Lauriane n'est pas mon genre. Elle est beaucoup mieux que ça : elle est mon gagne-pain, la pouliche sur laquelle j'ai misé.

Notez bien que je connais les femmes et que j'y ai mis les formes. J'ai feint moi aussi le coup de foudre, l'émotion. Je lui ai fait une cour grandiose, somptueuse, l'étourdissant de cadeaux, de bouquets de fleurs, d'invitations dans ce qu'elle prenait pour de bons restaurants. Avec la fille d'une aide-soignante d'Aulnay-sous-Bois, pas la peine de faire des frais : je pouvais l'éblouir à bon marché et je ne m'en suis pas privé. De toute façon, j'ai tout de suite trouvé la faille, ce père absent que je me faisais fort de remplacer ; cette blessure d'enfance que je parviendrais à cicatriser.

La promesse d'un grand mariage a fait le reste : toutes les filles rêvent de se marier. Avec moi, Lauriane a dû se dire qu'elle échapperait à son destin de caissière au Leclerc de Tremblay-en-France. Cerise sur le gâteau : je lui ouvrais grand les portes qu'on lui avait claquées au nez. J'allais faire d'elle une star, puisqu'elle était trop bête pour y arriver toute seule ; puisque sa tentative à « La Nouvelle Star » s'était soldée par un échec magistral.

Négligeant des centaines d'autres postulants, la caméra a donc suivi Lauriane, Quentin et quelques autres, tout un panel de jeunes gens soigneusement triés sur le volet : l'Antillaise indolente (Lauriane), le gothique blafard, la rebeu des quartiers, plus un garçon sympa, mignon, looké et parfaitement insignifiant qui répondait au prénom improbable de Dagobert.

Devant le jury, Lauriane s'est avancée tenant sa guitare folk à bout de bras. Elle portait une robe courte et informe, une sorte de blouse qui laissait voir ses cuisses trop fortes, boudinait son ventre et ses hanches, sans compter qu'elle aplatissait complètement une poitrine déjà dérisoire. Elle a entonné « Baby Can I Hold You Tonight » de Tracy Chapman. Elle jouait mal, chantait faux, fermait les yeux et secouait la tête de façon bovine, entrechoquant ainsi les perles multicolores de ses longues tresses. Des jurés plus avisés auraient peut-être réussi à lui pardonner son look calamiteux et ses problèmes de justesse, car il y avait là quelque chose – ou la promesse encore tremblante de *quelque chose* –, mais ils passèrent évidemment à côté de cette promesse fragile et l'évincèrent à l'unanimité tandis que Quentin et Dagobert réussissaient l'épreuve haut la main.

Grâce à Boris, qui bosse occasionnellement pour M6, je n'ai eu aucun mal à me procurer les coordonnées de Lauriane. Aucun mal non plus à la cueillir, à la faire tomber dans mon giron, encore éplorée et humiliée de son récent échec. À notre premier rendez-vous, à la Closerie des lilas, je n'ai eu qu'à broder un peu sur l'aveuglement des jurés de « La Nouvelle Star » et sur l'absence d'originalité des autres candidats. Elle écoutait, suspendue à mes lèvres : je l'avais ferrée, je n'avais plus qu'à relever un peu la ligne et elle était à moi :

— Tu vois, Lauriane, ce qui m'a frappé chez toi, c'est que tu ne triches pas. Tu es entièrement dans ton truc. Et je pense que c'est ça, justement, qui n'est pas passé : t'étais trop *roots*, pour eux.

Je disais n'importe quoi tout en la surveillant du coin de l'œil. Elle suçotait sa paille avec des moues irrésistibles, rosissait sous les compliments, fourrageait dans sa tignasse. Finis les rajouts et les perles : elle s'était fait faire une coupe afro du plus bel effet. Je lui ai parlé de Tracy Chapman, de *Bob*, de *Michael*, d'Otis Redding, de Beyoncé, au hasard, tout ça pêle-mêle, pour essayer de jauger sa culture et ses goûts musicaux. J'ai terminé sur une promesse :

— Si tu me fais confiance, Lauriane, tu iras très loin, plus loin que tes rêves les plus fous.

J'avais honte de mes pauvres formules éculées. Mais elles avaient fait leurs preuves : Lauriane n'est pas ma première tentative. Je sais juste qu'elle sera la dernière. Parce que je suis fatigué. Parce que mon potentiel de séduction s'érode de jour en jour. Parce que si je ne me refais pas financièrement sur le dos de Lauriane, après ce sera la dégringolade, la dèche, la vraie. La dèche, j'ai connu, j'en viens : et ça, plus jamais.

Laurent

13 juin

Delphine attrape son sac et ses clefs, vérifie qu'elle a bien son portable, et se tourne vers moi. Elle hésite, esquisse un mouvement vers la porte avant de se raviser. Elle redoute ma réaction, mais c'est plus fort qu'elle, elle ne peut pas partir sans m'avoir fait chier une dernière fois :

— Tu n'es pas encore parti ? C'est pas toi qui ouvres l'agence, aujourd'hui ?

Non, ce n'est pas moi. Depuis six mois, je ne fais ni l'ouverture ni la fermeture de l'agence. Depuis six mois, je n'ai plus rien à voir avec l'Immobilière Gyptis, puisque j'en ai été licencié, mais ça, Delphine ne le sait pas. Ni les enfants. Personne n'est au courant que je fais tous les jours l'effort surhumain de me lever et de prendre la voiture pour rouler au hasard. Il m'arrive de quitter Marseille, d'aller à Aubagne, à Cassis ou à Martigues. Mais le plus souvent, je me contente d'un quartier suffisamment éloigné de Saint-Julien pour ne pas courir le risque d'y rencontrer une connaissance.

Notez qu'on ne sait jamais et que j'ai bien failli

me faire griller, l'autre jour, dans un bar-tabac de Castellane, où je tuais le temps avec un café et des mots croisés. Mon beau-père est entré en coup de vent acheter un paquet de Winston. Je n'ai pas eu le temps d'avoir peur ni même de réfléchir à une explication, car il est ressorti aussitôt, me laissant à la fois retourné et perplexe, car ni mon beau-père ni ma belle-mère ne fument, et qui plus est ils habitent Aix-en-Provence.

Depuis que je n'ai plus d'existence professionnelle et que j'erre dans Marseille comme le fantôme de ce que j'ai été, depuis que je suis tenu au mensonge et que j'ai entièrement réorganisé ma vie autour de ce mensonge, il m'est venu une sorte de septième sens pour débusquer les impostures des autres, pour deviner les doubles vies derrière les visages lisses, les regards limpides, les sourires de façade.

Mon beau-père, à coup sûr, mène une double vie. Mon beau-père, ce salaud méprisant, qui faisait la gueule à notre mariage, parce que sa petite Delphine, sa fille aînée, si jolie et si sage, épousait un garçon sorti de nulle part, le fils d'une coiffeuse des quartiers nord. Ma mère, pendant ce temps, souriait à tout le monde, essayant de faire oublier qu'elle n'avait pas de conversation, qu'elle était habillée comme une cagole, et qu'elle n'avait même pas de mari à exhiber, vu que mon père s'était barré après sept mois de vie commune, la laissant enceinte jusqu'aux yeux.

Son seul mérite était de m'avoir élevé toute seule et pas trop mal : je n'avais jamais commis le moindre délit, j'étais allé jusqu'au bac, j'avais même un BTS de négociation commerciale, j'étais sérieux, honnête et travailleur. La preuve, à vingt-cinq ans je comptais déjà presque six ans de carrière dans la même boîte, une agence marseillaise spécialisée dans l'immobilier de prestige. Ma mère souriait, les parents de Delphine ravalaient leur bile, leur dépit de voir Delphine, qui aurait pu prétendre aux partis les plus brillants, se contenter d'un vendeur de biens, fût-ce des biens haut de gamme, sur lesquels je touchais des commissions faramineuses.

Non, j'exagère, ma belle-mère faisait assez bonne figure. Seul Hubert, mon beau-père, ne pouvait pas s'empêcher de me traiter avec une ironie amère et de multiplier les petits sous-entendus désobligeants, histoire de me renvoyer à mes infamantes origines sociales. La question des vins que l'on servirait au mariage avait été pour lui une occasion jubilatoire de m'humilier.

— Qu'est-ce que vous diriez d'un Château du Tertre 1988, Laurent ? Ça ne vous semble pas trop fruité ? Ça ne risque pas d'écraser la côte d'agneau ?

Comme je n'avais, évidemment, aucun avis sur la question, il m'avait regardé avec une fugitive expression de dégoût, exactement comme si j'avais eu un bout de salade coincé entre les incisives.

— Mmmm... On ne doit pas en boire souvent, du Château du Tertre, aux Aygalades.

Les Aygalades, mon quartier d'origine. Autant dire le Bronx ou les faubourgs de Calcutta, aux yeux de ce grand bourgeois marseillais, qui a d'ailleurs fui Marseille pour la campagne aixoise, installant sa famille nombreuse dans un ancien relais de poste aux multiples dépendances, dont il a fait, au fil des ans, une véritable gentilhommière.

Autant je déteste Hubert, autant Marianne, son épouse, m'inspire une tendresse apitoyée. Je la plains de vivre avec ce despote teigneux, ce crapaud chauve et court sur pattes, qui se croit obligé de vociférer pour compenser sa petite taille. Elle m'agace quand même un peu, à afficher perpétuellement son sourire stoïque, ce sourire de martyre lassée que Delphine tient d'elle.

À ma grande horreur, je me suis aperçu récemment que Romane, notre fille de seize ans, commence elle aussi à sourire comme sa mère et sa grand-mère, de ce sourire qui est un reproche vivant, une façon de dire : « Je souffre, mais je pardonne. » Je n'aurais jamais dû accepter que Romane, Cyriaque et Clément reçoivent une éducation religieuse : le résultat, c'est que Romane ressemble désormais à une petite cheftaine, et Clément, douze ans, à un séminariste en herbe, avec sa raie sur le côté et sa mine chafouine. Seul Cyriaque semble échapper à ce mimétisme pénible. Heureusement que je suis là pour contrebalancer un peu l'influence de tous les culs-bénits qui entourent mes enfants, à commencer par leur mère, que la préménopause a jetée dans l'activisme catho.

Elle était moins confite en dévotion quand je l'ai rencontrée : la messe de loin en loin, voilà à quoi se bornaient ses pratiques. Aujourd'hui elle est l'un des piliers de la paroisse Saint-Julien, fait le catéchisme aux enfants, accompagne des malades à Lourdes, a été reçue par le pape, part faire des retraites dans des monastères, retraites dont elle revient transfigurée, avec une nouvelle variante de son sourire catho aux lèvres : le sourire extatique.

Je lui pardonnerais sans peine d'être devenue une vraie grenouille de bénitier si cette transformation ne s'accompagnait pas d'un changement d'attitude à mon égard. Après m'avoir admiré inconditionnellement pendant des années, après avoir systématiquement pris ma défense quand son père m'attaquait lors de ces interminables déjeuners dominicaux qui sont une tradition Signac, voilà qu'elle pince les lèvres quand je raille le snobisme de son père, se renfrogne quand je jure en italien, me demande avec insistance si mon salaire fixe va être augmenté, soupire ostensiblement après les vacances fastueuses que s'offrent les Richez ou les Hadjibeyan, nos amis, bref, elle me fait sentir que je ne suis plus, mais plus du tout, à la hauteur de ses aspirations à elle. Certains jours, elle en rajoute dans l'insatisfaction, se traîne douloureusement d'une pièce à l'autre de la belle maison que nous avons tout de même réussi à nous payer, moyennant, il est vrai, des traites sur vingt ans.

Alors que j'ai perdu mon emploi depuis six mois, la pensée de ces traites me donne des sueurs froides et m'empêche de dormir la nuit. Je n'ai pas encore entamé mes petites économies, mais je vois arriver le moment où nous nous retrouverons à vivre sur le salaire d'instit de mon irréprochable épouse. Or, cette irréprochable épouse, je l'ai jusqu'ici maintenue dans une bienheureuse ignorance de mes ennuis professionnels. Elle me voit partir au boulot tous les matins. À part ce matin, où une envie de me foutre en l'air m'a retenu au lit jusqu'à sept heures.

Ça fait pourtant un moment que je suis réveillé, les yeux grands ouverts, à gamberger dans la pénombre de la chambre conjugale, Delphine respirant paisiblement à mes côtés. Je me vois d'autant moins retrouver du travail à mon âge qu'en vingt-cinq ans je me suis fait beaucoup d'ennemis parmi les agents immobiliers de la région. Je leur ai trop souvent soufflé des ventes ; j'ai trop souvent remporté la mise, juste sous leur nez ébahi. J'avais la manière pour gagner la confiance des propriétaires, me faire confier un jeu de clefs quand les autres vendeurs devaient les réclamer à chaque fois. La confiance, je l'inspirais aussi aux acheteurs et locataires potentiels. Comme me l'avait très vite dit Verrier, le propriétaire de la Gyptis : « On n'imagine pas une seule seconde que tu puisses raconter des craques. On a l'impression que tu te lèves le matin avec comme seul objectif de faire faire de bonnes affaires à tous ces gogos. » Oui, j'avais été un vendeur hors pair, et mon licenciement, par celui-là même qui m'avait formé et promu, était d'autant plus scandaleux.

Ce matin, pour la première fois de ma vie, je sens monter en moi un tel désespoir, un tel sentiment d'impuissance, un tel dégoût aussi, que la perspective d'en finir me semble presque délectable en comparaison de ce qui m'attend. Ce qui m'attend ? Des semaines, des mois, de démarches infructueuses et d'humiliations. Les lettres de motivation laissées sans réponse, avec, si j'ai de la chance, un entretien d'embauche par trimestre. Et là, tout jouera contre moi, mon dérisoire niveau bac plus deux, mes quarante-six ans bien sonnés, mon accent des Aygalades – non pas la pointe d'accent provençal jugée acceptable par Delphine et ma belle-famille, non, l'accent marseillais, le vrai, celui des petites gens comme ma mère et moi. Non, je ne retrouverai jamais un travail décent. Et il me faut cacher à Delphine, aux enfants, à tout le monde, qu'un intervalle désormais infime nous sépare de la pauvreté : ce n'est pas avec ce que gagne Delphine qu'on va pouvoir garder la maison. D'autant qu'elle s'est mise à mi-temps, cette dinde, histoire de se consacrer davantage aux enfants – sans compter ses bonnes œuvres diverses et variées.

J'en suis là de mes sombres ruminations, quand Delphine se retourne vers moi avec un soupir d'aise. Elle dort toujours, mais elle me présente ses seins, légèrement affaissés l'un contre l'autre, avec leur aréole généreuse visible en transparence sous la nuisette. Je me sens soulevé d'une haine puissante, contre elle qui peut continuer à dormir alors que je souffre mille morts, alors que je vais peut-être me tirer une balle dans la tête, alors que tout est de sa faute, parce que si je ne les avais pas à ma charge, elle et les enfants, le chômage ne m'effraierait pas, je prendrais n'importe quel boulot : coursier, docker, trieur de dattes chez Micasar, que sais-je…

J'attrape les hanches de mon épouse toujours endormie et je plaque son ventre contre le mien. La haine et le désespoir ne m'empêchent pas d'avoir la trique, et je force ses cuisses à s'ouvrir sous la poussée de mon membre. Elle ne réagit pas plus que ça, mais je sais qu'elle est désormais réveillée. Je malaxe ses seins à travers la soie fine de la nuisette, puis je la pénètre brutalement. Finies les caresses expertes par lesquelles je la prépare d'habitude à me recevoir, finis les coups de langue autour de son clito, qui sont, je le sais, ce qu'elle préfère à tout. Là, elle a directement droit à ma grosse bite vibrante d'énergie colérique – et de désir aussi, il faut bien l'avouer. Car Delphine a beau m'exaspérer, je n'ai jamais cessé de la trouver excitante. Elle ouvre des yeux encore bouffis de sommeil, et noue ses bras autour de mon cou.

J'ai toujours soupçonné Delphine d'être une grosse chaudasse. Elle serait très surprise que je parle d'elle comme ça, car au lit, elle n'est pas particulièrement démonstrative ni entreprenante, mais j'ai toujours senti son potentiel inexploité. D'ailleurs, elle est toujours prête, toujours mouillée, toujours offerte. Ce matin-là, je sens mon gland cogner jusqu'au fond de sa chatte onctueuse, je regarde son visage un peu défait, ses pommettes rosies, les mèches pâles qui collent à ses joues moites, et je jouis immédiatement, ce qui ne m'arrive jamais et paraît surprendre ma tendre épouse, qui s'est habituée, en vingt ans, à ce que je fasse passer son plaisir avant le mien. Bizarrement, au lieu de me sentir diminué et déprimé par la décharge orgastique, j'y puise la résolution de survivre à cette terrible matinée comme à celles qui vont suivre. Je bouillonne de la même rage, de la même frustration haineuse qu'avant l'amour. Je ne sais pas encore comment, mais je vais m'en sortir.

Farouk

12 mai

L'enfer, c'est les autres. Tu parles, l'enfer, c'est le tête-à-tête avec soi-même. C'est le ressassement de l'horreur, c'est le questionnement sans fin, c'est la recherche éperdue des responsabilités, quand au bout du compte on est le seul coupable. Car j'ai beau poser à la victime, en vouloir à Chloé de sa trahison, trahison qui va beaucoup plus loin que ma petite personne, je sais bien que je ne dois m'en prendre qu'à moi-même : je n'ai pas su être à la hauteur de ses attentes ; je n'ai pas su entretenir la flamme, focaliser ses désirs exclusifs, être son obsession comme elle est la mienne. Comment lui en vouloir ? Ou plutôt, comment ne pas la comprendre ? Je m'ennuie à force d'être moi-même : Farouk Mokadem, le petit prof de lycée, éternellement souriant et courtois, mais dépourvu de toute fantaisie, incapable de déroger à sa routine, à sa monotonie sécuritaire, à ses petites manies.

N'empêche qu'en me trompant, elle a bafoué la très haute idée que je me faisais de nous. Être cocu me dérange moins que de ne plus pouvoir aimer

Chloé avec ma dévotion d'autrefois, l'adultère l'ayant précipitée dans la banalité.

Bizarrement, le moment terrible où j'ai compris que plus rien ne serait jamais comme avant remonte à moins de vingt-quatre heures – et j'aimerais bien qu'on m'explique comment une vie peut ainsi basculer en une seconde. Bien sûr, il s'agit d'une vérité universellement éprouvée, mais quand vous en vérifiez la justesse jusque dans votre chair, ça fait atrocement mal.

La veille, vers 18 heures, Chloé a surgi dans notre chambre, où je corrigeais des copies : des contrôles de connaissances sur l'argumentation, rien qui justifiât une pleine concentration. De fait, je rêvassais plutôt.

— Farouk, maman vient d'appeler : elle s'est coincé le dos. J'y vais, hein : elle n'a même plus de Doliprane. Et puis j'en profiterai pour lui faire à manger. Ça t'ennuie si je te laisse t'occuper du repas ? J'ai prévu des lasagnes : elles sont déjà au four. Si ça se trouve, je serai de retour avant huit heures.

— Pas de problème. Tu veux que je fasse une salade en entrée ?

— Fais comme tu veux. Mais dis à Farès de mettre la table : c'est à lui. Ne te laisse pas avoir : il se défile à chaque fois.

Chloé, je t'aime, ai-je pensé. Et mon cœur s'est serré de bonheur, de tendresse et de gratitude. Étrange, non, que j'aie été précisément dans ces dispositions alors que l'apocalypse m'attendait au tournant ? Non, en fait, pas si étrange, puisque j'étais perpétuellement heureux et reconnaissant de la simple présence de Chloé à mes côtés.

D'autant que Chloé, c'est l'épouse et la mère idéale. Il n'y a pas plus attentive aux autres, plus disponible et plus dévouée à sa famille. Inutile de dire qu'elle ne travaille pas. Elle m'a très vite fait comprendre, avant même la naissance de Lila, qu'elle souhaitait rester à la maison, que d'aucuns pouvaient trouver ça rétrograde, mais que le monde du travail ne lui disait vraiment rien et qu'elle voulait être là, pour moi et pour l'enfant à naître. De fait, elle a été là. Présence discrète, soutien infaillible, maison tenue nickel, enfants cueillis dès la sortie de l'école, soupes mitonnées, gratins faits maison, chemises repassées, petits déjeuners servis avant même que nous nous levions. Chloé…

N'allez pas croire pour autant que j'aime ma femme pour cette perfection domestique, pour la façon sourcilleuse dont elle tient la maison ou pour les soins dont elle nous entoure, les enfants et moi. Ses défauts m'émeuvent tout autant que ses qualités. J'aime son prosaïsme, un peu borné parfois ; j'aime son absence d'imagination, sa totale insensibilité à l'art et son manque de curiosité intellectuelle. Alors que j'ai voué ma vie aux livres, l'ignorance de ma femme en matière de littérature ne m'a jamais dérangé. Chloé est intelligente : elle me scotche parfois par une réflexion cynique ou un raisonnement imparable. Mais la plupart du temps elle ne livre pas le fond de sa pensée, et je suis sûr que beaucoup de nos proches, tout en la trouvant sympathique, la pensent un peu limitée intellectuellement.

Hier soir, une fois Chloé partie, j'ai vaqué dans la cuisine, j'ai vidé le lave-vaisselle, j'ai appelé Farès pour qu'il dresse la table, puis je me suis mis en quête d'ingrédients pour la salade « demi-deuil » que je projetais de faire. La salade demi-deuil ? Très simple : moitié riz blanc, moitié lentilles vertes. Le riz cuisait déjà quand je me suis avisé qu'avec les lasagnes, ça allait faire beaucoup de sucres lents. Bof, tant pis, j'étais lancé. Avec une échalote, ce serait encore mieux. Hop, hop, me voilà parti à égoutter le riz, le mettre à refroidir, émincer l'échalote, préparer une vinaigrette. Je chantonnais, j'avais envie de bien faire les choses, que Chloé soit contente, en rentrant, de finir la salade avec moi, de préférence aux lasagnes, qu'elle n'aime pas vraiment mais qu'elle prépare parce que c'est le plat préféré de Farès.

Il m'a semblé qu'un peu de persil apporterait l'indispensable touche finale. Nous n'en n'avions pas de frais, mais je me rappelais en avoir acheté du surgelé. Rien dans le congélateur : bizarre. Chantonnant toujours, je suis descendu au cellier, que trois marches seulement séparaient de la cuisine. Nous y avons un congélateur supplémentaire. Chloé y stocke les plats cuisinés qu'elle prépare parfois en quantités industrielles : ratatouilles, pissaladières, pieds-paquets, daubes, blanquettes. Sans compter nos réserves de steaks hachés, de frites, d'épinards ou de haricots verts. Merci Picard.

Le congélateur était plein à craquer. Chloé avait dû faire les courses récemment. J'ai fourragé quelques instants entre les bacs de glaces et les sacs de légumes sans trouver de persil. De la coriandre, oui. De la ciboulette, aussi. Mais pas de persil. Comme je suis du genre obstiné, j'ai plongé le bras jusqu'au fond du congélo, écarté les poissons panés, ramené à la surface un gâteau au chocolat confectionné par Chloé et protégé par un sac hermétique soigneusement étiqueté. Et là, entre toutes ces victuailles plus ou moins blanchies par le givre, mon œil a vu ce qu'aucun œil humain ne devrait voir, mon cerveau a enregistré ce qu'aucun cerveau humain ne devrait avoir à encaisser, jamais.

Je crois que j'ai compris tout de suite. Que j'ai su qu'il ne s'agissait pas d'un leurre, d'un jouet arrivé là par hasard, un de ces poupons hyperréalistes que l'on vend désormais aux petites filles. Lila, de toute façon, ne jouait plus à la poupée. Non, ce qui se trouvait là, dans le congélateur familial, c'était un bébé mort.

Mes jambes se sont dérobées sous moi. Je me suis retrouvé assis sur le béton, avec en tête la vision obsédante d'un petit visage bleui, bien visible sous le film transparent dont Chloé – qui d'autre ? – l'avait enveloppé. Je me suis relevé péniblement et j'ai extirpé le petit paquet, enfoui jusqu'ici sous des strates et des strates de crêpes Findus, de poêlées forestières et de Mister Freeze multicolores. Je tremblais, je claquais des dents, et une prière absurde me montait aux lèvres, d'autant plus absurde que je ne crois en rien, pas plus en Allah qu'en un Dieu barbu qui aurait envoyé son fils unique se faire crucifier parmi les hommes. « Mon Dieu, mon Dieu, faites que j'aie rêvé, faites que je me sois trompé, faites que ce soit autre chose que ce que je crois, faites qu'aucun bébé ne soit mort dans cette maison ni dissimulé dans notre congélateur, mon Dieu, mon Dieu... »

Comme je l'ai toujours pressenti, Dieu n'existe pas, et ce que je tenais dans mes bras, ce que bizarrement je berçais tout en continuant à balbutier mes « mon Dieu » ridicules et inutiles, c'était bel et bien un nouveau-né, mort et rigidifié par la congélation. Un garçon. Il m'a semblé parfaitement bien conformé et tout à fait à terme. Il n'avait pas encore de nombril à proprement parler : juste un centimètre de cordon plaqué contre son abdomen distendu. Ses petits poings reposaient de part et d'autre de son corps, et ses jambes se croisaient légèrement au niveau des chevilles.

C'était et ce ne pouvait être que l'enfant de Chloé. Il m'a même semblé noter, fugitivement, une ressemblance avec Farès tel qu'il était à la naissance : ce front bombé, ce nez un peu busqué, et jusqu'à l'angiome en forme de V qui marquait la racine du nez.

J'ai comme tout le monde eu connaissance de faits divers similaires, dénis de grossesse, infanticides et tutti quanti. Comme tout le monde aussi, je me suis dit qu'il était impossible qu'une pareille chose m'arrive, pour la raison très simple que j'aime ma femme et que je suis particulièrement attentif à tout ce qui la concerne. Chloé enceinte ? Je l'aurais vu. Surtout que nous n'avons jamais cessé de faire l'amour. Mais en fait, plus j'y pense, plus je commence à comprendre comment l'impossible a pu se produire

Cet enfant n'est pas de moi. C'est, après la certitude qu'il est de Chloé, ma seconde certitude.

D'ailleurs, même si j'ai cru noter une ressemblance avec Farès, le bébé du congélateur est dépourvu de l'épaisse crinière noire qu'ont eue nos enfants dès la naissance. Non, je ne suis pas le père de ce bébé. Mes idées se mettent en place, en une sorte de récapitulation macabre et douloureuse : Chloé a eu un amant, est tombée enceinte de lui et s'en est aperçue trop tard pour pouvoir avorter. Elle a mené sa grossesse à terme puis a accouché à l'insu de tous. La connaissant, je l'en crois capable. Capable de serrer les dents, d'endurer les coups de boutoir des contractions. Capable d'expulser l'enfant dans notre baignoire ou sur notre tapis de bain, puis de couper le cordon, toute seule. À ce stade du scénario, mes pensées s'embrouillent un peu ou regimbent devant l'inacceptable. A-t-elle tué son propre enfant ou était-il mort-né ?

Je revois Chloé à la naissance de Lila, puis de Farès. La facilité avec laquelle elle est devenue mère m'a secrètement impressionné. Tandis que je me sentais gauche, emprunté ; tandis que j'osais à peine porter mes nourrissons ou les manipuler, elle a tout de suite eu les bons gestes, et surtout, elle a fait preuve d'une sérénité à toute épreuve face à l'inquiétante étrangeté des premiers jours. On aurait dit qu'elle avait donné des bains et changé des couches toute sa vie. Sans compter qu'elle a allaité nos enfants, et que là aussi, tout s'est fait avec la plus grande facilité. Elle a mis Lila et Farès au sein alors qu'elle gisait encore, les quatre fers en l'air, sur la table d'accouchement. Des mois durant, elle a refusé farouchement qu'on leur donne autre chose que son lait. Quant au sevrage, il s'est fait en douceur, et visiblement sans douleur. Comment Chloé, si naturellement et si manifestement maternelle, a-t-elle pu étouffer un nouveau-né ou le laisser pleurer de faim, de froid ou de solitude ?

C'est moi qui pleurais, désormais, tenant toujours contre moi l'enfant qu'elle n'avait pas voulu plaquer contre son sein ni nourrir de son lait. Les larmes ruisselaient littéralement sur la pellicule de cellophane froissée qui lui faisait un linceul dérisoire. Je pleurais sur la petite existence qui était tragiquement venue s'échouer là, dans le congélateur familial. Je pleurais sur ce qu'avaient dû être ses premiers et derniers instants, inimaginables dans leur cruauté : l'absolue incompréhension d'un organisme qui vient d'en quitter un autre, chaud, accueillant, bruissant de borborygmes et de pulsations familières, pour se retrouver dans l'immensité obscure, froide et silencieuse. Je pleurais aussi sur le désastre que venait soudain de devenir ma vie. Sur l'étendue de la tromperie dont je tenais la preuve : cet enfant né des amours coupables de ma femme et de son amant, cet enfant que je m'empressais, désormais, d'enfouir de nouveau dans son caveau de glace, refermant sur lui la lourde porte du congélateur, qui s'est instantanément verrouillée : clic-clac sur l'horrible secret de Chloé.

J'ai monté les trois marches qui mènent à la cuisine avec l'impression d'avoir passé des heures dans le cellier. En fait, quelques minutes seulement s'étaient écoulées. Les enfants allaient débarquer, se mettre à table. Je m'assiérais sans doute en face d'eux, sans manger moi-même, puisque j'attendais Chloé. Nous parlerions de choses et d'autres. J'arbitrerais peut-être une de leurs fréquentes disputes. Ils avaient tendance à se chamailler. Lila affectait des airs supérieurs, Farès enrageait, cherchait à prendre l'ascendant, mais se faisait invariablement laminer : les filles de douze ans peuvent être impitoyables. Ce soir-là, entre la salade et les lasagnes, j'allais peut-être lâcher la bombe qui détruirait leur vie à eux aussi :

— Eh, les enfants, si je vous disais que vous avez un petit frère ? Mignon comme tout. Pas loin d'ici. Maman l'a mis dans le congélo. En attendant.

En attendant quoi ? Mystère. Évidemment, je n'ai rien dit aux enfants. Rien dit à Chloé non plus, quand elle est rentrée de chez sa mère. Je m'étonne encore d'avoir fait bonne figure, mais ça a été le cas. Nous avons mangé ensemble la salade demi-deuil dont le nom me semblait désormais affreusement approprié à ce que je vivais. Nous avons échangé des propos sans importance. Elle s'inquiétait pour sa mère, planifiait à haute voix sa journée du lendemain avec cette nouvelle contrainte : sa mère immobilisée et souffrant le martyre. Les enfants n'étaient pas encore allés se coucher, ils cherchaient à grappiller quelques minutes supplémentaires de ce bonheur familial qui soudain me faisait horreur. Repoussant brusquement mon assiette, je suis monté à l'étage, titubant presque sous le poids du chagrin et du dégoût.

Fidèle à elle-même, Chloé n'a pas cherché à me retenir ni à savoir ce qui me chassait si brusquement hors de la cuisine. D'habitude, je l'aidais à débarrasser, ranger, nettoyer, faire place nette pour la journée du lendemain, qui commencerait sur une table rutilante de propreté, dans l'odeur du café et du pain frais. Qu'y avait-il derrière cette discrétion fidèlement observée par Chloé ? Qu'y avait-il derrière cette perfection domestique et ce souci du détail ? Rien. Un vide sidéral. J'avais lancé une recherche avec « mari » comme mot clef, mais en ricanant j'ai fini par taper « mari cocu ». Autant ne pas me voiler la face : c'est ce que j'étais. Je ne sais même plus ce que je cherchais : du réconfort auprès de ceux qui avaient traversé la même épreuve que moi ? Ou l'abjection qui m'aurait délivré de l'image obsédante d'un petit visage bleui, figé, mais serein ?

Reynald

14 juin

Lauriane a fini par enregistrer « Escale ». Avec elle, l'intimidation et l'insistance payent toujours. Boris nous a accueillis au studio en bougonnant, ma gencive me lançait toujours et Lauriane faisait la gueule, mais le résultat final n'est pas mal du tout. Nous sommes rentrés à la maison sans nous dire un mot. Mon cerveau bouillonnait. Je connais Lauriane : zéro volonté, zéro personnalité, le néant total. La rébellion, l'esprit d'initiative, ça ne lui ressemble pas. Il faut que quelqu'un lui ait soufflé l'idée de sécher l'enregistrement. Sans compter le courage de s'opposer à moi.

Aujourd'hui, j'ai attendu que Lauriane prenne sa douche pour entrer dans sa chambre. Sa chambre à elle, puisque nous avons chacun la nôtre : moquette rose, amoncellement de peluches sur le lit, tubes et flacons en vrac sur la coiffeuse, écran plasma cinquante pouces, juste en face du lit. Je supporterais mal de dormir dans ce boudoir et je préfère infiniment la sobriété monacale de mon antre.

Comme elle passe généralement plus d'une heure

dans la salle de bains, j'ai le temps. Son portable est sur la table de chevet, et j'entreprends immédiatement de regarder son journal d'appels et l'historique de ses SMS. Lauriane en envoie quotidiennement plus d'une centaine, mais je mets moins de trente secondes pour tomber sur les textos enamourés d'un certain Zach. Zach, ça me dit quelque chose, mais je n'arrive pas à mettre un visage sur ce surnom ridicule. Je parcours, sans émotion particulière, les messages que ma femme et lui ont échangés :

√ Miss you so.
√ Tu me mank ossi bb
√ Jèm kan tu na pas de culotte
√ Je mouille pour toi bb
√ Je bande pour toi
√ ♥♥
√ ♪♫♪
√ Rdv au Stardust, 16 h ?
√ Ouiiiii ! Kiss !

Zachariah ! Ça me revient tandis que je lis ces SMS aussi ridicules qu'indigents. Zachariah, le bassiste des Thrills, un groupe minable, qui s'efforce vainement de singer les Black-Eyed Peas. Zachariah, bonne bouille de métis franco-malien, dreadlocks aux épaules, t-shirt à message, slim troué aux genoux. J'ai bien senti la fascination qui a immédiatement secoué Lauriane et j'ai interrompu la conversation qui s'était engagée entre eux à l'issue d'un de ces trop nombreux concerts caritatifs auxquels

Lauriane est tenue de participer. Apparemment je n'ai pas pu empêcher qu'ils échangent leurs numéros de portable.

Bon, Lauriane a un amant et ça dure depuis trois mois. Pas de quoi en faire un drame. Tant que Zachariah n'empiète pas sur mes prérogatives de manager et de directeur artistique... Mais j'ai tout de suite jaugé le lascar : un petit con, imbu d'idées toutes faites sur la musique. C'est certainement lui qui entretient Lauriane dans l'idée qu'elle n'est pas faite pour chanter de la variét'. C'est certainement lui qui la pousse à se rebeller contre moi. Lauriane, c'est le néant : elle a besoin de quelqu'un qui pense et agisse à sa place. Et c'est précisément le rôle que j'ai joué dans sa vie jusqu'à présent.

De l'autre côté du couloir, un bruit d'éclaboussures me parvient. Lauriane en a encore pour un moment. À tout hasard, je note le numéro de Zach, puis je sors de la chambre, gambergeant comme jamais. Quand Lauriane, trois heures plus tard, finit par faire son apparition dans la cuisine, je l'attends. De pied ferme, mais l'air de rien.

— Ça va ?
— Mouais... Fatiguée.

À quelque heure du jour qu'on la prenne, Lauriane est toujours fatiguée.

— Tu fais quoi, aujourd'hui ?
— Ch'sais pas. Peut-être un tour aux Halles, avec Patsy.

Patsy, Patricia. Prénom qu'elle juge ringard, à juste titre. Meilleure amie de Lauriane. Une dinde stupide. Perpétuellement essoufflée et gloussante.

Elle me vénère. Tout ce que je dis est parole d'évangile. Je prends soin de la flatter dans le sens du poil, lui envoyant stratégiquement des compliments hypocrites qu'elle prend pour argent comptant tellement elle est bête. Je tends à Lauriane un mug de thé vert et je lance avec une désinvolture affectée :

— Ça serait bien qu'on aille à Cassis, non ? Si tu es fatiguée, ça te permettrait de te reposer. On pourrait emmener Patsy.

Lauriane adore notre villa de Cassis. Villa que j'ai achetée grâce à elle et au fric qu'elle nous a fait gagner avec son premier album, disque de platine en moins de deux mois. Lauriane est une fille des îles : le soleil, la plage, quoi qu'elle en dise, c'est son truc. Elle fait la moue. Elle doit penser à son Zach. Se dire qu'elle n'a pas envie de le laisser seul à Paris. Je continue, doucereux :

— Ce serait l'affaire de deux ou trois jours. Juste le temps que tu te requinques un peu.

En fait les deux ou trois jours se transformeront en une semaine, puis en deux ou trois, voire en un mois. Je peux compter sur l'apathie de Lauriane, son manque de sens pratique et son absence de volonté : la villa de Cassis sera comme une toile d'araignée dont elle aura bien du mal à se dépêtrer. À force de lézarder au bord de la piscine, de fumer joint sur joint dans le hamac en bavassant avec Patsy, elle va complètement perdre le sens du temps. Et puis quand elle le retrouvera, quand son Zach commencera à lui manquer, quand elle aura reçu des dizaines de textos éplorés, des « miss you » à la chaîne, je suis bien tranquille : elle n'arrivera jamais à se réserver toute seule des places de TGV, sans compter le TER qui relie Cassis à Marseille. Elle aura besoin de moi, ne serait-ce que pour rallier la gare de Cassis, à cinq kilomètres de notre villa. Et puis de toute façon, j'aurai mis notre séjour à profit pour complètement lui retourner le cerveau.

Lauriane hésite, ne dit ni oui ni non : je la tiens. Dès demain, Patsy et elle compareront leurs bikinis sur la plage des Lecques. Inutile de dire que Lauriane est sensationnelle en maillot deux-pièces. Pour emporter le morceau, j'ajoute :

— Je vais aller t'acheter un maillot chez Érès. Tu sais, le noir et bleu qu'on a vu l'autre jour, très échancré sur les hanches…

Une vague lueur de convoitise passe dans son regard, un regard déjà vitreux alors qu'il n'est que 13 heures. Elle a dû tirer sur le cône entre la douche et le p'tit déj. J'enfonce le clou :

— En plus, t'as besoin de prendre des couleurs. Je te trouve mauvaise mine.

Et c'est vrai : en hiver, le teint de Lauriane a tendance à virer à l'olivâtre et au bilieux. Rien ne lui sied mieux qu'un léger bronzage. Là, je sens que j'ai gagné, que Lauriane est en train de se dire que si elle veut continuer à séduire son Zach, il faut qu'elle soit au top de sa forme. Je l'ai ferrée, je la tiens, je n'ai plus qu'à remonter la canne et Lauriane pendra au bout de ma ligne. À nous Cassis et mon programme de lavage de cerveau.

Laurent

13 juin

Delphine finit par partir en me laissant à la maison. Perplexe et inquiète. Tant mieux. Qu'elle connaisse un peu l'inquiétude, elle qui n'a jamais eu à s'inquiéter de rien. Bien qu'elle ne soit pas responsable de ce que je traverse, j'en veux à ma femme. Je lui en veux d'être une petite fonctionnaire qui ignore jusqu'au sens du mot *précarité*. Je lui en veux d'être une grande bourgeoise marseillaise qui n'a jamais eu à essuyer le mépris social qui a été mon lot depuis que je suis né. Je lui en veux d'avoir fait de nos enfants trois petits étrangers qui ne me regarderont jamais vraiment comme un des leurs. Ils m'aiment, je n'en doute pas, mais tout les sépare de moi : leurs études, leurs loisirs, leurs lectures, leurs amis, et jusqu'à leur façon de parler.

Quand je regarde mes fils aujourd'hui, je ne peux pas m'empêcher de penser au garçon de treize ans que j'ai été. Comment Clément et Cyriaque pourraient-ils imaginer qu'à leur âge je couchais déjà avec des filles, essentiellement des gamines de ma cité, avec lesquelles on faisait ça dans les caves

– quand ce n'était pas les mères de mes copains, des trentenaires déjà abîmées par la vie, mais pas avares de leurs charmes ? Je dois tout aux femmes. À ma mère, pour commencer. Mais aussi à toutes celles qui m'ont ouvert leurs cuisses depuis que j'ai onze ans. Onze ans... À onze ans, Clément suçait encore son pouce ou presque.

Finalement, je dois bien reconnaître que j'en veux aussi à mes enfants. Je leur en veux des conditions privilégiées dans lesquelles ils grandissent, de la chance qu'ils ont et dont ils ne mesurent même pas l'étendue. Je leur en veux, et pourtant j'ai tout fait pour qu'ils soient ce qu'ils sont : des petits gosses de riches bien pourris-gâtés, avec cours de piano, de tennis et d'équitation, sports d'hiver, séjours linguistiques, fringues de marque. Je les ai même largement fait vivre au-dessus de nos moyens.

Je leur en veux au nom du petit Laurent qui a grandi dans les quartiers nord avec une mère célibataire et pas mal de beaux-pères, inévitablement abusifs et violents ; avec une mère qui ramenait tout juste de quoi vivre, mais rien pour les extras : pas question d'aller au cinéma, pas question de s'habiller autre part qu'au marché, pas question de partir en vacances, sans parler de prendre des cours particuliers de piano !

J'avais des désirs pourtant. J'étais même dévoré de convoitise. Je voyais bien que tout le monde ne vivait pas comme nous. Au lycée Antonin-Artaud, où j'ai passé mon bac, le brassage social était suffisant pour me permettre de toucher du doigt ce qui me séparait des enfants des classes moyennes.

Les autres, les vraiment riches, les vrais privilégiés, je les ai rencontrés plus tard et je les ai encore plus enviés que mes petits camarades du lycée Artaud, évidemment. Mais en attendant, entre quinze et dix-huit ans, j'en ai beaucoup appris sur l'injustice, beaucoup appris sur les préjugés qui faisaient qu'un petit gars des Aygalades ne serait jamais tout à fait considéré ni mis sur le même pied qu'un garçon de Saint-Just ou de Malpassé, quartiers plus résidentiels à défaut d'être chics.

J'en savais assez pour nourrir ma rage et j'ai été un jeune homme en colère. Cette rage aurait pu m'emmener très loin, me pousser à des extrémités que je n'ose même pas imaginer. Il y a en moi une violence qui n'a jamais trouvé à s'exprimer, sauf en de rares occasions, des bagarres de rue où j'ai littéralement vu rouge et explosé la gueule de mon adversaire, me délectant de sentir les chairs céder sous mes poings, de lire la panique dans les yeux de ma victime à terre, tandis que je lui bourrais les côtes de coups de pied.

La rage, la violence. Elles n'ont pas disparu. Il se trouve que la vie, ses hasards, ses opportunités, mon entrée précoce dans la vie active, ma rapide ascension sociale, ma rencontre puis mon mariage avec Delphine, la naissance de nos enfants, tout cela m'a porté, cadré, normé. Mais au fond, très au fond, je suis toujours un animal sauvage, prêt à mordre, à lacérer, à déchiqueter sa proie.

Avec mon licenciement, le chômage, et toute cette vie de mensonges que j'ai endossée, il me semble que je retrouve des instincts de prédateur et des envies de jouissance immédiate, brute, bestiale. J'ai pris l'habitude de sortir le soir, moi qui mettais un point d'honneur à passer la plupart de mes soirées de semaine avec ma femme, dans la tiédeur du cocon familial, entre corvées ménagères, conversations prosaïques et sereines, DVD, lectures...

Désormais, je sors. Sans un mot d'explication. Delphine me regarde mettre mes chaussures, attraper la clef de la voiture. Elle n'ose plus me demander où je vais depuis qu'un soir je l'ai rembarrée.

— Tu sors ?
— Ça se voit pas ?
— Tu vas où ?
— Là où tu me foutras la paix.
— Mais Laurent, qu'est-ce que je t'ai fait pour que tu me parles comme ça ?
— Delphine, je sors. Ça se passe d'explication. Mais si tu en veux une, dis-toi que j'ai besoin d'air. J'étouffe ici.

Notez bien que j'ai habitué Delphine à une certaine violence. La plupart du temps, je suis Laurent, ce gars cool, imperturbable, à qui on peut tout demander ou presque. Époux dévoué, père modèle, voisin exemplaire. Et puis, il y a le reste du temps. Ces moments que Delphine a peut-être appris à reconnaître, où je suis ombrageux, sarcastique, brutal. Et j'ai toujours été persuadé que ce Laurent-là ne lui déplaisait pas. Parfois, je la prends sans un mot, en la regardant dans les yeux, ou, au contraire, en la forçant à s'agenouiller pour me sucer, puis à me tourner le dos pour que je la sodomise. Dans ces cas-là, Delphine jouit au quart de tour. Elle part comme une fusée, inonde ma queue tellement elle mouille, ou geint, les yeux révulsés tandis que je lui enfonce mon membre jusqu'à la glotte.

Parfois encore, je lui bats froid pendant des jours, je l'ignore quand elle me parle, la coupe sèchement si elle insiste pour avoir quand même une conversation. Delphine a besoin d'un maître. C'est parce que je l'ai compris tout de suite que j'ai réussi à lui passer la bague au doigt, au lieu de rester une passade, un amant avec lequel s'encanailler, juste un peu, le temps de retrouver le droit chemin : ses études, un fiancé qui aurait eu l'approbation du crapaud, parce qu'il aurait appartenu, comme elle, à la jeunesse dorée de Marseille, cette ville qui l'est si peu, dorée...

Delphine ne connaît pas le vrai Marseille. Elle a grandi boulevard Périer et s'aventure rarement au-delà de Saint-Julien. Ne parlons même pas des quartiers nord, que finalement personne ne connaît à part les gens qui y sont nés. Non, parlons plutôt de ces bars du quartier de l'Opéra, que je fréquente depuis toujours, mais encore plus assidûment depuis que socialement je ne suis rien, depuis que je suis un chômeur de quarante-cinq ans, autant dire le néant.

La Luna. Une loupiote rouge clignote sur la façade. Une fille maussade s'encadre sur le seuil. Elle ne racole pas à proprement parler. Elle est juste là. De temps en temps, elle se lime un peu les ongles, retouche son maquillage, fait quelques pas en ondulant dans sa robe bustier, puis reprend la pose, se détache en ombre chinoise sur la lumière rose, pulsée, organique, de la Luna.

La Luna s'est successivement appelée le Loulou, le Jimmy's, l'After, La Bête humaine, le Wait & See, et j'en passe parce que j'en oublie. Mais du plus loin que je me souvienne, l'établissement a toujours été là, au 3 de la rue Saint-Saëns, et il a toujours eu ces allures interlopes. Je fréquente la Luna et ses avatars depuis que j'ai quinze ans. De loin en loin.

Quand j'étais ado, j'en connaissais les patrons, Loulou et Pierre-Marie, un couple de tarlouzes de ma cité, qui ont tenu le bar jusqu'au milieu des années 1990, avant de partir prendre une retraite bien méritée dans un bled du cap Corse, Pietracorbara ou Erbalunga, j'ai oublié, bien qu'ils m'y aient chaleureusement invité à plusieurs reprises.

Dans les années 1980, il n'était pas rare qu'un équipage de marins en bordée vienne s'échouer au Loulou. Loulou, toujours très au courant des arrivées et des départs, ne manquait pas de hisser les couleurs américaines sur la façade de son établissement. Quitte à les remplacer par le marteau et la faucille quand un navire soviétique venait mouiller chez nous. Car Marseille est un port, on aurait tort de l'oublier. Et qui dit port dit bouges, dit trafics, dit rose pourpre du Caire, et tutti quanti. Les maires successifs auront beau essayer de ripoliner la ville, de virer les pauvres du centre-ville, de réhabiliter l'avenue de la République ou le Panier, Marseille restera toujours Marseille, c'est-à-dire une cagole, une belle fille pas trop farouche, avec minijupe en jeans, t-shirt clouté, santiags en cuir blanc et bijoux de turquoises. L'inverse de Delphine, quoi.

J'aime les cagoles. Elles me fileront toujours la

trique. Mais cette vérité-là est inavouable. Pour ma femme, mes enfants, mes collègues, mes amis, je suis Laurent, un mec des quartiers nord, certes, mais habité par la haine de soi. Un petit gars des Aygalades qui s'est élevé à la force du poignet et qui abjure aujourd'hui ses origines populaires dans sa belle villa de Saint-Julien avec son épouse BCBG et ses enfants non moins BCBG.

La Luna est maintenant tenue par une certaine Mado, que je soupçonne de s'appeler en réalité Sherifa ou Faïza. Elle doit avoir à peu près mon âge, et nous nous sommes compris sans avoir besoin de nous parler. Mado ressemble aux filles qui ont fait mon éducation sexuelle dans les caves de la cité : Valérie Paolillo, Leila Mokrani, Marie-Pierre Diaz, Nathalie Leccia... Salut les filles, où que vous soyez. Je ne vous oublie pas. Et même quand j'émargeais à 6 000 euros par mois, avec devant moi une carrière toute tracée, des perspectives d'augmentations sans fin et de commissions de plus en plus juteuses, quand j'avais la considération de mon patron et la chaude admiration de ma femme et de mes enfants, je gardais une pensée affectueuse pour vous toutes, j'espérais que vous aviez fait votre chemin, vous aussi.

Je ne suis pas un ingrat : c'est dans votre regard que j'ai appris que j'étais un beau garçon, que je pouvais en imposer, à vous comme à d'autres. Je ne me regarde jamais dans la glace et m'intéresse peu à mon apparence physique, mais je sais que je plais aux femmes, à commencer par Delphine, pour laquelle il était très important que son mari soit « beau ». Finalement, peu de chose me sépare d'un gigolo...

À la Luna, j'ai le sentiment de peu me dévoiler, et en même temps de tomber le masque. Mon accent me revient, je plaisante avec les filles, taquine Mado, tutoie les autres clients, leur paye des verres et m'en fais payer. Je peux rester dix minutes comme je peux faire la fermeture. Je peux venir tous les soirs ou laisser passer deux mois sans faire mon apparition. Je suis un habitué sans habitudes fixes. Je suis invariablement sociable et détendu, mais je lis dans les yeux de Mado qu'elle sait à qui elle a affaire et qu'elle se gardera bien de me *chercher*. Delphine ferait bien d'adopter envers moi la même prudence circonspecte. Car plus le temps passe, plus mes rancœurs, mes frustrations, ma rage de jeune homme, reviennent m'envahir.

Farouk

27 mai

Incroyable mais vrai, nous sommes des millions. Des millions de « maris cocus » cherchant leur salut sur la toile. Bien sûr, tout en surfant de site en site, de lien en lien, de forum en forum, j'occulte soigneusement la part d'ombre de mon histoire. Je ne suis pas un mari cocu tout à fait comme les autres, puisqu'il y a cet enfant, né dans le cadre de mon mariage avec Chloé – donc légalement le mien, d'ailleurs. Je ne suis pas un mari cocu comme les autres mais j'ai justement envie d'être comme les autres, pour une fois. J'ai envie de me vautrer dans la souffrance de mes frères, dans leur humiliation et leur jalousie.

Car je suis jaloux, moi aussi. Bizarrement, j'ai réussi à refouler le souvenir de ma découverte macabre, et je suis en proie au plus terrible et au plus banal de tous les sentiments : la jalousie. Je me repasse le film de ces derniers mois, de ces dernières années, même. J'en suis arrivé à dater à peu près la grossesse de Chloé : si mes recoupements sont justes, elle a dû accoucher en mars. Comme nous sommes mi-mai, cela signifie que le bébé n'a pas séjourné plus de quelques semaines dans notre congélateur. Je revois Chloé, si distante cet hiver, comme murée en elle-même. Certes, elle n'a dérogé à aucune de nos habitudes, elle n'a failli en rien : les enfants ont toujours eu leurs vêtements lavés et repassés, leurs goûters dans le cartable ; elle les a accompagnés à la piscine, à la danse, au judo, au cinéma ; elle a rencontré la maîtresse de Farès et le professeur principal de Lila, désormais au collège. Moi aussi, elle m'a entouré de soins diligents, cirant mes chaussures, préparant les plats que j'aime, prenant rendez-vous pour moi chez le dentiste, m'achetant *Le Canard enchaîné* tous les mercredis, m'offrant une montre pour mon anniversaire, une montre Beuchat aussi jolie que discrète. Je n'en finirais pas d'énumérer toutes les attentions qu'elle a eues pour moi, alors même qu'elle portait l'enfant d'un autre, s'alourdissait, était sans doute en proie aux nausées matinales ou aux douleurs lombaires qui ont accompagné ses deux premières grossesses.

Le plus incroyable, c'est que tout ce temps-là nous avons continué à avoir une vie sexuelle. Certes, et je m'en rends compte à présent, nos rapports se sont un peu espacés au dernier trimestre de sa grossesse ; certes, nous avons fait l'amour dans le noir plus souvent qu'à l'accoutumée, Chloé me présentant son dos et m'incitant à la pénétrer par-derrière, mais je n'y ai vu que du feu. Pour autant que je sache, sa prise de poids a été discrète, huit ou neuf kilos, peut-être... J'ai bien noté, tout de même, que sa poitrine s'était alourdie. Bêtement, je m'en suis réjoui, mettant au compte de la maturité ces volumes seyants.

Il n'y a pas plus stupide et plus crédule qu'un mari qui veut à toute force s'aveugler et se persuader de la perfection de son bonheur conjugal.

Pendant tout ce temps-là, Chloé fermait les lèvres sur son secret et ses mensonges. Car avant la grossesse, il y a eu l'adultère. Ce mot ridicule, ce mot de vaudeville et de théâtre de boulevard, voilà qu'il faut bien que je l'applique à notre histoire. Elle m'a trompé et je crois savoir avec qui.

Chloé a des amis. J'en ai aussi. Certains, la plupart même, sont devenus des amis communs, des amis de notre couple. Marc est de ceux-là. Chloé l'a connu au lycée. Ils ont entrepris, ensemble, des études de kinésithérapie que Marc a menées à terme, contrairement à Chloé, qui y a renoncé au bout d'un an et qui vivotait de petits boulots en petits boulots quand je l'ai rencontrée. Marc est donc kiné. C'est même *notre* kiné. Chloé a fait chez lui ses deux rééducations postnatales, et je l'appelle quand j'ai mal aux cervicales ou au nerf sciatique.

Marc et Chloé. Chloé et Marc. Leur relation m'a toujours profondément irrité, et j'ai toujours fait comme si de rien n'était. Leurs personnalités sont aux antipodes, mais leur complicité saute aux yeux. Marc est solaire, démonstratif, espiègle, alors qu'en toutes circonstances Chloé fait preuve d'une réserve presque glaçante. Il n'empêche qu'elle aime sa compagnie : il la fait rire et arrive à la rendre presque expansive.

Marc est un beau garçon : grand, mince, doté d'une épaisse chevelure bouclée, d'yeux lumineux et d'une dentition éblouissante. Pour couronner le tout, il est obstinément célibataire. À trente-cinq ans, il n'a toujours pas trouvé chaussure à son pied. Les petites copines défilent, invariablement gentilles, invariablement mignonnes, et, à mes yeux sévères, interchangeables.

Il est amoureux de ma femme : je le sais, je le sens. Il n'y a, m'a dit Chloé, jamais rien eu entre eux. Mais il attend son heure, trouvant sans doute que je ne suis pas à la hauteur, et je ne le contredirai pas là-dessus. Un regard au miroir suffit en général à me convaincre de mon indignité : je n'ai rien, vraiment, qui soit de nature à attirer une femme, et je n'ai jamais compris ce que Chloé a bien pu me trouver. Je suis très brun, j'ai un nez accusé, des yeux marron sans charme particulier. Je suis petit, un mètre soixante-sept : soit seulement deux centimètres de plus que ma femme – tandis que Marc culmine à près d'un mètre quatre-vingt-cinq. Qu'on se le dise, je ne me remettrai jamais d'être petit et ma taille a toujours été pour moi une source d'humiliation et de rumination sans fin. Marc est grand, il est drôle, il est gai, et je l'ai surpris, voici plus d'un an, à enlacer ma femme dans notre cuisine.

Nous fêtions la fin de l'année. Chez nous. Chloé avait passé les deux derniers jours à cuisiner. Il y avait des bouteilles de champagne jusque dans la baignoire. Les gens dansaient, discutaient entre eux, sortaient fumer dans le jardin... J'étais dans le jardin, moi aussi, malgré le froid très vif : j'amoncelais des canettes de bière dans la poubelle. J'ai fait quelques pas sur ce qui restait de notre gazon : des touffes éparses, arasées et jaunies par le gel.

Par-dessus mon épaule, j'ai jeté un œil vers les fenêtres de la cuisine, chaudement illuminées par une guirlande multicolore et clignotante que j'avais moi-même installée : Marc avait passé les mains autour de la taille de Chloé. Même à cette distance, je pouvais voir l'intensité des regards qu'ils se jetaient, la tendresse exubérante du sourire de Marc, et celle, plus timide mais tout aussi manifeste, qui se lisait sur le visage de ma femme. Marc a attiré Chloé contre lui, sa main est remontée caresser sa nuque fragile. J'ai su que je ne pourrais pas supporter ce qui allait suivre et que je devinais trop bien : j'ai fait irruption dans la cuisine en frottant mes mains l'une contre l'autre et en prononçant des formules banales dont je ne me rappelle pas un traître mot : le froid, les bières qui venaient à manquer, que sais-je... Ni Marc ni Chloé n'ont paru gênés. D'ailleurs, que s'était-il passé ? Rien : un moment de tendresse éthylique entre deux vieux potes de lycée. J'ai remisé cette vision et le trouble qu'elle avait fait naître en moi dans un coin obscur de ma conscience et je n'y ai plus repensé.

Je n'y ai plus repensé, jusqu'à ce que je fasse dans le cellier la découverte que l'on sait. Jusqu'à ce que je remonte la piste des mensonges et des trahisons de ma femme, comme un bon chien de chasse, un bâtard un peu fou, avide de faire la découverte qui le tuera.

Car je suis mort. Mort à l'intérieur. J'ai continué à fonctionner en pilotage automatique, à me rendre au lycée, à faire cours, à corriger des copies, à m'occuper de mes enfants, à dormir avec ma femme, à lui parler, à lui sourire. Mais quelque chose s'est déconnecté en moi. Je ne suis plus porté que par la force de l'habitude, les automatismes, les obligations sociales et professionnelles. Les seuls moments où je me sens vivre, ce sont les moments que je passe sur le Net. Après quelques errances et quelques tâtonnements, j'en suis venu à ne plus fréquenter qu'un seul forum. Un forum candauliste.

Candaule. Ce nom ne vous dira rien. À moi, qui ai pourtant fait des études de lettres classiques, il rappelait juste un vague souvenir. Mais après ma première incursion sur tous ces sites dévolus aux maris cocus et contents de l'être, je me suis précipité sur mon dictionnaire de mythologie pour en savoir plus : Candaule, un roi d'Asie Mineure. Il trouvait sa femme, Nyssia, tellement belle qu'il voulait absolument que d'autres hommes profitent de sa beauté. Ensuite, les versions diffèrent : dans certaines, il l'aurait tuée parce qu'elle refusait de s'exhiber devant ses soldats ; mais selon Hérodote, il aurait incité Gygès à la contempler nue et il aurait été assassiné ensuite par le même Gygès… à l'instigation de Nyssia.

Après le dico, je suis revenu sur le Net. Pourquoi ? Je n'en n'étais même plus à chercher du réconfort auprès de mes pairs, auprès d'hommes ayant vécu comme moi l'humiliation d'être trompé. Ceux-là existent, ils ont leurs forums et leurs chats. Mais ils ne m'intéressent pas. J'ai parcouru distraitement l'exposé de leurs jérémiades sans m'y reconnaître. Les candaulistes, c'est autre chose. Les candaulistes, c'est bien pire. Pour eux, l'adultère n'est ni une hantise ni une souffrance : au contraire, ils l'appellent de leurs vœux, ils l'imposent à leur femme, ils l'organisent, ils en sont les maîtres d'œuvre voire les témoins fascinés : *Mister Loverman* cherche un « cocufieur » bien monté ; *Steevy* met en ligne des photos de sa femme en petite tenue. *Valentin77* donne rendez-vous sur une aire d'autoroute à tous les routiers qui auraient envie d'un plan à trois. Rien à voir avec moi. Vraiment rien. Moi, je ne suis qu'un mari banalement malheureux que sa femme soit allée voir ailleurs.

Alors pourquoi ? Pourquoi cette fascination vis-à-vis de ceux qui rêvent de « nettoyer » leur femme, c'est-à-dire, je n'invente rien, de lécher sur elle le sperme d'un autre ? Suis-je aussi tordu qu'eux, aussi malade, aussi pervers ? Aujourd'hui encore, je décrypte mal mes motivations initiales, et peu importe. Je trouve là un dérivatif à mes tourments, et tout dérivatif est bon à prendre. Je ne me contente pas de lire des tombereaux d'insanités, d'ailleurs. J'ai moi-même pris un surnom, *Honoré13*, et je participe au forum, m'immisce dans certains échanges, feignant d'être un roi Candaule comme les autres, désireux de fourguer sa Nyssia.

Pourquoi Honoré ? Eh bien, je ne suis pas marseillais pour rien : l'Honoré Panisse de la pièce de Pagnol est pour moi l'archétype même du cocu complaisant, le vieux type qui a épousé Fanny pour lui éviter le déshonneur d'être fille-mère, puis qui assiste sans moufter ou presque au retour de Marius dans la vie de sa femme. Le personnage m'a toujours dégoûté. Comme je me dégoûte moi-même depuis ce jour de mai où j'ai appris tout à la fois que ma femme me trompait et qu'elle était complètement folle. Parce qu'il faut vraiment être barrée pour supprimer un bébé à sa naissance, mais conserver son petit corps à deux pas de sa cuisine, ce havre de paix où se concoctent chaque soir soupes, gratins, purées, gâteaux...

Y pense-t-elle seulement ? A-t-elle de temps en temps une pensée, même vague, même informulée, pour son dernier-né gisant sous les sacs de légumes surgelés, entre un Tupperware de daube et un sac de brisures de framboises ? Va-t-elle le voir de temps en temps, quand la maison est déserte et que le souvenir du petit fantôme bleu lui revient ? Aucun moyen de le savoir. Mes conversations avec Chloé se bornent à des échanges prosaïques :

— Tu veux que je rende les livres à la médiathèque ?

— Je n'ai pas fini le Dennis Lehane. Mais tu peux prendre les autres.

— O.K., j'irai après le yoga. Tu penses à appeler la MAIF ?

— C'est fait.

— Qu'est-ce qu'ils ont dit ?

— Qu'on pouvait faire repeindre. Qu'ils prenaient tout en charge.

— Farès t'a parlé de son tournoi de volley ?

— Oui, il m'a dit.

Livres à rendre, courses à faire, petit dégât des eaux à réparer, emploi du temps des enfants : je m'en tiens là désormais. Mais finalement, avec Chloé, je suis rarement allé au-delà, je me suis rarement épanché : je lui parlais du boulot, un peu, lui demandais des nouvelles de sa mère, lui donnais des nouvelles de mes propres parents, qui coulent une retraite paisible dans leur petit appartement à deux pas de la Plaine, et que nous voyons au moins une fois par mois, ce qui fait que je n'ai pas besoin de refaire tout l'historique à chaque fois.

De toute façon, aujourd'hui, le temps que je ne passe pas au lycée, je le passe dans mon bureau, sur mon ordi, à échanger avec de pauvres types pervers, dont le plaisir n'est ni plus ni moins que de prostituer leur femme. La mienne est déjà une pute. Pas besoin que je la pousse dans les bras d'un autre. Elle s'y est déjà vautrée, et pour autant que je sache, elle continue. Car j'ai fini par découvrir d'étranges zones d'ombre dans l'emploi du temps de Chloé. Des moments où elle est injoignable, ne répondant ni sur notre fixe ni sur son portable.

— T'as fait quoi aujourd'hui ?
— Mmm... Les courses, le ménage.

Elle me regarde avec un tel air de candeur que je n'ose pas lui demander pourquoi elle n'a pas décroché le téléphone de dix heures du matin à seize heures quarante, heure à laquelle Farès et elle sont rentrés. Je n'ose pas lui demander non plus pourquoi, ayant soi-disant fait le ménage une bonne partie de la journée, elle se retrouve à passer l'aspirateur dans le salon et à épousseter les étagères en début de soirée. Tous ces mensonges, toutes ces incohérences me soulèvent de dégoût. Et tant qu'à en éprouver, je préfère le devoir aux insanités de mes pairs, tous ces *Mister Loverman* et *Valentin77* dont je parcours les messages aussi ineptes que fascinants.

— Ma fiancée aime les très grosses teubs. Qui voudrait la satisfaire ? Elle aime aussi quand c'est très très hard : avis aux amateurs !

— J'adore quand ma chérie met de la lingerie fine. Je lui achète moi-même ses guêpières…

— Je suis un cocufieur black bien monté…

— Qui est dispo sur Marseille pour venir faire jouir ma femme ?

Bizarrement, je m'en tiens aux candaulistes de la région PACA. Je crois que je caresse vaguement l'idée de passer à l'acte. Mais de quel côté ? Mystère : je ne déchiffre pas en moi aussi loin. Tantôt je m'imagine en « cocufieur » vengeur, avilissant la femme d'un autre pour oublier que la mienne est un monstre. Tantôt je me vois en roi Candaule, tenant sa Nyssia en laisse et l'offrant aux désirs d'un routier insensible à sa beauté subtile et à ses charmes délicats. Je me déteste, je me fais horreur, mais ça n'empêche pas les fantasmes, seule échappatoire à ma réalité inimaginable.

Parfois, face à des messages aussi incongrus que répugnants, je ne peux pas m'empêcher d'éclater de rire. M'ayant entendu, une fois, Chloé a passé la tête dans mon bureau avec un air de curiosité, et aussi de soulagement – car mes sourires se font rares ces derniers temps, sans parler de mes éclats de rire.

— Qu'est-ce qui t'arrive ? Qu'est-ce qui te fait rire comme ça ?

Elle se tient dans l'encadrement de la porte, n'attendant qu'un mot de ma part pour entrer, mais je referme l'ordi avec un claquement sec :

— Rien.

Elle doit se sentir un peu bête car elle bat tout de suite en retraite.

Avec un frisson de plaisir et de répulsion mêlés, je m'empresse de l'imaginer en lingerie fine, les mains attachées dans le dos par une cordelière de velours, offerte aux regards, puis aux mains insistantes, et enfin au sexe impatient d'un autre homme, dont le visage reste dissimulé. Dans un coin de la pièce, j'assiste au spectacle, metteur en scène impassible et directif :

— Ouvre les yeux, Chloé, regarde ce qui t'arrive. C'est bon ? Tu aimes ça ? Alors montre-le, que tu aimes ça ! Je veux t'entendre hurler !

En bas, j'entends la voix de Lila crier quelque chose à sa mère – sa mère que je viens, en imagination, de livrer à un inconnu. Je tombe à genoux sur la moquette du bureau, que j'ai moi-même posée quelques années auparavant, et je recommence à rire, puis à pleurer, puis à rire de nouveau, ne sachant pas ce qui l'emporte, du ridicule ou de l'abjection.

Reynald

20 juin

J'aime le Sud-Est. Les Bouches-du-Rhône, le Var, les Alpes-Maritimes. J'aime Cassis. Et par-dessus tout, j'aime la villa que je me suis payée grâce à mes talents de manager, et dans une moindre mesure grâce aux talents de chanteuse de Lauriane : deux cents mètres carrés sur les hauteurs du village, pas immense mais pas mal quand même vu le prix de l'immobilier à Cassis ; un patio, une piscine, un jardin clos par des haies de lauriers roses : que demande le peuple ?

Depuis trois jours que nous sommes là, Lauriane est d'humeur suave. Finis les bouderies, les états d'âme et les accès de rébellion. Je sais ce que ça cache : elle se croit amoureuse de son Zach et très maligne de me mener en bateau. En attendant, Patsy et elle passent des heures sur nos transats de toile rayée, à s'enduire de crème solaire, à s'enquiller verre sur verre de 51, quand elles ne sont pas en train de se rouler des joints comme deux collégiennes hystériques, ce qu'elles sont au fond.

Patsy me fait du charme. Elle est forcément au

courant de l'idylle que vit sa copine, et elle doit se dire qu'elle peut au moins ramasser les restes. Au fond, je suis un bon parti : un grand appart dans le XIXe arrondissement, une villa à Cassis, un réseau d'amis dans le show-biz... Comme toutes les minettes de son âge, Patsy rêve de faire une carrière artistique, elle aussi. Et l'exemple de sa meilleure copine, cette tanche dotée du Q.I. d'une oie et du charisme d'une huître, voilà qui ne peut que l'encourager. Si Lauriane a réussi, tout le monde peut y arriver. À condition de tomber entre les mains de papa Reynald : voilà très exactement le raisonnement de cette pauvre Patsy.

Rêve, Patricia ! Avec toi, j'aurais beau faire, tu resteras toujours un néant programmé. Lauriane, au moins, a un potentiel. Mon génie a été de le déceler malgré sa contre-performance à « La Nouvelle Star », ses looks impossibles et son apathie atavique. Je ne suis pas raciste, mais je n'ai jamais rencontré un Antillais qui soit énergique, ambitieux, dynamique. Lauriane a beau être née en Seine-Saint-Denis et vivre en métropole depuis toujours, elle n'échappe pas à ses gènes.

Pour en revenir à Patsy, je suis depuis longtemps arrivé à la conclusion qu'il n'y avait rien à faire, rien à en tirer. Pour commencer, elle chante comme une casserole. Bon, ça, ce n'est pas un obstacle : d'autres ont réussi malgré leur voix de crécelle ou leur totale absence d'oreille musicale, à commencer par Madonna. Elle bouge mal. Mais ça aussi, ça peut s'arranger : quelques cours de danse, histoire de lui apprendre à faire illusion, des clips où les autres bougeront à sa place, et le tour est joué.

On ne peut pas enlever ça à Lauriane : elle sait danser, même si elle s'en donne rarement la peine. Aucun mérite d'ailleurs, ça aussi elle l'a hérité de papa et maman. Et puis pour en finir avec Patsy, elle manque totalement de charme. Elle n'a pour elle qu'une vague beauté du diable due à ses vingt et quelques années, mais si on prend la peine de la détailler, rien ne résiste à l'examen : cheveux mous et incolores, arête nasale épaisse, lèvres mal ourlées, menton proéminent, yeux bleus troubles et trop petits dont elle s'acharne à faire des *smoky eyes* à grand renfort de khôl. Du coup, elle a l'air d'un panda : n'est pas Taylor Momsen qui veut. Patsy est mince et je lui ai payé à elle aussi une poitrine de rêve. Vu son enthousiasme après l'opération, je n'ai pas osé lui dire que son 95 C jurait abominablement avec son torse frêle et ses jambes de sauterelle. Le corps de Lauriane est plus ample : elle a des hanches et des fesses qui rendent moins improbable le volume de sa nouvelle poitrine.

Depuis la fenêtre de mon bureau, je les observe toutes les deux, là, tandis qu'elles chahutent au bord de la piscine, se poursuivent, hurlent et s'éclaboussent. Il n'y a pas photo : à côté de Lauriane, Patsy ne tient pas la route. Dans un deux-pièces vermillon, Lauriane est éblouissante : alourdies par l'eau, ses boucles noires collent à ses joues creusées de fossettes, ses longues jambes fuselées par les heures de gym que je lui impose sont merveilleusement mises en valeur par l'échancrure du maillot, maillot dont le haut peine à contenir deux superbes, deux magnifiques obus cuivrés.

Lauriane ne partage pas l'enthousiasme de Patsy concernant l'augmentation de son volume mammaire. D'autant qu'elle en est à sa troisième opération, vu que le chirurgien et moi avons décidé d'y aller par étapes mais de lui donner une poitrine de légende. Pas Lolo Ferrari, mais presque. D'ailleurs, la conversation des deux filles tourne justement autour de cette histoire de poitrine. Elles ne paraissent pas avoir conscience que je les entends. Elles n'ont même pas remarqué ma présence, à demi dissimulé que je suis par une glycine exubérante.

— Non, tu vois, c'est vraiment trop gros.

Ça, c'est Lauriane, évidemment. Elle a fait glisser la bretelle de son haut de maillot et elle inspecte son sein droit, le soupèse et en caresse l'aréole distendue.

— Mais non, ils sont géniaux ! T'as trop de chance !

Ça, c'est Patsy, qui est également en train de jauger sa propre poitrine d'un air circonspect. Les siens sont plus petits que ceux de Lauriane, mais elle n'aspire qu'à monter d'un cran, et à rejoindre sa copine au top ten des plus grosses poitrines de France.

— En plus, ils me font mal. Et ils me gênent quand je cours.

Lauriane encore. Lauriane qui ne court jamais, de toute façon. Elle ne se rend pas compte, cette conne ingrate, qu'elle n'intéresse les médias qu'en raison de cette poitrine faramineuse. Bon, j'exagère un peu : disons que sa poitrine a accéléré son début de carrière, l'a aidée à sortir du lot. Je ne nie pas qu'il y avait un petit talent derrière.

— Zach dit que c'est pas naturel. Et que si ça se trouve, je pourrai pas allaiter notre bébé.

Zach, nous y voilà. Je savais bien qu'il était pour quelque chose dans la nouvelle humeur rétive de ma femme.

— Quoi, Zach aime pas tes seins ?

Patsy mime l'incrédulité, roule des yeux et se décroche la mâchoire, ce qui accentue encore son léger prognathisme. Beurk.

— Non. Il voudrait que je me fasse enlever mes prothèses.

Ce qui, au prix où j'ai payé les dernières, en gel de silicone cohésif, légères, souples, indétectables au toucher, est tout simplement hors de question.

— Hein ? T'en as parlé à Reynald ?

Même un veau comme Lauriane sait reconnaître la bêtise, et elle regarde sa copine avec une grimace dégoûtée :

— T'es vraiment trop conne ! Tu crois que je sais pas comment Reynald va réagir ? Tu crois que je sais pas que je vais encore m'en prendre plein la tête, genre je sais pas ce qui est bon pour moi, que je comprends rien à rien, et que de toute façon je lui ai coûté trop cher en chirurgie esthétique pour qu'on revienne en arrière ?! J'aurais jamais dû accepter, voilà. La première opération, à la rigueur, mais pas les deux autres.

— T'avais vraiment pas de poitrine, j'te rappelle. T'étais complètement plate.

Petite perfidie de Patsy, qui n'a pas dû apprécier de se faire traiter de conne.

— J'avais les seins que la nature m'avait donnés. J'aurais dû les garder.

C'est quoi, ce soudain engouement pour la nature,

chez cette fille des villes, qui déteste la campagne, ne mange jamais un fruit ou un légume frais, et serait horrifiée d'avoir affaire à la nature, la vraie ? Là encore, je subodore l'influence de Zach. Ce doit être un écolo à deux balles comme il y en a tant chez les branleurs de sa génération. J'espère un instant que la conversation va rouler sur ledit Zach et que je vais en savoir un peu plus sur sa relation avec Lauriane et la façon dont ils envisagent l'avenir tous les deux. Si Lauriane projette de demander le divorce et de mettre le vieux Reynald sur la touche, autant qu'elle apprenne très vite que je ne vais pas lui faciliter la tâche. Autant qu'elle apprenne très vite que si telles sont ses intentions, sa vie va devenir un enfer.

Comme Lauriane fait mine de lever la tête, je me rejette en arrière. Peu importe qu'elle m'ait vu, d'ailleurs. Elle ne perd rien pour attendre. Je lui ferai payer la rage fulminante dans laquelle elle me jette avec ses conneries de pétasse immature. Je reviens à mon ordi. Mon forum préféré, ces temps derniers, c'est un forum de candaulistes. Toutes les perversions sont dans la nature. Si vous n'avez pas encore appris ça, c'est que vous ne connaissez rien de la vie, et je vous plains beaucoup.

Laurent

16 juin

Je n'en peux plus. Mais l'aveu est inimaginable. Je ne parlerai à Delphine de ces mois d'oisiveté forcée et de mensonges éhontés que si je retrouve du travail. Si tant est que je lui en parle un jour. Car Delphine, qui vit dans les inepties et les illusions ouatées du catholicisme, et qui se ment à elle-même depuis toujours, prône pourtant la sincérité absolue et se veut l'apôtre de la vérité vraie. Là dessus, elle est inflexible avec nos enfants. Chaque fois qu'elle les prend en flagrant délit de mensonge, ils en ont pour deux heures d'un sermon pathétique, qu'elle prononce d'une voix brisée, son regard lourd de reproche cherchant celui de Clément, de Romane ou de Cyriaque.

Je préfère les gifles et les hurlements avec lesquels j'ai été élevé. Au moins, je pouvais en vouloir à ma mère ou à mon beau-père, nourrir de saines pensées de vengeance, puis passer à autre chose, revenir à ma vie d'enfant. Tandis qu'avec la méthode Delphine, les pauvres minots ne savent plus où se foutre, ils sont englués dans le pathos, la honte, la conviction qu'ils sont le diable en personne et que leur mère ne se remettra jamais de la déception dont ils sont responsables.

— Maman est très triste, Romane. Tu comprends pourquoi maman est très triste ?

— Oui...

— Maman n'aurait jamais cru que sa petite fille pouvait lui mentir. Maman avait confiance dans sa petite fille.

— Je sais, maman.

À ce stade, Romane (ou Clément, ou Cyriaque) est déjà secouée de sanglots silencieux, mais en face on lui fait bien comprendre que son chagrin n'est rien en regard de la douleur incommensurable de « maman ».

— C'est facile de berner maman, Romane, c'est trop facile de tromper la confiance de maman. Tu ne dois plus le faire, jamais. Surtout que Dieu te voit, Romane. Tu peux mentir à tes parents, mais tu ne peux pas mentir à Dieu : il voit tout ce que tu fais, il sait tout ce que tu penses.

— Je sais, ma-man...

Le Dieu de Delphine fait froid dans le dos Je n'aurais jamais dû accepter que nos enfants soient baptisés, qu'ils aillent au catéchisme et soient éduqués par les Bons Pères. Mais voilà, je me suis complètement laissé bluffer par Delphine et par sa conviction d'avoir toujours raison.

J'avais vingt-cinq ans quand nous nous sommes mariés, quasi trente quand Romane est née. Je travaillais, je gagnais bien ma vie, mais les Aygalades, ma jeunesse dans le quart-monde, tout mon habitus de prolo, me collaient encore aux basques. Je ne me sentais ni capable ni légitime pour éduquer des enfants. Je savais très bien qu'au mieux je reproduirais ce que j'avais vécu et qu'au pire je serais un père démissionnaire, fuyant des responsabilités trop écrasantes. Delphine savait, elle. Elle avait les codes, hérités d'une enfance avec des goûters et des devoirs à heure fixe, des week-ends à la campagne et des vacances sur le bassin d'Arcachon. Concernant les enfants, je lui ai donc laissé les pleins pouvoirs. Aujourd'hui, je le regrette. Pour mes garçons, surtout. Ça ne me dérange pas qu'elle fasse de Romane une grenouille de bénitier, mais j'ai d'autres ambitions pour mes fils.

Depuis quelque temps, je suis sorti avec eux de ma position de distance et de hauteur – papa cette divinité lointaine et bienveillante à qui l'on rend un culte formel mais dépourvu de sens. À table, je taquine mes garçons, je vais les chercher dans leurs retranchements :

— T'as que huit sur vingt en EPS, Cyriaque ? C'est un peu la honte, non ?

— Mais papa, ce trimestre, c'était un cycle de foot : tu sais bien que je déteste ça.

— Ben oui, forcément, pour le foot il faut un peu d'engagement. Sans compter le sens du collectif. Pas forcément des qualités dont tu fais preuve.

— Le prof est nul.

— Ouais, c'est plus facile de mettre la faute sur le dos du prof que de se dire qu'on n'a pas les couilles pour bien jouer au foot. Parce que moi, du foot, j'en ai suffisamment fait pour te dire qu'il faut des couilles !

— Laurent !

Ça, c'est Delphine, outrée par une grossièreté à laquelle je ne les ai pas habitués, polissant à son contact toutes mes habitudes de langage. Je m'en fous, je suis lancé : j'embraye sur Clément.

— Et toi, Clément, ça te plaît, le sport ?
— Oui.

Clément se demande à quelle sauce je vais le manger et avance une main prudente vers la salière.

— Parce que je t'ai vu en maillot chez papy l'autre jour, et il m'a semblé que question abdos, c'était pas trop ça !

Romane pouffe. Clément baisse les yeux sur la sacro-sainte soupe du soir qui me donne, tous les soirs, envie de hurler et de renverser le contenu de la soupière sur le catogan blond de Delphine, histoire de voir les carottes et les pommes de terre moulinées ruisseler lentement le long de ses joues blushées de rose.

— Si tu veux pas rester gras du bide, tu aurais intérêt à te bouger un peu, mon gars ! Et à y aller mollo sur la gamelle !

En ricanant, je relève ma chemise, leur permettant ainsi d'admirer les tablettes de chocolat que j'entretiens depuis toujours.

— Laurent ! Qu'est-ce qui te prend ?

Delphine, toujours. Et toujours ce ton offusqué, cette voix qui dit que je me comporte mal, que je n'agis pas comme il se doit, que je suis et que je reste un prolo mal élevé, indigne de son raffinement, de son tact et de sa délicatesse. Je me lève. Je les laisse à leur omelette au fromage et à leur salade de fraises au gingembre. Je me réfugie dans mon bureau et me jette devant l'ordi.

Parmi toutes mes nouvelles habitudes, il y a celle-ci : la fréquentation assidue de certains sites un peu hardos. Un en particulier : le royaume de Candaule et Nyssia, réservé aux mecs qui prennent leur pied à voir leur femme se faire baiser par d'autres. Pas de l'échangisme, non. Ni même du triolisme. Le mec reste passif, voyeur. Son truc, c'est d'offrir sa femme à d'autres hommes. Rester passif, je n'ai jamais pu. Ce qui fait que je ne me contente pas de lire les annonces et les messages des candaulistes, même si je dois reconnaître qu'il s'agit d'une lecture excitante. Il m'arrive donc de répondre à certaines invitations d'un genre un peu particulier et d'intervenir, en tant que « cocufieur », puisque c'est le terme consacré.

J'adore ça, en fait. Débarquer sur une aire d'autoroute ou sur un parking, prendre la femme sous les yeux du mari, et repartir sans même leur avoir donné mon prénom. Dimanche dernier, après m'être chauffé à la Luna, une heure à boire verre sur verre et à raconter des conneries, je suis parti rejoindre un couple auquel j'avais déjà eu affaire. Des habitués du royaume de Candaule et Nyssia. Ils m'avaient recontacté après une première performance assez, disons, réussie. Cette fois-ci, ça se passait chez eux.

Je préfère. La mise en scène est plus soignée, la lingerie plus raffinée, l'éclairage plus sophistiqué. La femme avait la quarantaine bien conservée. Elle s'appelait Nadine. Un prénom suffisamment proche de Delphine pour que mon excitation monte d'un cran. On a fait ça dans leur séjour. Ils avaient un trois-pièces boulevard Camille-Flammarion. À première vue, pas d'enfants. Je voyais bien le genre : des quadras entièrement centrés sur eux-mêmes et leur petite vie érotique. Nadine portait une guêpière vert bronze assez moche. Son mec, Stéphane, est resté habillé tout le temps, tapi dans un fauteuil club en cuir blanc. Je n'ai pas insisté sur les préliminaires. Je sentais Nadine tendue, mais impatiente d'en découdre. La guêpière n'a pas tardé à valdinguer. Hop ! Elle a atterri sur les genoux de Stéphane, qui l'a portée à ses narines avec un air de volupté plutôt exaspérant.

J'ai malaxé les seins refaits de Nadine, pas longtemps, vu que la prothèse de silicone roulait désagréablement sous mes doigts. En matière de poitrine, je préfère le naturel, même si elle est petite et tombante. Et je dois reconnaître que Delphine a une poitrine superbe, qui a résisté à trois grossesses, sans compter les mois d'allaitement qu'elle a endurés en martyre, avec un sourire et des soupirs également douloureux.

J'entendais le cuir crisser sous le postérieur de Stéphane, et j'ai décidé que j'allais faire hurler cette pauvre Nadine, déjà pantelante de désir après cinq minutes de caresses péri-aréolaires. Je l'ai prise sans fioritures, juste un demi-tour pour la forme, mais sans pénétration anale. Elle n'était pas mal du tout, finalement. Longue, brune, un peu trop bronzée, mais pas mal quand même. Et puis elle répondait à chaque caresse, à chaque élan de mon sexe dardé en elle, elle ahanait, elle geignait, je la soupçonnais d'en rajouter un peu à l'intention de son mec, mais je sentais son plaisir qui venait, là, au bout de mon gland. Elle s'est lâchée, a explosé en vol, et je n'ai pas eu à me forcer beaucoup pour me finir en elle. Quand je me suis retourné, Stéphane était pétrifié sur son fauteuil, la guêpière toujours plaquée contre son nez. Je lui ai souri. Et pour la première fois, j'ai envisagé d'être autre chose qu'un cocufieur bien monté. Pour la première fois, je me suis imaginé à la place de tous les Stéphane de ce monde : avec Delphine en reine Nyssia de ce petit royaume de folie et de perversité. Avec Delphine en victime expiatoire, plutôt.

J'ai planté là Stéphane et Nadine. Ciao, ciao, on se reverra. J'ai repris mon Audi A6. Direction Saint-Julien et le lit conjugal où ma femme dormirait déjà, ignorante de ce que je lui réservais. J'ai eu envie de la réveiller pour la prendre, elle aussi, comme j'avais pris Nadine et probablement avec le même résultat : Delphine, je l'ai déjà dit, a un sacré tempérament. Elle ne le reconnaîtra jamais devant moi, sans parler de se l'avouer à elle-même. Elle préfère sublimer ça, s'abîmer en prières des heures durant sur les prie-dieu de l'église de Saint-Julien, dissimuler son corps épanoui sous des jupes informes, des sweat-shirts à pressions de nacre, et donner le change à coups de sourires séraphiques. Mais elle aura beau faire, elle sait, et je sais, qu'elle aime le cul.

D'ailleurs, pour avoir parcouru les écrits mystiques qui traînent partout dans la maison, *Le Château intérieur* de Thérèse d'Avila en particulier, j'en suis arrivé à la conclusion que la plupart des saintes devaient avoir le feu au cul. Bernadette, Thérèse,

Catherine de Sienne, si ces nanas-là avaient été bien baisées, elles n'auraient jamais versé dans le mysticisme. Delphine serait probablement scandalisée par ma théorie, que je ne demande d'ailleurs qu'à affiner. Elle serait surtout très surprise d'apprendre que son mari, ce gros beauf des Aygalades, qu'elle a épousé suite à une erreur de jeunesse qu'elle n'aura pas trop de toute sa vie pour expier, bref que son Laurent lit autant qu'elle, voire beaucoup plus. Et qu'il a potassé son saint Augustin, sans compter Rumi et Maître Eckart, dont elle n'a même pas entendu parler.

Dans l'ombre, depuis des années, je fourbis mes armes idéologiques, histoire de river son clou au crapaud, qui se prend volontiers pour un théologien, un fin connaisseur en matière de textes sacrés. Pauvre con ! Même un *cake* des quartiers nord en sait plus que toi sur les religions monothéistes ! Dans l'ombre, depuis des années, je fourbis aussi d'autres armes, m'entretenant dans cette morale et cette discipline de guerrier qui m'ont servi à me faire une place au soleil à laquelle rien ne me destinait. Il n'y a pas que mes abdos qui sont prêts à servir. Je suis affûté comme un *katana*. Mais il n'y aura pas de *seppuku*. Si le sabre doit servir, il ne se retournera pas contre moi.

Farouk

7 juin

Nous sommes à trois jours des vacances mais il fait déjà aussi chaud qu'en plein cœur de l'été. À mon avis, nous sommes partis pour une nouvelle canicule. Les élèves ont rendu leurs manuels, leur conseil de classe a déjà eu lieu ou est imminent, ils voient par la fenêtre un soleil éclatant et un ciel immuablement bleu, sans compter qu'au lycée Montgrand, nous sommes à deux pas du Vieux Port, et que la tramontane nous ramène parfois des odeurs d'iode et de mazout mêlées. Bref, rien qui incite vraiment au travail.

Je m'en fous. Je suis comme eux : je n'ai pas envie de travailler, et ça n'a rien à voir avec la fin de l'année. En fait, depuis qu'il a découvert un bébé dans le congélateur familial, l'ancien Farouk Mokadem a disparu pour laisser la place à un ectoplasme, un golem qui imite la vie mais en est secrètement dépourvu.

J'ai rempli mes dernières formalités : bulletins, livrets, listes de textes pour l'oral du bac. J'ai même bouclé le programme, assuré des cours dignes de ce nom : les formes fixes en poésie, le vers libre, ou encore, comme hier, la lecture analytique d'« Hymne à la beauté », un poème de Baudelaire que j'aime particulièrement. J'ai lu, sans défaillir, ces mots que depuis toujours j'applique à Chloé, ma ténébreuse :

[…] *Que tu viennes du ciel ou de l'enfer, qu'importe,*
Ô Beauté ! monstre énorme, effrayant, ingénu !
Si ton œil, ton souris, ton pied, m'ouvrent la porte
D'un Infini que j'aime et n'ai jamais connu ?
De Satan ou de Dieu, qu'importe ? Ange ou Sirène,
Qu'importe, si tu rends, – fée aux yeux de velours,
Rythme, parfum, lueur, ô mon unique reine ! –
L'univers moins hideux et les instants moins lourds ?

Erdem levait la main : il voulait lire, mais je l'ai rembarré. Pas question de laisser un élève de première STGC massacrer l'alexandrin baudelairien. Il a protesté :
— Eh, Monsieur, c'est toujours vous qui lisez ! Faut qu'on s'entraîne, nous ! Le bac, c'est à la fin du mois !
— Entraîne-toi dans ta chambre, avec ta petite sœur.
Il s'est vexé, mais quelque chose dans le ton de ma voix a dû lui faire comprendre qu'il ne fallait pas me chercher aujourd'hui. Sabrina, avec l'assurance que lui donnait sa moyenne trimestrielle de treize, a susurré :
— Monsieur Mokadem, il est pas de bonne humeur aujourd'hui.
— Genre, il s'est disputé avec sa femme !

Ça, c'était Kenny : dix-sept ans, crâne rasé sous la casquette que je le forçais à enlever à chaque début de cours. Bonne bouille, cela dit, grosses joues d'enfant, sourire encore bagué. Je soupçonnais la casquette et la boule à zéro d'être là pour faire oublier ces attributs trop enfantins. J'ai laissé la classe s'esclaffer sans relever. J'étais ailleurs. Et puis Kenny n'était pas tombé si loin de la vérité. Les ados ont des antennes. Bizarrement, mon absence de réaction leur a fait plus d'effet qu'un coup de semonce. D'eux-mêmes, ils se sont repris, sont revenus au texte, dont je leur demandais de scander le treizième vers :

« *Tu marches sur des morts, Beauté, dont tu te moques...* »

Cette fin d'année cauchemardesque m'aura au moins appris ça : plus le prof est détaché, plus les choses se passent bien. Quand je pense que pendant près de quinze ans j'ai cru l'inverse ! J'ai toujours passé des heures à préparer mes séquences, à chercher des textes, des exercices, des documents ; des heures à élaborer des fiches, à corriger des copies parfois illisibles. Dans le même ordre d'idées, j'ai toujours cru aussi que le déroulement d'un cours nécessitait un état d'hypervigilance. En classe, j'ai l'œil à tout, rien ne m'échappe : je confisque des portables sortis en douce, j'interromps des parties de morpion, j'empêche tel élève de bavarder, tel autre d'écrire sur sa table. Dans une pochette rouge, que mes élèves ont appris à reconnaître, j'ai toujours une pile de bulletins d'exclusion que je dégaine au moindre manquement grave.

— Sofiane, dehors ! Et emporte le texte de Zola : tu m'en feras un commentaire pour demain !

Dans ces cas-là, en général, dix mains se lèvent, dix voix implorent :

— Monsieur, Monsieur ! Je peux l'accompagner à la « vie scolaire » ?

De quoi rêvent les élèves ? De sortir de la classe. D'échapper un moment à l'immobilité forcée, au ronron du cours de français, même s'il est dispensé par Monsieur Mokadem, qu'au fond ils aiment bien : Monsieur Mokadem, sévère mais juste. Un peu chiant, mais pas sadique.

Ils m'aiment bien, mais en cette fin d'année ils ne reconnaissent plus leur prof de français. Voici que tout d'un coup je ne leur cours plus après pour qu'ils me rendent leurs devoirs en temps et en heure ; voici que tout d'un coup ils peuvent envoyer et recevoir des SMS en cours sans que je m'en formalise. Je les vois. Ils voient que je les vois. Mais la sanction ne tombe pas. Comme je l'ai dit, je m'en fous. Ils doivent le sentir et trouver soudainement beaucoup moins intéressantes toutes les menues incivilités dont ils se rendent coupables en temps normal. Je fais cours dans un silence presque mortel. Même dans mes classes de seconde, qui n'ont pourtant aucune épée de Damoclès, aucun examen final suspendu au-dessus de leur tête, j'obtiens sans effort l'atmosphère studieuse que j'ai exigée en vain pendant neuf mois. Dans le regard que je pose sur eux, quelque chose doit passer, quelque chose de terrible, quelque chose qui doit emprunter son pouvoir de sidération au petit cadavre bleu de mon cellier. Je leur parle désormais avec l'autorité irréfutable de celui qui a vu ce que nul œil humain ne devrait jamais voir. À moins que ma voix ne résonne comme celle d'un Orphée remonté de son enfer moderne.

Les textes anciens, avec leur lot d'infanticides, de crimes monstrueux et de châtiments infernaux, ces textes que j'ai toujours fréquentés assidûment, que j'ai tant de fois lus, traduits, commentés, ces textes familiers me semblent désormais à la fois moins proches et plus compréhensibles. Chez Homère, Ovide, Hésiode, Virgile, je découvre un réalisme, une vraisemblance psychologique que je n'avais jamais cherché à leur conférer, les abordant plutôt comme un corpus de fables et de chimères, des contes merveilleux, mais dont la signification tenait de la métaphore, de l'allégorie cryptée. Depuis mon *May Day* personnel, je suis Orphée le ressuscité, le mort vivant, Jason qui voit sa femme tuer leurs deux enfants, Prométhée au foie éternellement dévoré, que sais-je.

Alors, non, Kenny, je ne me suis pas disputé avec ma femme, et de toute façon je n'ai jamais été capable d'avoir quelque dispute que ce soit, vu que je fuis le conflit depuis toujours. Je ne me suis pas disputé avec Chloé, mais à vivre avec elle et son crime impuni, je me fabrique mes propres Érinyes, ces divinités de la vengeance, éternellement tournoyantes et glapissantes au-dessus de ma tête. Alors, les secondes 3 ou les premières STGC, qu'est-ce que j'en ai à foutre...

Avant de rentrer, désormais, je traîne un peu dans ce centre-ville de Marseille, le port, Noailles, le Chapitre. Parfois, je pousse chez mes parents, rue Terrusse, pour le plaisir de prendre un café entre ces deux vieux qui n'ont jamais grand-chose à me raconter mais qui sont toujours contents de me voir. Ils vieillissent bien, d'ailleurs. Et ils vieillissent encore mieux de vieillir à deux.

Étonnant pour un couple « mixte » de leur génération : ma mère, toulonnaise pur jus, c'est-à-dire vaguement italienne, mon père cent pour cent marocain, arrivé en France à dix-huit ans, sans diplôme, sans un sou, mais son oud sous le bras. Et ça a marché, il a tout de suite été enrôlé dans de petits groupes, des orchestres plus ou moins miteux qui jouaient de la musique traditionnelle dans des restos ou à des mariages. Il s'est même fait un nom, Ahmed Mokadem, l'un des meilleurs joueurs d'oud sur Marseille et sa région. Il a rencontré et épousé ma mère, eu trois garçons, obtenu sans mal sa naturalisation. Bref, une immigration réussie, qui se solde par la promotion sociale incontestable de ses trois fils : je suis agrégé de lettres classiques tandis que Fouad et Hassan, après des études brillantes, se sont associés pour monter leur propre cabinet dentaire. En tant que seul littéraire des trois garçons Mokadem, je fais un peu figure de poète de la famille, ce qui a créé entre mon père et moi une complicité particulière, fondée sur notre amour des mots et des textes. Je lui ai fait découvrir Baudelaire, tandis qu'il me lisait, à voix haute et en arabe, du Moufdi Zakaria ou du Mahmoud Darwich.

Pourtant, ni mes frères ni moi ne parlons l'arabe. Mon père lui-même semble s'être progressivement détaché de cette langue, comme de toute sa culture d'origine. Il n'a plus mis les pieds au Maroc depuis que ma grand-mère est morte. Il ne mange de couscous ou de tajine que par hasard, si on lui en sert chez des amis. Il préfère la cuisine provençale que fait ma mère : les farcis, les tians, la ratatouille (finalement très proche de la tchoutchouka), les pâtes au pesto, les supions, la pissaladière... D'arabe, ne lui reste que la musique. Celle qu'il écoute et celle qu'il joue encore, seul ou avec ses vieux copains.

Mon détachement à moi vis-à-vis de mes origines marocaines est encore plus marqué. J'ai même été très étonné que Chloé veuille donner à nos enfants des prénoms arabes. Mais je n'ai rien dit : va pour Lila, va pour Farès. Moi, je les aurais bien appelés Bérénice et Aurélien : une héroïne de tragédie, et un personnage de roman dans lequel je me reconnaissais. Mais j'ai cédé au désir de Chloé parce que pour moi le désir de Chloé a toujours été souverain. J'ai organisé toute ma vie psychique autour des désirs de Chloé. Je me suis effacé, oublié même, pour la rendre heureuse. Mais que ce soit bien clair : j'ai aimé cet effacement, j'y ai trouvé mon compte. La rendre heureuse m'a rendu heureux.

C'est sans doute la raison qui me pousse à fréquenter les sites candaulistes dont j'ai parlé. Certes, j'y suis arrivé un peu par erreur, sur un malentendu, croyant y trouver des témoignages de maris cocus. Mais si j'y suis resté, si je continue à y passer près d'une heure chaque jour, c'est parce que le fantasme de base du mari candauliste me semble parfois la seule thérapie possible pour notre couple. Il me semble que si j'obtenais de Chloé qu'elle fasse l'amour devant moi avec un autre homme, si j'obtenais d'elle qu'elle me dédie son plaisir, que nous soyons complices dans cet acte, eh bien cela effacerait la trahison impardonnable et tous ces mois d'affreux mensonges.

Reste l'infanticide. Mais cet infanticide, je le lui ai déjà pardonné : Chloé a voulu que je sois le seul père de ses enfants. Comment pourrais-je lui en vouloir alors que, dans cette histoire pleine de bruit et de fureur, cette exclusivité est la seule chose qui me retienne de me foutre en l'air ?

Reynald

23 juin

L'idylle entre Zach et Lauriane ne passera pas l'été. Telle est ma conviction. Conviction nourrie par la salve de SMS tantôt amers tantôt furibonds que j'ai interceptée ce matin même. Lauriane était sous la douche et j'ai recommencé le même manège que l'autre fois. Je ne garantis pas l'exactitude de ma restitution, l'orthographe n'étant le fort ni de Lauriane ni de Zach, sans parler du langage texto, mais ça donnait à peu près :
— M'envoie + de mess please
— Pkoi bb ?
— Tu sais
— Nooooon !
— Laisse tomber
— C'est à cause de la tournée ? J'ai le droit de partir en tournée. J'ai rien dit kan ta fait le festival « Sweet Life »
— C'était 3 jours. Rien à voir avec une tournée de 6 mois
— Mais on repasse par Paris en septembre
— J'suis pas à Paris. J'suis à Cassis

— Tu y seras encore en septembre ?
— Sépa
— Ben alors, où est le pbm ? Kestutenfou ke je sois à Zagreb si t'es à Cassis ?
— Tu voipa le pbm ?
— Ben non
— …
— En fait tu voudrais que je sois à Paris même si t'y es pas ?
— …
— Lauriane, j'peux pas laisser tomber le groupe juste pour tes conneries
— Tu dis que j'suis conne ?
— Nooooon
— Céske ta l'air de dire
— BB on s'appelle tout à l'heure. OK ?

Lauriane n'a pas répondu à ce dernier message, qui date d'au moins six heures. Un record, pour elle, en matière de silence et de bouderie. Bref, si j'ai bien compris, le séjour à Cassis tombe d'autant mieux que Zach n'est pas à Paris et n'y sera pas avant septembre.

En plus, il est en tournée avec les Thrills, et Lauriane a traîné suffisamment longtemps dans ce milieu pour savoir ce que signifie une tournée pour un groupe de potes. Elle en a suffisamment vu, des musicos bourrés ou défoncés cherchant à la draguer après un concert. Elle en a suffisamment vu, des groupies prêtes à tout. Et des groupies, les Thrills en ont : des petites nanas hyperlookées, imitant vaguement le style du chanteur, un certain Renaud, dandy ténébreux à la crinière exubérante.

Quand elle émerge de la salle de bains, maussade mais éblouissante dans sa robe dos nu à impressions jaunes et turquoise, papa Reynald est là, tout prêt à lui faire oublier ses déconvenues sentimentales. *Back to basics* : parfois, rien ne vaut un vieux mari, souriant, disponible, un rien flatteur :

— Mmm : tu es magnifique, ma chérie.

Je n'ai pas habitué Lauriane aux compliments, ce qui fait qu'elle réagit par un merci presque inaudible, avant de foncer sur le plateau que je lui ai préparé : jus d'orange, pains au chocolat, café, yaourt, cornflakes, tout ce qu'elle aime.

— Tu veux prendre le p'tit déj' dehors ?

Et hop, papa Reynald empoigne le plateau et file le déposer au bord de la piscine, où Patsy, beaucoup plus matinale que sa copine, s'ébat comme une otarie de Marineland. Tiens, Marineland, ça me donne une idée :

— Ça vous dirait, les filles, d'aller voir les dauphins ?

— Marineland ?

Pastsy a deviné tout de suite et fait entendre des couinements de circonstance. Pourquoi diable se taper la route jusqu'à Antibes alors qu'on a tout ce qu'il faut ici : la chair huileuse, les plongeons ratés, les ébats sans grâce, et maintenant les cris aigus, à la limite des ultrasons ? Mais Lauriane a l'air plutôt partante pour un petit tour à Marineland. Évidemment, ça la tuerait de manifester sa joie, mais je la connais : les dauphins, ça la botte. Dix ans d'âge mental.

Je tiens ma stratégie. Je vais la laisser ronger son

frein concernant la défection de Zach. Et comptez sur moi pour alimenter son inquiétude concernant le comportement des musiciens en tournée : tout d'un coup, je vais avoir plein d'anecdotes à raconter au sujet d'untel qui s'enfile trois filles par soir, tel autre qui abandonne sa femme enceinte pour courir les routes et les scènes de France et de Navarre, tel autre encore qui s'est chopé le sida avec une fan... Je ne tarirai pas.

D'un autre côté, je vais m'arranger pour qu'elle mesure à quel point elle a la belle vie avec son vieux manager de mari : restos, virées shopping, petites fêtes autour de la piscine. J'ai suffisamment de relations dans la région, sans compter les vagues copains que je peux faire venir de Paris, vu que personne ne crache sur un week-end dans une villa avec piscine. Le plus dur, ça sera de se débarrasser ensuite des parasites. Bref, je vais entretenir autour de ma jeune épouse une atmosphère de vacances, de liesse et de festivités, un tourbillon d'activités qui lui feront oublier jusqu'à l'existence d'un freluquet nommé Zach.

Il va de soi que je resterai très vigilant : si un importun se pointe, si un dragueur se fait trop insistant, ou si encore quelqu'un, n'importe qui, s'avise d'entretenir Lauriane dans ses velléités d'émancipation et de nouvelle carrière musicale, il prendra immédiatement la direction de la gare : tout seul, à pied, avec ses bagages, six kilomètres sous le cagnard impitoyable de Cassis.

Ce qui joue pour moi, aussi, c'est que Lauriane est la créature la plus influençable que je connaisse.

Même Patsy se laisse moins facilement retourner le cerveau, et pourtant Patsy, question cerveau... En fait, Lauriane est incapable de penser par elle-même : il lui faut un mentor. J'ai fait l'affaire pendant cinq ans, et maintenant c'est semble-t-il au tour de Zach.

— Bon, les filles, on va faire un tour en ville ? Je vous emmène prendre un verre ? Allez, faites-vous belles, et que ça saute !

Rien de tel que ces mots magiques, « faites-vous belles », pour les enthousiasmer, leur faire monter quatre à quatre les escaliers qui mènent dans leurs chambres respectives. Et là, je sais qu'elles en ont pour des heures. D'ailleurs ça commence, je les entends d'ici :

— Patsy, tu me prêtes ton gloss ? J'trouve plus le mien !

— Ouais. Ramène-toi : j'veux t'montrer la robe que ma mère m'a achetée pour les fiançailles de Steph.

— Ouah, trop bien !

Je monte moi aussi, m'immisce en douce dans ces échanges de menus propos, de fringues, d'eye-liner, de crèmes dépilatoires. De toute façon, elles sont tout à leur affaire, je suis invisible, oublié, je n'existe plus.

Patsy fourrage dans ses Samsonite multicolores pour en extraire un bustier à smocks roses, une robe en chambray, une jupe à pois, une combinaison short à motifs *liberty*, un coffret à bijoux damé de strass, de l'huile capillaire, ça n'en finit pas. Lauriane est assise sur un tapis que nous avons rapporté de Turquie l'année dernière. Sa main en caresse distraitement les motifs bleu paon. De temps en temps, elle laisse fuser un commentaire :

— Non, pas ça. Trop pétasse.

— Ah bon, mais t'avais bien aimé, la dernière fois ?

— Ça, pareil, trop naze, laisse tomber.

— Et si je mets un jean avec ?

— T'es folle ! Fait trop chaud : tu vas mourir.

— Tu te mets en jupe, toi ?

— P't'être ma robe noire.

— Le noir aussi, ça tient chaud. Et ton short montant, tu m'le prêtes ?

— Ch'sais pas. Il irait bien avec mon débardeur.

— Quel débardeur ? T'en as trente mille !

— Le bleu. Indigo. Mais faut qu'je trouve un soutif qu'aille avec.

Des soutifs aussi elle en a trente mille. Je le sais, c'est moi qui les lui achète. J'adore. Je vais toujours dans la même boutique, dans le VIIe arrondissement. La vendeuse me connaît bien. Elle connaît aussi les mensurations hors du commun de ma femme. Avec le temps, une certaine complicité s'est créée entre elle et moi. Elle me salue avec une courtoisie efficace et distante :

— Bonjour, Monsieur Thévenet. Vous allez bien ?

— Je vais toujours bien quand je vous vois, Anne-Marie.

J'en rajoute dans mon personnage de vieux charmeur toujours sur la brèche, alors que la dernière chose dont j'aie envie, c'est bien de me faire cette petite nana un peu fanée et étonnamment dépourvue de formes et de courbes féminines – un comble pour quelqu'un dont le métier est de les sublimer.

— Je viens voir un peu si vous avez de nouveaux modèles.

— Nous avons reçu la nouvelle saison de La Perla. Vous l'aviez vue, la dernière fois ?

— Pas que je sache. Montrez-moi ça.

Et hop, nous voilà partis pour une demi-heure de conciliabules au-dessus des bretelles de soie et des bonnets de satin. La Perla fait très peu de chose pour les grosses poitrines, et Anne-Marie et moi le déplorons de conserve.

Finalement, j'ai dû être une femme dans une vie antérieure récente. Il m'en reste un goût et un intérêt très vifs pour tout ce qui touche à leurs fringues, leurs chaussures, leurs produits de beauté, leur hygiène corporelle. J'aime ces moments que je passe dans la chambre de Lauriane, ou en l'occurrence de Patsy. Les voir entre elles, observer la concentration avec laquelle elles épilent leurs sourcils, hydratent leurs tibias, vernissent leurs ongles, s'aspergent d'eau de toilette, assortissent leurs dessous, voilà qui me fascine.

Après plus d'une heure, mes donzelles sont prêtes, et ma foi, elles ne font pas mauvaise figure dans les rues de Cassis, Patsy en robe fluide, presque transparente, et Lauriane dans le short que guignait Patsy, une petite chose en gabardine mordorée, qui se ceinture très haut et dans un flot de ruban ton sur ton. Je ne suis pas mécontent de les exhiber sur le port et d'être vu en leur compagnie à la terrasse du

Plein Sud. Dommage que leur c
une fois de plus sur les dauphins :

— Oh, ils sont trop mignons !
qu'on y soit !

— Tu sais c'que j'aimerais ? Qu'o~~n~~ ~~mange~~ger
avec eux ! Il paraît que si tu payes un ~~s~~upplément,
t'as le droit !

— Oh, ça s'rait trop mignon ! Tu crois qu'on
pourra ?

— Ch'sais pas, mais ça s'rait trop mignon !

Je crois que si j'entends encore une fois le mot
« mignon », je vais vomir mon pastis et mes olives.
Si j'ai été une femme dans une vie antérieure, Lauriane, elle, a dû être une palourde, un bigorneau
dans le meilleur des cas.

Laurent

19 juin

Terminé, basta : je vais mettre fin au rituel qui nous rassemble tous les dimanches autour de la table du crapaud, dans sa belle salle à manger, ou dans sa cuisine d'été, suivant le temps.

Sa cuisine d'été : une terrasse ombragée de canisses, avec vieil évier de marbre (ici on dit une « pile »), bancs et table de ferme restaurés par ma belle-mère, dont c'est la marotte. Bref, un endroit très agréable pour y déjeuner en famille, surtout que la famille en question compte je ne sais combien d'enfants et de petits-enfants aux prénoms délicieusement surannés. Mes neveux et nièces s'appellent Eusèbe, Hugues-Marie, Raoul, Jean, Servane, Thècle, Armance, Gonzague, Amaury, Augustin, Pauline, Cyprien, Eugénie, Claire-Anne. Sans oublier Eustache, né il y a trois mois et que ma belle-sœur Clotilde garde pendu à son sein, l'arborant comme un trophée alors qu'il s'agit d'un nourrisson particulièrement disgracieux : chauve, louchon, les joues en poire de son grand-père, bref, rien qui puisse justifier tant de fierté maternelle.

Au moment où nous arrivons, Clotilde est d'ailleurs en train de détailler la mise au monde de cet avorton, quatrième de sa lignée. Mes autres belles-sœurs, Béatrice et Nadège, les sœurs cadettes de Delphine, mais aussi Mauricia, la femme de Jérôme, le dernier-né du crapaud, son fils tant attendu, l'écoutent avec une attention d'autant plus inexplicable que toutes les trois sont déjà passées par là.

On procrée à tour de bras chez les Signac. Avec nos trois enfants, nous sommes légèrement en deçà de la moyenne familiale, ce dont je me félicite, d'ailleurs. Clotilde, Béatrice et Nadège, pourtant plus jeunes que Delphine, en ont déjà quatre. Jérôme et Mauricia en sont à trois, comme nous, mais je sens bien que Mauricia n'a pas dit son dernier mot. Il n'y a qu'à la voir béer de convoitise au récit, pourtant *gore*, que nous fait Clotilde de la naissance d'Eustache. Contractions, bouchon muqueux, souffrance fœtale, épisio, tout y passe et rien n'y manque. Je n'ai jamais compris ce qui poussait les femmes à raconter leurs accouchements. Pas plus que je ne comprends ce qui justifie la présence des maris en salle de travail, hormis la perversité ou la mauvaise conscience. Quel plaisir peut-on prendre à voir émerger d'un vagin déformé ces petites créatures gluantes et maculées de sécrétions diverses ? Quand elle était enceinte de Romane, Delphine a bien essayé de m'amener à remplir ce qu'elle considérait comme mon devoir de père, mais j'ai décliné en des termes tellement brutaux et définitifs qu'elle a fondu en larmes. Cela dit, pour Cyriaque et Clément, elle ne s'y est plus risquée et m'a foutu une paix royale.

Tout juste si elle a pris ma main de temps en temps pour me faire tâter son ventre grossissant ou pour me faire sentir les coups de pied ou les crises de hoquet de l'un ou de l'autre. Ça non plus, je n'aime pas beaucoup, mais bon, ça reste supportable.

Alors que nous n'en sommes qu'à l'apéro, avec Clotilde qui pérore de cette voix nasale et haut perchée qui est l'apanage des sœurs Signac, et avec mon beau-père déjà apoplectique, qui fait valoir les mérites de son rosé, mon seuil de tolérance est déjà largement dépassé. Il n'est pas question que je revienne de sitôt. Pas question non plus que mes enfants reviennent de sitôt. Delphine n'a qu'à y aller toute seule, les déposer chez nous au sortir de la messe et prendre l'autoroute nord dans sa Golf pour retrouver papa, maman, ses frangines et son frangin, sans compter la ribambelle de minots pondus sans interruption depuis vingt ans que je connais ma femme. Je regarde Cyriaque, Romane et Clément, leurs cheveux lustrés, leurs tenues impeccables, bermuda et chemisette pour les garçons, petite robe sage pour ma fille unique ; je les écoute aussi, j'écoute les plaisanteries de bon ton qu'ils échangent avec leurs cousins, et je me dis que je ne veux pas de ça pour eux. Je sais, moi, qu'ils passent à côté de la vie, la vraie, celle qui éclabousse et qui cabosse. J'ai voulu les protéger, les mettre à l'abri de la précarité dans laquelle j'ai grandi ; j'ai voulu leur éviter l'angoisse et la honte qui ont été mon lot, mais je ne suis pas sûr, tout d'un coup, de leur avoir rendu service.

En même temps que les doutes et les regrets, je sens monter en moi un amour brûlant, suffocant, un amour de lion pour ses lionceaux, avec l'envie de les prendre par la peau du cou pour les emporter très loin dans la savane. Je me lève et je propose à la cantonade une partie de ping-pong. Évidemment, mon beau-père a une table, au fond du jardin, dans un coin délicieusement ombragé par des mûriers-platanes. La plupart des enfants me suivent en piaillant d'impatience et je sens la nette désapprobation des adultes, qui font le museau au-dessus de leur verre de rosé. L'habitude veut que nous restions à table sans discontinuer, de 13 à 16 heures. Ensuite, seulement, certains se lèvent, s'étirent, vont piquer une tête dans la piscine, faire une sieste ou musarder dans le jardin.

Une fois devant la table de ping-pong, j'organise une partie tournante, ce qui me permet d'affronter mes fils, à qui je mets à chaque fois une tannée sévère. À travers ces matchs âprement disputés, j'ai envie de faire passer quelque chose : une rage impitoyable, une détermination sans faille. Ensuite, tandis qu'ils affrontent Servane et Hugues-Marie dans une partie en double, je ne les lâche pas, les brocardant sans trêve :

— Putain, Cyriaque, tu vois pas la balle, ou quoi ?

— Clément, avec des partenaires comme toi, pas besoin d'adversaires : tu le fais exprès ? Mais qu'est-ce que t'es mou, c'est pas croyable !

Mes fils terminent le tournoi les dents serrées et les larmes aux yeux. Tant mieux. J'en ai marre de leur voir ces grosses joues roses de minots trop nourris ; marre de les entendre parler comme des petits séminaristes ; marre de les sentir fragiles et vulnérables face à la violence du monde, dont ils n'ont même pas conscience. Leur père est un guerrier, mais eux sont des larves.

Nous revenons à table, les pongistes gardant un silence de mort. Mes fils ne sont pas les seuls à percevoir mon agressivité. D'autant que je continue, multipliant les sarcasmes et les provocations, jusqu'à ce qu'enfin il soit l'heure du retour.

Dans l'Audi Delphine manifeste sa désapprobation. À sa façon insupportable. Entre la maman mécontente de son enfant, la catéchiste indulgente et l'épouse offensée :

— Mais enfin, Laurent ? Qu'est-ce qui t'a pris ? Tu as horriblement vexé papa !

— Pourquoi ? Parce que je lui ai dit que son rosé était merdique ou parce que je me suis félicité que Cyriaque tienne plus des Sportiello que des Signac ?

— Tu n'as pas arrêté ! Et tu as interrompu grossièrement Clotilde ! La pauvre, elle était toute gênée !

— C'est elle qui a été grossière ! Elle n'a pas arrêté de nous mettre son utérus et son périnée sous le nez ! Elle n'a aucune pudeur, ta sœur !

— Laurent, je ne te comprends pas. Clotilde a beaucoup souffert à la naissance d'Eustache : elle a quand même le droit d'en parler dans un cadre familial, non ?

Ce n'est pas tant ce que me dit Delphine qui me fout en rogne que le ton sur lequel elle me parle, en articulant exagérément mais sans se départir d'une sorte de douceur mielleuse. Sa voix de catho faux cul. Ils ont tous la même, à la paroisse Saint-Julien.

Sans compter leur sourire, ce grand sourire, toutes les dix syllabes, comme ça, pour rien, pour montrer que Dieu les habite et leur communique cette joie ineffable, cette béatitude.

Comme je lâche la route du regard pour lui répondre de façon bien sentie, Delphine pousse un cri de frayeur :

— Laurent, attention !

Parce qu'il y a de ça, aussi, dans la façon dont elle me parle et dont elle me traite : je suis Laurent, le mari et le père un peu défaillant, vaguement irresponsable, qu'elle a commis l'erreur de choisir voici vingt ans. Elle se réserve le rôle de l'épouse irréprochable et de la mère parfaite. Ce n'est pas elle qui mettrait la vie de nos enfants en danger par une seconde d'inattention ou un coup de volant hasardeux. Contrairement à moi, qui me suis plusieurs fois fait griller en excès de vitesse.

Comme les enfants derrière poussent eux aussi des cris d'orfraie, je laisse tomber. Ils ne perdent rien pour attendre. Une fois rentré, je vais me réfugier dans mon bureau. Je laisse Delphine se démerder avec le repas du soir. De toute façon, les enfants sont gavés, comme à chaque fois que nous rentrons de chez mes beaux-parents. Leur repas du dimanche est une tuerie. Pas étonnant que mon beau-père soit gras comme un goret. Ce qui m'inquiète, c'est que Clément et Romane ont eux aussi tendance au surpoids. Pas Cyriaque, qui tient de moi, comme je l'ai fait ironiquement remarquer tout à l'heure. Cyriaque est grand, mince, brun, alors que son frère et sa sœur sont blonds et grassouillets. Delphine arrive à ne pas trop grossir, mais c'est à force de privations inhumaines, qu'elle doit dédier à son Dieu, cet apothicaire qui tient le registre de ses fluctuations pondérales.

Une fois seul, je ne tarde pas à rejoindre le royaume de Candaule et Nyssia. Mon pseudo, c'est *Alpha66*. Soixante-six, mon année de naissance. Année du cheval de feu dans l'astrologie chinoise, m'a appris Delphine peu de temps après notre rencontre. Selon elle, les Chinoises préfèrent avorter plutôt que de mettre au monde un bébé cheval de feu.

Je parcours distraitement les derniers messages postés sur le forum. Rien d'intéressant. J'envoie un MP (message privé) à *Xénophon*, un mec dont j'aime bien les posts ironiques, détachés. Comme moi, il n'est pas un candauliste pur et dur. Il ne cherche pas à cacher son jeu, d'ailleurs. Il est dans une phase de doute et d'hésitation. Il caresse l'idée de passer à l'acte, mais il ne sait pas si c'est vraiment son truc. Sa femme a l'air d'être une bonnasse. En tout cas, il la décrit comme très jeune, très sexy, très malléable. Il est quasi certain qu'elle adorerait se faire mettre par d'autres mecs sous les yeux de son mari, mais il n'a pas encore abordé le sujet avec elle.

Il n'est pas le seul à se tâter ainsi. Ce qui est bien, sur ce forum, c'est qu'il y a de la place pour la gamberge. Je fréquente des tas de sites pornos et je me mate des films de boules depuis que j'ai onze ans. Si je veux juste voir des éjac face et des doubles pénétrations, sur le Net je n'ai que l'embarras du choix, et d'ailleurs je ne m'en prive pas. Mais le

royaume de Candaule et Nyssia, c'est autre chose…
Ce que j'aime sur ce forum, c'est que les participants sont triés sur le volet. Plusieurs modérateurs interviennent pour interdire les mots trop crus et les propositions trop directes. Nous sommes invités à utiliser la messagerie privée pour communiquer sans tabou et sortir de l'anonymat.

C'est ce que je fais depuis quelques jours avec Xénophon. Qui par ailleurs habite Cassis. Ce qui fait qu'il ne nous est pas interdit d'envisager une rencontre. Avec sa femme, évidemment. La sublime L., dont il a posté des photos sur le site. On ne voit jamais son visage. Gros plan sur son cul, qui est positivement magnifique. Ou sur ses seins, beaucoup trop gros à mon goût, et visiblement refaits.

— Salut, Xénophon. Sale journée pour moi. Et toi ?

— Salut, Alpha66. Journée bizarre. Marineland, tu connais ?

— Ouais. Bien sûr. Tu t'es fait une orque ?

— Ah, ah, ah ! Non, j'y suis allé pour L.

— Mais elle a quel âge, ta femme ? Tu détournes les mineures ?

— L. a vingt-quatre ans, cher mâle dominant.

— Qu'est-ce qui te fait dire que je suis un mâle dominant ?

— Ton pseudo.

— Et toi ?

— Je suis un mâle dominé.

— Je n'y crois pas une seule seconde.

— Moi non plus. Hors de question que je me laisse dominer par qui que ce soit.

— Et l'empire des sens ?
— Terra incognita.
— Qu'est-ce que tu veux dire par là ?
— Que je ne sais pas ce que c'est que d'être sous l'empire des sens. Je contrôle.
— Tu contrôles ou tu es dans l'illusion du contrôle ?
— Nobody's perfect, cher Alpha66.
— Et la perfection ?
— ????
— Est-ce que ce mot a un sens pour toi ?
— Elle n'est pas de ce monde.
— On ne m'empêchera pas de la chercher.
— Intégriste !
— Peut-être.
— Et ta femme ? Proche de la perfection ?
— Elle en est persuadée.
— Tu ne veux pas poster des photos d'elle ?
— Non.
— Pourquoi ? Je l'ai bien fait, moi.
— C'est pas mon trip.
— Qu'est-ce que tu fabriques chez notre bon roi Candaule, alors ?
— Je veux que mon épouse aille se faire foutre. Au sens propre.
— Mmmm. Vaste programme. Tu prendrais ton pied ?
— Probablement pas.
— Tu es un vrai mystère, cher Alpha66.
— Tu as parfaitement raison. Et les mystères sont faits pour demeurer mystères.
— On se parle demain ?

— Why not ?

J'efface mon historique et j'éteins l'ordi. Ce petit échange m'a fait du bien. Finalement, je n'ai pas d'amis. Toutes mes fréquentations masculines sont en fait des amis de Delphine. Alors ce Xénophon, que je ne rencontrerai peut-être jamais, mais à qui je trouve toujours des choses à dire, c'est dans ma vie ce qui se rapproche le plus d'un ami.

Delphine est allée se coucher et je m'attarde sur le canapé du salon. Je zappe, de chaîne en chaîne. À la pensée qu'on est lundi demain et qu'une nouvelle semaine absolument vide s'ouvre devant moi, je suis secoué de dégoût et de terreur. Sans compter que mes économies fondent à vue d'œil. Je dois absolument trouver du fric. Et j'ai une petite idée de la façon dont je vais m'en procurer.

Farouk

18 juin

Je suis en vacances. Hormis pour quelques surveillances de bac à assurer, et quelques livrets scolaires à remplir, je ne remettrai plus les pieds au lycée avant le mois de septembre. Je ne suis même pas convoqué pour corriger des copies et interroger des candidats, alors que je le suis chaque année à la même période. En temps normal, je me serais réjoui, mais là, je suis paniqué devant ces longues plages de temps libre.

Si j'ai réussi à survivre à l'effondrement de mon univers, c'est bien parce que j'avais un cadre, des horaires, des cours à préparer, des copies, des élèves, et même des collègues. Certains jours, je peux dire que ce sont les conversations que j'ai eues autour de la machine à café qui m'ont sauvé de la folie voire du suicide. Les mains serrées autour du gobelet de polystyrène, je me laissais bercer par les propos anodins et inoffensifs de Nicole, Annick ou Yann. Ce ressassement que je juge d'ordinaire stérile, voilà qu'il me réconfortait, m'assurait de la persistance d'un monde normal à côté de mon cauchemar permanent, mon terrain vague, ma terre dévastée, parcourue par des fantômes bleus, et des créatures libidineuses qui avaient les traits de Chloé.

Car, pour couronner le tout, je n'ai jamais fait autant de rêves érotiques, rêves probablement suscités et alimentés par ma fréquentation des forums candaulistes, mais qui tournent tous autour de Chloé. Chloé, ma Chloé si pudique, et finalement si chaste, qui s'est toujours donnée à moi avec une forme de réticence que je trouvais à la fois triste et émouvante, voilà que dans mes rêves elle semble soudain déchaînée et insatiable. Je la vois avec Marc, bien sûr, et ce sont les rêves qui me font le plus mal, ceux dont j'émerge le cœur battant, la bouche amère, et le moral à zéro.

Mais il y a les autres rêves, ceux qui me perturbent autant qu'ils m'excitent, ceux où Chloé s'avance vers des partenaires masqués, dont elle titille les tétons de sa langue frétillante, dont elle empoigne le paquet avec un sourire provocant. Elle s'agenouille pour les sucer en s'étouffant presque, avec des hoquets et des haut-le-cœur qui me rendent fou de désir et de dégoût.

Dans la journée, j'ai jusqu'à présent réussi à limiter les contacts avec ma femme. Nous nous croisons. Nous avons l'un pour l'autre des mots et des sourires gentils. Les enfants n'ont rien remarqué. Ni personne. Pas même ma belle-mère, qui passe de plus en plus de temps chez nous, comme si Chloé cherchait à interposer un tiers entre elle et moi.

La nuit, c'est plus difficile. Nous dormons ensemble,

comme nous l'avons toujours fait, mais nous n'avons plus eu de rapports sexuels depuis ma macabre découverte du mois de mai. Or, dans ce domaine, j'ai habitué Chloé à la plus grande régularité : nous faisons l'amour tous les trois jours et toujours à mon initiative. Je le ferais bien plus souvent, mais je me tiens à cet intervalle de deux jours de peur de lui déplaire, de lui peser, de l'importuner par la persistance de mon désir. Car j'ai toujours envie d'elle. Et le *May Day* n'y a rien changé. Pas plus que la certitude de sa trahison. Au contraire : la colère nourrit le désir que j'ai de ma femme, de son corps blanc et rose, de ses lèvres closes et froncées, au moment même où je voudrais tellement les voir s'ouvrir sur un gémissement de plaisir, un sourire de satisfaction.

Pourtant, je ne l'ai plus touchée depuis un mois et demi. Elle ne me pose aucune question. Elle m'en pose d'autant moins qu'elle *sait*. Elle ne peut que savoir. Seul un événement gravissime pourrait m'empêcher de faire l'amour à ma femme. Il n'y a rien que j'aime plus que faire l'amour à ma femme. Même si son absence de réactivité, ses yeux obstinément fermés, ses mains mollement nouées derrière mon dos, mais qui jamais, jamais, ne me griffent ni me m'agrippent, tout cela, bien sûr, m'attriste et m'a toujours attristé.

Ma seule consolation, toutes ces années, était de me dire que cela ne tenait pas à moi mais à elle, à son histoire, à ses propres inhibitions, que je ne désespérais pas, d'ailleurs, de voir sauter.

Je pense aujourd'hui que Marc la fait jouir. Elle n'aurait pas eu une liaison avec lui s'il ne lui apportait pas ce que je suis incapable de lui apporter.

Ai-je dit que j'ai eu récemment une preuve supplémentaire de l'existence de cette liaison ? Un SMS. Le portable de Chloé traînait sur le bar de la cuisine. Une vibration m'a signalé l'arrivée d'un message, et sans réfléchir j'ai attrapé le téléphone et ouvert le message. C'était Marc. Et le message disait simplement : « Chloé… » Certes, il ne lui faisait pas de grande déclaration, il ne lui rappelait pas, en termes lubriques, le caractère intense de leur dernière étreinte, mais dans ce simple « Chloé… », ce prénom, ces points de suspension évasifs mais suggestifs, il y avait tellement de tendresse, d'abandon, de souffrance aussi, que j'en ai été bouleversé. J'ai effacé le SMS et reposé le portable.

Je n'ai jamais été plus près de jeter l'éponge, de dire à Chloé que je savais tout et ne supportais rien. Que je voulais bien me taire sur l'infanticide, mais que je ne voulais plus de cette vie merdique, de ces mensonges permanents derrière les silences et les non-dits qui nous permettent de fonctionner et de sauver les apparences.

— Pars, rejoins-le.

Voilà ce que j'ai été à deux doigts de lui dire. Elle était dans la chambre et moi au salon. Je n'avais qu'à monter une quinzaine de marches, interrompre sa lecture, m'asseoir sur le lit et lui signifier mon renoncement. Je ne l'ai pas fait. Après tout, justement, elle était toujours là. Était-ce par devoir, par loyauté vis-à-vis des engagements du mariage ? Par peur de me faire souffrir ? À cause des enfants ?

Par crainte du changement ? Je
 s je ne voulais pas être celui qui
 u monde.

 ce qui a été difficile mais pos-
 ....présent, la cohabitation, le statu quo,
risque de devenir insupportable maintenant que j'ai tout mon temps et que je suis tenu d'en passer le plus possible à la maison.

Le premier week-end des vacances, j'ai emmené toute la famille aux Lecques. Je n'aime pas les plages de Marseille. Des plages artificielles, toujours bondées. Les Lecques, à quarante bornes de Marseille, c'est blindé aussi, mais en arrivant tôt, on trouve à se garer et un endroit où étaler ses serviettes. Et puis, c'est une plage de sable, et il y a généralement du vent et des rouleaux.

Les vagues me font du bien. Farès est comme moi. Samedi, laissant les filles bronzer sur leurs rabanes, nous avons passé des heures à plonger dans l'écume, à sauter, à hurler, à nous laisser porter par les rouleaux. Le sel me brûlait les yeux. Je pouvais pleurer sans que ça se voie. Et j'ai pleuré, crié, au moment où la vague m'a frappé de plein fouet et m'a roulé, brassé, puis rejeté sur le rivage comme une épave.

J'aurais tellement voulu ne jamais avoir ouvert ce congélateur, ne pas savoir que ma femme était l'un de ces monstres incompréhensibles dont les journaux font leurs choux gras. J'ai regagné ma serviette, me suis couché au soleil, étourdi par la baignade et le vent. Quand j'ai ouvert les yeux, j'ai vu que Chloé me regardait, d'un air indéchiffrable.

Elle m'a tendu l'un des pans-bagnats qu'elle avait consciencieusement préparés pour l'occasion, et je l'ai mangé, savourant la façon dont l'huile d'olive avait imprégné et parfumé le pain. Sur les épaules de Farès, le sel avait séché en auréoles crayeuses.

Lila et Chloé sont allées se baigner à leur tour et j'ai admiré leurs silhouettes déliées, leur hâle léger, leur blondeur étrange, ce blond cendré, presque verdâtre. Mes sirènes... *Ces fées aux cheveux verts qui incantent l'été...* Les vers d'Apollinaire me sont montés aux lèvres, et j'ai récité « Nuit rhénane », malgré moi et sous l'œil indifférent de Farès.

Ce jour-là, cette journée ivre d'elle-même, grisée de vent fou, de cris de mouettes et de vagues tapageuses, j'aurais pu, j'aurais dû être heureux. Depuis toujours ils me portent, ces moments où le corps exulte et où les éléments nous délivrent de la fatigue d'être soi. Mais aujourd'hui, au lieu d'exulter, je me sentais misérable sur ma serviette.

Je regardais ma femme et ma fille goûter aux joies de la baignade et je ne pouvais pas m'empêcher de les aimer. Pas plus que je ne pouvais m'empêcher d'aimer Farès, innocemment assis à mes côtés. Pourtant, je sentais bien que la solution était là, que je ne pouvais redevenir heureux qu'à la condition d'étouffer en moi tout cet amour.

Puisque les sentiments n'ont pas d'autre réalité que celle que nous leur donnons, pourquoi avons-nous aussi peu de prise sur eux ?

Après ceux d'Apollinaire, c'étaient les vers de Corneille qui remontaient à ma mémoire, la si belle tirade de Pauline, quand Sévère la retrouve mariée à Polyeucte et qu'il lui demande amèrement si elle l'a vraiment aimé :

Je vous l'ai fait trop voir, Seigneur, et si mon âme
Pouvait bien étouffer les restes de ma flamme,
Dieu que j'éviterais de douloureux tourments !
Ma raison, il est vrai, dompte mes sentiments,
Mais quelque autorité que sur eux elle ait prise,
Elle n'y règne pas, elle les tyrannise,
Et quoi que le dehors soit sans émotion,
Le dedans n'est que trouble et que sédition.
Un je ne sais quel charme encor vers vous m'emporte,
Votre mérite est grand si ma raison est forte…

Là s'arrête la ressemblance entre Sévère et Chloé, car Chloé, justement, ne mérite plus mon amour ni l'amour de quiconque. Elle a définitivement *démérité*. Mais le reste, cette lutte terrible, si justement dépeinte par Corneille, entre la raison et les sentiments, je m'y retrouve. Comme d'habitude, le vers cornélien m'a fait du bien, m'a conforté dans l'idée que l'homme, capable du pire, est aussi capable du meilleur, capable de concevoir cette tirade sublime, ce miroir tendu à mon âme déchirée pour que je m'y reconnaisse et y puise la force de ne pas sombrer.

Mais si je veux dire toute la vérité, il me faut bien admettre que je n'ai pas relu *Polyeucte* depuis des lustres, ni même ouvert un livre depuis le *May Day*. Juste feuilleté quelques manuels pour préparer un cours, jeté un œil à la presse de temps en temps. La fréquentation des forums est une activité particulièrement chronophage, et mes conversations virtuelles me réconfortent elles aussi, à leur façon. Car depuis peu, je ne m'en tiens plus à la lecture passive et fascinée de toutes ces petites tranches de vie candaulistes : j'ai commencé à *poster* moi aussi. J'ai même un ami attitré, un certain *Xénophon*, dont le pseudonyme a évidemment attiré mon attention :

— Tu lis Xénophon ?

— Dans le texte. Grâce aux Bons Pères.

— Tu as fait ta scolarité chez les Jèzes ?

— Exact. Il m'en reste une certaine familiarité avec les textes anciens. Et toi, Honoré13, tu aimes Xénophon ?

— θάλαττα ! θάλαττα !

— Je vois que tu as des lettres.

— J'enseigne, en fait.

— Tu es prof de français ?

— Et de grec. Et de latin. Sauf que plus personne ne veut étudier le grec. Je réussis péniblement à avoir encore quelques heures de latin.

— Je suis très impressionné.

— Il n'y a pas de quoi l'être.

— Si, si. Surtout sur un forum où les mecs écrivent « je kife lé chates ».

— Tu exagères. Sur ce site, c'est plutôt haut de gamme, non ?

— Mouais, par rapport aux autres, forcément.

— Tu fais quoi, dans la vie, Xénophon ?

— Je suis producteur. Manager. Je manage essentiellement ma femme, d'ailleurs.

— L. ?

— L., effectivement. L. pour Lauriane. Tu as vu ses photos ?

— Oui. Elle est très belle. Et tu réussis à l'exposer sans la dévoiler. Je trouve ça très fort.

— Je vais peut-être passer à la vitesse supérieure. Avec des photos beaucoup plus libertines. Je ne sais pas encore.

— Qu'est-ce que tu fais sur un site candauliste si tu hésites encore à nous livrer ta femme pieds et poings liés ?

— Marrant : c'est à peu près la question que j'ai posée hier à Alpha66, un autre habitué du forum. Un Marseillais, comme toi.

— Jamais vu ce pseudo.

— Normal : il ne *poste* pas. Il me contacte en messagerie privée. Il te plairait, je crois. Mais parle-moi de ta femme.

J'aurais dû arrêter à ce stade de la conversation virtuelle et ne rien dire sur Chloé. Mais voilà, elle n'était plus, elle ne *pouvait* plus être ma vestale, la gardienne d'un inviolable temple amoureux. Et puis je ne connaissais pas Xénophon, ne l'avais jamais vu ni ne le verrais jamais. Il n'avait aucun moyen de percer mon identité à jour. Pas plus que je ne pouvais savoir qui se dissimulait derrière ce pseudonyme érudit.

Du coup, je me suis lâché. Sans aller jusqu'à parler du petit fantôme bleu : celui-là, je sentais bien qu'il devait rester caché dans mon cellier encore pour quelque temps. J'ai parlé de Chloé, de l'amour éperdu, forcené, que je lui ai voué dès le premier jour. J'ai parlé du temple amoureux que je lui avais érigé, et qu'elle a profané en me trompant.

— Chloé, comme dans *L'Écume des jours* ?

Telle a été la première réaction de Xénophon, et j'ai su que ma confiance était bien placée. Car oui, ma Chloé a le même prénom que la délicieuse héroïne de Boris Vian, celle qui le jour de son mariage porte des sous-vêtements de cellophane et un bracelet de verre bleu. Celle qui meurt à la fin, d'un nénuphar dans la poitrine.

Le jour de notre mariage, j'ai offert à Chloé un bracelet semblable. Il m'a fallu beaucoup de temps et de patience pour le dénicher. Mais à la mairie, tandis que nous échangions les formules rituelles, j'ai regardé le poignet gracile de celle qui était désormais mon épouse, la façon dont le verre bleuté rehaussait la transparence de sa peau, et je me suis senti submergé de bonheur et de fierté. Tandis que mes tantes et mes cousines éclataient en youyous suraigus, j'ai secrètement dédié notre union aux yeux d'Elsa, aux boucles cuivrées de Lolita, aux sourires de Délie, aux joues roses d'Albertine, et à la beauté altière de la princesse de Clèves.

Oui, sans rien en dire à personne, je me suis marié sous le signe de la poésie, et il me faut désormais vivre dans un univers qui tient à la fois du thriller et du théâtre de boulevard. À moins qu'après trente-huit ans de rêveries fumeuses et de songeries lyriques, il s'agisse tout simplement d'accepter la réalité ?

Reynald

24 juin

Aujourd'hui, après une journée débilitante, passée à écouter les conneries de Lauriane et Patsy, j'ai proposé à Alpha66 et à Honoré13 que nous nous retrouvions dans un bar de Marseille. J'ai envie – comment dire ? – de *virilité*.

Notez bien que Lauriane a été charmante et d'humeur suave. Comme quoi ma stratégie est payante : je suis aux petits soins, je l'entoure, je l'étourdis de compliments, d'activités futiles, de soirées à droite à gauche. Je lui ai même promis un tournant dans sa carrière : c'est juré, elle va quitter la variétoche et la guimauve sucrée, pour des trucs plus *roots* : pas Burning Spears, mais presque. Elle est aux anges.

Mais finalement, pour ma santé mentale, je préfère quand elle fait la tronche. Au moins elle se tait et elle me fout la paix. Tandis qu'aujourd'hui, il m'a fallu subir leurs criailleries à Patsy et à elle, leurs considérations oiseuses et sans fin sur les fringues, les crèmes solaires et la couleur des vernis. Quand je pense qu'au début du séjour, leurs escarmouches m'amusaient ! Il faut croire que depuis dix jours que nous sommes à Cassis, mon seuil de tolérance à la bêtise féminine s'est singulièrement abaissé.

Pourquoi diable suis-je hétéro ? Mystère impénétrable, car foncièrement, indéfectiblement, je préfère les hommes. J'ai avec Arnaud, Michel, Boris, mes amis, et maintenant avec Alpha66 et Honoré13, des discussions à la fois profondes, cyniques et roboratives qui sont impossibles avec Lauriane. Lauriane n'a pas de conversation et aucun centre d'intérêt hormis sa petite personne. Et encore, ça ne volera jamais très haut, vu qu'elle n'a aucune lucidité et est incapable d'autodérision.

Aujourd'hui encore, j'ai assisté à des scènes édifiantes entre elle et Patsy, des disputes pour des broutilles dont mes oreilles résonnent encore :

— Putain, Pats, t'as déchiré mon corsaire avec ton gros cul !

— Qu'est-ce que tu racontes ?

— Regarde !

— Oh, c'est rien, ça ! T'as qu'à l'recoudre !

— Tu crois qu'je couds, moi ? T'as vu où que j'sais coudre ?

— Rachètes-en un autre !

— C'est Reynald qui me l'a acheté, j'sais même pas où ! C'est d'la marque, en plus ! J'l'adorais, moi, ce corsaire, putain !

— J't'en prête un, de corsaire, c'est bon !

— Tu me prêtes quoi ? Ton jean coupé, là ? Ou ton bermuda rouge merdique ? Laisse-moi rigoler !

— Et puis d'abord, comment j'ai pu te le craquer, ton truc, là ? Tu pèses au moins une tonne de plus que moi : c'est toi qu'as un gros cul !

Je confirme : Patsy souffre du syndrome répandu des fesses en gouttes d'huile, rien qui puisse déchirer les shorts de sa copine callipyge. Ça n'empêchait pas Lauriane d'être furax. J'ai remarqué qu'elles ont besoin, toutes les deux, de s'engueuler une à deux fois par jour. Ça prend toujours une tournure apocalyptique, après quoi elles se réconcilient autour d'un joint ou un verre de Martini. Lauriane m'a pris à témoin :

— Reynald, tu trouves que j'ai un gros cul ?

J'ai à peine levé les yeux de mon propre verre de Martini et j'ai répondu de ma voix la plus lénifiante :

— Tu as des fesses ravissantes, ma chérie.

Et c'est vrai qu'elles sont sublimes : dorées, fermes (merci la gym), haut perchées. Leur seul défaut est de se laisser très vite gagner par la cellulite : c'est même le premier endroit où les kilos de Lauriane vont se nicher. Heureusement que je veille au grain et que je lui impose trois heures de Pilates par semaine. Sans compter que de temps en temps, je lui supprime ses Oréos, ses barres de Mars, ses chips, ses céréales maltées, ses litres de Coca, bref, toute la junk food qui fait son ordinaire. Elle râle, mais elle obtempère : Lauriane est incapable d'opposer de la résistance quand on lui parle un peu fermement et qu'on décide pour elle. D'autant que là, c'est pour son bien : si elle prend trente kilos, ce dont elle est capable, elle peut dire adieu à une carrière qui repose essentiellement sur le délicieux contraste qu'offrent ses gros nibards avec son ventre plat et sa taille de guêpe.

Brandissant l'objet du délit, un corsaire de satin

noir à fines nervures dorées, Lauriane est venue pelotonner près de moi ses longues jambes épilées de frais. J'avais pris place sur une balancelle tendue de coton rouge, pas loin de la piscine, mais à l'ombre d'un gigantesque mûrier-platane. Je lui ai pris le corsaire des mains et l'ai déplié sur mes genoux pour juger de l'étendue des dégâts :

— Mmm. Effectivement, on ne pourra pas le recoudre : ça se verrait.

— Tu l'avais acheté où ?

— Prada. En solde, mais au moins trois cents euros, si je m'en souviens bien.

— Ah, tu vois ? a grommelé Lauriane à l'intention de sa copine mortifiée. Qu'est-ce que je vais mettre ce soir ?

— Pourquoi ? On sort, ce soir ?

— J'sais pas : on fait quoi, ce soir, Reynald ?

— Je vous ai téléchargé plein de trucs : *Jennifer's Body*, *Very Bad Trip 1* et *2*, tu voulais les voir.

— On sort pas ?

— On sort si vous voulez, les filles.

En réalité, j'ai déjà fermement décidé que je sortirai, mais tout seul. Je sais y faire avec Lauriane, je sais comment la persuader qu'elle prend des décisions alors que je les prends pour elle. De toute façon, on est sortis hier soir et elle a eu son content de musique, d'alcool, de danse et de regards émoustillés. Il faut dire qu'elle était sensationnelle, avec son petit haut bleu électrique, largement échancré sur son bonnet D, et la jupe portefeuille noire qui s'ouvrait sur ses cuisses bronzées tandis qu'elle ondulait lascivement ou se lançait dans d'incroyables trucs hip-hop.

Patsy avait du mal à suivre. À tous les points de vue : sens du rythme, sex-appeal... Elle a beau être stupide et s'aveugler naïvement sur ses charmes et son talent, elle a par moments des crises de clairvoyance. Hier soir, j'ai lu dans ses yeux qu'elle en traversait une et qu'elle se jugeait comme je la juge, moi : une fille insignifiante, n'ayant pour elle que sa jeunesse et s'efforçant désespérément de rester dans l'orbite de sa spectaculaire copine. Elle s'est rabattue sur la bouteille de champ qui tiédissait dans la glace désormais fondue, et en a sifflé ce qui restait.

Malgré l'agacement qu'elle m'inspire, je lui ai souri et j'ai levé un pouce appréciateur dans sa direction. Il ne lui en a pas fallu davantage pour retourner danser, galvanisée par ce petit geste d'encouragement. J'ai besoin de Patsy à Cassis, d'une Patsy optimiste et de bonne humeur : pas question qu'elle sombre dans la déprime. Et puis je dois bien avouer qu'elle me fait pitié. Je sais ce que c'est que l'humiliation : moi aussi j'ai été un garçon qui n'avait rien pour lui, hormis une culture classique aussi solide qu'inutile. Non, j'exagère, j'avais la perspicacité qui manque à Patsy. Mais j'étais sans grâce : ni petit ni grand, ni brun ni blond, un peu enveloppé, les traits flous... Rien qui soit de nature à attirer l'attention.

Aujourd'hui, à plus de cinquante ans, j'ai cessé de me préoccuper de mon physique et de déplorer de n'avoir pas été davantage gâté par la nature. Bizarrement, il y a des succès et des plaisirs que je vis par procuration. Voir Lauriane danser, la voir aimanter les regards, me dire que je suis pour quelque chose dans cette beauté, cela me procure le même frisson d'excitation que si j'étais moi-même une belle fille de vingt ans, exhibant son nombril percé, secouant ses seins plantureux et ses fesses bien pommées sous le nez des autres danseurs médusés.

Nous ne sommes rentrés qu'au petit matin et je n'ai pas fait grand-chose de ma nuit, hormis siroter mon champagne, sourire dans le vague, et observer mes pouliches se déchaîner sur la piste de danse. Patsy a quand même fini par se faire draguer, et elle a emporté ce souvenir comme un petit lot de consolation. Je l'ai vue donner son numéro de téléphone à un jeune touriste lillois qui s'est ensuite incrusté à notre table avec ses amis. J'ai offert le champagne à tout le monde et joué à merveille mon rôle habituel d'oncle débonnaire. Lauriane était ivre, mais elle tient très bien l'alcool et elle a repoussé les avances d'une dizaine de mecs avec la fermeté enjouée d'une vieille routière de la séduction. J'ai ramené les filles à la maison et fini la nuit sur la balancelle près de la piscine, parce qu'il faisait une chaleur étouffante.

Mais ce soir, je suis frais comme un gardon, et, laissant mes donzelles avachies devant la télé, je prends l'autoroute en direction de Marseille, ville que je connais bien sans y avoir jamais vécu : je suis né à Toulon, j'ai commencé à Aix une licence de psycho, vite abandonnée pour des activités plus lucratives, mais j'ai souvent eu l'occasion de traîner mes guêtres dans la cité phocéenne.

Alpha66 a tout de suite accepté ma proposition et suggéré un bar du quartier de l'Opéra comme lieu de rendez-vous. Honoré13 s'est davantage fait prier.

Lui aussi, pourtant, habite Marseille : je suis le seul à devoir faire de la route. Tout en conduisant, je me remémore un de nos premiers échanges :

— Honoré13, 13, c'est pour les Bouches-du-Rhône ?

— Oui. Je suis un pur Marseillais. Avec des ancêtres qui ont gardé les chèvres du côté de Meknès, quand même.

— J'ai grandi à Toulon.

— Père militaire ?

— Tu es très perspicace. Que faisait le tien ?

— Rien à voir. Il jouait de l'oud dans les cafés.

— Comment tu es devenu prof de lettres ?

— À part lire, je ne savais rien faire : j'ai suivi ma pente.

— Tu es trop modeste, Honoré13 : je suis sûr que tu as plein de talents cachés.

— Comment tu es devenu manager ?

— Par haine et dégoût du travail salarié. Voire du travail tout court. C'est ma femme qui bosse. J'aurais pu être proxénète.

Honoré13 et Alpha66 ne se connaissent pas. Mais j'ai comme l'impression qu'ils se plairont. C'est marrant, internet. Ça permet de gagner du temps, d'abolir plein de frontières. Si j'avais rencontré Alpha66 et Honoré13 de façon traditionnelle, on aurait mis des années avant d'avoir les conversations désinhibées et sans tabou que j'ai avec l'un et l'autre. Quand je pense qu'ils ont tous les deux vu des photos du cul de Lauriane ! Quand je pense qu'avec Honoré13 j'ai parlé de mon père, ce tyran cruel et borné que je n'ai pas vu depuis plus de trente ans et auquel je ne pense quasi jamais ! Quand je pense que j'ai avoué à Alpha66 ma hantise de mourir pauvre, le cauchemar récurrent qui me voit finir mes jours sur un galetas, dans un taudis quelconque, rongé de vermine et oublié de tous, comme un poète du XIXe siècle !

Marseille en vue ! Je prends la sortie Vieux-Port. Je trouve à me garer rue Vacon. Il n'est que 21 heures. Avant de me rendre à la Luna, j'ai besoin de prendre un verre tout seul. Par habitude, je gagne la Samaritaine. Quand j'étais jeune, c'était un lieu de drague notoire. Mais je n'ai envie ni de draguer ni de me faire draguer. Comme je l'ai dit, je n'ai jamais attiré les regards. Et aujourd'hui que je bedonne et grisonne, je suis encore plus transparent qu'autrefois.

Je commande un verre de blanc que je bois en regardant les derniers feux du soleil derrière le fort Saint-Jean. Avec le vin, le serveur m'apporte un mélange d'olives vertes et noires. Nous plaisantons rapidement, et je me fais une fois de plus la réflexion que les serveurs parisiens sont décidément les plus mal embouchés qui soient. Nulle part au monde on ne vous fait sentir autant qu'à Paris à quel point vous êtes importun – et importuns les moindres de vos desiderata.

Encore un quart d'heure à grignoter mes olives et à me laisser absorber par le flot des passants. Des Marseillais. Très peu de touristes. Pour autant que je puisse en juger. Des jeunes du centre-ville, c'est-à-dire des rebeus. Malgré son pseudonyme qui fleure bon la France, Honoré13 est d'origine marocaine. Et Alpha66 ? Il habite Marseille depuis toujours, m'a-t-il écrit. Mais Marseille a toujours été un lieu de passage et de brassage : il peut donc très bien être arabe lui aussi. Ou comorien. On verra bien.

Je me lève, laissant un pourboire conséquent dont le serveur me remercie avec effusion. Le soleil a fini par se coucher et un frisson d'appréhension me secoue, comme si la ville assombrie constituait une menace. Qu'est-ce que je vais foutre dans un bar du quartier de l'Opéra, avec deux mecs que je n'ai jamais vus mais dont j'ai au moins la certitude qu'ils sont tarés ?

Tout d'un coup, la villa de Cassis, le salon dans lequel les deux filles doivent comater, entre joints bien chargés et films débiles, me paraît un havre de paix, un endroit que je ferais bien de regagner d'urgence au lieu d'honorer ce rendez-vous pervers. Mais merde, on n'a qu'une vie et la mienne s'enlise dans la médiocrité : *allons vers l'inconnu pour trouver du nouveau !*

Laurent

24 juin

Mes journées sont vides, mais mes nuits sont bien remplies. Je sors presque tous les soirs, au grand dam de Delphine, qui me sent trop à cran pour oser dire quoi que ce soit. Ce soir, par exemple, j'ai rendez-vous avec Xénophon et un autre mec, un candauliste apparemment : Xénophon, qui aime cultiver le mystère, ne m'en a pas dit plus. Tant mieux, moi aussi, j'aime le mystère, et ces temps-ci, je suis prêt à tout, aux rencontres les plus improbables et aux aventures les plus scabreuses. Qui sait, ces deux-là vont peut-être me proposer de baiser leur femme, ce que je ferais avec joie, autant qu'ils le sachent…

Je suis chargé à bloc, vibrionnant de haine, de rancœur, de dépit, de frustration. Toute mon énergie inemployée me monte au cerveau. Si je n'allais pas une fois par jour à la salle de muscu, je deviendrais dingue. Mais une bonne séance de baise peut faire l'affaire aussi.

Ce soir, je gare la Golf de Delphine rue Pythéas. J'ai prévu d'arriver largement avant les deux autres, histoire de me détendre avant de les recevoir dans

mon fief. Xénophon a d'ailleurs accepté sans moufter de venir à Marseille, alors qu'il est sur Cassis. Mado me sert mon Talisker sans que j'aie besoin de dire quoi que ce soit :
— Tu vas bien ?
— Mmmm.
— Les enfants ?
— Quels enfants ?

Sur cet échange peu amène, elle bat prudemment en retraite. Je ne sais pas comment elle a pu apprendre que j'avais des enfants, mais ce n'est certainement pas par moi. Je veille à établir des cloisons très étanches entre les différents univers où j'évolue.

En général, d'ailleurs, les gens ne se risquent pas à m'interroger : j'inspire confiance, mais j'intimide, aussi, et ce pour des raisons qui m'échappent.

Je n'intimide pas Mado. Les gars comme moi, elle a grandi avec : elle les connaît trop bien pour être impressionnée. Mais je l'inquiète, ça oui. Elle ne sait pas trop sur quel pied danser avec moi. Il faut dire que j'oscille entre la plus grande familiarité et les rebuffades les plus blessantes.

Yasmina, alias Sapphire, vient s'asseoir à côté de moi, sur l'un des hauts tabourets rembourrés de cuir qui longent le comptoir. J'ai couché avec elle deux ou trois fois. C'est une pro. Une adepte du coït bien calibré : dix minutes de pénétration vaginale, pas de baisers, pas de préliminaires, pas de conversation, et c'est elle qui met et retire le présa. Ensuite, préservatif ou pas, elle se rue sur le bidet avant même que tu aies passé la porte. J'aurais bien aimé arriver à tenir plus de dix minutes, et d'habitude je n'ai aucune difficulté à baiser pendant des heures, mais là, j'ai trouvé plus fort que moi : Yasmina est d'une efficacité redoutable.

— Salut, Yaz : en plein taf ?
— Comme tu vois. Tu es intéressé ?
— Pas ce soir. Ou en tout cas, pas tout de suite. J'ai un rencart : on verra après.
— Pas de problème, Laurent : tu me fais signe.

Si toutes les relations sexuelles pouvaient avoir lieu aussi simplement, sans qu'il soit nécessaire de payer de sa personne, de faire la conversation, de verser sa dîme sentimentale sur l'autel de la volupté ! Même Delphine, qui a du tempérament et m'ouvre généralement ses cuisses avec enthousiasme, exige de moi que je me montre tendre, attentionné et démonstratif avant l'amour. Pas question que je me rue sur elle sans prévenir. En ce moment, et bien que nos rapports soient extrêmement tendus, nous continuons à baiser, mais il faut que j'en passe par là : des gestes affectueux, des mots doux, des compliments. Autrement, elle me tourne ostensiblement le dos et feint de dormir si je l'entreprends. Comme j'ai toujours envie d'elle, je m'exécute, mais cela me devient de plus en plus difficile. Car si mon désir ne décroît pas, ma rancœur, elle, augmente.

Mes sorties sont des exutoires indispensables. Si je passais toutes mes soirées avec Delphine, cela pourrait finir dans le sang. Parfois, le seul son de sa voix, son articulation précise et maniérée, ses formules pompeuses, la dignité affectée avec laquelle elle se déplace, tout cela me donne envie de la cogner, comme la pute qu'elle est au fond.

Yasmina mérite davantage de respect car Yasmina a le mérite d'afficher la couleur et de ne pas se donner pour autre chose que ce qu'elle est. Tandis que Delphine, qui aime le cul et que seule son éducation retient d'aller le vendre, Delphine est vraiment la pire des salopes.

Quand nous sommes en tête-à-tête, mon irrépressible discours intérieur prend une telle tournure psychotique que j'en arrive à m'effrayer moi-même. Les mots se télescopent dans mon esprit, les phrases se bousculent, mais je m'entends distinctement promettre à mon épouse les pires sévices : « Tu vas crever, espèce de chienne ! Tu crois vraiment que tu vaux mieux que moi ? Mais tu es la dernière des traînées ! Tu mériterais que je te déchire le cul, et pas avec mon zob ! Je te laisse le choix : un bon gros gode ou une bouteille de ce médoc que ton crapaud de père nous a servi l'autre jour. Vide, évidemment, la bouteille. Et tant mieux si elle se casse dans ton gros cul de bourge ! »

Qu'est-ce qui m'arrive ? J'ai toujours été violent, mais j'ai toujours contenu cette violence, et surtout je n'ai jamais envisagé de la retourner contre ma femme. Même mes rêves, désormais, se colorent de pourpre, même mes rêves sentent la tripe chaude, la merde et le sang. Si je n'étais pas un guerrier, rompu à l'ascèse et l'autodiscipline, les choses auraient mal tourné depuis longtemps.

Un nouveau client vient de s'installer au comptoir. Un quinquagénaire. Un peu enveloppé, un peu chauve, avec la petite queue-de-cheval du mec qui n'assume pas sa calvitie. Yasmina l'aborde aussitôt, d'un air las et blasé. Le mec la dévisage avec un sourire en coin :

— Ne vous fatiguez pas : je ne suis pas venu pour ça.

Je m'avance vers lui, calquant sur le sien mon sourire goguenard :

— Xénophon ?
— C'est moi. Tu es… Alpha66 ?
— Appelle-moi Laurent, on n'est plus sur le Net.
— Dans ce cas, appelle-moi Reynald. Enchanté.

Il me tend une main molle et grasse. Exactement le genre d'individu qui d'habitude suscite mon agressivité. Je n'imaginais pas du tout Xénophon comme ça. Vu la teneur de nos échanges, je me le figurais plus grand, plus mince, plus classe.

Nous nous installons dans une des stalles tendues de faux cuir que la Luna réserve à ceux qui ont besoin d'intimité. Dans la lumière rougeoyante et confidentielle, dispensée par une applique en cuivre et verre coloré, Xénophon me dévisage. Il a commandé la même chose que moi.

— On peut fumer, ici ?
— Tout est permis, ici.

Et effectivement, même Mado a la clope au bec en permanence. Reynald allume un cigare, ce qui va tellement bien avec sa dégaine de nouveau riche beauf que j'éclate de rire. À travers la fumée odorante, ses yeux se plissent, son regard se fait malicieux :

— Oui, je sais : je suis un cliché ambulant.

Je crois que c'est sur cette phrase que s'est scellée mon amitié pour lui. Avec Reynald, ce serait facile de tomber dans le délit de sale gueule, parce qu'avec sa barbe clairsemée, ses verres fumés, son petit catogan et ses mains moites, il n'inspire pas franchement la sympathie. Sans compter qu'il peut se montrer dédaigneux et arrogant. Mais il sait très bien désamorcer l'agacement qu'il provoque.

Nous ne parlons pas beaucoup, nous contentant de savourer le très bon Talisker de Mado et d'échanger quelques banalités sur Marseille et sa région.

— Alors comme ça, tu es des quartiers nord ?
— Les Aygalades, tu connais ?
— De nom.

Un quart d'heure s'écoule comme ça, entre vociférations de clients avinés, volutes de cigare et vapeurs de *sky*, puis l'invité mystère de Reynald arrive et se dirige vers nous. Sans hésitation : un bon point pour lui.

— Xénophon ?
— C'est moi. Reynald, en fait.
— Moi c'est Farouk.
— Farouk, je te présente Laurent, alias Alpha66. Laurent, je te présente Farouk, alias Honoré13.
— Bonsoir, Laurent.
— Bonsoir, Farouk.

Farouk me serre la main. Rien à voir avec Reynald : ses mains à lui sont petites, fines, sèches, et vibrantes d'une énergie contenue. Il se glisse sur la banquette en face de moi, avec quelque chose de furtif, comme s'il essayait de se faire oublier, de se fondre dans le décor. Il me paraît minuscule et un peu contrefait, peut-être parce que sa tête semble exagérément grosse par rapport à son corps fragile. Son visage me rappelle celui de Franz Kafka :

mêmes yeux sombres et inquiets, même teint olivâtre, mêmes traits accusés. C'est la première chose que je lui dis :

— Vous ressemblez à Kafka.

Reynald et lui lèvent le nez de leur verre avec le même air d'étonnement comique. Farouk, qui a commandé un Bloody Mary, prend le temps de touiller son cocktail avec l'agitateur de plastique coloré aux formes suggestives : une femme nue à la poitrine et aux fesses avantageuses. Puis il a un sourire mélancolique à mon intention :

— J'aurais bien aimé que la ressemblance soit plus poussée.

Et sur cette réponse elliptique, il choque son verre contre le mien, puis contre celui de Reynald :

— À notre rencontre !

La soirée ne fait que commencer, mais je sais déjà que je suis en bonne compagnie, et la conversation qui suit ne fait que confirmer cette impression.

Ce qui se passe est même proprement incroyable. Quoi ? Prenez trois hommes qui ne se connaissent pas, qui n'ont fait qu'échanger, deux à deux, des messages un brin salaces ; trois hommes dont l'unique point commun est la perversion, et pas n'importe laquelle des perversions répertoriées : quelle était la probabilité pour qu'en dehors du candaulisme nous ayons des choses à nous dire ?

Or, contre toute attente, nous parlons, continûment, passionnément. Et pas de cul, mais de littérature. Kafka, d'abord, dont Farouk est un grand fan. Puis Xénophon, évidemment. Il s'avère que Reynald et Farouk sont à la fois hellénistes et latinistes. Ça m'impressionne, ils le sentent, et changent de sujet avec une délicatesse qui est un point de plus en leur faveur.

La nuit est déjà bien avancée quand nous en venons à parler de celles qui nous ont, à leur insu et à leur corps défendant, expédiés ce soir dans un tel lieu de perdition : Delphine, Lauriane, Chloé.

Farouk a fini par passer au Talisker, comme nous, ce qui contribue sans doute à délier sa langue. Je ne dirais pas que nous sommes ivres, pourtant. Moi pas, en tout cas. Et j'ai beau guetter sur le visage et dans l'élocution des deux autres les premiers signes d'ébriété, je ne vois rien. Tant mieux. Rien ne me dégoûte plus qu'un ivrogne. À part un junkie, peut-être.

Nous parlons de nos femmes. Sans honte. Sans pudeur. Sans forfanterie non plus. Les vantardises masculines ne sont plus de mise. Nous savons déjà qu'entre nous, il n'y a de place que pour la vérité nue, qu'elle est la condition de notre alliance. Car c'est ce dont il s'agit : d'une alliance, indéfectible dès le premier soir, entre trois hommes qui n'auraient jamais dû se rencontrer.

Parce que plus que les autres, avant les autres, je sens toute la solennité du moment, il me semble que je brûle. Mais ce n'est plus la mauvaise rage de tout à l'heure. Celle qui peut me pousser à faire les pires conneries. Non, c'est une fièvre heureuse, un héritage de l'enfance, le souvenir de ces serments, croix de bois, croix de fer, si je mens je vais en enfer, qui m'ont lié à certains de mes copains de la cité : Nikos, Ange, Patrick, Ahmed, Jean-Luc...

Nikos est mort d'une O.D. en 1991, Patrick et Ahmed ont chopé le *das* au pire moment, longtemps avant l'arrivée des trithérapies. Ange et Jean-Luc sont toujours vivants mais il vaudrait cent fois mieux pour eux être morts. Jean-Luc n'a jamais réussi à quitter les Aygalades : je le croise parfois quand je vais voir ma mère. Il a grossi, perdu ses dents, lui qui me disputait le titre de plus beau gosse de la cité... Il n'a pas de nana, pas d'enfants, pas de boulot. J'ai pensé à lui quand je me suis fait licencier.

Ange tient un garage au Canet. Rien de bien flambant. Il fait à peine ses affaires à ce que m'a dit ma mère, très copine avec la sienne. Je l'ai revu un jour, sans qu'il s'en doute. Il choisissait des étagères chez Ikea. Il déambulait comme un zombie dans les travées. Je lui ai trouvé le regard vide. Ange, *mon* Ange ! Ce farfadet, jamais en retard d'un coup foireux quand on avait onze ans et la vie devant nous ! Ange avec qui j'ai fumé mes premières clopes, niqué mes premières gonzesses ! C'est la même qui nous a dépucelés, d'ailleurs : Valérie Paolillo, une grande de quinze ans, pas avare de ses charmes. Ange, *mon* Ange, est devenu ce zombie incapable de se décider entre *Ivar* et *Billy*. La vie est dégueulasse...

Sauf que là, tout d'un coup, je ne la trouve plus si dégueulasse que ça, la vie. Peut-être parce qu'en cette chaude nuit de juin à la Luna, je n'ai plus quarante-six ans, mais treize à tout casser ; je n'ai pas épousé la fille du crapaud (elle-même grenouille de bénitier), je ne lui ai pas fait trois enfants, je n'ai pas charge d'âmes, je n'ai pas de problèmes de fric, je suis libre comme l'air, je suis un minot des

Aygalades, un chef de bande retrouvant ses comparses autour d'un whisky interdit. La vie redevient belle, la vie redevient la vie au lieu d'être cet interminable cauchemar dont l'issue ne peut être qu'une hécatombe.

Farouk

25 juin

Je ne suis plus moi-même. La trahison de Chloé a fait de moi un homme que je ne reconnais pas. Non seulement je n'ouvre plus un livre, non seulement je surfe sur des sites de cul, chose que je n'aurais jamais crue possible, mais pour couronner le tout, je deviens expansif, bavard, indiscret, je me mets à raconter ma vie au premier venu, tout ce que je déteste chez les autres et a fortiori chez moi.

Ce qui s'est passé hier soir relève de la science-fiction. Et je n'ai même pas l'excuse de l'alcool, car je m'en suis tenu à un Bloody Mary, plus deux verres d'un excellent whisky, dans ce bar du Ier arrondissement dans lequel je n'avais jamais mis les pieds. Et pour cause : la Luna est un bar à putes. C'est d'ailleurs une pute qui m'a accueilli à l'entrée, une brune aux cernes bistre et au sourire triste. Belle, mais d'une beauté violente, tapageuse ; belle, mais dans un genre aussi éloigné que possible de celui de Chloé.

Au premier coup d'œil, les gens voient rarement à quel point Chloé est belle. Sa beauté n'a rien d'éclatant. Elle tient à la subtilité de ses coloris, à l'architecture raffinée de son visage, au grain serré de sa peau. Et puis elle se maquille à peine, s'habille sans recherche particulière. Avec une nette prédilection pour les teintes sourdes, des lilas éteints, des bleus fanés, des gris taupe, des prunes... Jamais de jupes courtes ni de vêtements ajustés. Chloé, c'est le contraire d'une allumeuse, le contraire de la fille de la Luna, qui avait moulé ses seins lourds dans du velours cramoisi et resplendissait sous l'or conjoint de sa poudre à paupières, de ses boucles d'oreilles et de ses bracelets.

Elle a vu que je me dirigeais vers le fond du bar et n'a pas insisté. Quelque chose me disait que Xénophon ne faisait pas partie des braillards du comptoir, et seuls deux clients s'étaient installés à l'écart : ce ne pouvait être qu'eux. Je me suis assis à côté de Xénophon, dont le prénom s'est avéré être Reynald. L'autre s'appelait Laurent et m'a désarçonné, d'emblée, par l'intensité de son regard.

Pourtant, nous avons commencé à discuter tous les trois comme de vieux amis. Bien plus, nous nous sommes racontés, confiés, comme je ne l'ai jamais fait de ma vie et comme probablement je ne le ferai jamais plus.

Je ne le ferai plus, je n'aurai plus à le faire, car *tout* a été dit hier soir. Hormis mon petit fantôme personnel, mais probablement appartient-il plus à Chloé qu'à moi-même, j'ai tout mis sur la table. Et je suis prêt à parier que les deux autres en ont fait autant. L'aube nous a trouvés tous les trois hébétés, privés de voix, de pensées, de sentiments. Vidés.

Qu'est-ce qui m'a pris ? Je n'en sais rien. Je n'ai pas plus d'explication que je n'ai de regrets. Car quoi qu'il se soit passé hier soir, quoi qu'il se soit joué entre nous trois, c'était infiniment juste.

Je m'entends encore raconter fébrilement à Reynald et Laurent à quel point j'ai aimé ma femme, à quel point sa trahison me torture, à quel point il est nécessaire que je trouve une solution radicale pour ne pas être anéanti. Et je les entends encore me répondre, non pas par l'écho de leur propre histoire, non, ça c'est venu après, mais par des réflexions, fines, fortes, *pensées*. Pas de clichés. Pas de formules convenues, du type : une de perdue, dix de retrouvées, etc. Pas de phrases de réconfort, non plus. Ils ont cherché, l'un après l'autre, à m'éclairer, à comprendre avec moi ce qui est en train de m'arriver et menace de me détruire.

— On peut se demander pourquoi tu as vénéré Chloé à ce point, pourquoi tu l'as mise sur un tel piédestal, alors que tu dis toi-même qu'elle n'a rien d'exceptionnel.

Ça, c'était Laurent.

— Il y a des hommes, et des femmes, qui sont faits pour la vénération. Ils ne savent pas aimer autrement. Moi, c'est le contraire : j'aime qu'un peu de condescendance se mêle à mon amour.

Ça, c'était Reynald.

Laurent était moins volubile que Reynald et m'observait davantage. Il avait un accent marseillais très prononcé et des airs de petite frappe assez inattendus eu égard au contenu de ses propos. Des deux, il était celui qui m'intriguait le plus. Il faut dire aussi qu'il était d'une beauté frappante. Grand, brun, doté d'une musculature sèche et apparente. Un profil de médaille. Des yeux clairs, un peu à fleur de tête. Je l'ai senti sur ses gardes, à cran.

Il nous a pourtant livré, avec un abandon désarmant, son secret le plus inavouable, celui qui lui pourrit la vie depuis des mois et dont personne n'est au courant, sauf nous. Nous ! Reynald et moi : deux inconnus rencontrés sur le Net !

Laurent a perdu son boulot. Il vendait et louait des biens immobiliers pour une agence aussi florissante que prestigieuse, selon lui. Depuis, il a eu beau répondre à des annonces, multiplier les candidatures spontanées à droite et à gauche, inonder les boîtes de C.V. : rien. Pas une seule réponse, pas le moindre entretien d'embauche : Laurent a disparu des écrans du marché du travail, il n'existe pas, il n'est même pas une statistique puisqu'il s'est bien gardé de s'inscrire à Pôle Emploi. Comme il maintient le même train de vie, ses indemnités de licenciement et ses économies, pourtant conséquentes, sont en train de fondre.

Laurent s'est confié à nous avec une sorte de détachement amer, mais on sent chez lui une rage contenue, et une souffrance presque enfantine de se voir éjecté de ce manège sur lequel il est monté par miracle : le manège de la réussite sociale, de la consommation, des signes extérieurs de richesse, villa à Saint-Julien, Audi A6, écoles privées pour ses trois enfants, vacances aux sports d'hiver…

Et puis, par-dessus tout, il a honte, il est humilié.

Seule sa belle situation lui a jusqu'ici permis de tenir la dragée haute à une belle-famille qu'il décrit comme méprisante et condescendante à son égard. On tolère Laurent par égard pour Delphine, mais surtout par considération pour le fric qu'il rapporte. Son licenciement, il le vit comme une rétrogradation, un retour direct dans les quartiers nord dont il s'est, péniblement et contre toute attente, extirpé.

— Putain, j'ai bossé comme un chien toutes ces années ! Et là, du jour au lendemain, terminé ! Et tu veux que je raconte ça à Delphine ?

— Tu as peur de sa réaction ? Elle le prendrait comment ?

— Elle serait paniquée, elle appellerait ses parents en pleurnichant, elle leur demanderait de l'argent, et ils feraient tous des gorges chaudes sur mon imprévoyance ou mon incompétence.

— Quelle incompétence ? Tu as été victime d'un licenciement économique.

Laurent a poursuivi, ignorant mon interruption :

— Le pire, c'est que je suis persuadé que Delphine serait secrètement contente que j'aie perdu mon job.

— Tu viens de dire qu'elle le prendrait mal, que ce serait panique à bord.

— Elle serait paniquée, mais au fond, ça lui confirmerait ce que sa famille et elle ont toujours pensé : que je suis un minable.

— Elle t'a épousé par amour, non ?

Laurent a sifflé pensivement ce qu'il lui restait de whisky avant de faire signe à Mado qui l'a servi derechef. Ensuite il a levé sur nous son regard clair et brutal :

— Ouais. Et d'une certaine façon, elle m'aime encore. Mais elle me méprise. Un mépris de classe, un truc plus fort qu'elle.

— Qu'est-ce qu'elle aime chez toi, à ton avis ?

Il a paru gêné. Un embarras visible et émouvant chez ce type aux manières abruptes, qui nous avait parlé en contenant jusqu'ici ses émotions :

— Eh ben, pour commencer je crois qu'elle me trouve beau. Et ça, c'est important pour Delphine. Il fallait absolument que son mari soit un mec mignon, présentant bien, un mec que ses sœurs et ses copines puissent lui envier.

Reynald a éclaté de rire et commandé lui aussi un troisième whisky :

— Je te le confirme, Laurent, tu es un pur beau gosse. Et pourtant, je ne suis pas sensible à la beauté masculine.

Laurent a balayé le sujet d'un haussement d'épaules :

— Et puis, même si elle se sent supérieure, je lui en impose. Ça peut paraître compliqué et contradictoire, mais Delphine est quelqu'un de compliqué et de contradictoire. Et je ne pense pas qu'elle se comprenne elle-même ni qu'elle voie clair en elle. Surtout que les curés lui ont complètement retourné le cerveau. Au début de notre mariage, ça allait encore, mais maintenant, c'est une vraie bigote.

Bizarrement, nous nous sommes mis à parler religion. Les deux autres maîtrisaient mieux le sujet que moi, et je me suis senti un peu largué, mais j'étais bien. L'alcool m'avait mis dans un état de légère euphorie, les voix de Reynald et Laurent me berçaient, et je n'intervenais que de loin en loin.

Dans ma famille, la religion n'a jamais été un sujet de conversation. Mon père se fiche royalement de l'islam : il fume, il boit, et il ne lui est jamais venu à l'idée de faire le ramadan. En revanche, il ne mange pas de porc, vague concession faite à sa culture d'origine. Ma mère a été baptisée, mais toute forme de mysticisme lui fait horreur. Mes frères et moi sommes circoncis, mais cette circoncision n'a fait l'objet d'aucune cérémonie particulière. Ça s'est passé à l'hosto, et je n'en garde aucun souvenir.

Vu mon nom et la tête que j'ai, les gens s'attendent à ce que je sois musulman, ce qui m'agace. Au moment du ramadan, les élèves me testent :

— Hé, Monsieur, Rima elle dit qu'elle vous a vu boire un café. C'est pas *haram*, ça ?

— Vous serez là, pour l'*aïd* ? On a le droit d'être absent, vous savez : c'est la fête.

— Qui ça, « on » ?

— Vous êtes pas arabe, Monsieur ?

— Qu'est-ce qui vous fait penser que je suis arabe ?

— Vous vous appelez Mokadem.

— Vous avez une tête d'Arabe, Monsieur, sans déc.

Dans ces cas-là, je les regarde sans mot dire, avec ma tête d'Arabe. Les questions et les remarques finissent par tarir, et le cours reprend.

Ce soir-là, avec Reynald et Laurent, j'ai parlé du rapport ténu et désinvolte que j'entretiens avec l'islam comme avec toute la culture de mon père. Je leur ai livré le fond de ma pensée : que je ne me sens ni marocain ni français. Ni prof, à proprement parler. Que la seule identité que j'aie acceptée et reconnue comme mienne, c'est celle d'époux de Chloé. Même mon statut de père me semble secondaire.

De nouveau, ils m'ont écouté. À part Chloé, il me semble que personne ne m'a jamais donné cette attention presque scrupuleuse, qui les poussait à me faire répéter ce qui ne leur semblait pas clair, ou ce que je murmurais à voix trop basse. Ils m'écoutaient comme je les écoutais.

Reynald s'est confié à son tour, intercalant ses confidences entre éclats de rire sarcastiques et pauses rêveuses. Lauriane était tour à tour la cible de ses plaisanteries misogynes, et la source d'un discours lyrique et clairement amoureux. Ce n'est qu'au moment de nous quitter qu'il a lâché, d'un ton désabusé, comme si c'était le cadet de ses soucis :

— C'est quand même con de se retrouver au lit avec une bombe sexuelle sans arriver à lever sa queue. Mais peut-être qu'elle n'est pas mon genre, après tout...

Cette dernière phrase, il l'a prononcée avec un clin d'œil à mon intention, de sorte que j'y ai vu une réminiscence proustienne : Swann n'a-t-il pas eu son plus grand amour pour Odette, une cocotte qui n'était *pas son genre ?*

Laurent et moi nous sommes retrouvés seuls et il s'est renversé sur le dossier de moleskine, le visage soudain crispé et douloureux.

— Putain, Farouk, il va falloir que je rentre chez moi, et ça, c'est de plus en plus difficile ! J'ai envie de me barrer. De disparaître dans la nature : je saurais faire, tu sais. La survie en milieu hostile, ça me connaît.

— Tu abandonnerais ta famille ?

— J'étais pas fait pour la vie de famille. Et je te dis ça alors que j'aime Delphine et les enfants. Mais je suis un étranger parmi eux. Un élément extérieur qu'ils ne sont pas parvenus à assimiler : la greffe n'a pas pris. C'est de ma faute : je suis un sauvage, au fond.

— Qu'est-ce qu'ils vont devenir, sans toi ?

— Ils seront beaucoup mieux sans moi, justement. Le crapaud se fera un plaisir de les prendre sous son aile. Je te parie tout ce que tu veux qu'ils iront tous habiter dans sa belle maison aixoise.

— Il a de la place pour une femme et trois enfants ?

— Tu parles, elle est immense, cette baraque. Sans compter les dépendances. Ma fille pourrait avoir son propre studio, au fond du jardin. Ils se retrouveraient entre eux, entre bourges et cathos bon teint. Sans Laurent Sportiello pour les déranger dans la haute opinion qu'ils se font d'eux-mêmes.

— Mais tes enfants ?

— Mes enfants sont beaucoup plus ceux de Delphine que les miens. C'est ma faute. Je l'ai laissée faire : je pensais qu'elle saurait mieux les élever que moi ; qu'elle en ferait des gosses bien. Pas de la racaille de cité comme j'étais, moi. Parce que tu n'as aucune idée de ce que j'étais, Farouk : j'aurais pu très très mal tourner. J'ai failli mal tourner, d'ailleurs : c'était à deux doigts. Je t'ai dit qu'à treize ans je dealais de l'héro ? Non, hein ? Je t'ai pas raconté ça. Putain, tous mes copains sont tombés là-dedans, les uns après les autres. Pas moi. Je préférais le foot et la muscu : ça m'a sauvé.

— Et les études ?

— Les profs me détestaient. Les études, je les ai faites contre eux. Et contre tout le monde, d'ailleurs : les copains qui m'en voulaient de réussir où ils échouaient ; ma mère, qui aurait préféré que je sois manutentionnaire chez Micasar ou cariste à Casino. Mes ambitions lui faisaient peur. Bref, tout ce que j'ai appris d'un peu intéressant, je l'ai appris plus tard, tout seul, en bouquinant, au hasard. J'ai pas de culture, tu sais, Farouk. C'est pas comme toi et Reynald.

— Tu sais plein de choses.

— Rien en comparaison de ce que vous savez, Xénophon et toi.

J'ai regardé Laurent, ses épaules soudain voûtées, son beau visage défait par la fatigue, et j'ai su qu'il était en danger. Que les démons contre lesquels il ferraillait depuis l'enfance, les démons qu'il avait provisoirement écartés avec son ascension sociale et son beau mariage, menaçaient de revenir l'emporter.

J'ai su aussi que j'étais prêt à aller très loin. Pour lui. Avec lui. Je peux même dire que depuis Chloé, personne ne m'a jamais inspiré cette tendresse fervente, cette curiosité inquiète et presque paternelle. Pourtant, il a huit ans de plus que moi.

Sur le seuil de la Luna, nous avons hésité, perplexes sur la conduite à tenir, les mots à échanger. Je lui ai serré la main avec une désinvolture feinte.

Je savais déjà que nous allions nous revoir, que je n'en avais fini ni avec lui ni avec Reynald.

— Prends soin de toi, Laurent.

— Toi de même, Farouk.

Et dans ma bouche, ça n'avait rien d'une formule toute faite.

Cette nuit-là, tandis qu'un vent chaud, un simoun peut-être venu de mon Maroc originel, soufflait sur la ville, déposant sur les voitures une fine pellicule de sable rouge, mon vœu le plus cher était que Laurent fasse attention, qu'il n'aille pas se foutre en l'air dans une calanque, ou zigouiller toute sa famille dans un coup de folie homicide. Il a pris la rue Pythéas, et moi la rue Beauvau. Je l'ai regardé s'éloigner : malgré sa haute stature, sa démarche féline, sa prestance, quelque chose en lui m'a serré le cœur. Il s'éloignait déjà, et j'ai haussé les épaules, cherché ma voiture des yeux, réendossé mon propre fardeau de chagrin et de solitude.

Reynald

24 juin

L'eau de la piscine a tourné : elle a viré au vert en une nuit. Tandis que comme un imbécile j'étais en train de raconter ma vie à Farouk et Laurent, le rectangle azuré s'est changé en une mare fétide, un cloaque. J'y vois une métaphore, le symbole d'une déchéance inquiétante : c'est toute ma vie qui prend, ou risque de prendre les allures d'un bourbier répugnant si je ne redresse pas sévèrement la barre. On commence par se livrer à des inconnus et on finit par tenir un blog dans lequel on expose complaisamment la moindre de ses turpitudes.

Turpis, « honteux » en latin... Qui n'a pas fait cette expérience universelle de l'humiliation, du sentiment d'une telle indignité ou d'un tel ridicule qu'on ne s'en relèvera pas ? Hier soir, à la Luna, c'est finalement de ça que nous avons parlé, chacun à notre façon et malgré la diversité de nos histoires personnelles : de la honte qui nous accablait. Honte d'avoir été naïf, crédule, et finalement bafoué – Farouk. Honte d'avoir été pressé comme un citron par un patron, puis mis au rebut et jeté comme un bon à rien – Laurent. En ce qui me concerne, la honte est peut-être encore plus écrasante, et je m'étonne encore d'avoir livré à deux inconnus mon secret le plus secret.

Je ne bande plus. Ou si peu. Et encore jamais quand il faudrait. Jamais quand je tiens Lauriane dans mes bras et que j'ai envie de lui faire sa fête. Il y a un an encore, je n'avais aucun problème de ce côté-là. Je pense même que la satisfaction sexuelle que j'ai longtemps procurée à Lauriane a été l'un des ciments de notre couple.

Car sans me vanter, j'ai toujours été un bon coup. Et j'ai toujours été un bon coup parce que j'ai toujours été extrêmement attentif à mes partenaires, et qu'avec le temps j'ai appris à bien connaître ces corps de femmes, certes tous différents, mais au fond toujours les mêmes, avec les mêmes attentes, les mêmes préférences, les mêmes exigences, formulées ou pas. Lauriane, je l'ai fait grimper au rideau plus d'une fois. Et pourtant, Lauriane c'est tout sauf une chaudasse. C'est moi qui lui ai donné son premier orgasme, et il a fallu que je rame pendant des mois pour arriver à un tel résultat.

Quand je l'ai rencontrée, Lauriane baisait de façon mécanique : elle faisait les bons gestes au bon moment, mais on sentait que le cœur n'y était pas. *Elle* n'y était pas. Elle baisait parce que ça se fait. Elle baisait parce que les mecs avaient envie d'elle, que ce désir la flattait, et qu'elle sentait bien qu'elle devait y répondre. Mais au fond ça ne l'intéressait pas. Comme beaucoup de filles très jeunes, elle se serait bien contentée de plaire sans passer à l'acte.

Lauriane, c'est l'allumeuse classique, et derrière chaque allumeuse, derrière ce festival d'œillades, de moues, de postures provocantes, de répliques aguicheuses, se cachent les mornes plaines de la frigidité.

Un jour, au début de notre mariage, alors qu'au fond du lit Lauriane me fixait d'un œil inexpressif, visiblement insensible aux coups de reins que je lui mettais, à la vigueur conquérante de mon sexe au fond de son vagin, je me suis retiré brusquement, j'ai rengainé mon petit couteau, et appuyé sur un coude, caressant nonchalamment son ventre plat, je lui ai parlé :

— Tu n'aimes pas faire l'amour ?

Elle a vivement réagi, comme offensée par mes propos. Dans le monde de Lauriane, on se doit d'aimer le cul : les mecs sont des bêtes sexuelles, et les filles sont brûlantes de désir et déchaînées au lit. Elle fait partie de cette génération qui a grandi en regardant des films pornos sur Canal, sans compter les DVD qu'on devait se mater entre copains, l'après-midi, dans les tours de la cité de la Saussaie.

— Ben si, évidemment que j'aime ça ! Qui n'aime pas ?

— Toi, apparemment.

— Ben faut pas se fier aux apparences.

— Lauriane, ça n'a rien de honteux, à vingt ans, de ne pas très bien connaître son corps, et de ne pas savoir tout ce qu'on peut en attendre.

Elle n'a rien répondu. Je l'avais vexée.

— Écoute-moi : si ça t'intéresse, je peux t'apprendre. Mais il faut que tu me fasses confiance et que tu sois patiente.

Une lueur d'intérêt s'est allumée dans ses yeux dorés, mais elle se serait fait tuer sur place plutôt que d'admettre que j'avais éveillé sa curiosité.

— Parce que tu vois, on n'est pas tous excités par les mêmes trucs. Je crois que t'as pas encore trouvé ce qui t'excite vraiment.

Elle boudait toujours, bras croisés, cheveux collés aux joues par la sueur. Et contrairement à elle, moi qui ai trouvé depuis longtemps ce qui m'excite, j'étais chaud comme la braise, partant pour une bonne séance de cul sans frein à main.

J'ai caressé sa poitrine couturée : elle en était à sa deuxième opération. Elle a grogné :

— Toute façon, j'ai plus aucune sensibilité, là. Et même, ça m'fait mal quand tu m'touches les seins. En plus, ils sont moches : ça s'voit qu'ils sont refaits.

Comment lui dire que j'adore ça, moi, que ça se voie ? Que j'aime le côté artificiel de sa poitrine ? Une poitrine naturelle, ça tient deux ou trois ans avant de s'avachir définitivement : seuls les seins refaits ont ce galbe étrange et cette insensibilité aux terribles lois de la pesanteur.

J'aime aussi ses cicatrices, d'ailleurs discrètes, signes qu'un chirurgien a œuvré sur son joli corps pour le rendre encore plus joli. Je les aime aussi parce que je les ai voulues, ces cicatrices. J'ai voulu cette poitrine phénoménale, hors du commun. Je l'ai voulue contre Lauriane elle-même, qui se serait bien contentée d'une discrète augmentation mammaire. Ces seins magnifiques et complètement improbables, j'y vois la preuve de mon emprise sur elle. Et mon amour, mon désir surtout, s'en trouvent décuplés.

Lauriane a accepté mes jeux sexuels comme elle a accepté ses opérations successives, son changement de look et de répertoire musical. Passive d'abord, puis progressivement *éveillée*, elle a consenti à son initiation et connu son premier orgasme sous mes doigts virtuoses et ma langue diligente. Car, incroyable mais vrai, Lauriane ne s'était jamais masturbée avant de me connaître. Toutes mes tentatives de stimulation clitoridienne se sont soldées par des échecs jusqu'à ce que j'arrive à la mettre dans un tel état d'abandon et de langueur qu'elle a enfin joui sous mes yeux éblouis. Champagne !

Ensuite, notre vie sexuelle a suivi son train. Lauriane ne s'est jamais transformée en bête lubrique et insatiable, mais je lui ai donné du plaisir et elle m'en a été reconnaissante. Voilà pourquoi mon impuissance est une catastrophe, et une catastrophe inexplicable. Certes je n'ai plus vingt ans, mais je n'en ai pas quatre-vingts non plus ! Certes mon hygiène de vie, alcool, cigares, nuits blanches, est déplorable, mais j'ai essayé d'être plus raisonnable sans obtenir pour autant d'érection plus durable.

Oui, je me suis mis au régime sec, un mois durant. Au régime tout court, par la même occasion. J'ai troqué les cacahuètes et le chorizo contre les salades de tomates et le poisson en papillotes. J'ai d'ailleurs perdu quatre kilos, très rapidement. Quelques bourrelets en moins autour de ma taille épaisse. Très bien. Bravo Reynald. Mais question bite, c'était, et c'est toujours, la Bérézina. J'ai du désir, pour Lauriane, et pour d'autres, des passantes, des filles croisées en boîte, des attachées de presse trentenaires ou des chanteuses un peu paumées, des aspirantes à la célébrité comme Patsy. Pastsy ne me file pas la gaule, mais là, le problème tient plus à son physique insipide qu'à ma verge récalcitrante.

Que faire ? Le Viagra, qui marche pour les autres, est sans effet sur moi. Rien. Nada. Niente. Quand Lauriane n'est pas là, je bande comme un âne, mais dès que je me retrouve au lit, c'est le fiasco. Dans le meilleur des cas, je trique un peu au début, mais ensuite, l'érection retombe : impossible de pénétrer ma femme et de la besogner.

Je me rabats donc sur les mignardises, j'enfouis mon visage entre ses cuisses nerveuses et je la fais jouir en deux coups de langue. Sauf que maintenant que je l'ai habituée à de vraies séances de baise, Lauriane ne saurait se contenter d'un cunnilingus. Je vois bien qu'elle reste insatisfaite, qu'elle en veut encore, qu'elle se demande pourquoi je ne la prends plus debout contre le mur, ou cassée en deux sur la table du salon, pourquoi je ne la sodomise plus, pourquoi je ne vais plus chercher son point G du bout de mon gland fébrile. Non que je croie à l'existence du point G, d'ailleurs. Encore qu'il y ait, à l'entrée du vagin, une zone délicieusement crénelée, merveilleusement innervée et irriguée…

Rien que d'y penser, je sens mon sexe durcir dans le sarouel noir que j'ai acheté pour dissimuler l'adiposité de mes hanches et de mes cuisses. Moyennant quoi, je suis ridicule, posté au bord de l'eau croupie de ma piscine, bandant comme un dingue dans ma tenue d'opérette et sachant bien que s'il s'agissait de faire l'amour, là, tout de suite, avec Lauriane ou avec qui que ce soit, si une dryade se pointait, nue, offerte, brûlante et mouillée, je serais incapable de l'honorer convenablement.

Voilà ce que j'ai avoué hier soir à Farouk et Laurent. Certes, je ne leur ai pas donné de détails, mais je sais déjà que les détails viendront plus tard. Que je les reverrai et que je poursuivrai ma confession. Car même si celle-ci m'inspire ce matin de la honte et des regrets brûlants, le désir de me livrer était irrépressible et continue de me tarauder.

Et en termes de confidents, je ne trouverai jamais mieux qu'Honoré13 et Alpha66. Ces étrangers si familiers. Ces inconnus qui m'ont, eux aussi, accordé leur confiance et raconté leur histoire.

Hier soir, je me suis senti à ma place. L'angoisse éprouvée fugitivement au moment où je quittais la Samaritaine s'était dissipée, laissant place à un étrange sentiment de camaraderie et d'apaisement. Plus besoin de jouer les Don Juan de la côte varoise, de poser sur mes traits veules le masque du vieux viveur revenu de tout, du séducteur qui pourrait encore plaire mais ne se donne même pas le mal de ferrer le poisson ; plus besoin d'endosser ce rôle fatigant que je joue à l'intention de Lauriane mais qui me pèse.

Hier soir, certes, je suis resté sur mes gardes, mais très vite ma réserve et ma défiance ont fondu comme neige au soleil. *Ce n'était pas la peine.* Pas la peine de mentir, de feinter, de leur sortir mon échantillon habituel de vantardises masculines. Laurent et Farouk en étaient arrivés à ce moment de la vie où les défenses s'effondrent et où les garde-fous s'écroulent : l'abîme est là. Rien ne nous en sépare. Un ultime réflexe de survie nous fera peut-être reculer, mais rien n'est moins sûr. Pour tout dire, Laurent m'avait plutôt l'air sur le point de faire un pas en avant, un saut dans le vide. Farouk ne tomberait peut-être pas, mais il n'était pas près de reconstruire la citadelle mise à mal par la trahison de sa femme. Quant à moi, j'avais beau ironiser sur mon sort, je sentais aussi le froid monter du gouffre. Si je ne parvenais pas à garder Lauriane, si je ne réussissais pas à retrouver le contrôle de ma queue, si, si...

Hier soir à la Luna, il me semble que trois hommes ont vécu un moment de grâce inattendu. Trois hommes plus très jeunes mais pas encore vieux. Je suis le plus âgé des trois, le plus marqué aussi, le plus abîmé par l'outrage des ans. À trente-huit ans, Farouk a encore une espèce de juvénilité très émouvante. Quant à Laurent, qui avoue quarante-six ans, non seulement il en fait dix de moins mais il est d'une beauté impressionnante, ce que je ne me suis pas privé de lui dire. Il n'empêche que nous ne sommes ni les uns ni les autres des perdreaux de l'année, que nous avons vécu, agi, aimé, construit, avant de nous rencontrer dans ce bar sordide, dans ce décor de lupanar de pacotille.

À quoi donc a tenu la grâce de ce moment ? À ce que nous étions tous les trois tellement fragiles et vulnérables qu'il n'y avait de place que pour la vérité. Vérité du regard de Farouk, triste, las, confus, quand il nous a dit :

— Il n'y a que Chloé. Il n'y a jamais eu qu'elle.

Je ne sais même plus qui j'étais avant de la connaître. Et pourtant, j'ai eu une enfance heureuse, une adolescence un peu tourmentée, mais guère plus que la moyenne. J'ai eu des rêves, des désirs, des joies, des craintes aussi. Ma vie d'alors me semblait avoir un sens. Mais Chloé a tout balayé. Depuis quinze ans, je suis habité par elle. Tout va vers elle : la moindre de mes pensées, le moindre de mes gestes. Je suis le mari de Chloé : c'est tout. Je sais que ça peut paraître ridicule, mais c'est comme ça.

Vérité du regard de Laurent, ce regard insoutenablement clair, quand il nous a dit :

— Quand Delphine me parle, c'est toujours avec une sorte de politesse apitoyée. Et une espèce d'étonnement aussi. Comme si elle se disait à chaque fois : que fait ce type dans ma salle à manger ? Comment ai-je pu épouser ce prolo mal dégrossi ? Alors qu'est-ce que ça serait si elle savait que je ne suis même plus en situation de les faire vivre, elle et les enfants ! Dans quelques mois, mon compte sera à sec, je ne pourrai plus honorer les traites de la maison. Sans parler du reste, le frigo à remplir, les vacances en Grèce. Heureusement que j'ai déjà payé les billets d'avion, parce que pour l'hôtel, c'est compromis...

Il a ricané et lampé le reste de son whisky. Ni Farouk ni moi n'avions de fric à lui proposer. Je vis à crédit depuis longtemps, avec des rentrées de fric conséquentes mais aléatoires. Quant à Farouk, il est prof de lettres. Combien peut gagner un agrégé de trente-huit ans ? Trois mille euros ? Même pas ? De toute façon, Laurent n'attendait pas de nous une quelconque aide matérielle. Je crois qu'aucun de nous n'attendait quoi que ce soit, d'ailleurs. Nous étions venus à la Luna par désœuvrement, lassitude et dégoût de nous-mêmes. Mais ce que nous y avons trouvé dépasse largement toutes nos espérances.

Un nuage voile le soleil déjà haut. L'eau verte de la piscine se ride. Il faut que j'appelle un spécialiste. Quelqu'un qui viendra avec ses fioles de produits magiques pour ramener le pH de ma piscine à la normale. À défaut, je serai obligé de la vider pour la remplir de nouveau d'une eau propre, claire. Mais pourquoi pas ? Puisqu'on est dans les métaphores, l'idée d'un nouveau départ sur des bases saines, la perspective d'une vie où je reprendrais les choses en main, ma femme comme ma queue, ce n'est pas pour me déplaire.

Sauf que je me suis déjà dit ça tellement de fois, dans ma vie ! Je me suis déjà si souvent cassé le nez contre les difficultés : des dettes, des huissiers, des débâcles financières forcément suivies de déroutes sentimentales ! Je suis si souvent reparti de zéro, armé de ma seule détermination et de mon sens de la débrouille ! Je suis trop vieux pour les nouveaux départs. Je n'ai même plus mon *mojo* puisque mon inépuisable énergie sexuelle m'a abandonné. Je suis un quinqua bedonnant, chauve et impuissant. Il ne faut pas que Lauriane me quitte.

Je lève la tête vers les fenêtres de sa chambre, obstinément closes. Quelque chose dans le souvenir de la soirée d'hier, malgré le caractère déprimant de la conversation, me pousse à gravir quatre à quatre les escaliers jusqu'au premier étage. Je me fige devant la porte de Lauriane. Mon cœur cogne, mais c'est sans doute les suites de ma cavalcade. Je vais entrer dans la chambre, la traverser silencieusement et me couler dans le lit de ma trop jeune épouse. On va voir ce qu'on va voir.

Laurent

28 juin

Je sais comment je vais me procurer du fric. Presque deux ans de mon salaire. Ça me laissera le temps de voir venir et de me retourner. Notez bien que je ne sais pas encore ce que j'entends par là. Car j'ai renoncé à retrouver du travail. Quand bien même on m'en proposerait, il faudrait vraiment qu'il soit très lucratif pour que je l'accepte. Et surtout, je ne me vois plus être aux ordres, adopter des horaires, suivre des directives.

Le désœuvrement a beau me rendre dingue, j'ai pris goût à ma liberté. D'autant que j'ai fait croire à Delphine que mes horaires avaient changé, que je commençais et finissais plus tard. Du coup, je pars après elle. À cause des voisins, toutefois, je ne peux pas trop traîner. On ne sait jamais : des fois qu'ils racontent à Delphine qu'ils me voient quitter la maison vers 11 heures...

De toute façon, je suis à la merci d'un hasard, d'une rencontre malencontreuse : une de nos connaissances qui me verrait tuer le temps dans un café du cours Julien. Ou qui me croiserait sur les plages de l'Estaque à l'heure où je devrais être au bureau. La situation ne peut pas durer.

Aujourd'hui et les jours d'avant, je suis retourné au bar-tabac de Castellane où j'ai vu mon beau-père, voici un mois. À peu près à la même heure que la fois dernière. Je connais mon beau-père : c'est un homme d'habitudes. Ça n'a pas loupé : comme la dernière fois, il est entré en coup de vent et a acheté un paquet de Winston. Je suis sorti sur ses talons et l'ai suivi jusqu'à sa voiture, sa Mercedes classe E que je connais bien.

Sur le siège passager, une femme l'attendait, exactement comme je l'avais subodoré. Beaucoup plus jeune que lui, brune, crinière bouclée, rouge à lèvres vermillon. Par la vitre ouverte, il a jeté le paquet de Winston sur ses genoux, et elle a éclaté de rire. Il s'était choisi une poule aux antipodes de son épouse : Marianne était blonde, fine, discrète, presque terne. Un bon point pour le crapaud : je n'ai jamais compris les mecs dont la maîtresse et l'épouse légitime sont interchangeables. Je suis pour la variété.

Bref, mon irréprochable beau-père, ce parangon de réussite et de vertu, cet insupportable donneur de leçons, a une double vie, ce dont je me doutais depuis longtemps. Je tiens donc le moyen de le faire chanter, ce salaud prétentieux. Je lui ferai cracher au moins cent mille euros au bassinet. Il s'est suffisamment vanté du prix que sa Merco lui avait coûté : soixante mille, si mes souvenirs sont bons.

D'après Delphine, il ne sait plus que faire de son fric. Il a vaguement été question qu'il nous fasse une donation de son vivant, mais le projet est tombé à l'eau. Je suis presque sûr que ça lui foutait les boules de se dire que Laurent Sportiello, son gendre préféré, allait profiter de son cher argent, pourtant gagné sans effort.

Ce connard spécule, évidemment. Il se targue de toujours avoir le nez creux, de flairer les bonnes affaires, de pressentir les retournements de conjoncture avant tout le monde. Je vais lui faire regretter d'avoir le sens des affaires : ses économies vont filer directement dans mon escarcelle. Et cent mille euros, ce n'est qu'un début. J'y vais mollo pour ne pas l'effrayer, mais rien ne dit que je vais m'arrêter là. S'il faut qu'il vende le chalet de La Plagne pour subvenir à mes besoins, je l'obligerai à le faire. Après tout, il lui restera encore sa villa de La Baule, le T2 parisien dont Marianne et lui se servent comme pied-à-terre, sans compter les studios qu'il loue aux étudiants aixois, et dont je me suis laissé dire qu'ils étaient d'un très bon rapport.

Après la soirée à la Luna, je laisse passer quelques jours avant de retourner sur le site du bon roi Candaule. Je poste à l'intention d'Honoré13 et de Xénophon le même message laconique : « Les amis, agissons ! »

Ni l'un ni l'autre ne se manifeste, mais je n'ai aucune inquiétude : je n'ai pas rêvé, je n'ai pas *imaginé* ce qui s'est passé, je ne suis pas le seul à avoir éprouvé l'autre soir des sentiments très forts et la conviction que nous étions liés. J'ai senti cette conviction dans le regard de Farouk, dans la dernière poignée de main de Reynald, et surtout dans l'incroyable sincérité, la stupéfiante liberté de ton de nos échanges.

Depuis ma rencontre avec eux, je constate que ma tension a baissé d'un cran, que mon discours intérieur se fait moins virulent, et surtout que je suis moins torturé par mes cauchemars ou mes rêveries diurnes et leur cortège d'atrocités.

Je vais à la salle de muscu tous les deux jours. Je me suis fixé un programme d'entraînement extrêmement exigeant, et il y a peu de mecs de la salle qui soulèvent ce que je soulève, alors qu'ils ont vingt ans de moins que moi pour la plupart.

Aujourd'hui, je travaille les épaules. Après-demain, je ferai les bras. Et contrairement aux petits branleurs de la salle, complètement obnubilés par leurs pectoraux et leurs abdos, je ne néglige pas les jambes : je les travaille le mercredi, ischios, abducteurs, adducteurs. Je n'oublie rien et j'ai calibré mon régime alimentaire en conséquence.

Certains jours, j'arrive à table avec mes blancs de poulet, délaissant ostensiblement les pâtes au basilic de Delphine et snobant sa tarte aux framboises. Cyriaque et Clément feraient bien d'en prendre de la graine. Surtout Clément, dont j'ai déjà dit qu'il était grassouillet. Pour emmerder ma femme, je me lance dans de grandes tirades sur les méfaits des hydrates de carbone, le caractère toxique des produits laitiers, et tout le bénéfice qu'il y a à à retirer de la restriction calorique.

Je n'ai jamais été un gros mangeur et je me sens l'esprit incomparablement plus vif et les idées plus claires quand je mange peu. Delphine déteste mes périodes de diète : elle se sent tout à coup dans la peau d'une grosse vache, et sa tarte aux framboises prend un goût amer. Bien fait pour elle. Et c'est vrai qu'elle s'est empâtée ces derniers temps, tandis que je m'affûtais de plus en plus. Ça ne me dérange pas. Qu'elle grossisse un peu, je veux dire. Elle a ce genre de corps, ample, imposant, avec une carrure marquée, qui autorise quelques kilos en trop. Un côté Walkyrie que j'ai toujours trouvé extrêmement excitant.

Dommage qu'elle s'habille comme une cheftaine et que ce soit de pire en pire. Elle a toujours l'air d'être sur le point de partir pour Lourdes en pèlerinage : twin-sets pelucheux, jupes mi-mollet, bermudas en coton gaufré. Heureusement que mon désir pour elle n'a jamais eu quoi que ce soit à voir avec les fringues qu'elle porte. D'ailleurs, je me fous des fringues en général, et de celles de ma femme en particulier.

J'ai toujours cru que c'était le cas de la plupart des mecs, mais Reynald, l'autre soir, m'a paru un spécialiste en matière de vêtements et d'accessoires. Non seulement il était tiré à quatre épingles, alors que Farouk et moi étions en jean et t-shirt, mais il nous a confié prendre beaucoup de plaisir à choisir les fringues et les chaussures de Lauriane, les assortir, la voir les porter. Je le soupçonne même d'être un peu fétichiste.

Par curiosité, je suis allé regarder les photos d'elle qu'il avait mises en ligne. Je les ai déjà vues, mais c'est tout à fait différent de les regarder maintenant que je connais Xénophon. Depuis notre rencontre, il en a rajouté une, et j'ai deviné que c'était à notre intention, à Farouk et à moi : on y voit Lauriane de face, les bras croisés juste au-dessous de sa phénoménale poitrine.

La photo me met mal à l'aise, et pourtant il m'en faut beaucoup. Le regard de Lauriane est vitreux, presque hagard. Et surtout, surtout, ses seins sont affreux. À mon sens, du moins. Je sais qu'il y a des mecs à qui ça plaît, mais moi, j'ai déjà dit ce que je pensais des seins refaits. Les siens sont beaucoup, beaucoup trop gros. Tendus à craquer. Au point que le mamelon se fond dans l'aréole. Dommage. J'aime les mamelons. J'aime les titiller, les voir saillir, sentir l'excitation qui naît de mes caresses.

Les mamelons, c'est comme les clitos : il y en a de toutes sortes : des petits, des grands, des roses, des bruns, des noirs. Certains sont même rouges comme des fraises. Ou comme les framboises sur la tarte de Delphine. Lauriane, elle, n'a plus de mamelons : juste une aréole distendue et violacée. Sur le côté de ses deux globes asymétriques, je distingue deux zébrures écarlates, les cicatrices dues à la pose des prothèses. L'ensemble est vaguement inquiétant et ne cadre pas du tout avec l'impression que Reynald m'a faite, celle d'un brave type sous ses airs snobinards et blasés.

Reynald m'intéresse. Il me fait rire, aussi. Mais Farouk m'a étrangement bouleversé. Lorsque nous nous sommes retrouvés seuls, après le départ de Reynald, je l'ai senti sur le point de me dire quelque chose. Mais il s'est repris et nous nous sommes quittés sans effusion. Il me donne envie de le protéger. Nous avons tous les deux grandi à Marseille, nous sommes tous les deux issus de l'immigration, même si l'immigration italienne n'a pas grand-chose à voir avec l'immigration maghrébine, mais pour le reste, nous ne pouvons pas être plus différents.

À côté de moi, Farouk, c'est Bambi. Ses parents l'ont aimé, protégé, tandis que ma mère à moi était à peine capable de prendre soin d'elle-même. Ensuite, il s'est plongé corps et biens dans la littérature, et elle a été pour lui une autre façon de s'abstraire de la réalité. Il n'a jamais volé, jamais dealé d'héro, jamais fait le guet pendant que les plus grands faisaient leur sale business. Ses copains à lui ne sont pas morts du sida. Il ne s'est jamais tapé de pute. Il n'a même jamais trompé sa femme !

Moyennant quoi, la sienne l'a trompé. Avec un bon copain à eux, apparemment. Chloé, je ne la connais pas et ça vaut beaucoup mieux pour elle. Je serais capable de lui faire beaucoup de mal. Et il ne tient qu'à Farouk que je lui en fasse. Soudain, j'ai envie d'avoir Farouk en face de moi, de plonger mon regard dans son regard à lui, dans ses yeux doux, frangés de cils de fille.

Je rentre à la maison vers 20 heures. Juste le temps de dîner avec Delphine et les enfants. Les vacances en Grèce approchent et la conversation roule sur ce que nous allons faire, les îles que nous allons visiter, les hôtels dans lesquels j'ai réservé à l'avance. Sur le site de l'un d'eux, Cyriaque a vu qu'on pouvait faire du jet-ski et de la plongée. Comme Clément se demande si les sandwichs grecs sont meilleurs en Grèce qu'ici, je le renvoie sèchement dans les cordes :

— On part en Grèce, le berceau de la civilisation, et toi tu ne penses qu'à bouffer des kebabs !

— C'est turc, les kebabs, papa, pas grec. En grec on dit un *gyros*.

Il a parlé d'un ton suffisant et glissé un coup d'œil à ses frère et sœur, histoire de vérifier l'effet produit par l'étalage de sa science. Ses bonnes joues, les épis blonds qu'il ne parvient pas à discipliner, sa façon de plisser dédaigneusement la bouche tout en se resservant de pâtes au basilic, tout d'un coup j'ai envie de le gifler. Au lieu de quoi, les mots jaillissent, et leur incompréhensible violence méduse toute la tablée :

— Putain, mais quand est-ce que tu vas arrêter de manger comme un gros porc ! T'as vu ce que tu t'envoies dans le bide ? Pas étonnant que tu ressembles à un bouddha ! Mais regarde, regarde ton assiette ! En plus ta mère a mis trois tonnes de beurre ! Putain, ça me dégoûte !

— Laurent, deux fois « putain » en moins d'une minute, ça fait peut-être un peu beaucoup, non ? Et en plus devant les enfants !

Delphine me foudroie du regard au-dessus de sa propre assiettée de pâtes dégoulinantes de beurre. Clément a les yeux pleins de larmes et il contient à grand-peine le tremblement de sa lèvre inférieure.

— Clément, j'ai horreur des enfants qui pleurnichent pour un rien !

Contrairement à ses habitudes, Delphine ne désarme pas et défend son poussin :

— Il ne pleurniche pas pour un rien : tu as été très blessant avec lui. Et de façon tout à fait injustifiée car Clément n'est absolument pas gros.

— Ne prends pas ce ton avec moi, je ne suis pas ton élève !

Car évidemment, elle s'adresse à moi sans élever la voix mais avec cet air offusqué et ces inflexions pontifiantes que je déteste. Il s'agit de bien faire comprendre aux enfants que papa est un vilain monsieur qui ne sait pas se contrôler, tandis que maman garde son calme et n'a jamais un mot de trop.

— Mais c'est vrai ça, papa, tu dis toujours que Clément est gros alors qu'il n'est pas gros, juste un peu enveloppé.

Ça, c'est Romane, même ton que sa mère, mêmes inflexions méprisantes, même suffisance que son frère. Je décide de la prendre de haut, moi aussi :

— « Un peu enveloppé », c'est ce qu'on appelle un euphémisme, ma chère fille. Ton frère est quasi obèse, et il semblerait que je sois le seul à m'en inquiéter.

Clément repousse son assiette et se lève. Je lui intime sèchement de rester à table. Il n'ose pas me désobéir et se rassoit. Les larmes coulent silencieusement sur ses joues rebondies. J'ai envie de rajouter de l'humiliation à l'humiliation et je poursuis dans la même veine :

— Maintenant, mon petit vieux, si tu veux continuer comme ça, vas-y, ne te gêne pas ! Reprends des pâtes, sers-toi de la tarte, fais-toi péter la sous-ventrière ! Et n'oublie pas de boulotter des chips entre les repas ! Et de boire du Coca !

La haine et le mépris me submergent, le silence des trois autres, silence à peine rompu par les sanglots de Clément, m'électrise, je ne peux plus m'arrêter, les invectives montent à mes lèvres, injustes, cruelles, chacune blessant plus profondément mon petit garçon :

— Mais ensuite, Clément, quand tes cuisses

frotteront l'une contre l'autre, quand ton gros bide t'empêchera de voir tes pieds, quand tu pourras à peine marcher, ne viens pas te plaindre, hein ! Parce que tu l'auras voulu ! Et ne t'étonne pas non plus si t'arrives pas à trouver de copine. Les filles n'aiment pas les gros : tu l'apprendras bien assez vite !

— Maamaaan ! Diiis-lui d'arrêêêter !

Clément appelle au secours, supplie sa mère. Ça me rend dingue.

— Ouais, c'est ça, appelle ta môman. T'es pas assez grand pour te défendre tout seul ? Je te fais peur ? T'as peur de ton propre père ? Mais moi, tout ça, je le dis pour ton bien, Clément ! Parce que j'ai pas envie qu'on se foute de ta gueule plus tard ! Parce que j'aimerais bien que tu me ressembles un peu plus à moi, et un peu moins à ta mère !

Je ne sais plus ce que je dis, les mots se bousculent et je sais déjà que je les regretterai. J'ai suffisamment été meurtri moi-même, enfant, par les railleries et les insultes des adultes, pour mesurer l'étendue de la souffrance que j'inflige à Clément. Putain, mais qu'est-ce qui me prend ? Pourquoi ce petit garçon de douze ans, le plus doux, le plus candide de mes trois enfants, déchaîne-t-il ma rage à ce point ? Qu'est-ce que je lui fais payer, à ce minot ? Le mépris de Delphine à mon égard ? Son enfance trop protégée, à mille lieues de la mienne ?

Mon enfance, ces années sordides entre ma mère au fin fond de la dépression et mes beaux-pères invariablement bêtes, frustes et violents, comme issus de la même série de pauvres types ; ces années de survie, entre deals minables et partouzes non moins minables dans les caves, aucune envie de rentrer chez moi, aucune envie de trouver ma mère au lit avec Luigi ou Kamel, aucune envie non plus de la trouver à la fenêtre, le regard dans le vague, abrutie par les médicaments, et n'ayant même pas eu l'idée de préparer à manger pour son fils de huit ans. J'ai traîné le même cartable déchiré pendant toute ma scolarité primaire, je n'avais jamais de goûter, jamais de fringues à la mode, jamais les baskets qu'il fallait...

Je ne suis même jamais parti en vacances, sauf une fois en Vendée : un séjour organisé par la ville de Marseille, qui s'est révélé une source supplémentaire d'humiliation, vu qu'à dix ans je ne savais pas nager, mais que je pissais encore au lit.

Dix, douze, quinze, les années se sont égrenées, n'apportant aucune amélioration. Sauf que j'ai décidé d'être un guerrier. Plus question de prendre des coups ni d'essuyer des moqueries. J'ai commencé à fréquenter une salle de sport, rien de bien flambant, quelques bancs de muscu, quelques haltères. En quelques mois, mon corps a changé et le reste a suivi. J'ai commencé à gagner ma vie, quitté les Aygalades, rencontré puis épousé Delphine, laissé le quart-monde derrière moi.

Alors, oui, bien sûr, tout ça me remonte à la gorge en face de Clément, ce petit garçon trop nourri et tellement ignorant de la réalité. Mais n'est-ce pas exactement ce que j'ai voulu ? Que mes enfants vivent leur enfance aux antipodes de la mienne ? Qu'ils ne soient pas obligés de dormir dans des draps qui sentent la pisse, de manger des raviolis en boîte ni de partir à l'école avec un pantalon trop court ou un pull déchiré ?

— Tu me dégoûtes, Clément ! Vous me dégoûtez tous, là ! Vous êtes juste bons à mettre les pieds sous la table en attendant que les cailles vous tombent toutes rôties dans la bouche ! Ah ça, pour bâfrer, vous êtes forts ! Pour réclamer une nouvelle PSP aussi, vous êtes forts ! Sans parler des portables ! Vous savez pour combien j'en ai tous les mois, avec vos forfaits à tous les trois, là, vos SMS illimités et tutti quanti ? Cent euros ! Vous croyez que ça se trouve où, le fric ?

Maintenant que les reproches sont collectifs, Clément ne pleure plus mais frotte nerveusement ses mains l'une contre l'autre. Romane baisse la tête. Seul Cyriaque soutient mon regard, et ce que je lis dans le sien devrait m'arrêter, m'empêcher de poursuivre cette harangue aussi déraisonnable qu'injuste.

Pourtant je continue. Mon accent a resurgi, plus prononcé que jamais. Tout le monde en prend pour son grade, et c'est le tour de Delphine, même si ce sont les enfants que je prends à témoin et à qui je m'adresse.

— Parce que vous ne croyez quand même pas que c'est avec le salaire de votre mère qu'on peut vous payer votre école de bourges, là ! Et vos cours de clarinette, de danse, de tennis ! Et vos séjours linguistiques ! Vous savez combien ça gagne, une instit à mi-temps ? Ah ça, pour faire la bonne du curé, elle est très forte, votre mère ! Pour faire le catéchisme à d'autres petits bourges dans votre genre, pour encadrer des retraites, ou pour pousser des chaises roulantes, elle est très forte aussi !

Mais quand il s'agit de remplir le frigo ou de vous envoyer en Angleterre, heureusement que vous avez un père ! Et est-ce que vous savez que moi, j'en ai pas eu, de père ? Peut-être que ça vaut mieux pour moi, parce que pour autant que je sache c'était un tox qui s'est grillé la cervelle à force de s'envoyer de la came pourrie dans les veines ! Alors remerciez votre Bon Dieu de merde de vous avoir fait naître dans une famille normale, avec une gentille maman, un peu coincée, mais capable de vous élever, et un père qui assure. Parce que j'assure !

Je les défie du regard, tous les quatre. Qu'ils osent me dire que je n'assure pas ! Qu'ils osent émettre la moindre critique contre un mari et père qui s'est échiné à leur garantir un train de vie princier, au détriment de sa santé mentale.

Car je sens bien que je l'ai perdue, ma santé mentale, et que je suis purement et simplement en train de péter les plombs. Quand je pense qu'une heure seulement avant cet apocalyptique dîner du soir, je me félicitais des bénéfices thérapeutiques que j'avais retirés de ma rencontre avec Farouk et Reynald ! Mes mains tremblent, un voile rouge m'empêche littéralement d'y voir clair, et je m'entends prononcer des mots de plus en plus terribles, de plus en plus définitifs.

Les enfants se sont regroupés autour de Delphine. Elle se lève et dit, très doucement mais très fermement :

— Maintenant ça suffit, Laurent. Les enfants et moi en avons assez entendu pour ce soir. Tu te tais tout de suite, ou bien...

— Ou bien quoi ? Tu vas me quitter, espèce de conne frigide ?

Un silence de mort tombe sur notre salle à manger. Je suis rarement grossier en présence des enfants, même s'il m'arrive d'employer des mots crus au lit avec Delphine. Ça l'excite, et moi aussi.

Très froidement, elle fait signe aux enfants de quitter la pièce. Nous restons face à face, séparés par la grande table de chêne clair qui nous vient de sa grand-mère et qu'elle a recouverte, comme tous les soirs, d'une nappe damassée et immaculée.

— C'est trop, Laurent. Je n'en peux plus. Ça fait des mois que tu me fais vivre un enfer. Et si maintenant tu n'épargnes même plus les enfants... Finissons-en, séparons-nous. Je suis prête.

— Tu divorcerais ? Toi ?

— Oui.

— Et ton Bon Dieu, il va dire quoi ?

Elle me regarde avec une expression indéchiffrable, mais non dépourvue de dignité :

— Mon Bon Dieu comprendra qu'il s'agit de sauver nos enfants du mal que pourrait leur faire leur propre père.

Elle sort, me laissant seul sur le champ de bataille que j'ai moi-même dévasté.

Farouk

2 juillet

Dans une semaine, nous sommes censés partir pour Villard-Dessus, un petit village près d'Annecy où nous retournons tous les étés, relouant le même chalet, faisant les mêmes balades en montagne, nous baignant dans la même rivière, le Fier, voire dans le lac d'Annecy lui-même.

J'adore Annecy, son lac miroitant, ses canaux, ses balcons fleuris, son côté carte postale pour touristes, à l'opposé de ma ville natale, qui n'intéresse personne hormis les Marseillais. Annecy est une ville qui me rassure même si je n'y vivrais pour rien au monde. Les enfants adorent aussi. Ils ont leurs habitudes dans la région : des copains qu'ils retrouvent d'année en année, un club de randonnée auquel nous les avons inscrits, une ferme dont ils connaissent chaque vache et dont le fermier nous approvisionne en lait, œufs, lapins écorchés et prêts à mettre au four.

Est-ce en souvenir de ces lapins violacés et luisants, sous le coup d'une macabre association d'idées, que je descends au cellier, pour la première fois depuis mon *May Day* ? Car j'ai soigneusement évité de le faire jusqu'ici, quitte à envoyer Lila ou Farès y chercher un pot de confiture ou un rouleau de Sopalin. Quant au congélo, j'ai essayé de le bannir de mes pensées et j'ai croisé les doigts pour qu'aucun des enfants n'ait l'idée d'y mener des fouilles approfondies.

Ce matin, j'attends que les enfants partent pour la piscine et que Chloé m'avertisse qu'elle va chez sa mère, pour me diriger vers le cellier, en descendre les trois marches fatidiques et me poster face au congélateur, cet objet anodin, devenu urne funéraire, caveau, mausolée élevé sur les cendres de mon amour défunt et de ma vie conjugale fracassée. Je l'ouvre, précautionneusement, respectueusement, et je plonge le bras dans ses entrailles glacées.

Qu'ai-je cru ? Qu'ai-je espéré ? Que le sinistre petit paquet ne s'y trouverait plus ? Que je pourrais ainsi croire avoir rêvé et reprendre le cours de ma vie là où il s'était suspendu ? Pas de chance : le bébé est là. Il a toujours son fin visage bleui. Il a toujours ses petites chevilles sagement croisées sous les plis du film alimentaire. Il est toujours beau, sinistre, serein.

Depuis ma découverte, je me suis renseigné, j'ai un peu lu sur les dénis de grossesse et les infanticides. Les néonaticides plutôt. Pour la loi, ça fait une différence. Pour moi aussi.

Je ne peux comprendre et expliquer le geste de Chloé que si elle l'a commis sur une créature tout juste jaillie de son ventre, encore gluante de sang et de méconium. Pas un bébé, non, mais un morceau d'elle, un organe surnuméraire dont elle avait le droit de faire ce qu'elle voulait, un paquet de viscères encore chauds et fumants qu'elle pouvait mettre au rebut sans états d'âme.

Je peux concevoir aussi qu'elle ait agi dans un état second, une sorte de transe dans laquelle les douleurs l'auraient plongée. D'autant qu'elle a peut-être découvert sa grossesse avec l'accouchement, ce qui arrive dans cinquante pour cent des cas de déni de grossesse.

Cette explication est toutefois peu convaincante, car j'ai rétrospectivement établi que Chloé a eu conscience d'être enceinte, au moins à la fin. D'où nos rapports sexuels espacés et exclusivement nocturnes. Et puis elle m'a caché son corps, autant que possible, par des vêtements plus amples, plus informes que d'habitude.

Pourquoi a-t-elle tué, ou laissé mourir, son nouveau-né ? Même si j'évite d'y penser la plupart du temps, la question revient me tarauder aux moments les plus inopportuns. Quand je discute avec les enfants, quand je fais les courses avec Chloé, quand je prends un café dans le salon de mes parents, cette pièce surchargée à l'orientale : sniwas de cuivre rutilant, photos encadrées partout, fauteuils tendus de coton chamarré, vitrines exposant des souvenirs de voyages. Je suis alors gêné de faire surgir mon petit fantôme dans ce cadre familier, qui nous a vus grandir, mes frères et moi.

Le petit fantôme, lui, ne grandira pas. Il mesurera éternellement cinquante centimètres. Il ne grandira pas mais il me hantera éternellement, comme il hante probablement Chloé. Il ne grandira pas, à moins qu'il ne le fasse à la façon du cadavre d'Amédée dans la pièce de Ionesco : *Amédée ou comment s'en débarrasser*. Il ne grandira pas mais il nous envahira. Chloé a cru le protéger de la putréfaction, mais il se décompose quand même, et avec lui toute idée de bonheur et de normalité.

Comme la dernière fois, j'extirpe le bébé de son tombeau de glace et je le serre contre moi. Comme la dernière fois, je pleure sur son sort et le mien. Finalement, le voir me fait du bien, m'aide à reprendre pied dans la réalité au lieu d'être moi-même comme un fantôme, à divaguer et à porter mes chaînes dans le rêve éveillé et torturant qu'est devenue ma vie ces dernières semaines.

Quand je referme le congélateur, mes idées sont plus claires, sinon plus sereines. J'ai envie de voir Reynald et Laurent. Depuis la dernière fois, nous ne passons plus par le site de Candaule et Nyssia pour communiquer. Nous avons échangé nos adresses e-mail et j'ai déjà reçu un mail de Laurent, également adressé à Reynald : « Les amis, agissons ! »

Reynald vient d'ailleurs de nous envoyer à tous les deux une invitation formulée de façon très conventionnelle : « Je serais très heureux de vous avoir à dîner, un soir à votre convenance. » Sans même nous concerter, Laurent et moi avons répondu immédiatement que nous sommes disponibles tous les soirs, week-ends compris.

Je sens chez les deux autres, et derrière les phrases anodines que nous venons d'échanger par mail, derrière cette réserve et cette retenue, la même faim inquiète, le même désir éperdu de se revoir, d'être entre *nous*. *Nous*, cette étrange communauté surgie d'un hasard électronique, cet assemblage contre nature : un petit prof de lettres timoré, un vieux viveur esquinté, et un ex-caïd des Aygalades légèrement borderline.

Ce soir, j'emprunte donc l'autoroute A50 après avoir avisé Chloé que je suis invité à Cassis, chez un collègue. Collègue que je me suis bien gardé de nommer, et invitation à laquelle je ne l'ai pas associée, ce qui a dû lui paraître suspect. Mais fidèle à son habitude, elle n'a rien dit, rien demandé.

Reynald m'attend au portail de sa villa. Rien d'extraordinaire, mais vu les prix de l'immobilier à Cassis, je me dis que sa jeune épouse ne doit pas être si dépourvue de talent que ça… Ne prétend-il pas avoir acheté ce 190 m^2 avec piscine et bout de jardin grâce aux royalties du premier album de Lauriane ?

Laurent est déjà là, sombrement avachi dans un canapé de cuir blanc correspondant tellement aux stéréotypes qu'incarne Reynald que je ne peux pas m'empêcher de sourire. Le reste de la déco est à l'avenant, tables basses en ébène, pendeloques de cristal, tapis aux motifs abstraits, lithos XXL aux murs. Rien ne va avec rien, tout semble avoir été choisi en dépit du bon sens et du bon goût, et Reynald ne se soucie même pas de nous faire faire le tour du propriétaire. Tout juste nous invite-t-il à aller « piquer une tête » dans la piscine si le cœur nous en dit. J'avance poliment que je n'ai pas mon maillot, et Reynald me lance un regard égaré, injecté de sang. Il a l'air d'avoir bu et de n'avoir pas dormi depuis un moment.

— Vas-y à poil, on s'en fout.

À part Chloé, personne ne m'a vu nu depuis une éternité, mais bizarrement l'idée ne me semble pas si loufoque. Il fait trop chaud dans le salon de Reynald. L'air est lourd, l'orage tourne au loin, sur les hauteurs de Cassis.

Laurent, lui, ne se le fait pas dire deux fois. Il se déshabille en un tournemain et nous laisse à peine le temps d'admirer sa musculature sculpturale qu'il est déjà dans l'eau, en un plongeon parfait. Je l'imite, mais avec moins d'allant et plus de gaucherie, prenant le temps de plier mes vêtements et de les déposer sur un dossier de chaise longue. On ne se refait pas. Reynald nous rejoint mais garde son maillot, un slip de bain bleu marine trop petit d'une taille et un peu ridicule au-dessous de sa bedaine, blafarde mais traversée d'une ligne de poils charbonneux, étonnants chez un type dont les rares cheveux sont complètement blancs.

Je fais quelques brasses sans conviction tandis que Reynald s'affale lourdement sur les trois marches immergées qui permettent l'accès au bain. Laurent ne tarde pas à se hisser souplement sur la margelle en pierre de Rogne. L'eau fraîche me fait du bien. L'obscurité commence à nous environner, sans que la température baisse pour autant. La voix de Reynald, douce, atone, me parvient :

— Ils annoncent une nouvelle canicule. Pire que 2003.

Laurent s'allonge sans répondre, un bras rabattu sur le visage, comme pour mieux s'isoler de nous. Il n'a pas décroché un mot depuis que je suis là.

Silencieusement, j'interroge Reynald, avec une grimace perplexe en direction de Laurent, et il me répond par un geste d'ignorance désolée.

Les cigales se taisent progressivement. Les belles-de-nuit s'ouvrent dans le massif qui borde la maison. L'air sent la lavande et la feuille de citronnier. La piscine clapote sans qu'un seul d'entre nous se décide à ouvrir la bouche. De la maison, des accords assourdis nous parviennent, puis des bruits de voix. Ensuite le silence revient.

Reynald patauge un moment sur le bord avant d'enfiler un peignoir nid-d'abeilles bordeaux qui lui donne des airs de nabab. Il s'enfonce ensuite dans les profondeurs de la maison, qu'il n'a toujours pas daigné nous faire visiter, et en revient avec un plateau lourdement chargé : pastis, whisky, vin blanc, petits pots de tapenade et d'anchoïade, houmous, caviar d'aubergines, le tout servi avec de grandes tranches de pain grillé et des chips de maïs triangulaires.

Il dépose pesamment son fardeau sur une table de fer forgé et s'installe sur une balancelle rouge qui vibre et oscille un moment sous son poids. Sans prendre la peine de me sécher tant l'air est chaud, je le rejoins. Il me sert d'autorité un verre de blanc. Laurent n'a pas bougé.

Soudain, depuis la villa silencieuse et sombre, montent deux voix féminines. Une sorte de dispute étouffée dont je perçois la mélodie mais pas les paroles. Le ton est clairement celui de l'altercation. Puis de nouveau le silence. Laurent s'est redressé. Nous retenons tous les trois notre souffle. L'orage s'est rapproché, rendant l'atmosphère encore plus oppressante et moite. Pourtant, je respire mieux ce soir que je ne l'ai fait ces jours derniers. Comme la dernière fois à la Luna, une alchimie opère, dont je comprends mal les ingrédients, mais dont je constate sur moi les effets lénifiants.

La dispute, si c'en est une, reprend. Au-dessus de nous, à l'étage, des salves de mots chuchotés fusent, sans paraître troubler ni Laurent ni Reynald. Je suis le seul à lever la tête pour essayer de distinguer quelque chose. La façade de la villa est crépie de vieux rose et recouverte par endroits d'une glycine exubérante et odorante.

Puis, sans qu'aucun bruit de pas, aucune cavalcade dans l'escalier ne les ait annoncées, deux filles sont là, immobiles et silencieuses dans la pénombre.

— Lauriane, annonce Reynald de la même voix impassible et feutrée que tout à l'heure.

Il ne précise pas laquelle des deux est Lauriane. Et pour cause, Laurent et moi connaissons depuis longtemps le cul de Lauriane, photographié sous tous ses angles par Reynald lui-même. Le lendemain de notre rencontre, il a ajouté une photo, une seule, à celles déjà mises en ligne, une photo où l'on voyait enfin *L.* de face : yeux de biche, petit nez court, bouche sublime...

Mais, à vrai dire, la photo n'était pas faite pour que l'on s'attarde sur son joli minois : le cadrage, la pose, tout attirait plutôt l'attention sur ses seins récemment opérés. Bras croisés, buste jeté en avant, *L.* semblait défier l'objectif, mais c'était un défi triste, une insolence presque désespérée, et je me suis demandé si cette tristesse tenait à la poitrine nue, couturée et presque difforme qu'elle exhibait ainsi à tous les candaulistes de France et de Navarre.

Reynald finit par nous désigner la comparse de Lauriane, une petite chose filiforme et blondasse :

— Patsy.

Peut-être par contraste avec ladite Patsy, Lauriane m'apparaît beaucoup plus belle en réalité que sur les photos. Elle est même sensationnelle dans son sarouel court et son t-shirt brassière. Des boucles noires, élastiques, baudelairiennes, encadrent des joues dorées où se creusent des fossettes à chacun de ses rares sourires. Elle a des jambes interminables et des fesses ahurissantes de rondeur et de fermeté. Quant à ses seins, on sent qu'elle a cherché à les faire oublier, car si la brassière découvre son joli ventre, elle a aussi le mérite de contenir le jaillissement artificiel de sa poitrine.

Une brise agite la glycine sur la façade, et je prends conscience que Laurent et moi sommes toujours nus. Avachi sur sa balancelle, Reynald sourit d'un air béat. À croire qu'il a prémédité l'arrivée théâtrale de sa femme et fait en sorte qu'elle nous surprenne dans le plus simple appareil.

Je lance un regard à Laurent, toujours assis au bord de la piscine. Il est manifestement excité, et loin d'être gêné que je m'en aperçoive, il me retourne un clin d'œil complice. J'éclate de rire. Son rire répond au mien, aussitôt relayé par celui de Reynald, énorme, homérique. Pas de doute, Xénophon a voulu ce qui est en train de se produire.

Lauriane, qui n'a pas l'air choquée pour deux

sous, entreprend de se faire de grandes tartines de tapenade. Patsy minaude et lorgne sur Laurent, qui se lève nonchalamment et enfile son jean sans hâte excessive, de sorte que tout le monde a le temps d'admirer son érection, Lauriane la première. Je profite de ce que personne ne me regarde pour me rhabiller discrètement. Je n'aurai jamais l'audace nécessaire pour parader le sexe à l'air. D'autant que ma plastique n'est pas aussi irréprochable que celle de Laurent, loin s'en faut.

Malgré cette entrée en matière inédite, la soirée finit par prendre un tour assez *normal*. Tout le monde reste habillé, le vin blanc coule à flots et les langues se délient. Patsy est particulièrement volubile, et je la soupçonne d'être émoustillée par Laurent, qui de son côté ne lui jette pas un regard.

Reynald joue son rôle de maître de maison, tartinant le pain grillé à tour de bras, et resservant à boire dès que le niveau baisse dans les verres des uns et des autres. À ce rythme-là, nous sommes ivres en moins de temps qu'il n'en faut pour le dire. Ou en tout cas, *moi*, je suis ivre. Je ne pourrais pas en jurer pour Laurent et Lauriane, mais Reynald et Patsy menacent de rouler sous la table. L'élocution de Reynald, son phrasé un peu précieux, son ton un peu pédant, sous le coup de l'alcool, tout devient vague, fumeux, pâteux. Il lève son verre dans ma direction puis dans celle de Laurent, et je l'entends bafouiller :

— Vous voulez la baiser ? Elle est à vous.

Patsy se met à glousser de façon hystérique, et Lauriane, qui a très bien compris que son vieux mari est en train de l'offrir en pâture à deux inconnus, hausse un sourcil superbe et dédaigneux :

— Tu parles de qui, là, Reynald ?
— De toi, chérie. Tu le sais très bien.
— Tu pourrais peut-être me demander mon avis, non ?
— Ben voilà, je te le demande : Lauriane, mon amour, acceptes-tu de coucher avec Farouk et Laurent, ici présents ?

Voilà, on y est, finalement : ma scène primitive candauliste. Devant mes yeux ébahis, un mari va prostituer sa femme, la jeter dans les bras de deux autres hommes et assister à leurs ébats.

Car Reynald n'est clairement plus en état de faire quoi que ce soit. Il aurait même du mal à se lever de sa balancelle. À ma grande surprise, je m'entends prononcer d'une voix nette et définitive, qui tranche avec nos propos d'ivrognes, nos voix avinées, et tous les grommellements inintelligibles que nous échangeons depuis un moment, car il est quand même 2 heures du mat', l'air de rien :

— Ça sera sans moi, Reynald.
— Pourquoi ça ? Tu la trouves pas belle, ma femme ?
— Trop belle pour moi, justement.
— Et toi, Laurent, ça te dit ?
— Tu veux que je baise ta femme, Reynald, tu es sûr ?

Il y a une menace sourde dans la voix de Laurent, comme un avertissement voilé. Reynald le perçoit-il ?

— Si Lauriane n'y voit pas d'inconvénient...

Tous les regards se tournent vers Lauriane, qui a

pris place sur un transat à rayures bayadères. Elle hausse les épaules sans répondre, ce que Laurent paraît prendre pour une acceptation, car il se lève, vient s'installer derrière elle et commence à faire glisser brassière et soutien-gorge, révélant deux épaules merveilleusement dorées. Lauriane se lève à son tour et vient se frotter indolemment contre lui.

À partir de là, la soirée part en vrille. De la balancelle me parviennent les grognements appréciateurs de Reynald, et les piaillements intermittents de Patsy, tous deux réduits comme moi au rôle de spectateurs.

Car Lauriane et Laurent (curieux, cette proximité de leurs prénoms) sont littéralement déchaînés. Ils ont envoyé promener jean, sarouel, brassière, et, intégralement nus, s'enlacent furieusement. Leurs mains tâtonnent, palpent, empoignent nuques, cuisses, seins, dans une mêlée confuse. Pas de baisers. Leurs regards s'évitent ou se défient brièvement. Laurent hisse Lauriane sur ses hanches et elle passe les jambes derrière son dos. Il la pénètre, sans préliminaires ni ménagements, imprimant à son bassin à elle un mouvement de va-et-vient d'abord très lent puis frénétique.

Pause. Il tourne sur lui-même avec sa cavalière, comme pour nous faire admirer l'enchevêtrement acrobatique de leurs corps, la peau sombre sur la peau claire, la musculature longiligne de Lauriane, et celle de Laurent, plus compacte et plus ramassée. Il s'approche de la piscine. Quand elle comprend ce qu'il s'apprête à faire, elle a un rire de gorge assez saisissant, puis ils basculent ensemble dans l'eau, nous éclaboussant largement tous les trois.

Reynald ne réagit pas, mais Patsy se dirige vers

le bassin en titubant. Je la rattrape in extremis par la cheville. Je ne sais pas très bien ce qu'elle a l'intention de faire, mais vu son état, il me semble plus sage qu'elle reste sur le bord avec moi.

Dans l'eau, les ébats reprennent. Le torse de Laurent s'écrase douloureusement contre les seins couturés de Lauriane, qui gémit. De nouveau, il la soulève, la dépose sur le rebord de la piscine, puis enfouit son visage entre les cuisses de Lauriane, qui prend appui sur ses bras pour se cambrer et nous offrir le spectacle de sa lourde poitrine tressautante et de son visage extasié. Une sorte de hululement étouffé monte de ses lèvres closes, comme si elle luttait pour ne pas laisser éclater sa joie sauvage. Puis Laurent la rejoint, l'allonge sur le ventre et la pénètre de nouveau. Leurs fesses ruisselantes se contractent rythmiquement. Les boucles de Lauriane, alourdies par l'eau, projettent de petites éclaboussures tandis qu'elle secoue la tête comme pour dire « non, non, non », mais sans rien faire pour enrayer le processus.

Suis-je excité ? Non. Médusé, plutôt. Ça va trop vite et c'est trop brutal pour moi. Rien à voir avec la façon douce, tendre, précautionneuse, avec laquelle Chloé et moi faisons l'amour. J'ai déjà vu des films pornos, et ils m'ont produit le même effet : je finis toujours par éprouver de l'excitation, mais une excitation dont j'ai honte, et surtout une excitation sans commune mesure avec celle que me procure le fait de baiser Chloé. Ai-je dit qu'il n'y avait eu qu'elle ? Que j'étais aussi vierge que possible quand je l'ai rencontrée ?

Sur le bord de la piscine, il semblerait que les

choses soient sur le point d'aboutir à leur conclusion naturelle. Je jette un œil à Reynald. Il a porté la main à sa poitrine, comme sous le coup d'une émotion trop forte, mais j'aurais bien du mal à déterminer s'il prend plaisir à la scène ou s'il souffre le martyre.

Laurent se retire immédiatement après avoir joui et se relève, sans un regard pour Lauriane, qui paraît clouée au sol. Il est encore en érection, mais j'aperçois sur son gland une petite goutte de sperme opalescent. Je ferme les yeux. Quand je les rouvre, Laurent est parti. Nous entendons rugir le moteur de l'Audi, puis plus rien.

Reynald se lève à son tour, défroisse les plis de son peignoir, soupire, comme à la fin d'un spectacle. Il me regarde d'un air indéchiffrable. Est-il gêné que j'aie assisté à ça ? L'a-t-il au contraire souhaité ? A-t-il voulu que je partage son abjection ? Ou aurait-il voulu que je prenne une part plus active à la réalisation de son petit fantasme ?

— Tu peux rester dormir, si tu veux, lance-t-il d'un ton égal.

Je ne sais pas ce que je veux ni ce que je pense. Tout est encore trop bouleversant, trop frais dans ma mémoire. Mais je suis bien sûr d'une chose : je ne supporterais pas de me réveiller demain, dans quelques heures en fait, dans cette maison. De croiser au petit déjeuner le regard de Lauriane, de Reynald ou de Patsy.

— Je vais rentrer.
— Tu es sûr ? Tu es en état de conduire ?
— Oui. Je suis sûr.

Nous nous quittons au portail de sa villa et il

esquisse un geste d'adieu fataliste au moment où ma voiture démarre.

Le jour se lève, en fait. La mer est rose. Je dépasse Carnoux, je laisse Aubagne sur ma droite, j'arrive sur Marseille. Avant de prendre la sortie des Arnavaux, qui me ramène au pied de mes collines, une pensée me traverse : je serais incapable de vivre ce qu'a vécu Reynald ce soir.

Comment ai-je pu penser que ce genre de séance me ferait du bien ? Comment ai-je bien pu m'imaginer un jour que commanditer cet acte et en être le destinataire constituerait une sorte de thérapie ? Le contrepoint pervers mais efficace de la trahison de ma femme ? Qui me dit, d'ailleurs, que Chloé aurait été ma complice, qu'elle m'aurait dédié son plaisir ? À aucun moment le regard de Lauriane ne s'est tourné vers Reynald. Tout s'est passé entre elle et Laurent. Même Patsy et moi avions disparu de leur arrière-plan mental, j'en suis sûr.

Non, il n'y a pas d'exorcisme possible. L'ensorcellement est trop puissant. Je vais rester seul avec mes fantômes et mes cauchemars absurdes. Je ne sais même pas si j'arriverai à revoir Reynald et Laurent, à les regarder en face sans être constamment parasité par les images lancinantes du corps de Lauriane sous celui de Laurent, par le souvenir du long gémissement qui est monté de sa gorge quand il la suçait.

Au moment où j'entame la dernière côte avant la maison, la vision me submerge et, contre toute attente, ma verge se gonfle douloureusement dans mon pantalon encore humide des éclaboussures de tout à l'heure.

Reynald

3 juillet

La gueule de bois était prévisible, mais pas ce sentiment de désolation absolue. Pieds nus sur mon perron, je contemple les vestiges de la soirée d'hier : bouteilles et verres vides, vêtements humides et épars, pots d'anchoïade dans lesquels se sont englués toutes sortes d'insectes. Lauriane et Patsy dorment encore, évidemment. Tant mieux : j'ai besoin d'être seul et de réfléchir à la soirée d'hier.

En préalable à ma séance d'autoflagellation, je descends une bouteille de Perrier glacé. Ça, plus deux aspirines, rien de tel pour dissiper les effets d'une cuite. L'idéal serait que j'arrive à manger quelque chose, mais mon estomac regimbe rien qu'à la vue des céréales de Lauriane dans leur bocal géant.

Que s'est-il passé ? Rien. Rien d'autre que ce que j'ai décidé et appelé de mes vœux. Hier soir, j'étais dans la peau d'un metteur en scène, d'un manipulateur de marionnettes. J'ai *voulu* que Lauriane se tape Laurent. Sous mes yeux. L'idéal aurait d'ailleurs été que Farouk en soit aussi. J'aurais adoré la voir frémir sous les coups de langue de l'un et la queue experte de l'autre : j'aurais été encore plus excité...

Car si je me suis soigneusement employé à le cacher, cette nuit je triquais à mort. Finis les problèmes d'érection, ma queue molle et sans vie alors même que je tiens Lauriane dans mes bras ! Finie la panique qui me prend à l'idée qu'il faut absolument que je la baise et que je ne suis pas sûr d'y arriver. J'ai même failli jouir sous les plis du peignoir ample, que j'avais précisément choisi pour dissimuler mon érection éventuelle.

C'est bien simple, j'ai trouvé Lauriane magnifique. Je n'aurais jamais cru qu'elle se prêterait au jeu avec cette bonne grâce, cette soumission excitante en soi. M'obéissait-elle ou avait-elle vraiment envie de Laurent ? Difficile à déterminer. Elle a eu un orgasme, en tout cas. Si ce n'est deux.

Et Laurent aussi a été magnifique. Magistral. Impérial. Alain Delon dans *La Piscine*. Même regard clair. Mêmes poses lascives. Même magnétisme animal. Je comprends que Lauriane n'ait pas pu résister.

Mais si je suis le maître d'œuvre de cette parfaite saynète candauliste, d'où vient que ce matin j'aie envie de me tirer une balle dans le slip ? Quelque chose m'a échappé, c'est sûr. Et ce n'est pas le plaisir de Lauriane : ce plaisir, j'y comptais, je l'espérais, je voulais qu'elle me le doive, même si je n'étais plus capable de le lui donner avec mon propre engin défaillant.

Du plaisir, j'en ai pris aussi, et il n'était pas du tout de même nature que celui que je peux avoir quand je regarde un film porno. Non, c'était un plaisir d'une qualité supérieure, un plaisir de seigneur, un plaisir de maître. Je me sentais puissant, moi qui ne le suis plus assez pour satisfaire ma femme. Je connais tellement bien son corps que j'anticipais les gestes de Laurent, devinais ses sensations, plongeais avec lui dans le sexe mouillé de Lauriane, humais son odeur musquée, éprouvais la chaleur et l'élasticité de sa peau.

J'aurais pu jouir en même temps que lui mais je me suis repris in extremis pour des raisons qui m'échappent encore. Peut-être la peur de perdre le contrôle. La volonté de rester alerte et vigilant. Car je ne savais pas ce qui allait se passer, je ne savais pas que Laurent allait partir aussi brusquement, suivi presque aussitôt par Farouk. Je crois que je m'attendais à une sorte de *célébration*. Je sentais bien que l'alcool avait émoussé mes réactions et qu'un orgasme m'aurait achevé, alors j'ai jugulé la vague de plaisir que je sentais monter de mes reins.

Cet effort et sa pleine réussite m'ont ragaillardi : comme quoi je ne suis pas encore un vieillard décati, sans pouvoir sur sa queue, sans pouvoir sur sa femme, sans pouvoir sur rien. Mais aujourd'hui, de cette fierté et de cette satisfaction, peu de chose subsiste. La *célébration* n'a pas eu lieu, ce moment de communion et d'euphorie masculine autour du corps de Lauriane, ce moment que j'ai espéré, un peu comme un écho au pacte tacite de la Luna.

Ai-je seulement resserré mon emprise sur Lauriane ? Je n'ai pour le moment aucun moyen de le savoir. Une fois Laurent et Farouk partis, les filles sont montées se coucher sans un mot, assommées par trop d'alcool et de sensations fortes. J'espère juste que Laurent lui aura définitivement fait oublier Zach, dont il semblerait d'ailleurs qu'elle n'ait plus de nouvelles depuis leur grande scène de dépit amoureux par textos.

Après avoir déambulé dans le jardin, entre les lauriers roses poussiéreux, les buissons de romarin mal taillés et trop exubérants, le gazon déjà desséché, faute d'arrosage de ma part, je vais me connecter. Essentiellement pour vérifier si Laurent et Farouk ont donné de leurs nouvelles. Rien. Pas mal de mails liés au boulot, en revanche.

Il va d'ailleurs falloir que je m'y remette : le break de Lauriane ne peut pas durer trop longtemps, même si elle n'est pas en période de promo. Dans le show-biz, il faut toujours occuper la place si vous ne voulez pas qu'on vous oublie. Je passe donc quelques coups de fil, envoie quelques mails. Mais le cœur n'y est pas. La tête non plus.

À tout hasard, et par désœuvrement, je fais quand même un tour au royaume de Candaule. Ma Nyssia à moi dort toujours et en a sans doute pour un bon moment avant d'émerger, fraîche comme seules peuvent l'être les filles de vingt ans après une cuite et une nuit blanche. Je donnerais un bras pour pouvoir retrouver cette insolente capacité de récupération.

Laurent vient de mettre une photo en ligne. Mon cœur se serre d'impatience et d'appréhension. Une photo de femme. La sienne ? Impossible d'en juger puisque je ne l'ai jamais vue. Et de toute façon, la femme de la photo est difficile à reconnaître et à identifier puisqu'elle est bâillonnée : on ne voit d'elle que les yeux et un front barré d'une mèche blonde.

Elle est ligotée sur une chaise, et en agrandissant la photo je vois qu'il s'agit d'une sorte de fil de nylon et qu'il a l'air de meurtrir sa peau claire.

La photo en soi pourrait n'avoir rien d'inquiétant. Les candaulistes aiment les mises en scène, et le SM ne leur fait pas peur. Mais le regard de la femme ne cadre pas avec l'idée d'un jeu amoureux un peu *bondage* : ses yeux supplient et elle a l'air terrifiée. Laurent a-t-il pris la photo ? S'agit-il bien de Delphine ?

J'éteins l'ordinateur et je m'efforce de penser à autre chose. Ranger, nettoyer, ça me fait du bien. J'ai toujours été une fée du logis, et si à Paris comme ici je paye une femme de ménage, c'est plus par manque de temps et pour des raisons de standing que parce que le ménage me fait chier. Au contraire : j'adore ça.

En moins de temps qu'il n'en faut pour le dire, la table du jardin est débarrassée et passée au St-Marc senteur eucalyptus ; les détritus sont jetés, les poubelles soigneusement placées dans les containers ad hoc. Les verres trempent dans l'eau brûlante et mousseuse. Je me sens nettement mieux. Je commence à croire que mon coup de déprime matinal a exclusivement tenu à la gueule de bois, et que mes inquiétudes concernant Laurent sont sans fondement.

En début d'après-midi, Lauriane fait son apparition. Aussi fraîche et dispose que je m'y attendais malgré l'étrange bouffissure autour de ses yeux dorés, cette tuméfaction perpétuelle qui n'est pas un signe de fatigue chez elle et qui accentue son air de salope.

Elle s'installe en face de moi. Comme d'habitude, je lui ai préparé un plateau appétissant auquel elle fait honneur : corn-flakes, viennoiseries, jus d'orange. Pour ma part, je suis toujours incapable d'avaler quoi que ce soit.

— Et Patsy ?
— Malade. Trop bu hier.

Lauriane me regarde avec une insistance inhabituelle et dérangeante. À tel point que je finis par lui demander :

— Ça va ? Tu fais une drôle de tête.
— Qu'est-ce qui t'a pris, hier ?
— C'est plutôt à toi qu'il faudrait poser la question, non ?
— Tu voulais que je couche avec ce mec, Laurent, là...
— Tu n'as pas aimé ?
— C'est pas le problème. Tu es mon mari : c'est pas à toi de me procurer des amants.
— Tu préfères te les trouver toute seule ?
— Ça me paraît plus sain.
— Tu as un amant ?

Ma question abrupte la désarçonne. Elle repose le croissant dans lequel elle s'apprêtait à mordre, et me regarde sans répondre. Je poursuis :

— Qui t'a le mieux baisée, Zach ou Laurent ?
— J'en ai rien à foutre de Laurent.
— Et Zach ?

Elle hésite, fourrage dans son épaisse crinière noire, essuie sa bouche d'un revers de main. Chacun de ses gestes me serre le cœur car je sais ce qui va venir :

— On s'aime. Je suis désolée, Reynald, ça fait un

moment que je voulais te le dire, et puis j'ai pas eu le courage. J'ai attendu aussi. Voir ce que ça donnait, Zach et moi. Mais voilà, c'est du sérieux, et je veux divorcer.

Maintenant que c'est dit, maintenant que j'ai la preuve que je me suis bercé d'illusions en comptant reconquérir ma femme avec ces petites vacances méridionales d'un genre particulier, je suis à la fois soulagé et anéanti. Et d'autant plus anéanti que Lauriane, Lauriane la bombasse décérébrée, Lauriane qui ne brille ni par la psychologie ni par le tact, m'a fait ses aveux avec une simplicité et une franchise inattendues. Elle n'a pas cherché à louvoyer ni à me prendre pour un con. Je la sens même attristée pour moi. Son regard cherche le mien et je le lui dérobe pour ne pas qu'elle y lise mon désarroi.

Car inutile de me voiler la face : je suis atteint. Et pas seulement à l'idée de perdre ma poule aux œufs d'or. Je ne veux pas qu'elle me quitte. J'ai eu beau, toutes ces années, prendre Lauriane de haut, ironiser sur ses limites intellectuelles, ses goûts de chiottes et son absence de volonté, je l'ai aimée, je l'aime encore. Mes discours méprisants et sarcastiques à son égard n'étaient qu'une posture, une attitude de défense dictée par la vanité, le désir éperdu et vain de ne pas être vulnérable, à la merci d'une fille de vingt-quatre ans qui n'a jamais lu *À la recherche du temps perdu*, et qui ne sait pas encore que notre plus grande histoire d'amour, nous pouvons l'avoir pour quelqu'un qui n'est pas notre genre.

Laurent

3 juillet

Delphine n'était pas dans notre chambre quand je suis rentré. Elle a dû dormir dans le lit de Romane, comme hier. Deux jours se sont écoulés depuis qu'elle m'a parlé de séparation, et nous n'avons pas échangé un seul mot depuis. Représailles. Début de la guerre de tranchées qu'elle s'apprête à mener contre moi pour obtenir ce divorce dont je ne veux pas, et pour l'obtenir à ce que j'imagine être ses conditions : avoir la garde des enfants, récupérer la maison, me faire payer une pension alimentaire faramineuse.

Elle ne sait pas encore à quel point je vais lui rendre les choses difficiles. Nous divorcerons peut-être, mais Delphine n'aura rien. Je la déposséderai de tout, y compris d'elle-même : quand elle me quittera, elle sera une femme usée, vieillie avant l'heure, laminée, bonne à foutre à la poubelle. Aucun mec n'en voudra plus : si elle espère refaire sa vie avec un bourge dans son genre, un bonhomme avec qui elle aura autre chose en commun que des enfants et une villa, elle se fourre le doigt dans l'œil jusqu'à la dernière phalange.

Et tant mieux que la mère soit allée dormir avec la fille, se réfugier sous des draps fleuris, dans une chambre tendue de bleu lavande dont nous devions d'ailleurs refaire la déco cet été. Tant mieux parce que je pue la chatte. Je sens encore sur moi les effluves de celle de Lauriane. J'adore brouter les minous, les ouvrir d'un coup de langue, les sentir se gonfler, pulser au fur et à mesure que l'excitation croît.

Cette nuit, j'ai fait partir Lauriane comme une fusée. Son sexe battait encore quand je l'ai allongée et pénétrée par-derrière, mais elle a joui une deuxième fois tandis que je besognais ses fesses fermes. Elle s'est mise à feuler plaintivement, et c'est l'intensité de cette plainte qui m'a moi aussi amené à l'orgasme.

Ensuite, basta, pas question de rester une minute de plus sur le théâtre des opérations. Les cocufieurs ne s'attardent jamais. Je ne sais pas à quel jeu joue Reynald, mais pas plus aujourd'hui qu'hier je n'ai envie de le savoir.

J'ai roulé dans la nuit finissante, poussant la voiture à fond, comme j'aime : j'avais l'A50 pour moi tout seul, la mer sur ma gauche, l'échelonnement des collines sur ma droite.

Une fois rentré, je me suis douché puis j'ai filé à la salle de sport pour une heure d'entraînement intense. Je n'ai pas mangé, juste emporté avec moi une boisson énergisante pour éviter les crampes et la déshydratation. Malgré la fatigue et l'alcool qui courait encore dans mes veines, j'ai poussé comme jamais, senti mes muscles répondre au quart de tour et les toxines s'éliminer peu à peu.

Des images de Lauriane me revenaient : son visage levé vers moi au moment où elle avait noué les jambes derrière mon dos, ses cheveux mouillés sur son échine souple, le volume surréaliste de ses seins contre mon torse, son ventre plat, l'anneau passé dans son nombril, la pluie d'étoiles tatouées sur sa nuque, sa cambrure sublime, ses lèvres brûlantes, que j'avais soigneusement évité d'embrasser, mais qu'elle avait plaquées contre les miennes quand nous étions sous l'eau, baiser échangé à l'insu de tous, volé à la vigilance de son mari.

Il est midi. J'ai pris un café au bar qui est en face de la salle, lu le journal, retardé le moment d'affronter Delphine et les enfants. J'essaye de peaufiner ma stratégie, de réfléchir à la meilleure solution : devons-nous partir en Grèce comme si de rien n'était, différer les grandes manœuvres jusqu'à la rentrée ? Il faut aussi que j'envisage la façon dont je vais coincer mon beau-père avec sa pute.

Je finis par rentrer. Seule Delphine est là. Elle a expédié les enfants chez ses parents par le train express régional : ils ont l'habitude et ont dû être très contents de quitter le champ miné qu'est devenu leur foyer depuis quarante-huit heures. N'empêche qu'elle aurait dû me demander mon avis au lieu de les faire partir derrière mon dos. La meilleure des défenses étant l'attaque, j'attaque :

— Et si j'ai envie d'avoir mes enfants avec moi pour le week-end ? C'est quand même le seul moment où je peux les voir un peu, passer du temps avec eux ! Je te rappelle que contrairement à vous quatre, je ne suis pas encore en vacances.

— Pourquoi est-ce que tu veux avoir les enfants ? Pour exercer ton sadisme ? Pour humilier Clément encore un peu plus ? Pour bourrer le crâne de Cyriaque avec tes histoires de samouraïs ? Tu sais que tu as fait peur aux copines de Romane, la dernière fois ? Il paraît que tu ne leur as pas décroché un mot, mais que tu grommelais et ricanais dans ton coin. Romane me l'a raconté : Maëlle et Léonie ne sont pas prêtes de revenir à la maison. Mais c'est peut-être ça que tu veux, que nos enfants soient complètement perturbés, complètement désocialisés, qu'ils perdent toute confiance en eux, qu'ils ne sortent plus et ne voient plus personne : comme ça ils seraient à toi, tu les aurais sous ta coupe et tu pourrais en faire *tes* choses ! Sauf que nos enfants aussi ont peur de toi ! C'est eux qui ont voulu aller chez papy et bonne-maman ! Je ne les ai pas forcés !

— Tu ne les as pas forcés mais ça t'arrange bien qu'ils aillent chez tes parents ! Pourquoi tu les as pas envoyés chez ma mère ? Elle les voit jamais ! Elle serait peut-être contente de les avoir un peu, non ?

Delphine me regarde avec cet air que je lui connais bien, ce dédain voilé d'un peu de pitié.

— Ta mère ? Mais depuis quand ta mère manifeste le désir de voir ses petits-enfants ? Je me demande seulement si elle distingue Clément de Cyriaque, ta mère !

— C'est ta faute ! C'est parce que tu n'as jamais voulu que ma mère soit la grand-mère de tes précieux petits chéris ! Tu as toujours freiné des quatre fers quand je voulais qu'elle les garde, qu'elle s'en occupe un peu ! Quand ils étaient petits, tu préférais qu'on appelle n'importe quelle baby-sitter plutôt que de les lui confier ! Alors qu'elle n'aurait pas demandé mieux !

Delphine secoue la tête et prend une mine encore plus contrite et réprobatrice :

— Mais mon pauvre Laurent, il aurait fallu que je sois inconsciente pour confier des enfants en bas âge à ta mère ! Elle est ivre dès 11 heures du matin ! Et même quand elle ne l'est pas, elle fait n'importe quoi, elle les bourre de cochonneries et elle les plante devant la télé toute la journée, merci !

— Ouais, c'est ça, t'as raison. Il vaut mieux qu'ils aillent chez papy Hubert et bonne-maman Marianne ! Là-bas, au moins, ils apprennent les bonnes manières et on veille à leur hygiène ! Sans compter que l'environnement est plus sain : la campagne aixoise, c'est quand même autre chose qu'une HLM des Aygalades !

Elle se tait : visiblement, je lui enlève les mots de la bouche et ne fais que traduire sa pensée exacte. Puis elle reprend, la voix découragée cette fois :

— Écoute, Laurent, de toute façon, nous n'en sommes plus là, à nous disputer pour savoir qui de ta mère ou de mes parents est plus à même de s'occuper de nos enfants. Je crois que nos désaccords vont bien au-delà et que nous avons franchi le point de non-retour. As-tu réfléchi à ce que je t'ai dit la dernière fois ?

— Tu es obligée de me parler comme ça ?

— Comment est-ce que je te parle ?

— Comme une instit à son élève.

— Excuse-moi de ne pas adopter ton langage de charretier.

— C'est ça que tu me reproches, de parler comme un charretier ?

Delphine s'adosse au buffet, les bras croisés, vivante image de l'accablement.

— S'il n'y avait que ça... Tu as tellement changé, Laurent. Tu t'es complètement fermé, tu ne me dis plus rien, tu parles à peine aux enfants, et quand tu leur parles, tu leur tiens des discours délirants. Quand tu ne te moques pas d'eux ! Ou de moi ! Tu crois que je ne sais pas que tu m'appelles « la grenouille de bénitier » ?

— Exact. Et ton père, c'est « le crapaud ». Comme ça vous pouvez coasser en famille.

— Toute cette haine, Laurent, toute cette colère... Je ne veux pas que tu les retournes contre nous, je ne veux pas que tu fasses du mal aux enfants. Et je ne veux pas non plus qu'ils en arrivent à te mépriser.

— Menteuse ! C'est très exactement ce que tu cherches à faire : monter les enfants contre moi, faire de moi un étranger au sein de ma propre famille ! Et là, tu es arrivée à tes fins et tu jubiles !

— Mon pauvre Laurent...

— Si tu m'appelles encore une fois « mon pauvre Laurent », je t'étrangle !

— Laurent, tu sais que je ne supporte pas la violence !

Elle ne paraît pas effrayée, elle continue à me parler de sa voix douce, sa voix de catéchiste qui cherche à évangéliser un sauvageon. Je tremble. Je sens la vieille rage monter en moi.

— Pour la supporter, la violence, il faudrait encore que tu la connaisses ! Mais qu'est-ce que tu sais de la violence, toi ? Quand est-ce que tu y as été confrontée ? Tu as déjà pris un coup de poing en pleine tronche ? On t'a déjà fait dévaler un escalier sur les reins ?

— Laurent, je sais que tu as des excuses, ton enfance...
— Ne me fais pas le coup de la pitié !
— Mais...
— Ta gueule !
— Ne me parle pas comme ça !
— Je te parlerai comme j'ai envie de te parler : tu es ma femme !
— C'est une raison pour être ordurier ?
— Tu ne comprends même pas le sens des mots que tu emploies : tu veux que je sois vraiment ordurier ? Tu veux que je te parle comme on m'a parlé à moi, quand je n'avais même pas l'âge de Clément ?

Ça y est : je lis la peur sur son visage. Quelque chose dans ma voix ou dans les traits convulsés que j'entrevois dans le miroir au-dessus du buffet a dû lui faire comprendre qu'on n'était plus dans le registre de nos disputes habituelles. Bizarrement, la voir replier craintivement ses bras autour de sa taille, la voir chercher des yeux une voie de sortie qui ne l'amènerait pas à passer devant moi, ça augmente encore ma fureur.

Comme l'autre soir à table, je vois rouge : littéralement. Le salon baigne dans une nuée écarlate. Delphine elle-même me paraît lointaine, une silhouette tremblotante et faiblement nimbée de rose. C'est à travers cette brume de cauchemar que je m'avance vers elle et la saisis brutalement par le triceps :

— Viens !

— Laurent, non !

Ignorant ses cris de protestation, je lui fais grimper les escaliers qui mènent à notre chambre.

— Tu as dormi où cette nuit, espèce de salope ?

— C'est plutôt moi qui devrais te poser la question. Parce qu'en ce qui me concerne, j'ai dormi ici, et je t'ai entendu rentrer à cinq heures du matin ! Tu étais où ? Tu vas où, toutes ces nuits où tu disparais ?

— Je n'ai pas de comptes à te rendre ! Je n'ai pas de comptes à rendre à une salope bigote qui me gâche l'existence !

Je fouille dans mon sac de sport pour en extraire une pelote de fil de mer, du Tiagra 1,30 mm, acheté il y a presque un an et resté dans mon sac tout ce temps. Je n'ai plus pêché depuis des mois, mais il faut croire que je savais que le Tiagra trouverait une utilité. Avant que Delphine n'ait eu le temps de réagir, je la fais tomber à plat ventre sur le lit, m'assieds sur elle à califourchon et entreprends de lui ligoter les poignets. Elle crie, elle rue sous moi, mais elle n'a aucune chance. Ensuite, je m'occupe de ses chevilles.

— Laurent, mais qu'est-ce que tu fais ?

— Ne m'adresse pas la parole, connasse !

Elle parvient à se retourner sur le côté. Elle est rouge, échevelée, essoufflée. Je la bâillonne avec un foulard à elle, une horrible imitation d'Hermès avec selles, brides et tutti quanti. J'y vois une espèce de justice sociale tout à fait satisfaisante et je ricane, de la même façon que l'autre jour, quand les copines de Romane ont débarqué à la maison, avec leurs petites robes, leurs mollets blonds, leurs rires étouffés poliment derrière leurs jolis poings, qui n'avaient jamais servi qu'à ça : dissimuler un rire inopportun.

Dans ma cité, les nanas se battaient comme des lionnes, et pas seulement à coups de griffes, comme on pourrait le croire, mais à coups de poing, de pied, de tête. Rien à voir avec ma fille et ses amies, qui n'ont jamais eu à se défendre contre qui que ce soit, élevées dans du coton comme elles le sont. Mais ça, c'est fini, pour Romane en tout cas. Dans son propre intérêt, je vais lui apprendre que la vie peut être cruelle. Pas question que mes enfants soient des lavettes.

En attendant, je m'occupe de leur mère. Pour elle aussi, la vie va devenir infiniment cruelle. D'abord parce qu'elle l'a bien mérité et ensuite parce que ça lui servira à l'avenir : elle la ramènera moins et elle se méfiera davantage.

Je la force à s'asseoir sur une chaise tendue de velours parme à laquelle je l'attache aussitôt. J'entends ses cris étouffés à travers la soie du foulard mais je n'en suis pas autrement ému. Je vérifie la solidité de mes nœuds. Par endroits, le nylon rentre si profondément dans sa chair que le sang affleure. Tout a l'air de tenir.

Je vais chercher l'appareil numérique que j'ai moi-même offert à Delphine il y a trois ans et je la mitraille, posément. Ses yeux s'exorbitent, elle secoue la tête pour se débarrasser du bâillon sans y parvenir. Je fais une vingtaine de photos, dont certaines me paraissent très réussies, puis je m'en vais. Je la plante là, sur la chaise qui lui vient de sa grand-mère, comme beaucoup de nos meubles. Évidemment : mes grands-mères à moi n'avaient que des meubles en formica à me léguer. D'ailleurs, je n'ai même jamais rencontré la mère de mon père, qui a pourtant habité Hyères toute sa vie, c'est-à-dire pas très loin d'ici.

Bref, j'abandonne ma femme à son triste sort. Sort qui va devenir encore plus triste dans les heures qui viennent, mais ça, elle ne le sait pas encore.

Farouk

4 juillet

Ce matin, un mail de Reynald. Très bref : « Va sur le site. Laurent a mis une photo en ligne. Tu me diras ce que tu en penses. »

La photo en question est extrêmement dérangeante. Même pour le vieux briscard des sites candaulistes que je suis devenu à mon corps défendant. On y voit une femme cadrée en plan américain, bâillonnée et attachée sur une chaise. On distingue derrière elle le tissu rose du dossier. Le bâillon a l'air d'être un foulard. Elle porte une robe imprimée dans les bleus. Ses yeux sont rougis, ses cils collés par les larmes : elle pleure ou vient de pleurer. Delphine, sans aucun doute. Delphine implorant Laurent du regard.

Je réponds aussitôt à Reynald : « J'ai vu la photo. À mon avis, c'est Delphine, et elle n'était pas consentante. Pour tout te dire, cette photo me perturbe. »

Reynald répond dans la foulée. Il est à son ordinateur, lui aussi : « Pourquoi met-il cette photo en ligne ? Elle ne cadre pas vraiment avec l'esprit candauliste. Tu ne veux pas qu'on passe sur MSN ? »

Et hop, nous continuons sur MSN :

— Je pense que cette photo nous est destinée. Et qu'elle a à voir avec la soirée qu'on a passée chez toi vendredi.

— J'ai pensé la même chose. Il l'a postée hier.

— Je vois bien le truc : Laurent qui s'envoie ta femme sous tes yeux, puis qui rentre punir la sienne.

— La punir de quoi ?

— Il la punit parce qu'il se sent coupable de l'avoir trompée. Un déplacement classique.

— Laurent a toujours trompé sa femme. Il s'est même envoyé la pute de la Luna.

— Oui, mais avec Lauriane, c'était différent.

— En quoi ? Non seulement il a déjà eu plein d'aventures, mais en plus c'est un cocufieur. Ça aussi, il nous l'a raconté. Qu'il répondait à des annonces mises sur des forums. Qu'il retrouvait des couples sur des aires d'autoroute, dans des boîtes échangistes, et même chez eux.

— C'était différent vendredi parce qu'il te connaissait avant.

— Si peu : on s'est rencontrés une fois en tout et pour tout.

— Tu sais très bien que ce n'était pas une rencontre comme les autres.

— C'est vrai, j'ai eu ce sentiment moi aussi. Et je suis heureux que tu me confirmes dans l'idée qu'il s'est passé quelque chose à la Luna.

— Il s'est passé quelque chose et Laurent l'a senti aussi. Tu n'aurais pas dû lui jeter ta femme dans les pattes.

— Trop tard pour les regrets.

— Ça t'a fait du bien, au moins ?
— Je crois que de nous trois, je suis le seul vrai candauliste : j'ai adoré. Et toi ?
— J'étais un peu à côté de la plaque. Déphasé. Je n'ai pas ressenti grand-chose sur le coup.
— Et après ?
— Je me suis branlé dans la voiture, juste avant d'arriver chez moi.
— C'était bon ?

Avant mon *May Day*, je n'aurais jamais imaginé parler de branlette aussi librement avec qui que ce soit. Et encore moins reconnaître l'avoir fait dans ma voiture, comme un ado. Mais effectivement, je n'ai pas voulu rentrer chez moi dans l'état d'excitation malsaine qui était le mien au retour de Cassis et je me suis masturbé en pensant à Lauriane et Laurent, ce couple magnifique et inquiétant. Ensuite, j'ai garé la voiture dans notre allée et j'en suis sorti partagé entre hilarité nerveuse, fatigue, angoisse, dégoût.

J'ai passé la journée de samedi à somnoler, raconté à Chloé, qui n'en demandait pas tant, que j'avais trop bu la veille. Aucune autre explication. Ça ne lui fera pas de mal de s'inquiéter un peu à mon sujet. D'être perplexe, de ne pas savoir. Ce n'est rien à côté de ce qu'elle me fait traverser depuis presque deux mois en fait d'angoisses et de doutes permanents.

Je n'ai interrompu le dialogue avec Reynald que quelques secondes, le temps de rêvasser et d'ironiser sur mon triste sort, mais j'y reviens :
— Un peu triste. J'ai pas l'habitude.

— Tu ne te branles jamais ? Menteur.
— Pas très souvent. Chloé me suffit.
— Mauvaise réponse. Ça n'a rien à voir. La masturbation relève de l'hygiène masculine la plus élémentaire.
— Parle pour toi.
— Ah oui, c'est vrai, toi, tu es un romantique.

Nous continuons à deviser sur le mode badin pendant quelques instants, puis nous revenons à Laurent. Je lui demande s'il a eu d'autres signes de vie que la photo.

— Non, rien. Je vais lui envoyer un mail, qu'est-ce que tu en dis ?
— Tiens-moi au courant.
— Je lui propose qu'on se voie tous les trois ?
— Pourquoi pas ?
— La Luna ?
— Ça me va.

J'essaie de tuer le temps jusqu'au soir, ce qui reste de ce pauvre lundi, en faisant partie d'échecs sur partie d'échecs avec Lila, qui commence d'ailleurs à se débrouiller mieux que moi. Je me lance ensuite dans la réparation du vélo de Farès, mais au bout d'une heure de trifouillage inutile sur son dérailleur, je suis obligé de déclarer forfait :

— Demande à ta mère. Elle est bien meilleure que moi en mécanique.

Farès me dévisage intensément, comme seuls les enfants et les fous ont le droit de le faire :

— Dis, papa, est-ce que t'es homo ?
— Ben non, quelle idée ! Pourquoi tu me demandes ça ?

— Parce que le père de Nathan, mon copain, il est homo.
— Comment tu le sais ?
— Parce qu'il l'a dit à Nathan.
— Mais qu'est-ce que ça veut dire, homo, pour toi ?
— C'est un homme qui aime les hommes.

Je pense à Laurent, je revois son plongeon impeccable, ses abdos nettement dessinés, son air dur. Une vraie couverture pour *Têtu* ou *Gai Pied*. Suis-je attiré par lui ? L'ai-je désiré, l'autre soir, quand il s'est déshabillé, ou quand j'ai surpris son érection ? Non. Pas vraiment. J'ai été fasciné, ça oui. Et j'aurais voulu être lui, ça oui. Au lieu d'être un avorton inféodé à son épouse infidèle. Farès continue :

— N'empêche que tu sais pas réparer mon vélo. Ni faire du bricolage. Et tu joues pas au foot.
— C'est pour ça que je suis homo ?
— Non, je sais bien que tu l'es pas : autrement, t'aimerais pas maman. Et tu nous aurais pas eus.
— Le père de Nathan a bien eu Nathan.
— Et Cléo. C'est la sœur de Nathan. Comment ça se fait ?

Je n'ai pas l'intention de parler de bisexualité avec mon fils. Et encore moins de ce qui peut pousser un pédé à se maquer avec une nana au mépris de ses désirs profonds : conformisme social, haine de soi, désir invétéré de procréer... Qu'est-ce que j'en sais, moi, petit hétéro farouchement monogame ?

— Demande à Maman pour le vélo. Je suis fatigué.

De fait, je remonte dans mon bureau, voir si j'ai des nouvelles de Reynald ou de Laurent, laissant

Chloé mettre les mains dans le cambouis. Reynald m'écrit : « Laurent m'a répondu. Un mail délirant. Mais il est O.K. pour la Luna demain. Je crois qu'après il part en Grèce. Je te *forwarde* le mail. »

Le mail de Laurent, effectivement, fleure bon l'insanité : « Cher Xénophon, je suis à la Luna tous les soirs. Venez demain avec Farouk. J'aimerais vraiment vous voir rapidement. De toute façon, nous allons sans doute partir en Grèce plus vite que prévu et il y a une foule de trucs à préparer. Mais demain, je pense que j'aurai la disponibilité d'esprit nécessaire pour parler avec vous. Si je ne vous parle pas, je ne parlerai à personne. L'amour est mort. Et l'amitié n'a jamais existé. Ce qu'il y a de plus vrai et de plus sûr, c'est la guerre. Dommage que tout le monde n'en comprenne ni le sens ni la beauté. Delphine ne comprend rien à la guerre. N'empêche qu'elle a remporté une bataille. Une bataille importante puisqu'elle m'a pris mes enfants. Penses-tu qu'elle doive payer pour ça ? J'ai mon idée, tu me donneras la tienne. J'ai adoré baiser ta femme. Elle était brûlante à l'intérieur. Comme moi. Putain, qu'est-ce que j'ai aimé ça ! Mais je n'aurais jamais dû la baiser. C'était à toi de la baiser. Lauriane a besoin qu'on la mate. Toutes les femmes ont besoin qu'on les mate. Contrairement à nous, les femmes aiment essuyer des défaites : elles jouissent de perdre, de perdre les pédales, de perdre leur dignité. Sois sans pitié : elles t'en seront reconnaissantes. De toute façon, elles n'ont aucune fierté. Elles ne connaissent pas le sens du mot orgueil. Reynald, je suis en guerre : rejoins-moi. À demain. »

Je me fends d'un nouveau mail à l'intention de Reynald : « Laurent débloque. Ce serait effectivement bien qu'on arrive à le voir demain. 21 h 30 ? »
Du rez-de-chaussée, la voix de Lila me parvient, hululante comme une sirène :

— Paaapaaaa, on maaannnge !

Je descends rejoindre ma rassurante petite famille. Mais jamais je n'ai eu moins envie de partager un repas avec eux. Je m'en sens trop éloigné et trop indigne. La seule chose qui me ferait du bien, c'est de me retrouver en face de Reynald et Laurent, dans la lumière rougeoyante et confidentielle d'un rade à putes.

Reynald

4 juillet

J'ai davantage parlé avec Lauriane entre hier et aujourd'hui que nous ne l'avons fait en quatre ans de vie conjugale. L'aveu de son adultère semble l'avoir désinhibée. À moins que ce ne soit la séance de baise avec Laurent ? Quoi qu'il en soit, des verrous ont sauté. Je n'ai pas voulu la cuisiner sur Zach, mais je tiens à savoir quel souvenir elle gardera de notre vie sexuelle après notre séparation.

— Tu aimais faire l'amour avec moi ?

— Beaucoup au début. Moins après.

— Tu t'es rendu compte que j'avais des problèmes d'érection ?

— Euh, oui... Difficile de ne pas s'en apercevoir.

— Ça te frustrait ?

— Bof, pas tellement. Tu me faisais plein de trucs sympas pour compenser, alors ça allait.

— C'est pas à cause de ça que tu es allée chercher ailleurs ?

— Non. Et en plus j'ai rien cherché. Ça nous est tombé dessus, à Zach et à moi.

— Tu me permettras d'en douter concernant Zach. Je suis sûr qu'il t'a draguée.

— Ben oui, il m'a draguée, évidemment, mais on n'imaginait pas que ce serait sérieux. Que ça durerait.

— Je ne te vois pas ayant une aventure juste comme ça, sans investissement sentimental.

— Et hier soir, alors ? Tu crois quand même pas qu'il y avait de l'investissement sentimental ?

— Hier soir, c'était particulier. Je t'ai carrément poussée dans les bras de Laurent.

— Je sais.

— Tu y es allée pour me faire plaisir ?

— Non. Plutôt pour te faire comprendre que je t'échappais. Que je pouvais baiser avec un autre.

— Ça t'a plu ?

— Tu m'as déjà posé la question.

— Je sais, mais tu ne m'as pas répondu.

— Oui, ça m'a plu.

— Tu peux rentrer dans les détails ?

— Pourquoi, ça va t'exciter ?

— Y'a des chances.

Elle a l'air accablée, tout d'un coup. Nous venons de rentrer au salon, nous mettre à l'abri de la chaleur. Depuis hier, Patsy n'a fait que des apparitions fantomatiques, histoire de boire un verre de Coca ou de grignoter des conneries. Elle est blême, ce qui ne change guère de d'habitude, mais elle arbore aussi un visage fermé : et ça, ça ne lui ressemble pas. Patsy est une chienne : dès que quelqu'un lui manifeste une vague affection, son visage s'illumine et elle se lance dans de grands discours enthousiastes – l'équivalent d'une salve de jappements, j'imagine.

Du coup, avec Lauriane, nous avons eu tout le temps de discuter sereinement. Car c'est la sérénité qui caractérise nos récents échanges. Alors qu'en temps normal je ne peux pas entamer une conversation avec elle sans que cela dégénère, là, nous devisons comme deux vieux amis.

— C'est un bon coup, Laurent ?
— Non.
— Tu déconnes ? Tu dis ça pour me faire plaisir ?
— Ça te ferait plaisir d'apprendre que ton pote est un mauvais coup ?
— Ce qui me ferait plaisir, c'est que tu me racontes. Tout. Dans les moindres détails.
— Il n'a aucun problème d'érection, ça c'est sûr : il était chaud avant que je fasse quoi que ce soit.
— Il a une grosse queue ?
— Tu l'as pas vue ? Pourtant il me semble bien que tout le monde a pu en profiter.
— Mmmm... J'en garde pas un souvenir très clair.
— Pas mal. Mais rien d'exceptionnel. La tienne est plus grosse.

C'est ridicule, mais je ne peux pas m'empêcher d'être flatté. Jusqu'à quel âge les hommes restent-ils obnubilés par la taille de leur verge ? Quand cessent-ils enfin de la comparer secrètement à celle des autres ? Jamais, sans doute. J'écoute ma femme de toutes mes oreilles.

— Ton pote, c'est un technicien. Pas un *lover*. J'sais pas comment t'expliquer. C'était bien, c'était bon, il m'a fait partir en moins de deux, mais lui, il était pas là.

— Il suce bien ?
— Ouais. Et surtout, il est très intense.
— C'est pas un peu en contradiction avec ce que tu dis, qu'il n'était *pas là*, que c'est un *technicien* ?
— Ouais, peut-être. Ouais, t'as raison. C'est peut-être juste une espèce de rage. Il est presque brutal, en fait.
— Il t'a enculée, à la fin, non ?
— Non. Il m'a prise par-derrière, c'est tout. La sodomie, ça se prépare.
— T'avais l'air tellement excitée… Tu devais être ouverte de partout…
— Le cul, ça s'ouvre pas comme ça.
— Tu mouillais ?
— Comme une dingue : je l'ai inondé.
— Qu'est-ce qui t'a plu, en fait ? J'arrive pas à comprendre.
— Il est très beau, ton pote.
— Si c'était vraiment important pour toi, la beauté, tu m'aurais pas épousé.
— Je crois quand même que c'est le plus beau mec avec lequel j'ai couché. Putain, il ressemble à Alain Delon jeune.
— C'est marrant, je me suis dit la même chose. Cela dit, il n'est plus si jeune, Laurent : il a quarante-six ans.
— Il les fait pas.
— C'est vrai. Bon, et après ?
— Quoi et après ? Il m'a sucée, il m'a prise par-derrière, et il s'est barré. Fin de l'histoire.
— Je t'ai demandé des détails.
— J'étais bourrée, tu sais. J'ai vécu le truc sans

trop me poser de questions. Tout ce que je peux te dire, c'est qu'il sait y faire mais qu'il est pas sensuel.

— Et moi ?

Elle rit, se renverse sur le cuir douteux du canapé. Il va falloir que je change ce truc de toute façon, ce cuir blanc nouveau riche et bien trop salissant.

— Toi, tu sais y faire et tu es très sensuel. Dommage que tu bandes plus.

— Bon, comment tu vois les choses pour nous, Lauriane. Ça peut pas s'arranger nous deux ? Je peux prendre du Viagra, tu sais.

En fait j'en ai déjà pris, sans le lui dire et sans résultat.

— Si je te quitte, ça n'a rien à voir avec nos problèmes de cul. Enfin, tes problèmes.

— C'est à cause de Zach ?

— Oui, mais pas seulement. Tu as trente ans de plus que moi.

— Vingt-huit. Et j'avais déjà vingt-huit ans de plus que toi quand on s'est mariés. Ça ne paraissait pas te déranger à ce moment-là.

— J'étais très amoureuse de toi, Reynald.

— Tu peux retrouver de l'amour et du désir pour moi, Lauriane. C'est une affaire de volonté.

Elle esquisse une grimace dubitative. Allez donc faire comprendre à une fille de vingt-quatre ans un peu naïve et idéaliste que, oui, les sentiments ça se commande, comme le reste. D'autant que Lauriane n'a aucune volonté, de toute façon.

— *On a vu souvent rejaillir le feu, d'un ancien volcan qu'on croyait trop vieux...*

— Qu'est-ce tu m'fais, là ?

— C'est du Brel.
Elle me regarde sans comprendre, puis embraye sur un autre sujet :
— Et puis j'en ai marre de chanter de la merde. La variété, le zouk, c'est pas mon truc. Même la pop ça me gave.
— Tu voudrais chanter quoi ?
— Tu l'sais. On en a parlé cent fois.
— Mais Lauriane, tu seras jamais crédible en *soul sista*.
— Mais pourquoi pas ? Zach trouve que j'ressemble à Lauryn Hill.
— Lauryn Hill est unique. Et puis ça fait un moment qu'on n'a plus entendu parler d'elle.
— Il dit que j'ai un peu la voix d'Amy Winehouse.
— Faut savoir. Lauryn Hill ou Amy Winehouse ? En plus c'était une tox finie.
— J'suis pas obligée d'me droguer pour chanter comme elle.
— C'est ça ton ambition, ou les ambitions que Zach a pour toi ? Être la clone de unetelle ou unetelle ? Et pourquoi pas Roberta Flack, tant qu'on y est ?
— Connais pas. Mais ça vaudra toujours mieux que de faire du Lorie ou du Shy'm.
— Putain, mais tu fais une carrière magnifique ! Tu as été disque de platine avec *Fantaisie tropicale* ! Tu es invitée partout. Bon là d'accord, ça s'est un peu calmé, mais tu vas voir quand l'album va sortir : toutes les télés vont te vouloir !
— Il est nul cet album. Y m'fait honte.
— C'est pas plutôt ton Zach qui t'a bourré le mou ?

— Ch'suis assez grande pour juger par moi-même.
— T'étais super-contente quand *Fantaisie tropicale* est sorti !
— Reynald, j'vivais un rêve : j'ai toujours voulu être chanteuse et tu m'as ouvert plein de portes ! Si tu m'avais pas prise en main après « La Nouvelle Star », j'serais devenue caissière au Carrefour de Sevran, j'le sais ! Crois pas que je suis pas reconnaissante ! Mais justement, je voudrais profiter de ma petite célébrité pour changer de cap ! Tu pourrais me faire un sacré plan com, là-dessus ! La fille qu'a toujours rêvé au fond d'elle de chanter comme *Bob*, mais qu'a pas osé ! Genre la révélation : à vingt-quatre ans, je deviens une femme, j'assume mes goûts, je fais de vrais choix, je m'autorise enfin à être moi-même !
— Tu me garderais comme manager ?
— Pourquoi pas ?
— Et Zach ?
— Zach c'est un musicos, pas un manager.
— Lauriane, ça ne marchera jamais : tu vas te saborder ! Et puis on a déjà enregistré tout l'album : il nous reste juste la postproduction. On fait quoi ? On fout deux ans de travail à la poubelle ? Sans compter tout le fric que ça m'a coûté...
— Si ce truc sort, je suis grillée : l'étiquette grosse-conne-qui-chante-de-la-merde va me coller aux basques toute ma vie.
— Tu exagères un peu. T'as des trucs un peu commerciaux, mais t'as aussi de bonnes chansons.
— Lesquelles ? « Bébé, laisse-moi partir » ? « Mes

regrets » ? « Jamais assez » ? « Riviera » ? Je te mets au défi d'en trouver une seule qui soit vraiment bien.

— Ben « Mes regrets », justement. La ligne de basse est géniale.

— Très drôle. Ch'suis chanteuse, moi, pas bassiste.

— De toute façon, faut que tu sortes l'album en novembre, comme prévu.

— Non, Reynald.

Nous nous défions du regard, chose dont j'ai toujours cru Lauriane incapable. En général, elle baisse les yeux tout de suite.

— Lauriane, après cet album, je te laisse tranquille, on divorce si tu veux, tu changes d'orientation musicale si tu veux, je reste ton manager ou pas, c'est toi qui vois, mais laisse-moi sortir ce truc. Je sais que ça va marcher. Y'a au moins trois tubes potentiels dessus. Si ce n'est quatre, avec « Nage libre ».

— Me parle pas de « Nage libre » : j'vais vomir.

— Bon écoute. On a encore quelques jours à passer à Cassis, prends le temps de la réflexion. On en reparle.

— Patsy veut rentrer. Elle en a marre de Cassis. Et elle a vachement mal pris la soirée avec tes potes.

— Ah bon ? Pourquoi ?

— Ch'sais pas. Elle m'a dit que c'était dégueulasse de faire ça.

— Elle serait pas un peu coincée, ta copine ?

Lauriane pouffe, ses fossettes se creusent dans ses joues encore enfantines. C'est vrai qu'elle est trop jeune pour moi. Je devrais me maquer avec une quadragénaire divorcée, une bourgeoise classe et cultivée. Une nana pour qui je serais une aubaine malgré mes cinquante ans – parce qu'à quarante ans, on a beau dire, les nanas prennent un coup dans les carreaux. Qu'est-ce que je fous avec une nana de vingt ans et des poussières pour qui la vie commence, alors que je lance mes derniers feux ? Des feux clignotants sur le point de sombrer dans une obscurité définitive...

Sauf que je ne veux pas qu'elle me quitte. Indépendamment de mes intérêts financiers, je ne supporterais pas d'être largué une énième fois, de devoir tout recommencer avec une autre, de devoir refaire toutes les manœuvres d'approche, d'en repasser par les déploiements de séduction, par la phase où l'on se raconte l'un à l'autre, par la phase où l'on construit une intimité et une complicité. Non. Impossible. Je suis trop vieux. Trop fatigué. Trop psychorigide, désormais.

Je m'extrais péniblement du canapé.

— Dis à Patsy que je peux lui prendre un billet pour Paris quand elle veut. Mais toi, j'aimerais bien que tu restes un peu. Pour qu'on se mette d'accord. Sur tout : les modalités du divorce, la suite de ta carrière... Tout, quoi...

Elle se lève à son tour, s'étire, révélant vingt bons centimètres de peau lisse et dorée là où je n'ai à dévoiler qu'une bedaine blême et flasque.

— O.K. On verra. J'réfléchis et j'te dis.

— Je sors demain soir. Ce serait mieux que Patsy soit là pour passer la soirée avec toi. Que tu sois pas toute seule.

— Toute façon, elle sera jamais prête pour partir demain, t'en fais pas. Tu vas où ?

— À Marseille. Voir Laurent et Farouk, justement.

— J'peux venir ?

Elle remarque ma mine effarée et éclate de rire :

— J'plaisantais. J'ai aucune envie de revoir Laurent. Ce connard. Mais méfie-toi de lui : il est pas clair, ce mec.

— Qui l'est ?

Elle tire affectueusement sur mon catogan, ce qui me reste de cheveux piteusement rassemblé en une queue de rat ridicule mais à laquelle je tiens.

— Qui est clair, tu veux dire ? Ben toi, moi…

— Tu crois qu'on est si clairs que ça, tous les deux ? Tu as quand même couché avec un autre mec juste sous mon nez.

— C'est toi qui l'as voulu.

— Tu vois bien que je suis un individu peu recommandable.

— Bon ben de toute façon je viendrai pas à Marseille avec toi. J'déteste cette ville. Mais j'te dis juste de faire gaffe avec Laurent. J'le sens vraiment pas. J'ai préféré l'autre, en fait, le rebeu.

— Il est pas rebeu : sa mère est française.

— Ouais, ben il a une tête de rebeu. Une bonne tête, cela dit. Alors que l'autre, Laurent, il a vraiment l'air d'une racaille.

— Et encore, je ne t'ai pas fait lire le mail qu'il vient de m'envoyer. Sans compter la photo qu'il a mise en ligne : sa femme, ligotée et bâillonnée.

Elle éclate de rire :

— Et c'est ce mec avec qui tu vas boire des coups

demain ! T'es aussi malade que lui ! Viens pas te plaindre après s'il te fait la misère !

— Tu ne peux pas me quitter, Lauriane.

— Comme t'as dit, on en reparle. Mais te fais pas d'idées : nous deux, c'est bien fini : toutou a une fin.

— C'est quoi, ces conneries ?

— Oh là là, on peut plus rigoler, maintenant ?

— T'es toujours fâchée avec Zach ?

Elle plonge son regard dans le mien et je comprends tout à coup ce qui lui donne cette humeur primesautière, cet éclat, cette gaieté. Elle est amoureuse, elle a des projets, les choses ont dû s'arranger dans mon dos entre Zach et elle, elle est en train d'éjecter de sa vie le vieux barbon tyrannique : tout va bien pour elle, elle peut se permettre d'être gentille et conciliante.

Il n'est même pas 21 heures mais je suis lessivé. Je monte me mettre au lit, tirer mon drap de soie noire, autre cliché, je sais, sur mes soucis et mes inquiétudes.

Laurent

4 juillet

Si j'ai bien compris le fonctionnement de mon beau-père, c'est le lundi, donc aujourd'hui, qu'il voit sa poule marseillaise. Je me demande ce qu'il peut bien raconter à Marianne pour justifier le fait de se rendre à Marseille au moins une fois par semaine. Cela dit, ils ont peut-être un de ces arrangements bourgeois où l'épouse ferme les yeux sur les frasques de son mari. Très peu pour moi. Je n'aurais jamais toléré que Delphine me trompe.

Delphine qui est toujours ligotée sur la chaise de sa grand-mère... Je monte la voir, histoire de m'assurer que tout va bien et lui donner à boire. Pour la bouffe, elle attendra que je sois mieux disposé à son égard. Sitôt le bâillon ôté, elle commence à pousser des glapissements de pintade, ce qui fait que je lui envoie la gourde de métal en pleine poire. Je n'avais pas prévu de lui faire mal et je reste pétrifié devant le sang qui se met à couler de son arcade sourcilière.

J'insère le goulot de la gourde entre ses lèvres et la force à avaler un peu d'eau. Ensuite, je remets le bâillon. Sourd à ses grognements et ahanements, je vérifie ses liens : elle n'est pas parvenue à les desserrer, même après toute une nuit de ce que j'imagine avoir été des efforts forcenés. Hier, j'ai cadenassé la fenêtre et suis allé acheter un loquet que j'ai posé sur la porte de notre chambre, ce nid d'amour devenu antichambre de la mort.

C'est du moins ainsi que Delphine doit voir les choses. Absolument. Je veux qu'elle ait peur, qu'elle craigne pour sa vie, qu'elle comprenne qu'elle est complètement à ma merci et qu'il en sera toujours ainsi. Cette grosse pute ne m'échappera pas. Elle est à moi. De toute façon, à part moi, qui en voudra ?

C'est très exactement le discours que je lui tiens, une fois le bâillon solidement noué derrière sa nuque :

— Qu'est-ce que tu feras si tu me quittes, Delphine ? Tu t'imagines que tu pourras refaire ta vie ? Que tu effaceras d'un coup vingt ans passés avec ce pauvre Laurent Sportiello, ce plouc qui ne te méritait pas ? Tu te fais des idées, ma pauvre fille !

Elle roule des yeux, en signe de dénégation affolée, j'imagine. Mais je continue impitoyablement :

— Tu te regardes dans la glace, parfois, Delphine ? Tu te mets à poil devant ton miroir de temps en temps ? Non, hein ? C'est pas ton genre. Si ça se trouve, ton Dieu te l'interdit… Bon, ben si tu le faisais, tu verrais que c'est la Bérézina. T'as dû prendre au moins trente kilos depuis que je te connais. T'as de la cellulite, des vergetures, des varices… Et c'est pas parti pour s'arranger, hein ! Et je te parle même pas de ta poitrine, parce que bientôt, tu pourras jouer au foot avec !

C'est faux. Delphine a encore une très belle poitrine. Mais chez toute nana, même la plus magnifique, se cache un paquet de complexes. J'ai connu des canons qui ne s'autorisaient pas le maillot deux-pièces, des top-models qui se trouvaient énormes, des filles sublimes qui bloquaient sur leur nez, leur menton, leur cul, que sais-je... Si elles savaient à quel point les mecs rentrent peu dans le détail, à quel point ils s'en foutent, d'une bosse sur le nez, de hanches trop larges, de cernes trop marqués, tout ce avec quoi les femmes se pourrissent la vie et qu'elles sont les seules à remarquer !

— En plus, t'as des rides, t'as de la couperose, aussi ! Eh ouais, c'est fragile une peau de blonde ! Pour moi ça va : je t'ai vue vieillir, te transformer, j'étais prêt à t'aider à passer des caps difficiles, la ménopause, tout ça ! Mais quel autre mec ferait ça, hein, dis-moi ? Si tu me quittes, tu vas vieillir toute seule. Bon, O.K., t'auras les enfants : mais pour combien de temps ? Ils vont pas rester éternellement, les enfants ! Tu me diras, t'as Dieu, tu seras jamais toute seule ! Mais c'est pas Dieu qui va te tenir chaud quand tu te retrouveras sans moi au plumard ! C'est pas Dieu qui va te fourrer sa grosse bite au fond de la chatte ! Parce que je te connais, Delphine, je te connais mieux que tu ne te connais toi-même : en matière de cul, t'as de gros besoins ! L'abstinence sexuelle, c'est pas pour toi : ça te monterait au cerveau en moins deux, de pas te faire bourrer, tu deviendrais complètement dingue ! Tu es une chaudasse, Delphine, ne le nie pas ! Tu es une grosse salope !

Comme ça m'arrive de plus en plus fréquemment, les mots se bousculent, précèdent ma pensée, échappent au contrôle de ma volonté, ma vue se brouille, je ne suis plus qu'une vague de rage bouillonnante, tourbillonnante et rougeoyante, qui s'abat sur Delphine, mais qui pourrait ravager n'importe qui d'autre.

C'est pour ça que je suis parti aussi vite de chez Reynald l'autre soir. Si j'étais resté, je crois que j'aurais pu tuer Lauriane. Oui, Lauriane de préférence aux trois autres. Elle m'énerve avec son petit sourire et sa conviction stupide d'être irrésistible : connasse, j'aurais très bien pu ne pas te baiser, je l'ai fait pour ton mec et pas du tout parce que tu m'excites !

Cela dit, un mot de trop, et j'aurais très bien pu m'en prendre aussi à Reynald, à Farouk, ou à la copine de Lauriane. J'avais des picotements au bout des doigts, les yeux me brûlaient, mes mâchoires se tétanisaient, j'avais envie d'en découdre, et la séance de cul avec cette conne n'a fait que me mettre encore plus à cran. Je sais qu'il y a des mecs qui s'endorment après l'amour, mais ça n'a jamais été mon style. Baiser, ça me recharge : j'aurais dû être hardeur.

Bref, j'ai bien fait de partir, mais là, la colère me rattrape. Finalement, ma vieille rage, la frustration, la rancœur, la fureur, ne m'auront laissé que vingt ans de répit : les vingt années de mon mariage avec Delphine, la naissance de nos trois enfants, mon ascension inespérée et fulgurante à l'Immobilière Gyptis.

Mon licenciement a balayé ce calme trompeur,

a ressuscité en moins de deux le minot teigneux Aygalades. À moins qu'il n'ait jamais vraiment disparu, ce minot, qu'il ait toujours été là, attendant l'heure inévitable de sa résurrection, le moment où j'aurais besoin de lui, de ses réflexes fulgurants, de son sens de la débrouille, de son art de la survie en milieu hostile.

Delphine ne le sait pas, mais celui qu'elle a en face d'elle n'est pas son mari, ce Monsieur Sportiello un peu brut de décoffrage mais finalement si convenable et sachant se tenir. Je suis Lo, du bâtiment D de la résidence des Lions. « Résidence », un joli mot pour désigner des barres HLM pas pires que d'autres, mais lieu de relégation sociale quand même.

Non, je ne peux même pas dire que je suis Lo, parce que Lo avait au moins l'espoir de s'en sortir, la confiance obscure en sa bonne étoile. Tandis que là... Qu'est-ce qui me reste comme perspective ? Faire chanter mon beau-père et zigouiller toute ma famille ?

Devant Delphine, qui gigote de plus belle et émet des cris de protestation bien amortis par le bâillon, j'éclate d'un rire dément.

— Les enfants rentrent demain ?
— Mmmmm.
— Eh bien, nous avons jusqu'à demain pour trouver une solution. En attendant, je sors. J'ai besoin de prendre l'air.

Dans le sac de Delphine, je trouve son portable et écoute ses messages. Un seul, de Romane, qui demande à quelle heure elle viendra les chercher.

n texto : « Mardi ou mercredi en
   vous va, mes chéris ? Profitez
   bonne-maman. » C'est tout à fait le
   Delphine, et je ne tarde à recevoir la réponse
   ectueuse de Romane : « O.K. ma mounette. À
demain. » Ma mounette ! J'embarque le portable avec moi et je pars pour Castellane avec l'intention d'entamer un tour de guet dans le bar-tabac où mon beau-père vient approvisionner sa pute en Winston.

Il est midi quand j'y pénètre et je vois tout de suite que, contrairement aux deux dernières fois, le crapaud est au comptoir avec la brune de l'autre fois : robe dos nu orange, sandales compensées à talons de paille, rouge à lèvres toujours aussi éclatant. Vraiment très baisable.

Je bats en retraite illico : je peux compter sur mes réflexes. Que faire ? Que je les surprenne là, ou dans la voiture du crapaud, qu'est-ce que ça change ? Le mieux, c'est quand même d'obtenir une photo compromettante. Le portable de Delphine est là pour ça : il fait de bien meilleures photos que le mien. Je le sais, c'est moi qui le lui ai choisi, amoureusement, après avoir lu de multiples comparatifs en ligne et une kyrielle de commentaires d'utilisateurs, histoire de lui offrir exactement le portable qui correspondait à l'usage qu'elle en ferait. Salope ! Elle ne me mérite pas !

Je n'ai pas à attendre longtemps depuis le trottoir où je me suis planté. À travers la vitrine, je mitraille mon beau-père en train d'enlacer sa pute, de lui glisser des baisers dans le cou, de l'attirer contre lui. Je vérifie les photos obtenues : bingo ! Les unes à la suite des autres, elles constituent un court métrage très convaincant : Marianne ne pourra pas douter une seule seconde qu'elle est cocue, et Delphine sera enfin édifiée sur le compte de son pôpa.

Je fais irruption dans le bar, et sous le regard saisi de mon beau-père, j'intime à la brune de foutre le camp :

— Tire-toi !

Interloquée, elle bredouille je ne sais quoi à l'intention du crapaud, qui a viré au verdâtre, très conformément à la nature batracienne que je subodorais en lui depuis longtemps.

— Tu peux nous laisser, Céline. Va dans la voiture.

Il lui file les clefs de la Merco, et elle ne se le fait pas dire deux fois. Je peux être très intimidant, quand je veux.

— On dirait que je vous ai grillé, Hubert. Elle est pas mal, d'ailleurs, pour une pute : vous l'avez levée où ?

— C'est une amie. La fille d'un ami, plus exactement.

— C'est pas une raison pour lui rouler des pelles dans un endroit public.

— Je ne lui... roulais pas de pelles.

Je brandis le portable de Delphine. Peu de chances qu'il le reconnaisse.

— J'ai des preuves. Je les tiens à la disposition de Marianne, Delphine, Clotilde, Jérôme, tout le monde. Il serait peut-être temps que toute la jolie famille Signac sache que vous êtes un gros porc dégueulasse.

— Laurent, je ne vous permets pas de...
— Hubert, vous n'avez rien à me permettre ou à m'interdire. Vous avez perdu toute légitimité pour me faire la leçon. J'ai sans doute beaucoup de défauts à vos yeux, mais moi, au moins, je n'ai jamais trompé ma femme.

Tu parles ! Je ne peux même plus compter les nanas que je me suis mises sur le bout depuis que Delphine et moi sommes mariés. Il n'y a même pas eu de trêve des confiseurs : je l'ai cocufiée dès nos premiers mois de mariage. Et ça ne m'empêche pas de l'aimer profondément. Peut-être l'ai-je d'autant plus trompée que je l'aimais et l'admirais. En la trompant, je reprenais le dessus, je me persuadais que je ne lui étais pas acquis, je me *retrouvais*. Et en rentrant à la maison après ces coups de canif dans le contrat, j'étais d'autant mieux disposé envers ma femme et mes enfants que je savais pouvoir leur échapper à tout moment et être autre chose qu'un époux et un père.

Le crapaud se tortille devant moi, attendant que je parle, que je lui dise où je veux en venir. Il ne va pas être déçu :

— Hubert, c'est très simple, si vous ne voulez pas que vos cochonneries vous explosent à la figure et que toute la famille soit au courant, il va falloir faire un petit effort.

— Qu'est-ce que tu veux, Laurent ?

Il est passé au tutoiement. Brutalement. Pour la première fois depuis vingt ans que je le fréquente, il laisse tomber ses bonnes manières aixoises, sa politesse affectée, sa fausse amabilité.

— Je veux du fric. Cent mille euros.

Il lève un sourcil offusqué :
— Ils ne te payent pas assez cher à la Gyptis ?
— Cent mille euros, c'est pas grand-chose pour vous.
— Qu'est-ce que tu en sais ?
— Vous en avez mis pas mal à gauche, non ?
— C'est vrai. Mais c'est pour mes enfants et mes petits-enfants.
— Dites-vous que vous me faites une petite avance sur l'héritage.
— Qu'est-ce que tu vas faire de cent mille euros ?
— Votre fille chérie me coûte très cher : elle a des goûts de luxe, Delphine.
— Ne me prends pas pour un con.
— Et toi, ne t'occupe pas de ce que je vais faire de cet argent. Demande-toi plutôt pourquoi tu as tout intérêt à me le filer.

Moi aussi, je passe au tutoiement. Pas question que je traite ce connard avec ménagement.

— Justement, je n'ai aucun intérêt à céder à ton petit chantage ignoble. Parce qu'après cent mille euros, tu en voudras encore cent mille, et encore cent mille. Les maîtres chanteurs ne s'arrêtent jamais en si bon chemin : ils en veulent toujours plus.
— Tu crois que tu as le choix ? Tu crois que Marianne supportera d'apprendre que son mari baise avec une fille de vingt-cinq ans ? Sans compter que ça ne doit pas être la première fois que tu la cocufies. Ça m'étonnerait que tu entames ta carrière de mari volage à soixante-quinze ans !

D'un geste étonnamment preste, il essaie d'attraper le portable de sa fille, que j'ai imprudemment posé sur le bar, mais je plaque brutalement son poignet contre le comptoir. Il couine, de peur ou de douleur, je ne sais pas.

— Pas de ça, Hubert !

Je jouis de voir la terreur, la honte et la confusion, dans les yeux de ce connard qui me prend de haut depuis toujours. Il écume :

— Tu crois quand même pas que je vais me laisser faire par un petit salopard de ton espèce ?

— Je me ferai un plaisir de révéler ta petite aventure marseillaise à toute la famille, pas plus tard que dimanche prochain. Je crois que ça me comblerait autant que ton sale fric, finalement !

— Vous ne partez plus en Grèce ?

— Ah oui, c'est vrai. Dans ce cas, nous pouvons convenir d'un conseil de famille extraordinaire : la fin justifie les moyens. Que dirais-tu de demain soir ? Ce soir, je suis pris, désolé.

Il bafouille. Les yeux lui sortent de la tête, il serre et desserre les poings alternativement. Puis il capitule :

— Je... je vais réfléchir. Donne-moi un peu de temps.

— Je te donne jusqu'à ce soir. Je t'appelle tout à l'heure.

Il se rue hors du bar, la queue entre les jambes. C'est ça, Hubert, tire-toi, et mes amitiés à Marianne !

Étonnant comme cet intermède m'a remonté le moral. Je rentre à la maison voir Delphine. Passant outre à ses protestations éraillées, je lui donne de nouveau à boire, et je vérifie de nouveau que ses liens tiennent. Je l'ai trouvée à terre : elle a dû faire tomber la chaise par ses gesticulations, mais elle est bien avancée, là, gisant sur le flanc et toujours incapable de faire un geste ou d'émettre autre chose que des grognements sourds !

— Ton père est un enculé de première, lui ai-je asséné. Tu savais qu'il trompait ta mère avec une brune de vingt ans de moins que toi ? Une très jolie fille, d'ailleurs. Une pute, forcément. Ton père ne peut plus vraiment compter sur sa séduction naturelle, si tu vois ce que je veux dire : il doit lui allonger pas mal de fric.

Sur les tempes de Delphine, les veines se gonflent, elle halète sous le bâillon que je viens de lui remettre. Soudain, ma situation m'apparaît dans toute son horreur irréfutable. Je ne doute pas d'obtenir d'Hubert qu'il me file mes cent mille euros. Mais avec Delphine, et donc avec les enfants, c'est définitivement grillé. Quand bien même mon beau-père me remettrait à flot, quand bien même je retrouverais du boulot, Delphine ne me pardonnera jamais ce que je suis en train de lui faire vivre.

Je n'ai pas mangé depuis la veille, l'adrénaline irrigue mes veines et la rage ne m'a pas lâché. J'ôte le bâillon de Delphine, qui éclate en sanglots convulsifs.

— Laurent, Laurent...

— Quoi, Laurent, Laurent ? Tu m'aimes ? Tu veux que je t'en mette un bon coup ?

— Détache-moi. Laisse-moi partir.

Échevelée, hoquetante, le visage barbouillé de sang et de sueur, elle est pathétique mais ne m'émeut pas : Delphine est juste une pute à laquelle j'ai sacrifié vingt ans de ma vie. Pour rien. Tous les efforts, tous les sacrifices que j'ai pu faire, à commencer par celui de ma propre mère, immolée sur l'autel de la respectabilité des Signac, reléguée, jugée indigne en tant que belle-mère de Delphine et grand-mère de ses précieux petits chéris, toutes les concessions que j'ai pu faire seront balayées sitôt que je l'aurai relâchée. Elle fuira loin de moi, elle m'enlèvera mes enfants. Il ne s'agit même plus de savoir si je dois ou non lui avouer que je suis au chômage depuis six mois, il ne s'agit même plus de savoir si elle me pardonnera six mois de mensonge, non, nous n'en sommes plus là.

Où en sommes-nous d'ailleurs ? La vie d'avant ne peut plus reprendre. La vie d'après est inimaginable. Il m'apparaît soudain que si je veux garder mes enfants il faut que je tue leur mère.

Fini le brouillard rougeoyant, la rage qui paralyse le cerveau, les pensées qui se bousculent, la raison qui se fait la malle : au contraire, je suis très calme, très lucide, pour la première fois depuis longtemps. En me débarrassant de Delphine, je change radicalement la donne.

Sur le plan financier d'abord, puisque je suis le bénéficiaire de l'assurance-vie que nous avons souscrite au début de notre mariage, et que j'aurai droit à une pension de réversion, probablement modeste, mais toujours bonne à prendre. D'autant qu'une fois Delphine morte, il me sera tout à fait possible de réduire la voilure, de renoncer aux écoles cathos pour les gamins, de revendre l'Audi, sans compter toutes les dépenses que je ne faisais que pour impressionner ou satisfaire mon épouse : les restos, les bijoux, les locations estivales hors de prix, les adhésions au club de tennis pour tous les membres de la famille... Tel que je me connais, je suis capable de vivre avec très peu de chose : fondamentalement, je ne suis pas un consommateur, je ne l'ai été que par conformisme social, pour que la famille Sportiello tienne son rang au milieu de tous les bourges de Saint-Julien. Quant aux enfants, il n'est pas trop tard pour qu'ils apprennent la frugalité et l'ascétisme, comme leur père.

Mais qu'on se le dise, ma motivation première n'est pas crapuleuse. Une fois Delphine morte, je deviendrai seul maître à bord, je reprendrai de l'ascendant sur mes enfants, je les soustrairai à toutes les influences néfastes, ma belle-famille, les bonnes sœurs, les curés, et tous les petits amis bon chic bon genre qu'ils se sont faits entre l'école, l'aumônerie, le conservatoire de musique, le club de tennis... Je ferai le ménage dans tout ça.

L'autre avantage de mon veuvage sera aussi que j'y gagnerai une sorte d'aura tragique qui en imposera, y compris au crapaud.

Merde, le crapaud ! Vu notre dernière conversation, il sera le premier à trouver suspecte la mort de sa fille ! Pas question de toucher tranquillement l'assurance, avec lui qui viendra fouiner et mettre son nez dans mes affaires. Je quitte la chambre sans même un regard à Delphine : je crois que dans mon esprit son sort est réglé. Comme l'est aussi celui de son père : ils seront unis dans la mort, voilà tout. Quant aux modalités de ces noces macabres, j'ai quelques heures pour y réfléchir et je vais profiter de mon acuité intellectuelle, de mon esprit aiguisé par le jeûne et l'entraînement pour mettre au point ma solution finale à moi.

Farouk

5 juillet

Quand, sur un ton désinvolte, j'annonce que je sors ce soir, Chloé a un regard étrange, paraît sur le point de dire quelque chose, puis se ravise et retourne vaquer à ses occupations. Elle est déjà dans les sacs et les valises, dresse des listes, repasse des fringues. C'est elle qui s'est occupée de la voiture, a vérifié les niveaux d'eau et d'huile, fait regonfler les pneus... Comme d'habitude. À elle l'organisation pratique du voyage et du séjour, à moi les rêveries rousseauistes et les discours lyriques sur le lac d'Annecy.

Mais pour l'instant, je n'ai pas envie de penser à ce moment où nous allons nous retrouver tous les quatre dans les montagnes haut-savoyardes, sans échappatoire possible, sans possibilité de virées à la Luna ou de déambulations solitaires dans les rues de ma ville. Déambulations qui finissent invariablement par me mener dans le salon de mes parents.

Cet après-midi, mon père m'a surpris. Comme d'habitude, j'avais prévenu que je ne restais pas, que je ne faisais que passer, mais ma mère préparait déjà le café, cherchait des gâteaux à me proposer, ne trouvait rien dans ses placards et pestait toute seule dans sa cuisine. Mon père me regardait paisiblement, souriait de l'énervement de sa femme, la taquinait même un peu :

— Comment on va faire si tu peux même plus nourrir ton dernier fils ? Là, c'est sûr, il va mourir de faim ! Si tu lui trouves pas tout de suite quelque chose à se mettre sous la dent, ça va mal aller !

— Maman, c'est pas grave, j'ai pas faim, je sors de table !

— Oui, mais pour aller avec le café, quand même ! Ahmed, tu veux pas descendre acheter des gâteaux ?

— Mais puisqu'il te dit qu'il ne veut rien !

Puis, s'adressant à moi sans coup férir :

— Je t'ai déjà raconté pourquoi tu t'appelais Farouk ?

— Non.

En fait, je m'étais déjà posé la question, sans aller jusqu'à questionner mon père. C'est vrai ça, pourquoi est-ce que mes frères s'appellent Hassan et Fouad, c'est-à-dire vraiment les Pierre et Paul du Maroc, alors que pour moi on a opté pour quelque chose de nettement plus singulier ?

— Avant ta naissance (on n'avait que Hassan à ce moment-là) j'ai rencontré un poète égyptien qui s'appelait Farouk. Il écrivait de très belles chansons. Avec le groupe, on en a joué quelques-unes. Et surtout, avec lui, on parlait, on parlait la nuit entière, on buvait, on fumait, on refaisait le monde. J'adorais l'écouter : il me disait des choses que je croyais être le seul à penser, il arrivait à les exprimer alors que j'aurais jamais pu. Et il récitait, pendant des heures, du Mahmoud Darwich ou du Ahmed Fouad Najm. C'est lui qui m'a fait connaître Mahmoud Darwich ! Je l'aimais beaucoup. Il s'est tué en voiture sur la Gineste, quand ta mère t'attendait. Je me suis juré que si j'avais le malheur d'avoir encore un fils, il s'appellerait Farouk !

Il a éclaté de rire, s'est essuyé les yeux et a ajouté :

— Tu l'as échappé belle, parce que si tu avais été une fille, tu te serais appelée Loubna !

— Ben quoi, c'est joli, Loubna...

— Ouais. En tout cas, j'ai prié pour que tu sois un poète, et ça a marché, tu vois...

— Mais papa, je ne suis pas un poète !

Ma mère revenait avec le café, souriait de mes dénégations :

— Quand même, Farouk, tu peux pas dire ça ! Tu es un peu notre poète, en tout cas !

— Oui, c'est sûr, à côté de Hassan et Fouad !

— Tous ces textes que tu connais par cœur !

— J'aime la poésie, ça ne fait pas de moi un poète.

Ils me regardaient avec un air à la fois attendri et admiratif. Ça m'a fait du bien, ce regard. Ils étaient purs, mes parents. Ça n'empêchait pas mon père d'être un vieux renard, un homme à qui on ne la faisait pas. Et ma mère n'était pas non plus une perdrix de l'année. Ils connaissaient la vie, tous les deux. Mais les néonaticides, les bébés congelés, et accessoirement la sexualité candauliste, ça, ça outrepassait largement leurs capacités de compréhension et d'acceptation. J'étais un poète, ouais. Mais je me débattais dans un thriller aussi invraisemblable que terrifiant. Un truc pour lequel je n'aurais même pas donné les sept euros que j'étais prêt à mettre pour un bon roman de gare, un truc à lire dans quelques jours sur les rives du lac d'Annecy.

Si j'avais su… Si j'avais pu deviner quel tournant encore plus abominable le thriller allait prendre ! J'étais encore loin du compte avec l'infidélité de ma femme et le fruit bleu de ses amours adultères dans le congélateur familial, loin, bien loin du compte ! Mais pour l'heure, ignorant sinon innocent, j'ai terminé mon café, embrassé mes parents, et suis parti, bien décidé à me promener encore, entre Noailles et le Panier, peut-être pousser jusqu'à la plage des Catalans. Tuer le temps jusqu'à ce qu'il soit l'heure de retrouver Reynald et Laurent.

Contrairement à ce que j'ai prétendu, je n'avais pas mangé de la journée, et vers 20 heures, j'ai fini par me retrouver gare de l'Est, sur une petite place que j'aime bien, chez un Sénégalais qui sert un très bon poisson grillé. Mais l'impatience de revoir les deux autres me coupait l'appétit et j'ai laissé la moitié du riz sauce, grignoté le filet d'un poisson que je ne parvenais même pas à identifier, moi qui dès mon plus jeune âge ai pourtant accompagné mon père au marché tous les dimanches et discuté avec lui le prix de la rascasse ou de la dorade.

À 21 h 30 pile, je pousse la porte de la Luna. Façon de parler, d'ailleurs, puisqu'elle est grande ouverte, histoire d'attirer le gogo, de le piéger avec la lumière intime dispensée par des appliques art déco, avec les affiches coloniales, la pose alanguie de Sapphire au comptoir, toute une couleur locale portuaire et interlope qui me laisse assez insensible, je dois l'avouer. Laurent est déjà là et Reynald ne tarde pas à entrer à son tour. Avant même que Laurent n'ouvre la bouche, je sais que ça ne va pas du tout. Son visage est agité de tics, sa bouche se tord et il grommelle des phrases incompréhensibles mais visiblement acrimonieuses. Il remarque à peine notre arrivée, tend une main distraite au-dessus de son verre puis recommence à marmonner dans son coin.

D'abord saisis et pétrifiés, Reynald et moi mettons du temps à entamer la conversation. Très vite, nous faisons comme si Laurent n'était pas là. Pour l'instant, en tout cas, il ne nous entend pas.

— Qu'est-ce qui lui arrive ?
— Sais pas. Mais il disjoncte.
— Qu'est-ce qu'on fait ?
— Rien. Attendons de voir. S'il reste dans cet état, on ira boire un coup ailleurs. Tu vas bien ?
— Pas terrible. Et toi ?
— Lauriane veut divorcer. J'avais beau m'y attendre un peu, ça me fait drôle.

« Ça me fait drôle » : à moi de détecter l'euphémisme, de comprendre qu'il souffre terriblement. Cette souffrance, je la lis dans son regard, mais surtout, elle transparaît dans le relâchement de sa tenue. Il porte une sorte de bermuda délavé et avachi, des tongs, et un polo rose, constellé de petites taches de gras, des « bougnettes », aurait dit ma mère en bonne Marseillaise.

— Qu'est-ce qui va se passer ? Tu refuses ?
— On ne refuse pas le divorce. Il y a quand même un principe élémentaire de liberté à respecter : elle veut se barrer, elle ne m'aime plus, elle en aime un autre, un autre qui a son âge, et qui ne doit pas avoir de problème pour la baiser, lui. Qu'est-ce que tu veux que j'y fasse ?
— Tu le connais, cet autre ?
— À peine. Un branleur.

Au souvenir de Marc et Chloé enlacés dans la cuisine, je sens un frisson de compassion me secouer l'échine :

— Tu es jaloux ?
— Pas du tout. Ce n'est pas dans ma nature. Tu as bien vu l'autre fois : j'ai quand même poussé ma femme dans les bras de Laurent.
— L'autre fois, ça ne prouve rien du tout. Tu crois que les candaulistes ne sont pas jaloux ?
— Effectivement, ils ne le sont pas. Autrement ils ne seraient pas candaulistes.
— Je me suis posé la question, figure-toi, et j'en suis arrivé à la conclusion inverse, à savoir qu'on pouvait être candauliste par jalousie.
— Tu as le goût des paradoxes, mon cher Honoré[13]. Mais je ne demande qu'à te suivre dans tes raisonnements.

Il s'est peut-être relâché sur le plan vestimentaire, mais sa diction reste précise, son phrasé un peu ampoulé. Et pas question pour lui d'omettre une négation.

— *Puisque ces mystères m'échappent, feignons d'en être l'organisateur.*

— Cocteau ! S'exclame-t-il avec ravissement.
— Oui. Et ça s'applique très bien au mari candauliste. Je pense qu'il n'a qu'une peur, précisément : être trompé par sa nana. Ça le hante, ça le ronge, ça le consume. Alors, il devance l'appel. Plutôt que de subir la trahison, il s'en fait le maître d'œuvre. Comme ça, il peut se raconter des histoires, se dire que sa nana ne lui est pas infidèle, qu'elle ne prend pas son pied avec un autre mec, mais qu'elle est sa complice, qu'elle fait ça *pour* lui, pour resserrer leur intimité. L'infidélité cesse d'en être une, l'amant est évincé, le rival n'est qu'un pion entre les mains du mari : la jalousie n'a pas lieu d'être, bingo !
— J'ai une autre interprétation. Je pense que le candauliste est d'autant moins jaloux que l'objet de son désir, ce n'est pas sa femme, c'est l'amant.
— Les candaulistes seraient tous des homos honteux ?
— Non.
— Je ne comprends pas : s'ils désirent l'autre homme, le cocufieur, ils sont bien pédés, non ?
— Je maintiens que non : si j'en crois ma modeste expérience, c'est beaucoup plus compliqué. L'autre soir, c'est surtout Laurent que je regardais, mais je n'avais pas précisément envie de lui. Envie *d'être* lui, plutôt, envie d'avoir son corps, sa puissance, sa virilité. J'aurais voulu pénétrer Lauriane, moi aussi, mais à sa façon à lui, avec ses gestes, son regard, son absence de considération pour Lauriane et pour nous, son indifférence magnifique...
— C'est marrant. Moi, en rentrant, je me suis dit que ce n'était décidément pas pour moi, le

candaulisme. Je n'aurais jamais supporté, je me serais effondré, liquéfié. Et je ne suis pas sûr que j'aurais pu toucher Chloé après ça.

— Tu as bien refait l'amour avec elle après avoir appris qu'elle te trompait !

— Non, justement. Ça fait plus de deux mois qu'on ne l'a plus fait.

— Ah bon, tu ne m'avais pas dit ça !

Non, Reynald, je ne t'ai pas dit ça. Pas plus que je ne t'ai dit que le troisième enfant de ma femme n'est pas de moi et qu'il cherche en vain le repos éternel dans mon congélateur quatre cents litres. Repos qu'il ne risque pas de trouver vu que je viens le déranger de temps en temps. Et qui sait si Chloé ne fait pas de même ? Il faudrait que j'installe des repères, un cheveu, un signet quelconque, quelque chose qu'elle déplacerait en venant bercer le fruit de ses amours coupables, si tant est qu'elle le fasse. Peut-être l'a-t-elle complètement oublié, refoulé avec l'adultère et l'infanticide ?

Je suis sur le point de parler à Reynald de mon inavouable fantôme, et puis je me ravise. Pour plein de raisons qui ne remettent pas en cause la confiance que je lui accorde. Et entre autres parce que ce soir, ce sont ses souffrances à lui qui doivent passer au premier plan, pas les miennes.

Il sera toujours temps pour moi de lui en parler plus tard, si je passe outre à la répugnance qui me fait considérer le bébé du congélateur comme un secret beaucoup plus intime que tout le reste, ma situation de mâle dominé, ma servitude volontaire, ma jalousie térébrante, ma fascination-répulsion pour le candaulisme, tout ce que j'ai avoué à Reynald et Laurent dès notre première rencontre. Après un moment de silence contraint, je reprends :

— Je n'y arrive plus. Je la désire toujours, mais j'ai l'impression que si je la touche, si je commence à la caresser, je vais perdre les pédales et tout déballer.

— Je ne vois pas où serait le mal…

— J'ai l'impression que notre couple ne tient que parce que nous n'abordons pas le sujet de sa liaison avec Marc.

— Qu'est-ce qui se passera si vous en parlez ?

— Déflagration, apocalypse. Fin de notre petite famille.

— Qu'est-ce que tu en sais ?

— Je n'en sais rien : je le redoute.

— Parfois, mieux vaut crever l'abcès.

— Il est trop purulent, cet abcès. La douleur serait trop forte : je préfère attendre qu'il se résorbe tout seul.

— Peu probable. Surtout si tu ne couches plus avec ta femme. Il va s'enkyster, au contraire.

Nous continuons à filer la métaphore médicale, prenant le même plaisir à faire surgir des images morbides, de pus, de sang, de bistouri, de gangrène… Rire de ma situation, voilà ce que je peux me permettre avec Reynald, et seulement avec lui.

Nous en revenons à sa situation à lui, la séparation d'avec Lauriane qui se profile. Il me cite Proust, la fin d'*Un amour de Swann*. Lauriane est son Odette de Crécy : il ne la tient pas en très haute estime, il sait qu'elle est inculte, velléitaire, influençable, un peu vulgaire, mais elle lui est indispensable. Il finit par reconnaître qu'il l'aime. Qu'il s'est bercé d'illusions en pensant que leur mariage n'était qu'une association d'intérêts, et Lauriane une source de revenus et rien de plus. Non, ça va beaucoup plus loin. Malheureusement.

À ce stade de notre conversation, Laurent semble enfin sortir de sa transe et intervient :

— Reynald, si tu te laisses faire par cette pute, t'es qu'un enculé !

Reynald soupire avec lassitude :

— Laurent, commence par perdre cette habitude de traiter toutes les femmes de putes !

— C'est ce qu'elles sont. Toutes. Et les nôtres en particulier.

Il éclate de rire et commande une nouvelle tournée pour tout le monde. Il semble avoir recouvré sa lucidité. Les verres arrivent, il lève le sien en direction de Reynald :

— À nous ! Ma femme aussi veut divorcer ! Sauf que moi, je suis pas une tarlouze comme toi : pas question qu'elle se barre, qu'elle me prenne les enfants, la maison !

Reynald avale pensivement une gorgée du whisky ambré que Mado vient de nous apporter :

— Encore heureux que je n'aie pas eu d'enfants... Avec aucune de mes trois femmes.

— Tu dis des conneries : les enfants, c'est ce qui nous sauve de l'insignifiance et de la vanité de l'existence, pas vrai, Farouk ?

Que dire ? Que je n'envisage pas ma vie sans Lila et Farès ? Comment faire comprendre ça à un quinquagénaire nullipare qui se félicite de ne pas avoir procréé ? Je hausse les épaules sans répondre. De toute façon, Laurent est lancé : peu importe qu'on lui réponde ou non.

— Je laisserai pas Delphine me prendre les miens ! Ils sont à moi. La chair de ma chair. Et vous deux, vous êtes des connards de vous laisser faire par vos nanas ! Depuis quand c'est les nanas qui font la loi ?

— Laurent, ta misogynie primaire m'afflige !

— Et moi, c'est ta connerie primaire qui m'afflige ! Et Farouk ne vaut pas mieux ! T'as pas baisé ta femme depuis deux mois, Farouk ? Grossière erreur ! Faut que tu la baises jusqu'à ce que le foutre lui sorte par les narines, au contraire ! Faut que tu lui fasses regretter de t'avoir fait cocu ! Faut que tu la rétames, que tu la niques à mort, qu'elle sache même plus où elle habite ni comment elle s'appelle ! Nique-la à mort, à mort !

Tiens, Laurent nous a écoutés, finalement, il a suivi la conversation tout en soliloquant de son côté. Cela dit, Mado, Sapphire et les autres clients commencent à se retourner sur nous avec un peu d'inquiétude. Reynald invite Laurent à baisser la voix. Mal lui en prend :

— T'as pas d'ordre à me donner ! T'es même pas capable de te faire obéir de ta propre femme ! Je l'ai baisée, moi, ta nana, et j'ai tout de suite compris ce qu'il lui fallait ! T'es là, à prendre des gants avec elle, à la ménager ! Putain, mais Lauriane, il faut la tabasser ! C'est ça qu'elle aime ! Ça se voit tout de suite ! Pas besoin d'avoir fait Polytechnique, comme vous deux ! Ah ça, pour la parlote, vous êtes forts ! Mais pour agir, plus personne ! Lauriane, c'est une vicieuse, elle le porte sur son visage ! Cogne-la et elle viendra te manger dans la main ! Elle viendra la sucer, ta queue, et à quatre pattes, encore !

Je consulte Reynald du regard et j'y lis le même sentiment de colère et de dégoût. Il désigne la porte d'un coup de menton.

— On va y aller, nous, Laurent.

Sur la table, les poings de Laurent se desserrent brutalement et son visage se décompose :

— Vous allez où ?

— On s'en va, Laurent : tu déconnes complètement.

— Partez pas !

— Dans ce cas, arrête de débloquer.

— O.K. J'arrête.

Changement de cap : il cesse d'éructer et baisse la tête d'un air soumis qui ne lui ressemble pas. Mais quand il la relève, ce que je lis dans ses yeux me glace les sangs. Soit il a pris quelque chose, soit il est complètement barré : son regard est celui d'un enfant, un enfant sauvage, façon Victor de l'Aveyron, un enfant fou, privé de repères, livré à ses pulsions et terrifié par elles. Je glisse à Reynald :

— On ne peut pas le laisser comme ça. Je me demande s'il ne faudrait pas l'emmener à la Timone. Je crois qu'ils ont des urgences psychiatriques.

— Tu te fais une haute idée de la psychiatrie si tu penses qu'ils vont prendre Laurent en charge de façon humaine et efficace. Les urgences psy, c'est *Vol au-dessus d'un nid de coucous*.

— Je ne l'ai pas vu.

— Mmmm... Très bon film. Jack Nicholson y est

remarquable. Je crois que Miloš Forman n'a jamais su s'il était vraiment barge ou s'il faisait semblant. En tout cas, je pense qu'il vaut mieux éviter ça à notre ami Laurent. À moins qu'il ne faille éviter Laurent à nos amis les psys : il est capable de leur démolir le portrait en moins de temps qu'il ne faut pour le dire.

Laurent semble de nouveau avoir décroché. Reynald allume un de ses cigares, sans que personne dans le bar n'y trouve à redire. Depuis son comptoir, Mado nous jette de fréquents coups d'œil. Sapphire se laisse lutiner par un client pourtant peu ragoûtant, et même franchement porcin. Mais a-t-elle le choix ? Soudain, Laurent se lève. Son regard a perdu la fixité égarée de tout à l'heure. Il esquisse un sourire, peu convaincant, mais un sourire quand même :

— Bon, les gars, c'est moi qui y vais. Je suis pas de très bonne compagnie ce soir, je m'en rends bien compte. Faut pas m'en vouloir. Je vous donne des nouvelles très vite et on se revoit quand j'irai mieux.

Il sort avant que nous ayons pu réagir, nous laissant perplexes mais vaguement soulagés. Reynald fume et se tait. Le silence s'éternise. Je ne pense à rien. *Je ne pense pas à demain parce que demain c'est loin.* Cette phrase d'une chanson d'I Am me paraît tout à coup extrêmement appropriée. Demain, c'est loin.

Reynald

6 juillet

Nous nous sommes quittés, Farouk et moi, sur la promesse de rester en contact et de nous prévenir mutuellement au cas où Laurent donnerait signe de vie à l'un ou à l'autre. Même si la soirée s'est terminée de façon étrange, elle m'a fait du bien. La conversation avec Farouk m'a permis de mettre mes idées au clair et je suis arrivé à Cassis bien décidé à me montrer encore plus conciliant avec Lauriane.

Ce matin, elle émerge plus tôt que d'habitude, me prenant au dépourvu. Je n'ai encore rien préparé, ne suis pas encore allé à la boulangerie, n'ai pas fait de café ni pressé d'oranges.

— Bof, t'en fais pas, je vais prendre des céréales avec du lait froid.

Elle s'assoit en face de moi avec sa mixture répugnante et m'interroge avec une bonne humeur agressive :

— T'as dormi ?

— Pas vraiment. Tu sais, à mon âge on est toujours un peu insomniaque.

— Oh ça va, Reynald, t'as pas quatre-vingts ans

non plus ! Je déteste quand tu joues les papys ! Ta soirée s'est bien passée ? T'as vu tes potes ?

— Oui.

— C'est tout ce que tu racontes ?

— Tu avais raison pour Laurent, il est vraiment *borderline*.

Elle se trémousse de satisfaction :

— Qu'est-ce qu'il a fait ?

— Rien. Mais il tient des discours complètement démentiels. Tu as réfléchi un peu, sur ce que tu allais faire ces prochains jours ? Et Patsy, elle veut toujours rentrer ?

— Ouais. Patsy veut que tu lui prennes un billet de TGV le plus vite possible. Quant à moi, je me disais qu'on pouvait profiter de la villa encore un peu, et puis rentrer en voiture tous les deux en début de semaine prochaine. Ça te va ?

— Tout me va, Lauriane.

— T'es malade, ou quoi ? D'habitude, tout ce que je propose c'est d'la merde.

— Tu exagères un peu.

— Non, non. En général, quoi que je dise, tu m'fais comprendre que j'suis une grosse conne, que j'dis n'importe quoi, que mes solutions sont pas les bonnes solutions. J'aurais dû t'enregistrer, toutes ces années.

— Et l'album ?

— J'ai pas changé d'avis. J'veux pas sortir « Nage libre ». Propose-le à Joy ou à Ryma.

— C'est une option.

— Hou là là, ça va vraiment pas, toi ! Tu dis oui à tout ! J'ai jamais vu ça !

— Je renonce, Lauriane. Je suis un homme qui renonce. Je veux que tu sois heureuse, et si ça passe par un divorce, eh bien divorçons ! Et si tu ne veux plus sortir « Nage libre », eh bien je vais voir qui peut le reprendre. Joy, c'est une bonne idée. Je la vois mieux, elle, que Ryma, mais je vais en discuter avec Boris et on verra.

— Il va être furieux.

— C'est possible.

— Tu vas m'aider à chanter autre chose ?

— J'en serais très heureux.

— Parce que comme mari, t'assures pas une cacahuète, mais comme manager, t'es top !

Elle éclate d'un rire heureux et enfourne une nouvelle cuillerée de céréales détrempées dans sa jolie bouche. Une bouche à pipe, m'a dit Laurent hier soir, entre autres bordées d'insanités. Pauvre Laurent ! Il a beau être dingue, je l'aime bien. Sa séduction continue à opérer sur moi. Et puis c'est vrai, il a raison, elle a une bouche à pipe, ma femme, des lèvres sombres, pulpeuses, froncées sur une dentition un peu proéminente mais d'une blancheur éblouissante ; une bouche qui inspire forcément des pensées lubriques.

— Il faut que j'te dise, Reynald : j'vais m'faire réopérer des seins.

— Un 100 D, ça ne te suffit pas ?

— Je vais me faire enlever mes prothèses : j'supporte plus.

— Lauriane, tu t'apprêtes à commettre une énorme erreur : tes seins, c'est ta marque de fabrique.

— Ben non, justement : mes seins sont pas mes

seins et j'ai pas été fabriquée comme ça. Moi, question poitrine, c'est pas grand-chose.

— Je ne comprends pas : toutes les filles veulent une grosse poitrine !

— Pas moi. Je déteste ça. En plus, elle me fait mal. Elle est trop lourde. Et j'arrive plus à dormir sur le ventre.

— Tu parles ! Tu dors comme un bébé !

— Bon, écoute, c'est pas toi qui dois supporter dix kilos de seins toute la journée. En plus ça fait pas naturel. Je vais finir par ressembler à Lolo Ferrari !

— Réfléchis bien. En plus, si tu te fais enlever tes implants, la peau va être toute relâchée, toute plissée.

— Bof, y'a des opérations pour ça aussi. De toute façon, j'suis décidée. J'en ai marre d'être un phénomène de foire.

Je lève deux mains résignées :

— Ça va, j'ai compris : fais comme tu veux.

— Bon, je vais aller réveiller Patsy. Tu regardes, pour son billet de train ?

— Oui, bien sûr.

Je monte à l'étage, lourdement, pesamment, sentant à chaque marche le poids de l'âge et de la fatigue, laissant derrière moi ma petite épouse radieuse et frétillante, impatiente de m'éjecter de sa vie et de prendre un nouveau départ. Perspective exaltante à vingt-quatre ans mais option ridicule et inenvisageable pour un vieux birbe de cinquante ans passés.

Laurent

6 et 7 juillet

Reynald et Farouk sont pathétiques. Voilà ce que je me suis dit en quittant la Luna. Je sais très bien quelle impression j'ai pu leur faire moi-même : j'ai un peu débloqué hier. Trop de choses à penser, à prévoir. Trop d'angoisses mortelles. Trop de scrupules imbéciles. Tout ce qui nous empêche d'agir doit être proscrit de nos existences, j'en suis de plus en plus persuadé. Je ne veux être qu'*action*, une flèche nette, lancée dans l'azur sans hésitation.

Après une fin de nuit fiévreuse et agitée, je monte voir Delphine. Une fois son bâillon ôté, elle reprend ses vociférations, alternant menaces et prières. Elle ne s'interrompt que pour boire et je ne peux pas m'empêcher d'admirer son énergie après trois jours de séquestration et de jeûne. J'ai toujours su que ma femme avait de la ressource.

Je me rappelle avoir été séduit, à notre rencontre, par l'impression de vitalité qui se dégageait d'elle, son inépuisable enthousiasme à l'idée de sortir, de rencontrer des gens, de faire ou d'apprendre des choses. Ça allait de pair avec un côté boy-scout

« toujours prêt » dont je dois reconnaître qu'il était un peu exaspérant, mais avant d'être exaspéré, j'ai été charmé, emporté par la fougue de cette fille rieuse. Je me suis dit qu'elle était pour moi, que nous nous ressemblions sur ce point : cette envie d'*en être*, ce côté volontariste, cette soif d'action.

Agir. Delphine me regarde avec défi. De l'eau a coulé sur son menton et elle ne peut pas l'essuyer puisqu'elle est toujours aussi solidement ligotée à sa chaise.

— Je ne te pardonnerai jamais, Laurent. C'est abominable ce que tu es en train de me faire subir. Je te signale que sans nouvelles de moi, mes parents ne vont pas tarder à débarquer. D'autant qu'il était prévu que les enfants rentrent aujourd'hui.

— Ne t'en fais pas, j'ai envoyé un texto à Romane. Hier soir. Tu veux que je te le lise ?

— Qu'est-ce que tu manigances ?

— « Mes chéris, votre père m'a kidnappée pour quelques jours. »

Je ricane :

— Qu'est-ce que tu en dis ? Rien de tel que la vérité si on veut être crédible. Mais attends la suite : « Nous partons pour Porquerolles en amoureux. Le tête-à-tête va nous faire du bien. Je vous appelle dès notre retour. Baisers, Maman. »

— Ça ne marchera jamais. Tu crois que Romane va gober ça ? Si j'avais dû m'absenter, j'aurais appelé mes parents, parlé aux enfants, pas juste envoyé un texto. Sans compter qu'un week-end en amoureux à Porquerolles, excuse-moi, Laurent, mais ça n'est pas crédible pour deux sous : ça fait bien longtemps que nous ne sommes plus amoureux, et même du temps où nous l'étions, tu n'aurais jamais eu une idée aussi romantique !

Je vois rouge. Ça fait quand même vingt ans que je me crève le cul pour cette conne, que je travaille comme un damné, que je devance ses moindres désirs, que je lui assure un train de vie qu'elle prend comme allant de soi, sans mesurer ce qu'il me coûte ! Parce qu'elle ne sait pas tout. Elle ne sait rien de mon arrangement avec Verrier, le propriétaire de la Gyptis.

— Nous sommes partis à Venise : c'était pas assez romantique pour toi ?

— Venise, c'était il y a quinze ans. Pour mes trente ans.

— Eh ouais, le temps passe : t'as pris un coup dans les carreaux, ma vieille. Je me vois plus aller piazza San Marco avec toi, les canaux, les gondoles, tout ça...

— Mais de quoi on parle, là, Laurent ? Tu vas me relâcher, oui ou non ?

— Pas avant que tu aies reconnu que je t'ai toujours traitée comme une princesse.

— Tu m'as toujours traitée comme de la merde. J'étais juste bonne à tenir ta maison et à te faire des enfants. Mais me parler, me regarder, ça, c'était au-dessus de tes forces.

— Ta mauvaise foi me consterne.

Je parle froidement, en feignant le détachement, mais à l'intérieur je suis parcouru de vagues de haine brûlante. Je m'aperçois que mes mains tremblent et je les enfonce dans les poches arrière de mon jean pour que Delphine ne s'aperçoive de rien.

— Laurent, détache-moi !
— Reconnais que j'ai été le meilleur des maris !
— Mais oui, c'est ça, tu as été le meilleur des maris, et le meilleur des pères aussi : les enfants t'adorent, ils n'ont pas peur de toi, ils ne sont pas venus me supplier de te quitter !
— Quoi ?
— Eh oui, Laurent. Après ta petite scène de l'autre fois, quand tu as fait pleurer ce pauvre Clément, nous avons beaucoup parlé tous les quatre. Pour eux ça a été la goutte d'eau qui fait déborder le vase. Ils m'ont demandé, avec beaucoup de tristesse et de dignité je dois le dire, d'entamer une procédure de divorce. Ils m'ont dit qu'ils n'en pouvaient plus, que tu étais devenu un étranger pour eux, que l'atmosphère devenait glaciale dès que tu étais là. Nos seuls bons moments, nous les avons quand tu n'es pas là, quand tu travailles ou quand tu sors...

Elle affecte d'être triste et résignée mais je sens la jubilation derrière chacune de ses formules, soigneusement choisies pour me faire mal.

— Détache-moi, Laurent. Je ne sais pas ce que tu cherches en me traitant comme ça, mais ça ne risque pas d'améliorer nos relations.

Brusquement, je m'agenouille, et je défais les liens de ses chevilles puis ceux de ses poignets. Le fil de pêche a cisaillé sa peau fine. Elle pousse un hoquet de surprise et de soulagement, puis entreprend de frictionner ses membres engourdis. Elle fait quelques pas titubants et se laisse tomber sur le lit. Je ne vois pas son visage, enfoui entre ses bras, mais il me semble qu'elle pleure.

Je m'avance vers elle, et sans avoir prémédité quoi que ce soit, je plaque les mains sur sa nuque. Elle se cabre, essaie de se retourner vers moi, mais je m'assieds sur elle, pesant de tout mon poids tandis que mes mains cherchent la carotide et resserrent leur emprise. En temps normal, j'aurais peut-être eu plus de mal, car Delphine est taillée comme une walkyrie, mais elle doit être affaiblie et ankylosée par ses trois jours de séquestration et m'oppose très peu de résistance.

À moins qu'elle ne comprenne, à moins qu'elle ne veuille précisément cette fin : mourir des mains de son époux, ne pas endurer l'ignominie d'une procédure de divorce, ne pas voir se déliter tout ce que nous avons essayé de construire ensemble.

Tout à l'heure, je saluais son énergie vitale, mais là, il me semble plutôt qu'elle se laisse aller, qu'elle accepte la mort comme une délivrance, prenant la strangulation comme un ultime acte d'amour de ma part.

En tout cas, elle meurt sans qu'à aucun moment je n'aie l'impression d'accomplir quelque chose de grave et de définitif. Peut-être parce que je ne vois pas son visage, toujours enfoui dans le boutis provençal que nous avons choisi ensemble au marché de Manosque.

C'est seulement quand je la retourne, quand je vois ses traits convulsés, sa langue un peu tirée, ses yeux exorbités, que le sentiment d'une tragique méprise commence à m'envahir. Non, personne, ni elle ni moi, n'a pu vouloir ce qui vient d'arriver !

Je tombe à genoux, au pied du lit, et comme

Delphine tout à l'heure, j'appuie mon front contre le patchwork rose et crème, absurdement féminin, comme tout dans cette chambre, qui était beaucoup plus celle de Delphine que la mienne, finalement.

— Delphine, Delphine, merde ! Parle-moi ! Je suis un con, excuse-moi, parle-moi ! Je voulais pas, je voulais pas, excuse-moi !

Comment peut-elle être aussi morte après avoir été aussi vivante quelques instants auparavant ? Comment cinq minutes de folie ont-elles pu annuler quarante-six ans de vie raisonnable ? Car je sens bien que deux existences viennent de prendre fin, la sienne comme la mienne.

Je reste longtemps prostré au pied du lit. Je ne pleure pas, je suis presque bien. Delphine et moi n'avons pas connu pareil moment de sérénité depuis longtemps. Je lui parle, je lui prends la main.

— Si tu avais été un peu moins conne... Un peu plus reconnaissante pour ce que je te donnais, ce que je faisais pour toi et les enfants... On aurait pu être heureux. Enfin, sauf que j'ai perdu mon boulot. Je t'ai pas dit... Viré comme un malpropre. Putain ! J'ai pas osé te le dire, tu vois. Ça fait six mois que je pars tous les matins comme si j'allais bosser, mais en fait... Rien. Je me promène. Je tue le temps. Je suis tombé sur ton père, d'ailleurs, y'a pas si longtemps. Tu savais qu'il trompait ta mère ? Non, hein ? Il cache bien son jeu, le salaud ! Tout le monde est dupe des grands airs et des bonnes manières d'Hubert Signac, hein ? C'est pas comme ce pauvre con de Laurent Sportiello... Lui, tout le monde l'a toujours soupçonné du pire. Il a toujours dû en faire dix fois plus que les autres pour être accepté.

Plus je parle, plus la sérénité se mue en rancœur et en colère froide. Je retrouve une à une toutes les raisons que j'ai de vouloir en finir avec ces gens qui me méprisent. Je me rappelle qu'il faut qu'Hubert meure aussi et cette idée ne provoque en moi qu'un sursaut de détermination. Agir.

Avant de quitter la pièce, j'entreprends de photographier Delphine, comme la dernière fois, mais avec son propre portable. Je prends plusieurs clichés, cherchant la pose, l'angle, le cadrage adéquats. Je chantonne, je continue à lui parler, mais la tendresse et l'apaisement m'ont complètement déserté. Mon humeur et mes sentiments passent par des phases aussi opposées qu'inexplicables, mais je ne cherche pas à les comprendre.

— Si tu te voyais, ma pauvre fille : un vrai remède contre l'amour ! Mais t'en fais pas, à part moi, personne les verra jamais, ces photos !

Au moment où je l'assure de la confidentialité de ces horribles clichés, je réalise qu'il y aura au moins deux autres personnes qui partageront ce secret avec moi et j'éclate de rire.

— Ah non, pardon, Delphine, je sais que tu n'es pas à ton avantage, mais je veux absolument te montrer à mes amis. Ça t'épate, hein, que j'aie des amis ? Tu as toujours prétendu que j'en étais incapable. Que ça nécessitait trop d'efforts et d'investissement, que j'étais bien trop égoïste pour ça. Et qu'en plus, comme je ne faisais confiance à personne... Mais je te signale qu'avant de te connaître, j'avais des amis : Ange et Jean-Luc... Mes copains du quartier. C'est toi qui n'as jamais voulu en entendre parler. Qui as même refusé que je les invite au mariage. Ils n'ont même pas su que j'avais trois enfants, sauf par ma mère, peut-être, qui continue à les croiser de temps en temps. Tu m'as coupé du monde ! De mon monde ! Ce qui ne veut pas dire que tu m'aies ouvert le tien, d'ailleurs : dans le tien, j'ai été tout juste toléré !

Le brouillard rouge revient. Quand il se dissipe enfin, je suis dans le salon et le miroir me renvoie mon visage hagard. Je profite d'un moment de relative lucidité pour appeler le crapaud. Il décroche et bougonne un vague « Allô ».

— Hubert, c'est Laurent.

— Qu'est-ce que tu veux ?

— Delphine voudrait avoir une petite explication avec son « pôpa ».

— Où est-ce qu'elle est, Delphine, d'abord ? Vous n'êtes pas à Porquerolles ?

— Porquerolles ? – j'avais complètement oublié mon SMS à Romane.

— Romane m'a dit que vous étiez à Porquerolles.

— Delphine lui a dit ça parce qu'elle était trop bouleversée pour venir chercher les enfants. Elle voulait gagner du temps, te parler d'abord, et les récupérer ensuite. Note bien qu'elle est très fâchée contre toi.

— Qu'est-ce que tu lui as dit, espèce de salopard ?

— Je n'ai fait que lui dire la vérité, Hubert, la vérité. Ton Dieu ne t'a pas enseigné la haine du mensonge ?

— Passe-moi Delphine.

— Elle ne veut pas te parler au téléphone. Viens. On t'attend.

— C'est une histoire de fous. Qu'est-ce que je dis à Marianne ?

— Là vous m'en demandez trop, mon cher Hubert. Qu'est-ce que vous lui dites pour justifier vos escapades à Marseille ?

Je repasse au vouvoiement, comme une façon de le renvoyer dans les cordes, de marquer ma distance, de lui montrer que malgré notre contentieux, je suis capable, moi, de conserver mes bonnes manières.

— Ça ne te regarde pas.

— Tout à fait d'accord. Dites ce que vous voulez à votre chère et tendre, qui, entre parenthèses, vaut cent fois mieux que vous. Je me la mettrais bien sur le bout, moi, cette chère Marianne : elle est encore très bien.

Il s'étrangle de rage, bredouille des sons inarticulés.

— Il est 11 heures. Soyez là pour 14 heures ou je ne réponds pas de Delphine. J'ai dû l'empêcher d'appeler sa mère.

— Tu lui as parlé de ta tentative de chantage, espèce de petite fripouille ?

— Mais enfin, Hubert, c'était pour rire ! Vous m'avez pris au sérieux ? Puisque j'ai parlé à Delphine, le chantage ne tient plus, voyons ! Venez. Et essayez de convaincre votre fille que vous n'êtes pas la dernière des ordures.

Après avoir raccroché, je connais de nouveau un moment de semi-conscience. Comme dans un rêve, je me vois écrire à Reynald et Farouk, leur envoyer la plus belle des photos de Delphine. Je ne sais pas ce que j'attends de cet envoi : peut-être les prendre à témoin de ce que je suis capable de faire. Parce qu'entre autres sentiments, dans cet état de confusion avancée dans lequel j'évolue, il y en a un qui surnage : la fierté. Peu d'hommes sont capables de tuer leur femme, après tout.

*

À 13 h 30, je suis fin prêt. Le crapaud peut se pointer quand il veut, je l'attends de pied ferme. Il arrive à l'heure. Je lui ouvre en souriant, avec un air ostensiblement détendu. Pas question qu'il se doute que sa fille entame sa décomposition cadavérique à l'étage au-dessus.

— Où est Delphine ?
— Elle vous attend. Elle est là-haut.

Sans même me jeter un regard, me bousculant presque, il s'engouffre dans l'escalier. J'ai laissé traîner un marteau sur le guéridon, convaincu qu'il ne le remarquera pas ou qu'il pensera que je suis en train de bricoler : c'est bien connu, ce cher Laurent est très manuel ; il n'a pas inventé la poudre, mais donnez-lui quelques outils et il fera des merveilles.

Effectivement, année après année, j'ai conçu de nouveaux aménagements partout dans la maison, monté des meubles, décapé des parquets, posé des tomettes, fait de notre villa un petit bijou, conforme aux désirs de mon ingrate épouse, qui a toujours trouvé ça parfaitement normal, qui a toujours tout pris comme allant de soi.

Hubert encaisse le premier coup sur l'occiput. Il s'affale sur les genoux. Sa main tient encore la rampe mais il oscille sur les premières marches, incapable d'émettre un son. Du sang gicle sur les murs et sur mes vêtements. Je m'attendais à être un peu choqué, bouleversé par la violence de ce geste. Je m'étais préparé à devoir réprimer des réactions d'émotivité, tremblements, nausées, sueurs froides. Mais pas du tout. Je suis froid comme un concombre. Mieux : un sentiment de triomphe et de jubilation monte en moi, une envie brusque de hurler, de chanter mon triomphe, ma revanche sur ce connard prétentieux qui n'a cessé de m'humilier devant ma femme et mes enfants.

Je l'entends encore distiller son venin, week-end après week-end, fête de famille après fête de famille, Noël, Pâques (Pâques ! On fête Pâques, chez les Signac ! La résurrection invraisemblable de la brebis bêlante y est pieusement célébrée chaque année !), les anniversaires... Toutes les occasions ont été bonnes pour me rabaisser, pour me faire sentir mon insignifiance sociale et la mésalliance que le mariage de sa fille aînée constitue à ses yeux.

— Vous connaissez Megève, Laurent ? Non ? La Plagne ? Non plus ? Vous alliez skier où ?

Que dire ? Que je ne suis allé qu'une fois aux sports d'hiver, en colo avec la Ville ? Que c'était dans les Alpes du Sud et qu'il n'y avait pas de neige, de sorte que nous avons juste fait un peu de luge dans la boue et les cailloux ? De toute façon, j'avais quinze ans, ce qui m'intéressait, c'était le dortoir des filles et la boum de fin de séjour. J'ai d'ailleurs baisé comme un dingue : Myriam, Corinne, Béatrice… Mais question ski, zéro : j'ai appris plus tard avec Delphine. Je peux descendre la plupart des pistes, mais sans style. Romane et les garçons se débrouillent largement mieux que moi, même Clément, pourtant pas sportif pour deux sous.

Mes enfants… Après avoir tué leur mère, je suis en train d'assassiner leur grand-père. Difficile de prétendre que c'est pour leur bien, et pourtant… S'il me reste un petit espoir de les récupérer et de leur laver le cerveau de toutes les bondieuseries et de tous les snobismes inculqués par leur mère, eh bien cet espoir passe par un double homicide. Mes oreilles bourdonnent d'anciennes conversations, ma gorge s'enfle de toutes les couleuvres avalées :

— Delphine m'a dit que vous supportiez l'OM, Laurent ? Je ne comprends vraiment pas que l'on puisse s'intéresser au foot. Le rugby, à la rigueur, mais le foot, alors là…

Ou encore :

— Nous partons pour Valbonne avec Marianne. Le golf… Plus je vieillis, et plus j'y prends goût. Mais j'imagine que ça ne doit pas être votre tasse de thé, Laurent ?

Ou bien :

— Comment va votre chère mère, Laurent ? La dernière fois, je l'ai trouvée un peu… *fatiguée*.

La dernière fois, c'était pour l'anniversaire de Romane. Nous l'avons fêté chez nous, et j'ai imposé la présence de ma mère. Elle a bu comme un trou, pleuré au moment du gâteau et du « happy birthday » entonné en chœur et avec l'accent d'Oxford par ma belle-famille au complet, puis elle a fini par s'endormir sans dignité, bouche ouverte, léger ronflement, sur une banquette en fer forgé au fond du jardin. Je l'ai ramenée chez elle, amer, remâchant ma rancœur, me repassant le film de cette fête sans joie, les quinze ans de ma fille aînée. Pour les seize ans de Romane, ma mère est restée chez elle.

Mon second coup enfonce la tempe du crapaud, l'envoyant cogner contre le mur. Il bascule sur le côté, gardant dans la mort un regard surpris et presque comique. Car même s'il y met le temps, il finit par mourir. Il gargouille, porte la main à son thorax, cherche de l'air, de l'aide, quelque chose ou quelqu'un, puis il cesse de respirer, me redonnant, du même coup, la vie. Rien de moins.

À mon soulagement, je mesure la souffrance qu'il m'a infligée. Ce second coup, c'était pour Liliane Sportiello, qui n'est ni intelligente, ni cultivée, ni jolie, bref qui n'a rien pour la rattraper aux yeux de mon connard de beau-père. Elle est juste gentille. Complètement paumée mais pleine de bonne volonté, débordante d'amour pour ses proches : son fils, ses petits-enfants, et ses mecs successifs, qui ont tous exploité à fond le filon de cette gentillesse.

Après avoir dûment constaté le décès du crapaud, je me rends dans la chambre où m'attend Delphine. Et là, choc, stupeur, sidération. Tout ce que je n'ai pas ressenti en trucidant allègrement mon futur ex-beau-père, je l'éprouve en voyant Delphine.

Quelqu'un a dû venir, passer après moi, ce n'est pas possible ! Car là où j'ai le souvenir d'un cadavre mollement allongé sur le côté, présentant à mon objectif un visage juste un peu bleui par la strangulation, juste un peu maculé par le sang de sa coupure à l'arcade sourcilière, je retrouve des traits horriblement mutilés, le sourire artificiel et figé pour l'éternité d'une femme à qui on a déchiré les joues depuis les commissures jusqu'aux lobes des oreilles.

Je tombe sur le lit, à côté d'elle, et je pleure, pour la première fois depuis des années, trente ans peut-être, voire plus. Non, je ne pleure pas, je sanglote, je hurle, à m'en érailler la gorge, à m'en brûler les poumons. Je pleure comme je n'aurais jamais cru pouvoir le faire, littéralement *toutes les larmes de mon corps*. J'attire Delphine contre moi, j'éprouve jusque dans mes veines sa froideur et sa rigidité, je la tiens, je la berce, caressant ses cheveux, la seule chose d'elle qui conserve encore l'apparence de la vie. Je lui parle, aussi :

— Qui t'a fait ça, ma chérie ? Qui a bien pu te faire ça ? Oh ma chérie, je regrette tellement ! Si j'avais su... Qu'on viendrait te... Putain, mais dis-moi qui t'a fait ça ?

Je débloque. À fond. En tout cas, les heures qui suivent sombrent dans une sorte de tournoiement fiévreux, incohérent, pénible. Quand je regarde ma montre, il est 18 heures. Je me lève comme un beau diable, m'essuie les yeux et m'efforce de recouvrer ma raison chancelante, ma raison hululante et hurlante, une meute de loups à elle toute seule dans le coin de mon cerveau. Putain, Laurent, reprends-toi : il te reste tellement de choses à faire !

De nouveau, je regarde Delphine. Une seule certitude : je n'ai pas pu faire *ça*. Je suis capable du pire, et ces trois derniers jours l'ont bien prouvé, mais pas *ça* ! Je n'ai pas pu défigurer la seule femme que j'aie jamais aimée, la mère de mes trois enfants, la seule pour laquelle j'aie eu envie d'accomplir de grandes choses, de me dépasser, d'être un héros !

Les autres, je les ai tringlées, je les ai baisées dans tous les sens, je me les suis mises sur le *vier*, avec plaisir, un plaisir inépuisable, mais jamais, jamais elles ne m'ont inspiré le moindre sentiment. Il n'y a eu que Delphine, ma femme devant Dieu. Car oui, elle a réussi à me traîner devant l'autel alors que je me serais bien contenté d'un mariage civil.

Un souvenir émerge depuis le marécage fumant et pestilentiel qu'est devenu mon cerveau. N'aurais-je pas envoyé un mail à Farouk et Reynald, avec une photo de Delphine après sa mort ? Rétrospectivement, d'ailleurs, je trouve cette idée étrange : pourquoi ai-je voulu les informer, les associer à l'acte intime qu'a été le sacrifice de ma femme ? Quoi qu'il en soit, et si ma mémoire ne me joue pas de tours, j'ai les moyens de vérifier l'état du visage de Delphine quelques instants après sa mort, car il me semble avoir pris la photo immédiatement. Toute une série de photos, même, parmi lesquelles j'ai choisi celle qui me semblait la plus belle et la plus saisissante pour l'envoyer à Farouk et Reynald. J'attrape le Blackberry de Delphine, je clique sur l'icône qui figure un appareil photo et j'affiche les dernières images. Delphine y sourit, de ce sourire atroce et invraisemblable dont je refuse de m'attribuer la responsabilité.

Que croire ? Que comprendre ? Comment ai-je pu,

non seulement mutiler ma femme, mais aussi oublier que je l'ai fait ? Refoulement ? Déni classique ? Et avec quoi ai-je déchiré les lèvres et les joues de Delphine ? De nouveau, des sanglots rauques déchirent ma poitrine. Je n'ai plus de larmes, mais le désespoir et le dégoût me terrassent. La tête de Delphine repose sur mes genoux, je lui caresse le front et je lui parle :

— Je ne peux pas croire que je t'aie fait ça, ma chérie. Ça ne me ressemble pas. Et si c'est bien moi, alors c'est que j'ai dû avoir un moment de folie.

La main qui ne caresse pas Delphine pétrit nerveusement le couvre-lit et l'oreiller. Mes doigts finissent par rencontrer un objet dur, dissimulé dans la taie à impressions provençales, cigales et lavande : un couteau de cuisine encore ensanglanté, certainement celui dont je me suis servi pour accomplir l'innommable. Le doute n'est plus permis. Ce couteau, je le reconnais : je l'ai acheté dans un magasin spécialisé au moment où Delphine s'est toquée de cuisine japonaise. Nous avions entrepris d'apprendre à faire sushis et sashimis, à découper le thon et le saumon, à ciseler le gingembre. Compte tenu de son tranchant hors du commun, j'avais pris le parti de le mettre hors de portée des enfants : pas question qu'ils s'en servent pour couper le pain ou trancher les tomates. Bref, il était introuvable pour tout autre que moi, soigneusement rangé dans son étui, tout au fond d'un placard. CQFD : je suis l'auteur de ce sourire kabyle qui dépasse jusqu'à mon entendement.

Une brusque bouffée d'adrénaline arrive à point nommé pour me galvaniser. Quoi que j'aie fait, je ne dois pas l'avoir fait pour rien. Je dois me débarrasser des corps de Delphine et d'Hubert, faire croire à leur mort conjointe et accidentelle. Il est 11 heures du soir.

Je hisse Delphine sur mon épaule, je descends l'escalier, longeant le mur pour ne pas piétiner le crapaud. Je charge l'un après l'autre le corps du père et celui de la fille dans la Golf de Delphine, lui dans le coffre, elle sur la banquette arrière, j'accroche mon vélo au porte-vélos. Puis je prends la direction d'Allauch.

Je sais où je vais, je sais ce que j'ai à faire et le sang-froid m'est revenu. Je sais aussi que je suis à la merci du hasard. Car pour accomplir ce que j'ai prévu, il faut évidemment que personne ne me voie. Je suis bien décidé à ne pas commettre de troisième crime : si par malchance la scène a un témoin, je renoncerai, je prendrai la fuite ou me flinguerai sur place. Je ne dois pas tuer d'innocents : il y a suffisamment de gens qui méritent de mourir pour que j'épargne ceux dont je ne sais rien.

Après la Rose, je prends la route des Termes : virage sur virage entre Allauch et La Bouilladisse. J'ai repéré, depuis longtemps, une petite ravine où la voiture pourrait aller finir ses jours de façon très convaincante. Reste à faire en sorte qu'elle prenne feu, mais là aussi, j'ai mon idée.

La nuit est tombée et la route, avec ses virages aussi incessants que serrés, requiert toute mon attention. Pas question que je m'envoie, *moi*, dans le décor. Une fois arrivé non loin de l'endroit prévu, j'accélère, puis freine brusquement, m'efforçant de laisser des traces de gomme sur l'asphalte. Je me gare de façon un peu acrobatique, faisant en sorte que l'avant de la voiture surplombe l'à-pic. Ensuite, je sors de la Golf, je dégage mon vélo des tendeurs et l'appuie contre un pin. J'installe péniblement Delphine à la place du conducteur, Hubert sur le siège passager. Je desserre le frein à main et entreprends de pousser la voiture, qui finit par basculer et dévaler la ravine sur cinquante mètres, sans faire de tonneau, malheureusement. Je descends à mon tour, avec précaution, prenant appui sur des roches et des souches de pin qui me paraissent à peu près stables. La Golf a atteint ce qui ressemble à un lit de rivière asséché, bien que je n'y aie jamais vu le moindre cours d'eau. À l'avant, côté passager, je récupère un jerrycan d'essence qu'en temps normal nous gardons dans le garage et j'en arrose abondamment Delphine, Hubert, les sièges avant et arrière, les tapis de sol... Une fois le jerrycan vidé, je le range dans le coffre et je mets le feu aux gilets fluorescents, aux rabanes, aux serviettes de plage, à tout ce que Delphine entrepose soigneusement dans le coffre en question et que j'ai également imbibé d'essence. Je me replie vers un bosquet d'argéras et de cades, et je regarde s'embraser la voiture de ma femme, sans plus d'émotion que devant un barbecue.

Quand je reprends la route des Termes en sens inverse sur mon vélo, il est 3 heures du matin. L'air est chaud, il sent bon la résine de pin chauffée à blanc toute la journée par le soleil de juillet. Le vent me siffle aux oreilles dans les descentes. En d'autres circonstances, je serais heureux : j'ai toujours adoré le vélo, et en faire la nuit, quand il n'y a presque pas de circulation, c'est évidemment cent fois mieux que de suer sous le cagnard avec ces connards d'automobilistes qui croient que la route leur appartient.

D'ailleurs, je suis heureux : j'ai repris ma vie en main, je gamberge sur le scénario que je vais livrer à Marianne, aux enfants, à la police le cas échéant : Delphine a appris que son père avait une maîtresse. Elle est tombée sur eux par hasard, dans un bar de Castellane. Nous en avons parlé ensemble, elle était bouleversée, mais bien décidée à avoir une conversation avec Hubert, qu'elle a fait venir à Marseille dans cette intention. La discussion s'est envenimée : confronté aux preuves, les photos prises par Delphine elle-même sur son portable, Hubert s'est d'abord effondré. Ensuite il a bataillé ferme, refusant que Delphine prévienne Marianne, ce qui était son intention inébranlable. Il y a eu des cris, des larmes. Vers minuit, et malgré mes objections, ils ont décidé de partir pour Aix. Ils n'ont pris qu'une voiture, parce que Delphine jugeait son père trop bouleversé pour conduire. Et de toute façon, elle voulait récupérer ses enfants, les ramener à la maison en vue de notre départ imminent pour Athènes. Il était prévu que je rapporte la Mercedes d'Hubert le lendemain. Je les ai laissés partir, passablement bouleversé moi-même, mais sentant bien que je ne devais pas intervenir dans leurs affaires de famille.

Je médite déjà la diatribe un peu humiliée et pincée que je vais servir et resservir à tout le monde :

— Ils m'ont un peu mis sur la touche. Ils ne

m'écoutaient pas, de toute façon. Ça se passait entre eux. Rien de ce que je pouvais dire n'avait d'importance. Je n'aurais jamais dû les laisser prendre la route dans cet état, je le sais, mais sur le coup, j'ai eu l'impression qu'il valait mieux qu'ils vident leur sac sans moi. Et puis cette idée de prendre la route des Termes...

Il est 5 heures du matin quand j'arrive à Saint-Julien. Là aussi, c'est quitte ou double : un voisin risque de me voir sur mon vélo à cette heure indue. Mais je tiens mon explication toute prête : après le départ de Delphine, incapable de dormir, j'ai fini par appeler sur son portable. En vain. Puis sur celui d'Hubert. Même échec. D'ailleurs, j'ai pris soin de passer effectivement ces appels, tombant à chaque fois sur leurs boîtes vocales, et pour cause, ils sont morts l'un et l'autre depuis longtemps. J'aurais pu appeler Marianne, vérifier qu'ils étaient bien arrivés, mais j'ai préféré ne pas la déranger à cette heure avancée de la nuit. Inquiet, le ventre noué par l'angoisse et sentant bien que le sommeil me fuirait de toute façon, je me suis décidé pour une petite balade nocturne. À vélo. Histoire de tuer le temps et de fatiguer la bête.

Tout se tient et la cohérence de mon histoire me rend euphorique. Je referme la porte de la maison sur mon périple macabre et rocambolesque. Je n'ai ni dormi ni mangé depuis deux jours. Soudain, je pense à Reynald et Farouk. À la tiédeur confortable de leurs petites existences, mais aussi à la souffrance qui est la leur. Je sais qu'ils sont incapables de prendre les risques que je viens d'encourir. Ils n'en auront jamais les couilles. Au sentiment de liberté qui m'inonde, je sais pourtant qu'il faut qu'ils en passent par là eux aussi. Agir. Et puisqu'ils n'auront jamais les couilles de s'émanciper, puisqu'ils sont trop conformistes et trop moralistes pour se débarrasser de leur femme, il faut que Laurent Sportiello le fasse à leur place.

Je me connecte. Dans l'intervalle, ils ont évidemment réagi à mon envoi macabre. Je m'efforce de reprendre mes esprits. Est-ce une bonne idée de leur révéler que j'ai tué ma femme ? Probablement pas, vu leurs réactions timorées. Petits esprits. Je trouve rapidement la parade. Sur l'appareil photo numérique de Delphine, il y a une photo, récemment prise par l'un des enfants, qui la montre, souriant de toutes ses dents et levant le pouce en direction du photographe. Elle porte justement la robe dans laquelle elle est morte, une robe de mémé à impressions fleuries. Bingo ! Je la joins illico à un mail rassurant : salut les gars, tout va bien, je voulais juste me foutre un peu de votre gueule...

Farouk répond aussitôt. Il doit vraiment flipper. Il me propose de passer sur MSN, mais là, c'est surtout Reynald qui m'écrit. Je m'efforce de dédramatiser, je plaisante, je les renvoie à leur manque d'humour et d'imagination. Ça a l'air de marcher. Il sera toujours temps de voir si je peux ou non leur faire confiance.

Farouk

6 juillet

« *Comme la vie est lente, et comme l'espérance est violente…* »

Je vis à peine. Et tout ce qui me reste de vie s'est réfugié dans l'espérance.

« *Et comme l'espérance est violente…* »

En ces mornes jours de juillet, sous ce soleil de plomb qui semble à peine quitter le ciel, avec ces nuits qui n'apportent même plus de fraîcheur, j'éprouve toute la justesse du vers d'Apollinaire. Oui, c'est l'espérance qui est violente, torturante. Cette attente que quelque chose vienne secouer la torpeur. Cette croyance invétérée que tout va peut-être s'arranger, tour de passe-passe, *deus ex machina*, happy end sur le tard : la fin de la souffrance, s'il vous plaît. On souffre moins quand on n'espère plus.

Reynald

7 juillet

Un mail de Laurent m'attend. Très bref, avec un fichier joint : « La femme est ce qui nous retient au sol quand nous rêvons de vol ascensionnel. Rejoins-moi. » Je clique sur le fichier. C'est une nouvelle photo. Delphine sourit à l'objectif, mais c'est un sourire kabyle : ses commissures sont fendues jusqu'aux oreilles. Les miennes, d'oreilles, se mettent à bourdonner, le monde s'obscurcit durant quelques secondes. Quand je reprends conscience, l'horrible vision m'attend toujours.

Delphine est morte. Son cou est bleu, sa langue tuméfiée saille légèrement, ses yeux sont exorbités, le sang coule de sa blessure. Elle est couchée sur le côté mais Laurent ne l'a cadrée que jusqu'au sternum.

S'ensuit un moment de panique absolue. Je me lève, je gémis, je me prends la tête à deux mains, littéralement. Je m'entends parler à haute voix : « Mais qu'est-ce qu'il a fait, ce con, qu'est-ce qu'il a fait ? » Ensuite, je reprends vaguement mes esprits et retourne à mon ordi. Un nouveau mail m'attend, de

Farouk, cette fois. Il vient de le poster : « Reynald, appelle-moi d'urgence ! »

Les mains tremblantes, je compose le numéro qui conclut son mail. Farouk décroche tout de suite. Sa voix vibre de détresse :

— Reynald ?
— Oui, c'est moi.
— Tu as eu le mail de Laurent ?
— Oui, putain, mais qu'est-ce qu'il a fait ?
— Tu crois que c'est vrai ? Que c'est pas une mise en scène ?
— Farouk, si cette femme n'est pas morte, je veux bien me couper une couille. Et crois-moi, ce serait avec plaisir !
— Tu crois que c'est Delphine ?
— Y'a des chances.
— Qu'est-ce qu'on doit faire ? Appeler la police ?
— On n'est sûr de rien !
— Mais tu disais toi-même...
— Qu'est-ce qu'on va leur dire, aux policiers ? Bonjour, nous sommes un trio de joyeux candaulistes ! Et, pas de chance, l'un des membres du trio vient de zigouiller sa femme ! De toute façon, Delphine est morte. Ni toi ni moi ne pouvons rien pour elle.
— Et les enfants ?
— Quoi, les enfants ?
— Il en a trois ! Ils sont où, les enfants ?
— Tu as raison, je n'en sais rien.
— Parce que s'ils sont encore vivants, ils sont en danger !
— Comment ça ?

— Tu crois pas que Laurent, c'est exactement le genre de mec à zigouiller toute sa famille ? Rappelle-toi l'affaire Romand ! Il a raconté des craques pendant des années, et quand il s'est vu sur le point d'être démasqué, couic, il a tué tout le monde, sa femme, ses enfants, ses parents, son chien...

— Putain !

— Ouais ! Putain ! Il faut qu'on avertisse la police !

— Et si on essayait d'abord de contacter Laurent ?

— Pour lui dire quoi ?

— Pour lui dire qu'il a déconné et qu'on n'est pas du tout avec lui sur ce coup-là ! D'ailleurs, la police va sûrement tomber sur ses mails et arriver jusqu'à nous : faut qu'on prenne les devants, tu as raison !

— Attends, je suis devant mon ordi : Laurent vient d'envoyer un nouveau mail !

— Oui, moi aussi, j'en ai reçu un !

Nous ouvrons en même temps le mail de Laurent, et probablement avec la même inquiétude fébrile. « Je vous ai fait flipper, les gars ? Delphine va très bien. Merci de vous être inquiétés pour elle. » Il y a une pièce jointe sur laquelle nous cliquons de conserve : c'est une photo de Delphine, visage hilare, pouce levé avec enthousiasme et peut-être un peu de malice.

— Tu as vu ?

— Oui. Qu'est-ce que tu en penses ?

— La photo ne prouve rien. Elle a pu être prise il y a longtemps.

— Longtemps, je ne crois pas. Je ne sais pas si tu as remarqué, mais elle a exactement la même robe que sur l'autre photo. Et la même coupe de cheveux.

— Attends, attends, je vais copier les deux photos, me les mettre en vis-à-vis pour comparer.

— Qu'est-ce que ça donne ?

— Attends, oui, c'est bon, je les ai. Tu as raison : même robe, ou même haut. Très reconnaissable, cet imprimé bleu et jaune. Des sortes de fleurs…

— Et les cheveux ?

— Difficile à dire. Sur la première photo, elle est couchée sur le côté, elle est décoiffée.

— Attends, il y a une autre photo. Celle où elle est ligotée et bâillonnée, tu te rappelles ?

— Oui, oui, attends que je retrouve le mail.

— Tu l'as ?

— Oui. Même robe sur les trois. Et la coiffure est à peu près la même : un carré mi-long, blond foncé avec des mèches plus claires.

— Je regarde aussi… Il l'a postée dimanche, celle-là.

— On est jeudi. Ça veut dire que Delphine porte la même robe depuis cinq jours ?

— Non, ça ne veut rien dire du tout. On ne sait pas quand ces photos ont été prises. On ne sait pas si la dernière postée n'est pas la plus ancienne des trois. On ne sait rien ! Laurent a très bien pu tuer sa femme !

— Écris-lui.

— Non, écris-lui, toi. Il a l'air de m'en vouloir un peu depuis Lauriane…

— O.K., O.K. : qu'est-ce que je lui dis ?

— Qu'on est inquiets. Qu'hier on ne l'a pas trouvé bien. Et que sa blague est vraiment de mauvais goût.

— Il va se braquer.

— Essaye ! Il faut absolument qu'on établisse un contact ! Et dis-lui de passer sur MSN dès que possible. Ou de nous appeler ! File-lui nos numéros de portable !

— Bon, voilà ce que je vais lui envoyer, dis-moi ce que tu en penses : « Laurent, Reynald et moi sommes très inquiets depuis la soirée d'hier. Et ta petite plaisanterie macabre n'était pas de nature à nous rassurer. Contacte-nous. Sur MSN ou par téléphone. On attend de tes nouvelles. »

La réponse de Laurent ne tarde pas. Il est connecté lui aussi : « O.K. pour MSN si vous voulez, mais franchement, y'a pas de quoi s'affoler. Delphine est dans la pièce à côté. Et pas question que je vous mette en relation : désolé, les gars, contrairement à vous, je considère ma femme comme une chasse gardée. »

Sur MSN, le dialogue vire au burlesque :

— Alpha66 dit : alors, les gars, on psychote ?

— Xénophon dit : avoue qu'il y avait de quoi.

— Alpha66 dit : bof, si vous me connaissiez mieux, vous sauriez que je suis capable du pire.

— Xénophon dit : c'est bien ce qui nous inquiète : que tu aies pu commettre le pire.

— Alpha66 dit : vous me prenez pour un serial killer ?

— Honoré13 dit : serial, non, mais killer…

— Alpha66 dit : t'es sérieux, là, Farouk ?

— Xénophon dit : mets-toi à notre place.
— Alpha66 dit : tu as flippé pour rien. Delphine et moi avons nos jeux. Des jeux spéciaux. Tu devrais jouer avec Lauriane, toi aussi : tu verras, c'est super-excitant.
— Xénophon dit : ça m'excite moyennement.
— Alpha66 dit : de toute façon, si j'ai bien compris, y'a plus grand-chose qui te fait lever la queue, hein ?
— Xénophon dit : j'aimerais bien que mes problèmes d'érection ne deviennent pas un sujet de plaisanterie.
— Alpha66 dit : tu es trop susceptible, cher Xénophon.
— Xénophon dit : on le serait à moins.

Je m'efforce par tous les moyens de prolonger le dialogue, quitte à écrire n'importe quoi. Pendant un moment, je tourne encore autour du pot, puis j'attaque franchement :

— Xénophon dit : ne le prends pas mal, mais ça nous rassurerait si tu pouvais nous donner une preuve que Delphine est en vie.
— Alpha66 dit : Farouk, toi aussi tu as des doutes là-dessus ?
— Honoré13 dit : ta photo était très réaliste, tu sais...
— Alpha66 dit : bien sûr, que je sais : c'est le but ! Obtenir quelque chose de crédible ! T'as jamais joué à ça avec Chloé ?

Farouk marque un temps d'arrêt avant de répondre :

— Honoré13 dit : non, ça ne me serait même pas venu à l'esprit.

— Alpha66 dit : vous manquez vraiment d'imagination, Chloé et moi.

« Chloé et moi » ? Qu'est-ce qu'il a dans le citron, ce mec ? Le lapsus doit être insupportable à Farouk, puisqu'il met instantanément fin à la conversation, me laissant me dépatouiller avec ce barge de Laurent. Je le conjure de nous écrire ou de nous appeler, de ne pas nous laisser sans nouvelles en tout cas, et nous convenons vaguement d'un rendez-vous à la Luna auquel ni lui ni moi ne croyons.

Je rappelle Farouk dans la foulée : comme moi, il pense que Laurent est décidément fou comme un hanneton, mais qu'il n'a tué personne. Je suggère que nous menions quand même une enquête discrète. Il faudrait pour cela que nous obtenions de Laurent qu'il nous donne son nom et son adresse. Ça ne sera pas facile, vu qu'il a l'air désormais de se méfier de nous. Mais bon, ça nous fait un objectif. Et pour moi, dont la vie est en train de sombrer, dont les jours sont menacés par le néant, un objectif, une raison de se lever plutôt que de rester au lit, c'est extrêmement précieux.

*

Plus tard dans la journée, Lauriane et moi mettons Patsy au train. Depuis la soirée avec Farouk et Laurent, elle ne s'est pas départie de sa mine chiffonnée et de son air buté. Comme si elle nous en voulait, et c'est peut-être le cas. Elle a dû se sentir exclue de la fête, disqualifiée dès le début de la course. Elle ne s'est pas trompée : il y avait de la tension érotique dans l'air, mais le courant ne passait pas par elle. Même Farouk et moi étions davantage concernés qu'elle : moi en tant que commanditaire et principal destinataire de la scène, et Farouk en tant que participant éventuel. Dommage qu'il ait passé son tour, d'ailleurs.

Bref, l'autre soir, seule cette pauvre Patsy est restée sur la touche, et je crois qu'elle y voit une préfiguration de sa triste petite existence à venir : être toujours la copine d'une fille plus belle, plus talentueuse, plus charismatique ; passer à deux doigts d'une carrière artistique et savoir que « deux doigts » constituent parfois une distance infranchissable. Sans compter que sa vie sentimentale a jusqu'à présent consisté en une collection de bites plus ou moins anonymes et enfilées sans joie.

Dans les heures nous séparant de son départ, j'essaie de lui remonter le moral. Mais rien de ce qui marche d'habitude n'a d'effet : ni les compliments, ni les petits gestes tendres et appréciateurs, ni les petites attentions... Patsy reste obstinément silencieuse et fermée.

Qui sait, peut-être exprime-t-elle par là une forme de jugement moral ? Peut-être n'a-t-elle pas supporté que Lauriane couche avec Laurent sous mes yeux et avec mon approbation ? Patsy n'a pas l'esprit candauliste pour deux sous... N'empêche qu'elle me fait de la peine, à errer dans la villa comme un zombie, s'efforçant de retrouver ses petites affaires éparpillées : un t-shirt par-ci, une brosse par là, un tube de crème solaire, des lunettes, un agenda... Je l'aide à boucler sa valise, une tâche visiblement insurmontable pour elle. Eh oui, même pour faire une valise il faut un minimum de cette intelligence dont Patsy est cruellement dépourvue !

Au moment de prendre le train express régional pour Marseille, à charge pour elle de ne pas se tromper de TGV en gare Saint-Charles, elle me serre dans ses petits bras blêmes et me glisse à l'oreille : « Lauriane ne te mérite pas ! » Le diagnostic est erroné mais l'intention est louable, et j'embrasse Patsy à mon tour, m'efforçant de faire passer dans cette étreinte toute l'affection inquiète que je lui porte. Quelque chose me dit que nous ne reverrons pas Patsy de sitôt.

Lauriane exige que nous nous promenions dans Cassis avant de rentrer. Elle se pend à mon bras, radieuse, et plus ravissante encore d'être radieuse. Je sais bien ce qui la fait rayonner ainsi : la joie de voir notre mariage s'achever, le soulagement de constater que je ne me battrai pas contre elle et que nous pourrons continuer à avoir une relation professionnelle sereine. Elle a cru qu'il lui faudrait soulever des montagnes avant d'être libre, et finalement tous les obstacles se sont miraculeusement aplanis devant elle. Elle a renoué avec Zach, elle va faire prendre un nouveau tournant à sa carrière, elle a vingt-quatre ans et la vie devant elle, je comprends tellement bien les composantes de son bonheur que je ne peux que m'incliner.

Je l'envie, bien sûr. J'aimerais tellement moi aussi être à l'aube de quelque chose, au lieu de ne voir se profiler qu'une lente dégringolade. Au moins ai-je assuré ma survie matérielle : Lauriane reste dans mon écurie. D'ailleurs, ces derniers jours, j'ai sérieusement songé à diversifier mes activités. Je ne veux plus compter sur la réussite de mes pouliches, sur les ventes si aléatoires d'un album, sur le succès si incertain d'une tournée. Je veux pouvoir couler une retraite dorée dans la villa de Cassis, quitte à revendre l'appart de Paris, acheter d'autres biens, faire des placements immobiliers au lieu de miser sur Lauriane, Joy ou Ryma.

En attendant, avec Lauriane à mon bras, je jouis intensément de ces derniers moments. Nous arrivons sur une petite place déserte, avec sa fontaine moussue, un îlot de fraîcheur au cœur du village encore écrasé par la chaleur malgré le jour déclinant. Lauriane pose complaisamment pour moi, s'appuyant d'un bras sur un muret rose, inclinant son chapeau de paille, relevant sa robe sur ses cuisses magnifiques.

Ses cuisses... À l'idée que je ne pourrai plus en disposer librement, ce que mon statut de mari m'a permis jusqu'ici, que je ne pourrai plus les caresser, les faire vibrer d'excitation, remonter lentement le long de leurs muscles allongés, pour arriver enfin à la terre promise, la motte pubienne toujours impeccablement épilée de ma petite épouse, j'en pleurerais !

Qu'est-ce que j'ai aimé faire l'amour à Lauriane en prenant tout mon temps ! Ouvrir ses cuisses moites, lécher son clito toujours fièrement dardé, toujours un peu saillant entre les grandes lèvres brunes, faire rouler amoureusement ma langue dans sa chatte salée, la sentir trembler, pulser, pour finalement s'épanouir contre mes lèvres à moi en un long orgasme langoureux...

Qu'est-ce que j'ai aimé la prendre, contempler, sous mon ventre livide et adipeux, le sien, plat, doré, frémissant ! Voir ses seins tendus vers moi, de plus en plus sur-dimensionnés au fur et à mesure des opérations que je lui imposais ! Je comprends qu'ils lui pèsent, au sens propre comme au sens figuré, je comprends qu'elle veuille revenir à quelque chose de plus naturel, mais moi, c'est précisément leur côté artificiel qui m'excitait – et m'exciterait encore si j'étais capable d'excitation. Ça et le fait qu'elle me doive cette poitrine phénoménale. Avant que je sois gagné par l'impuissance sexuelle, avant que je devienne ce vieillard ridicule et incapable de gouverner sa propre queue, il y aura eu toutes ces fois où il me suffisait de penser que j'étais le *créateur* de ces obus sensationnels pour bander comme un cerf.

Des passants reconnaissent Lauriane et viennent lui demander un autographe. Elle signe tout ce qu'on veut, une carte postale, un t-shirt, se laisse prendre en photo, souriante, détendue. Je la regarde, intensément, souhaitant graver dans mon esprit ces derniers moments que nous passons en tant que mari et femme. Soudain, j'ai envie de lui proposer de faire l'amour, pour la dernière fois précisément. Cette idée arrivera peut-être à me galvaniser, à redonner à ma queue vigueur et endurance. Connaissant Lauriane, et vu son actuelle humeur suave, je sais qu'elle ne me refusera pas cette dernière faveur. À mon avis, elle y trouvera même une source d'excitation.

Un petit attroupement se forme autour d'elle. Des

gens qui ne savent pas forcément qui elle est, mais qui se disent qu'elle doit être *quelqu'un*, puisqu'elle signe des autographes et se fait mitrailler. Il n'y en a plus que pour les *people*, aujourd'hui. Tout le monde veut les connaître, les approcher ou, à défaut, tout savoir de leur vie. Lauriane elle-même a de temps en temps des photos volées dans *Closer* ou des interviews bidon dans *Voilà*.

Faire partie des *people*, en être, c'est même devenu l'ambition professionnelle de pas mal de jeunes. Je suis constamment sollicité par des filles et des garçons qui veulent être célèbres. Passe encore qu'ils n'aient aucun talent, ce qui me trouble, c'est qu'ils n'ont même aucun goût, aucun intérêt pour la musique : la fin en soi, c'est la notoriété. Devenir célèbre pour avoir baisé dans une piscine, comme Loana, ils trouvent ça génial, et ils seraient prêts à n'importe quelle connerie pour faire parler d'eux, avoir leur photo dans tel ou tel torchon pour ados décérébrés. Lauriane, au moins, aime chanter et danser.

Je la laisse parader au milieu de ses fans et je pars à la recherche d'un bureau de tabac encore ouvert ou, à défaut, d'un bar qui acceptera de me vendre des clopes. J'arrive sur le port, où je prends le temps d'admirer l'alignement chamarré des voiliers et des barques, d'écouter le cliquetis des focs, de humer l'odeur de l'iode, du sel et du mazout, cette odeur incomparable et indescriptible qui est celle de tous les petits ports de la Méditerranée.

Nous rentrons à la nuit tombante, main dans la main, Lauriane toujours sur son petit nuage, et moi l'observant avec mélancolie. Avant de faire à ma femme cette proposition d'une « dernière fois » érotique, je vais consulter mon ordi, au cas où Laurent aurait donné de ses nouvelles. J'ai effectivement un nouveau mail de lui, et je le lis, d'abord avec une curiosité naturelle, puis avec une horreur stupéfaite : « Cher Xénophon, m'en voudras-tu beaucoup si je te dis que non seulement Delphine est morte, mais qu'il faut que Lauriane meure aussi ? Tu ne dois pas supporter plus longtemps l'humiliation qu'elle t'inflige. Tes problèmes de bite n'ont pas d'autre explication, crois-moi. Ta bite, tu te l'es laissé bouffer par cette pauvre conne qui ne t'arrive pas à la cheville. Si nous les laissons faire, les femmes nous dévorent tout entiers, elles n'ont pas d'autre ambition, c'est leur vœu, le vœu profond de leurs entrailles. Elles ne sont heureuses que si elles sont parvenues à anéantir leurs maris, leurs frères, leurs garçons, tous les hommes de leur entourage. Pour mon malheur, j'ai eu deux fils avec Delphine. En tuant leur mère, je les ai sauvés de la dévoration. Reynald, je comprendrais tout à fait que tu ne puisses pas zigouiller Lauriane de tes propres mains. Je te connais suffisamment pour savoir que tu n'es pas un guerrier. Je te demande juste de me faire confiance et de me laisser me salir les mains pour toi. En fait, je le prendrais comme un honneur. Lauriane mérite de mourir, d'être saignée comme une oie sur l'autel de ta virilité. Et tu sais quoi ? Je suis sûr qu'une fois cette salope morte tu retrouveras ton énergie sexuelle. Elle te pompe, elle te suce la moelle, comme un vampire. Il va de soi que si tu voulais assister à la cérémonie, j'en serais très honoré. Ça serait le contrepoint exact de l'autre fois : d'abord je baise ta femme, ensuite je lui serre le kiki. Sous tes yeux. Dis-moi que tu me fais confiance. J'ai vraiment besoin de cette confiance ! Tu peux aussi choisir de ne pas être là. Je comprendrais aussi. Tu n'es pas un guerrier. Moi seul suis un guerrier. Moi seul ai conservé ma capacité à agir en dépit de Delphine qui s'agrippait à moi comme une goule, une vilaine sangsue gorgée de mon sang. Fini tout ça. Si tu savais quel bonheur et quel soulagement ! Je regrette juste de ne pas l'avoir fait plus tôt. J'ai perdu trop de temps. Accepté trop de souffrances. Je veux t'épargner tout ce temps perdu, ce gâchis d'énergies vives. Reynald, ne t'occupe de rien. Ne pense même pas à ce que je vais faire et que je ferai sans toi si ton désir est de ne rien savoir. Prépare Lauriane. Fais-lui l'amour, enduis-la d'huile parfumée, habille-la et dis-lui que son jour est venu. Je la veux aux abois, je la veux pantelante, je la veux à quatre pattes devant moi. Je t'aime : est-ce que tu peux entendre ça sans prendre peur ? Je t'aime, c'est de l'amour que j'ai pour toi et pour Farouk. C'est comme ça. Et n'essaie pas de contrecarrer mes plans. Tu ne peux rien contre l'amour. Et de toute façon je la retrouverai, où qu'elle soit. Je t'aime. L. »

Je tombe à genoux sur la moquette noire, choisie pour aller avec les murs noirs de mon bureau. Je suis affolé. Impossible de prendre ce mail pour une plaisanterie. Je comprends soudain que la photo de Delphine ne doit rien au maquillage et à la mise en scène : non, ce dingue a bel et bien tué sa femme comme il s'apprête à tuer la mienne. Putain ! Quels cons nous avons été Farouk et moi de douter, de tergiverser, quand il aurait fallu d'urgence appeler la police, donner rendez-vous à Laurent pour qu'il se fasse coffrer, interner, emprisonner, peu importe : l'essentiel est qu'il soit mis hors d'état de nuire.

Farouk ! Les mains tremblantes, j'extirpe mon portable de la poche de ma veste et je l'appelle :

— Farouk ? C'est Reynald !

— Reynald, tout va bien ?

— Non, tout va mal, très mal ! Tu as des nouvelles de Laurent ? Tu avais promis de me rappeler !

— Je sais, je sais, excuse-moi. J'ai eu... beaucoup de choses à faire. Ça a été une journée... particulière. Mais je sais où habite Laurent, en tout cas. J'ai vu sa baraque, je l'ai vu lui. Mais lui ne m'a pas vu, on ne s'est pas parlé. Je t'expliquerai. On y retourne ensemble quand tu veux.

— Farouk, il a tué sa femme, c'est sûr maintenant ! Et il veut tuer Lauriane !

— Quoi ?

— Oui ! Qu'est-ce qu'on doit faire ?

— Comment tu sais qu'il veut tuer Lauriane ?

— Parce qu'il me l'a écrit. Un mail horrible, complètement délirant !

— Calme-toi ! Il est mythomane, ce mec, tu le sais ! Il dit un truc, puis son contraire : c'est comme ça qu'il prend son pied !

— Non, je n'en sais rien, moi, de la façon dont il prend son pied ! Plus le temps passe, plus je me rends compte que je ne sais rien de ce type ! Qu'est-ce qui nous dit qu'il est mythomane plutôt que psychopathe ?

— Tu peux m'envoyer le mail ?

— Tout de suite, tout de suite !

Je raccroche illico et lui transfère les insanités de Laurent. Il me rappelle cinq minutes plus tard :

— Écoute, c'est inquiétant, c'est sûr, mais ni plus ni moins que la dernière photo. Et rappelle-toi qu'il nous a dit que c'était un jeu entre Delphine et lui.

— Tu penses que c'est une plaisanterie ?

— Oui. Mais si tu veux en avoir le cœur net et être tranquille, je vais aller sonner chez lui.

— Tu peux faire ça ?

— Mais oui. Pas avant demain, par contre.

— Quoi ? Mais il y a urgence, là !

— Écoute, je ne peux pas tout te dire, mais ce soir, je suis très occupé.

— Farouk, fais ça pour moi, s'il te plaît.

— Mais qu'est-ce qu'on risque à attendre jusqu'à demain matin ?

— Il sait où j'habite. Qu'est ce que je fais s'il se pointe le couteau entre les dents ?

— Va à l'hôtel, juste pour cette nuit. Je te rappelle demain.

— Tu as raison. Peut-être que je m'affole pour rien.

Nous raccrochons. L'hôtel est une bonne idée : après tout, je voulais une dernière nuit d'amour avec Lauriane, non ? Je redescends au salon, pensant l'y trouver. Elle n'y est pas. Je l'appelle. Aucune réponse. Je remonte voir si elle est dans sa chambre ou dans la salle de bains. Non. Je jette un œil à la piscine. Je l'appelle sur son portable et finis par tomber sur sa boîte vocale. D'ailleurs, il est là, son portable, sur le bar dans la cuisine. Au bout d'un moment, je me rends à l'évidence : Lauriane a disparu.

Farouk

7 juillet

« T'as jamais joué à ça avec Chloé ? » La petite phrase de Laurent, avec tous ses sous-entendus ironiques, sans compter le sentiment de supériorité qui s'en dégage, continue à me tarabuster. Non, Laurent, je n'ai jamais joué à *ça* avec Chloé, si par *ça* tu entends le fait de ligoter ta femme ou de maquiller son visage jusqu'à ce qu'elle ait l'air d'avoir été odieusement torturée et froidement assassinée. Je n'ai pas de goût pour le macabre, pas de goût pour le sensationnalisme, pas de goût pour les scénarios *gore* dont Delphine et toi avez l'air d'être friands. Je n'ai pas joué ni voulu jouer avec Chloé, non.

Mais Chloé a vraisemblablement joué sans moi, a concocté son propre scénario invraisemblable et terrifiant : et d'une, j'accouche toute seule dans la merde et le sang ! Et de deux, j'étouffe mon bébé tout neuf avec une serviette de toilette ! Et de trois, je l'enveloppe de film alimentaire ! Et de quatre, je le fourre dans le congélo, entre un sac de frites et un autre de haricots verts !

Laurent est largement battu en matière de jeux

macabres, mais au lieu de lui faire part de ces considérations, je rétorque sobrement que ça ne m'est jamais venu à l'esprit. Sa réponse à lui achève de me mettre hors de moi : « Vous manquez vraiment d'imagination, Chloé et moi. »

Chloé et lui... Un lapsus, visiblement, mais un lapsus inquiétant. Soudain, j'en ai marre de toutes ces conneries : l'idée d'une association, même fantasmatique, entre Chloé et ce doux dingue m'est insupportable. Je mets sèchement fin à la conversation.

Une minute plus tard, Reynald me rappelle :
— Il t'a convaincu ?
— Ouais. C'est juste un grand malade, mais pas un criminel.
— On devrait quand même essayer d'en avoir le cœur net.
— Comment ?
— Il habite Saint-Julien, non ? C'est pas si grand : on devrait aller fouiner là-bas, trouver l'endroit où il habite, aller sonner pour voir...
— Demande-lui carrément son adresse. Raconte-lui que tu veux lui expédier un truc.
— Il se méfiera. Il me dira de le lui apporter à la Luna.
— Je peux aller traîner un peu à Saint-Julien, si tu veux.
— Tu pars quand ?
— Dimanche. Et toi ? Tu m'as dit que vous alliez rentrer à Paris.
— Bientôt. Très bientôt même, mais ce n'est pas fixé.

— O.K. Je te tiens au courant.

— Attends, je me rappelle qu'il nous a dit que leur baraque n'était pas loin de l'église de Saint-Julien : même que sa femme et ses gosses y étaient toujours fourrés !

— L'église de Saint-Julien : je vois très bien. Bon, ça restreint un peu le périmètre. Et en même temps, s'il a zigouillé sa femme et ses enfants, il va peut-être pas faire de vieux os à Marseille.

— Attends, Farouk, de quoi parlons-nous, là ? Tu crois vraiment que Laurent est capable d'un truc pareil ? Nous ne sommes pas dans un film !

— Tu le connais, toi, Laurent ?

— Non. Je me connais à peine moi-même. D'ailleurs, nous ne sommes pas obligés de nous laisser embringuer dans cette affaire. Oublions Laurent et ses conneries. Oublions que nous nous sommes rencontrés un jour tous les trois. De toute façon, je remonte à Paris, nous n'allons plus nous revoir de sitôt. Et en plus, je vais avoir suffisamment de problèmes personnels à régler pour ne pas y rajouter ceux de Laurent.

— Ouais, moi aussi.

À la pensée du tombereau de problèmes personnels que nous avons l'un comme l'autre à affronter, nous soupirons puis éclatons d'un même rire homérique. Reynald reprend :

— Bon, écoute, nous sommes aussi dingues que Laurent et aussi mal barrés que lui sur le plan conjugal, mais donnons-nous deux jours pour en savoir plus.

— De toute façon, j'aurais du mal à partir en

vacances en me disant que trois enfants sont peut-être en danger.

— Sauf qu'ils sont peut-être tout à fait morts, comme leur mère !

— Bon, c'est toi qui t'y mets, maintenant ! Je vais à Saint-Julien. Que je trouve quelque chose ou pas, je t'appelle. Ciao.

— Ciao.

Les enfants traînent leur ennui dans le jardin. Il fait trop chaud pour que nous fassions quelques paniers de basket. Je propose de les déposer à la piscine Haïti, la plus proche du quartier de Laurent, et de les y reprendre trois heures plus tard.

— Pourquoi celle-là ? Frais Vallon, c'est plus près.

— Il paraît qu'elle est géniale. Et puis ça change. Alors ?

— Mouais...

— Préparez vos affaires de piscine. N'oubliez rien.

Chloé acquiesce mollement à nos projets. Mais alors que les enfants m'attendent déjà dans la 307, que j'ai prise de préférence à la Punto, que Laurent connaît, elle m'attrape par le bras :

— Farouk, tu crois pas qu'il faudrait qu'on parle ?

— De quoi ?

— Je pense que tu le sais très bien.

Mon cœur se met à cogner follement dans ma poitrine. Non, je ne sais pas, non je ne veux pas. Pas question que sous prétexte de « vider l'abcès », comme disait Reynald l'autre jour, nous ayons une de ces conversations définitives qui saccagent toute une existence. Après tout, nous avons fait la preuve, Chloé et moi, que nous sommes capables de vivoter sur d'affreux secrets et de marcher au-dessus de l'abîme sans y tomber.

Je ne sais pas si je parviens à garder bonne figure, mais intérieurement je gémis, je me traîne aux pieds de Chloé en me tordant les mains : « Non, Chloé, ne parlons pas ! Surtout pas ! On attribue trop de vertus à la parole, alors que toi et moi connaissons bien les mérites du silence ! Chloé, Chloé, je t'en supplie, n'exige pas de nous que nous ayons cette discussion ! Sauf si tu veux la destruction de ta famille ! Sauf si tu veux ma mort ! »

Des images me passent par l'esprit, dans un enchaînement absurde qui me bouleverse : l'enfant du congélateur, notre petit fantôme bleu ; le visage de Delphine, les plaies qui prolongent abominablement son rictus ; Chloé allaitant Lila et me retournant un regard paisible au-dessus du crâne chevelu de notre premier bébé ; Laurent enfouissant son visage entre les cuisses fuselées de Lauriane ; Reynald allumant un cigare dans la lumière voluptueuse de la Luna ; Marc enlaçant Chloé dans la cuisine ; et de nouveau, obsédant et irréfutable, le visage serein de l'enfant né de leurs amours coupables.

Farès actionne impatiemment l'avertisseur de la 307. Chloé me regarde avec inquiétude. Je cède :

— O.K. On parle quand je reviens.

— Dans ce cas, dépose les enfants chez ma mère : dis-lui qu'ils vont dormir chez elle.

— Ils ont leurs affaires ?

— Farouk, ils n'ont besoin de rien : ma mère a des brosses à dents, et ils peuvent dormir en sous-vêtements.

— Ça va pas déranger ta mère ?

— Depuis quand ça dérange ma mère, d'avoir ses petits-enfants ? Tu veux qu'on parle, oui ou non ?

— Non !

Le « non » a jailli, irrésistiblement. Chloé accentue la pression de sa main sur mon bras :

— Tu sais très bien que nous n'avons pas le choix.

Et comme elle a raison, raison contre ma folie, j'esquisse un vague geste d'assentiment, et je monte dans la voiture surchauffée où m'attendent mes enfants gémissants :

— Papa, c'est horrible ! Il fait trop chaud ! Mets la clim !

Je roule dans un état second jusqu'à Saint-Julien, laisse les enfants devant la piscine, conviens avec eux de l'heure du rendez-vous, puis roule de nouveau jusqu'à l'église, à proximité de laquelle je me gare. Avisant un café tout près, je m'installe, non pas en terrasse, comme la chaleur le commande, mais juste derrière la baie vitrée qui me permettra d'avoir un œil sur la place tout en étant à peu près invisible.

Une fois assis, je commence à me demander ce que je peux bien foutre là. Quelle est la probabilité pour que j'aperçoive Laurent, quand bien même il habiterait tout près ? À supposer que Delphine soit encore vivante, n'est-il pas censé travailler à cette heure-là, donc être loin de Saint-Julien ? À moins qu'il n'ait prétendu être en vacances... Je ne connais rien de ses horaires, rien de ses habitudes... Je ne connais rien de lui, en fait. Tout ce qu'il nous a raconté peut être pures affabulations.

Tout, sauf la souffrance. Il s'est peut-être inventé une autre identité, une autre vie, mais il a ceci de commun avec Reynald et moi qu'il traverse une période terrible de sa vie, une tourmente dont il ne se relèvera peut-être pas, quelque chose qui menace sa santé mentale voire son intégrité physique.

Peut-être ce point commun explique-t-il l'embrasement qu'a été notre rencontre à la Luna. Je peux bien me demander ce que je fous là, au fond, je connais la réponse : elle a à voir avec l'amitié. L'amitié aussi soudaine qu'inexplicable qui me lie aux deux autres. À seize ans, j'aurais cru à la prédestination, pensé que notre rencontre était écrite. J'ai trente-huit ans, je ne cherche plus d'explication à rien, mais je fais confiance à mes intuitions et à mes convictions, dont celle-ci, invétérée, qui résiste à tous les raisonnements et à toutes les mises en garde : Laurent n'est pas un étranger pour moi, et ce qui lui arrive me concerne. Pas question de l'abandonner à son triste sort. Et s'il a effectivement commis l'irréparable et l'impardonnable, eh bien j'aviserai...

Une heure interminable passe. Je sue à grosses gouttes dans ma serre, tout en buvant café sur café. Comme si j'avais besoin de ça pour être nerveux. Les autres clients ont évidemment opté pour la terrasse, et je les observe avec un détachement mélancolique, enviant leur légèreté supposée, la vie tranquille que je leur prête, leur absence de soucis autres que matériels... Je repense au quasi-ultimatum de Chloé. Je la connais : si nous n'avons pas la franche discussion qu'elle me réclame, les choses iront très mal entre nous. Alors, perdus pour perdus, ne vaut-il pas mieux que nous parlions ? J'apprendrai au moins dans quelles circonstances elle est tombée enceinte, et jusqu'à quel point elle a eu conscience de cette grossesse. J'apprendrai aussi, dussé-je en mourir, comment elle a pu me tromper, bafouer l'idée que nous nous faisions, elle comme moi, de l'amour et du mariage.

Soudain, j'ai un sursaut sur la chaise cannée qui commence à me sembler dure et inconfortable. Tout à l'heure, quand elle a attrapé mon bras pour m'intimer d'avoir avec elle une conversation indispensable, j'ai entrevu un éclair bleu à son poignet. J'étais trop troublé, trop pressé d'en finir, pour en tirer des conclusions, mais rétrospectivement j'ai bien l'impression que c'était *le* bracelet, celui que je lui ai offert en souvenir de la Chloé de *L'Écume des jours*, et qu'elle portait à notre mariage. Elle a cessé de le porter, d'ailleurs, sans que je m'en avise vraiment ni ne lui en demande la raison. Il me semble qu'elle l'a arboré lors de nos anniversaires de mariage, mais peut-être pas aux deux trois derniers. Là non plus, je ne suis plus très sûr. En tout cas, elle l'avait aujourd'hui : oui, cette transparence à peine teintée et veinulée de bleu, c'était ça, aucun doute.

Chloé ne laissant rien au hasard, elle a certainement voulu me signifier quelque chose en remettant ce bijou, beaucoup plus symbolique de notre union que nos deux alliances, que nous portons par conformisme mais que nous pourrions perdre sans en être attristés. De nouveau, mon cœur bat la chamade. Hypothèse haute : elle essaie de me dire que rien n'est perdu, qu'elle m'aime toujours, et qu'elle veut que notre mariage survive à sa trahison, sans parler du bébé qu'elle a supprimé. Hypothèse basse : elle porte le bracelet pour la dernière fois et précisément parce qu'elle s'apprête à mettre fin à notre mariage. Dois-je le dire ? La première hypothèse me semble plus probable et plus cohérente : ce bracelet affirme la force et la pérennité des engagements que nous avons contractés l'un envers l'autre.

Brusquement, j'ai envie de rentrer, d'être chez moi, d'avoir avec Chloé la conversation que nous avons sans cesse différée, l'un comme l'autre. Je me lève, précipitamment, et je fouille mes poches à la recherche d'argent liquide. À ce moment-là, Laurent passe devant le bar. Il marche rapidement, tête baissée. Il ne me voit pas.

Je sors et lui emboîte le pas. Troisième rue à droite, puis tout de suite à gauche. Visiblement arrivé devant chez lui, il sort un trousseau de clefs de la poche de son jean, tandis que je me rejette en arrière, m'efforçant de me dissimuler sous un pas de porte. Le moins qu'on puisse dire, c'est qu'il a l'air absolument normal. Impossible d'imaginer que ce type ait pu tuer qui que ce soit. Je mémorise son adresse, visualise la maison : une maison de ville à un étage, une façade avenante, des volets rouges, mi-clos, une plaque émaillée de bleu au-dessus de la porte pour indiquer son numéro, rien que de très ordinaire. Je tourne les talons, reprends ma voiture, récupère mes gosses, trempés, chlorés et détendus, les dépose chez leur grand-mère, que j'embrasse distraitement avant de reprendre la route. Chloé m'attend.

*

Mon amour, mon bel amour, ma Chloé... Je la serre dans mes bras, inondant sa joue et son cou gracile de mes larmes, des larmes de tendresse, de pitié, de honte, de soulagement, tout se mêle, idées et sentiments se brouillent, mais par-dessus tout émerge la conviction que je ne suis qu'un pauvre con.

Après avoir déposé les enfants, je suis rentré à toute blinde, au mépris des limitations de vitesse en vigueur. Les derniers kilomètres dans les collines de la Batarelle m'ont semblé interminables, mais enfin j'ai garé la voiture dans l'allée, refermé derrière moi le lourd portail de pin, qui commence à s'écailler et qu'il va falloir repeindre.

Chloé est dans la cuisine. En me voyant, elle s'assoit, brusquement, comme si elle avait les jambes coupées. Je m'installe en face d'elle. Nous nous regardons silencieusement pendant quelques secondes. Son regard à elle est à la fois triste et perplexe. Elle cherche ses mots. Quand elle les trouve enfin, leur précision cruelle me déchire le cœur.

— Je ne sais pas ce que tu sais, ce que tu as deviné, mais de toute façon, ça fait des semaines que je me dis que je dois te parler, des semaines aussi que je repousse le moment de le faire. Parce que c'est trop dur, Farouk, trop incroyable, trop difficile à comprendre et à admettre aussi. Je vais te faire du mal. Prépare-toi à ce que je te fasse du mal. Je n'ai aucune excuse. Je ne m'en cherche pas et je ne veux pas non plus que tu m'en cherches. Parce que je te connais, je connais ta bonté : des excuses, tu m'en trouveras alors que je n'en ai pas. L'été dernier, je suis tombée enceinte. Crois-le ou pas, je ne m'en suis pas aperçue. Pas avant janvier, en fait. Il me semble même que j'ai eu mes règles, au moins les premiers mois. Mais je n'en suis pas sûre. Au début, je n'ai même pas grossi. Peut-être un peu les seins, mais je n'y ai pas fait attention. Déni de grossesse, j'imagine. Il paraît que ça arrive, mais j'imaginais que ça n'arrivait qu'à de pauvres filles paumées, ou très jeunes, dont c'était la première grossesse. Depuis, j'ai lu l'histoire d'une femme, médecin généraliste, qui n'avait découvert sa deuxième grossesse que le jour de l'accouchement. Donc voilà, tu peux être éduquée, instruite, très au fait des réalités médicales, avoir déjà été enceinte, et ne pas t'apercevoir que tu l'es de nouveau. Crois-moi, rien n'est venu m'alerter, rien, aucun symptôme. J'étais un peu fatiguée, mais bon, qui ne l'est pas ? À partir du moment où j'ai compris que j'étais enceinte, ma grossesse est devenue visible, d'ailleurs. Comme ça, du jour au lendemain, mon ventre a poussé. Et alors, je n'ai eu qu'une obsession, te le cacher, que toi, tu ne t'aperçoives de rien. Tu as bien dû remarquer que je ne me déshabillais plus devant toi, que je faisais en sorte que tu ne me voies plus nue. On a moins fait l'amour. J'étais terrorisée à l'idée que tu saches.

— Tu l'as dit à Marc ?
Chloé fiche dans le mien son beau regard clair :
— Pourquoi je lui aurais dit ?
— Ben...
— Je crois que tu ne comprends pas très bien, Farouk : cette grossesse, j'osais à peine me l'avouer à moi-même, alors Marc... Même ma mère n'a rien su. Je ne sais pas pourquoi, mais pour moi il était primordial que personne ne s'aperçoive que j'étais enceinte. Et en même temps, je ne pensais pas beaucoup à cette grossesse, parfois j'en arrivais même à l'oublier, ou à me dire que je me faisais des idées. J'ai accouché fin mars.
— Mais comment tu as pu...
— Tu travaillais, les enfants étaient à l'école. Heureusement. Je ne sais pas comment j'aurais fait si vous aviez été là. Et de toute façon, l'accouchement a été très rapide. Quand j'ai compris ce qui se passait, je suis allée dans la salle de bains, je me suis installée dans la baignoire, avec plein de serviettes.
— Tu as eu mal ?
— Je ne sais pas. Je n'ai pas beaucoup de souvenirs de l'accouchement proprement dit. Je me rappelle que j'étais obsédée par l'idée qu'il fallait que tout soit terminé avant le retour des enfants. Toi, je savais que j'avais plus de temps, que ce jour-là tu passerais voir tes parents après les cours, que tu rentrerais en début de soirée. C'est bizarre comme je pouvais avoir les idées claires sur certains points et pas du tout sur d'autres. Je me revois en train de prendre une douche, de mettre une culotte avec plein de linges hygiéniques dedans. Je me revois aussi en

train de nettoyer comme une folle, en train de bourrer la machine avec toutes les serviettes que j'avais imbibées de sang. Tout ce sang... Je ne sais pas où était le bébé pendant ce temps-là. Tout d'un coup, j'ai recommencé à avoir des contractions et j'ai cru que j'avais rêvé le premier accouchement, que c'était le bébé qui s'annonçait. Ou alors que je vivais un cauchemar, qu'après le premier bébé il y en aurait un deuxième, puis un troisième. En fait, j'étais en train d'expulser le placenta. Il a fallu que je nettoie de nouveau. Le temps passait, je paniquais. Tout d'un coup, le bébé a été dans mes bras. Mais je ne me souvenais pas de l'avoir pris. Je lui avais coupé le cordon, mais quand ? Il était mort, Farouk, tu dois me croire. Il n'a jamais vécu. Il n'a même pas crié. Ou alors...

Ses yeux se remplissent de larmes, elle se mord le poing jusqu'au sang.

— Parce que s'il y a une chose dont je suis sûre, c'est que je ne l'aurais jamais tué. Qui sait, peut-être qu'il n'a pas réussi à respirer tout seul ? Qu'il avait les voies respiratoires obstruées ? Ou peut-être qu'il est mort d'hypothermie : je ne sais pas combien de temps il est resté sans que je m'en occupe, sans que je le prenne dans mes bras... Mais mon idée, c'est qu'il était déjà mort dans mon ventre, qu'il était mort-né. Il n'a fait aucun bruit, tu vois, à aucun moment : il n'a même pas râlé, gargouillé, enfin je sais pas...

— Chloé...

— Ne dis rien. Laisse-moi aller jusqu'au bout. Je l'ai regardé : il ressemblait à mes autres bébés, à Farès, surtout. Il m'a même semblé qu'il avait ton nez.

— Mais Chloé...

— Tais-toi, je te dis ! Sauf qu'à aucun moment je n'ai pensé que c'était mon bébé. Notre bébé, notre enfant. C'était... *quelque chose*. Quelque chose dont je devais me débarrasser. Et en même temps, je ne pouvais pas le mettre à la poubelle, comme je l'avais fait pour le placenta. Comme quoi j'avais quand même conscience que ce n'était pas tout à fait un objet. En fait, je ne pouvais ni le garder ni le jeter. Alors...

Elle marque un temps d'arrêt, lève les yeux au ciel, comme pour chercher l'inspiration. Je suis malade, physiquement malade, au bord du malaise. Ce que Chloé me raconte m'est insupportable. La tête me tourne, je sens des picotements dans mes doigts et je me cramponne à la table. Chloé reprend, contenant un rire nerveux :

— Je suis allée au cellier, je l'ai... enveloppé dans du film alimentaire, là, et je l'ai mis dans le congélateur.

Son rire éclate :

— Oh, Farouk, je t'en supplie, ne dis rien, ne parle pas tout de suite ! Je sais que c'est dingue : je t'ai dit que je n'avais ni excuse ni explication à te donner. Je ne sais pas pourquoi j'ai fait ça, mais je l'ai fait. J'ai congelé notre enfant.

— *Notre* enfant ?

— Oui. Lila et Farès ont eu un petit frère. Et personne ne l'a su sauf moi. À moins que toi... Tu l'as trouvé, hein ?

— Oui.
— Oh, Farouk, je suis tellement désolée. Je ne voulais pas que tu tombes dessus comme ça. Et en même temps, je me doutais bien que ça pouvait arriver.
— Les enfants aussi auraient pu le voir.
— Non. Je leur ai raconté n'importe quoi : que le congélateur était cassé, qu'il y avait des émanations toxiques, qu'il ne fallait surtout pas l'ouvrir, jamais, en aucun cas.
— Heureusement qu'ils t'ont crue. Tu te rends compte, s'ils étaient tombés dessus, comme moi ?
— Aujourd'hui je m'en rends compte. Mais durant tout ce temps, je n'y ai presque pas pensé. Pas plus pour m'inquiéter à l'idée qu'on le trouve que pour avoir des regrets, ou me demander ce que j'allais en faire. Je savais bien qu'il ne pouvait pas rester là, mais ça ne me préoccupait pas plus que ça. Tu l'as trouvé quand ?
— Début mai.
Chloé me fixe d'un air songeur.
— Et tout ce temps tu n'as rien dit...
— Tu ne disais rien non plus.
— Chez moi, il y a une cohérence : j'ai mis sept mois à comprendre que j'étais enceinte, et même quand je l'ai compris, je crois que j'ai espéré que je n'accoucherais pas. Rappelle-toi que je ne savais même pas à quel stade j'en étais de ma grossesse. Ce n'est qu'en voyant le bébé, comme il était gros, plus gros que Lila et Farès même, que je me suis dit qu'il devait être né à terme. Ce qui faisait remonter ma grossesse à l'été dernier. Juillet sans doute... Mais

toi, pourquoi tu n'as rien dit ? J'ai bien vu qu'il y avait quelque chose, tu t'es mis à faire des trucs qui ne te ressemblaient pas.

— Comme quoi, par exemple ?

— Farouk, j'ai vraiment besoin de savoir ce qui t'est passé par la tête quand tu as trouvé le... ce...

— Le bébé. Dis-le : tu l'as dit tout à l'heure.

— Qu'est-ce qui t'est passé par la tête quand tu as trouvé le bébé ?

— Ça m'a sonné. Je crois que je suis tombé par terre, littéralement.

Elle rit. Je ris. Comment le rire est-il possible à un moment pareil, je ne sais pas, mais nous rions ensemble, pour la première fois depuis longtemps. Et pour la première fois depuis longtemps aussi, je me rappelle combien Chloé peut être rieuse. Elle a toujours été à la fois extrêmement grave, presque trop sérieuse, et prompte à éclater d'un rire clair, léger, communicatif.

— Je savais que c'était ton enfant, Chloé, je savais que c'était toi qui l'avais mis là.

— Qui d'autre ?

— Je pouvais tout imaginer, non ?

— Mouais, je sais pas.

— Mais...

Son regard me tétanise. Ce regard qui est celui d'une infanticide, d'une femme qui a vu et commis le pire, comment peut-il conserver tant d'innocence lumineuse ? Comment peut-il conserver le pouvoir de me culpabiliser ? Car j'ai honte, au moment de tout avouer à Chloé, de lui livrer toutes mes élucubrations et suppositions aussi erronées qu'infamantes.

— Chloé, je te demande pardon, j'ai cru...
— Qu'est-ce que tu as cru ?
— J'ai cru que ce n'était pas le mien.

Devant sa stupeur manifeste, je continue, à toute vitesse, histoire de me débarrasser au plus vite de cette version de l'histoire. Comme si la vérité n'était pas suffisamment affreuse.

— J'ai cru que tu l'avais eu avec un autre homme, et que c'était pour ça que tu n'avais pas voulu le garder. J'ai deviné que tu t'étais aperçue tardivement de ta grossesse, j'ai même pensé au déni, mais, je ne sais pas pourquoi, je n'ai pas imaginé une seule seconde que ça pouvait être notre enfant. J'ai pensé que tu avais eu une liaison. Pour moi, c'était la seule raison qui pouvait expliquer que tu l'aies tué.

— Je ne l'ai pas tué ! Je n'ai tué personne !
— Je pensais que tu l'avais laissé mourir.
— Je t'ai expliqué, je crois qu'il n'a pas vécu. C'est peut-être de ma faute, d'ailleurs. Je n'ai pas été suivie pendant ma grossesse, j'ai fumé, j'ai bu, pris des médocs...

— Il y a des tas de femmes dans le monde qui ne voient pas de médecin, ne passent pas une échographie de toute leur grossesse : ça ne les empêche pas d'accoucher d'enfants en parfaite santé.

— Je sais...
— Chloé : j'ai cru que tu m'avais trompé et ça m'a presque tué.
— Mais comment as-tu pu ?
— Ça n'était pas plus invraisemblable que de t'imaginer cachant ta grossesse, accouchant toute seule et surgelant ton propre enfant !

De nouveau, et en dépit de l'horrible conversation que nous sommes en train d'avoir, nous éclatons de rire.

— Farouk, je ne comprends plus très bien la femme que je suis, et je ne m'explique pas plus que toi comment j'ai pu faire ce que j'ai fait. J'en suis arrivée à la conclusion que le psychisme humain était quelque chose de trop compliqué pour être cerné, analysé, décrypté. J'en suis arrivée à la conclusion que toutes les aberrations, toutes les perversions, toutes les monstruosités étaient possibles. Pire : que les monstruosités n'étaient pas le fait de monstres, mais d'êtres humains comme moi. Parce que si quelqu'un comme moi, quelqu'un d'aussi banal...

Je me récrie, mais elle me fait taire d'un geste :

— Farouk, je sais bien que tu m'as toujours mise sur un piédestal, je sais bien que tu m'as toujours dit que j'étais exceptionnellement belle, merveilleusement intelligente, et cætera, mais tu es bien le seul à le penser. Et moi, je sais pertinemment que je suis juste plutôt mignonne, mais pas très brillante et complètement inculte. Je sais aussi que je manque d'imagination et de fantaisie, que je suis conformiste, bref, une nana comme il y en a des millions.

Une fois de plus, je veux l'interrompre mais elle m'en empêche :

— Laisse-moi aller jusqu'au bout de mon raisonnement ! Ce que j'essaie de te dire, c'est qu'il me semble que le déni de grossesse et l'infanticide, aussi incroyables, aussi atroces soient-ils, sont plus dans ma nature que l'adultère !

Elle se reprend, sentant bien ce que sa formule a

de choquant. Elle hésite, cherche ses mots, faisant monter en moi une irrésistible envie de la prendre dans mes bras et de l'étreindre très fort. Et en même temps, je sens bien que je ne dois pas la toucher avant que nous soyons allés au bout de cette double confession, si pénible soit-elle pour l'un et l'autre.

— Je crois que je peux dire que jamais, jamais, je ne t'aurais trompé, Farouk. Si j'avais rencontré quelqu'un d'autre, éprouvé du désir pour lui, si j'étais tombée amoureuse d'un autre, je te l'aurais dit. Je n'aurais rien fait avec lui avant de t'avoir quitté. Et je ne t'aurais rien caché. Mais de toute façon, depuis que je te connais, aucun homme ne m'a intéressée. C'est comme ça.

— Même pas Marc ?

— Mais pourquoi tu me parles de Marc ? Ça fait deux fois !

— Parce que c'est ton meilleur ami. Et parce que j'ai cru que l'enfant était de lui.

— De Marc ? Qu'est-ce qui t'a mis cette idée dans la tête ?

— Je vous ai vus vous embrasser. Au réveillon, il y a deux ans.

Elle ouvre de grands yeux :

— Excuse-moi, Farouk, je ne sais pas ce que tu as vu ou cru voir, mais ce n'était pas ce que tu crois. Je ne me souviens pas d'avoir embrassé Marc à ce réveillon, mais si je l'ai fait, c'était sans doute pour lui souhaiter la bonne année, non ?

— C'était plus que ça.

— Impossible. Tu as rêvé.

— Il n'est pas amoureux de toi, Marc ?

— Non.
— Il ne l'a jamais été ?
— Pas que je sache. Et moi non plus. Je l'aime beaucoup, il me fait marrer. Mais je ne suis pas son genre de nana, et il n'est pas non plus mon genre de mec.
— C'est quoi, ton genre de mec ?
— Toi. Définitivement.

À ce moment-là seulement, je sais que je peux la prendre dans mes bras. Mon amour, mon bel amour, ma Chloé. Après avoir ri, nous sommes capables de pleurer ensemble, et c'est incroyablement bon de la retrouver, d'éprouver la douceur de sa peau, la faible résistance de sa chair à mon étreinte, de sentir son odeur fleurie, son parfum, le même depuis que je la connais, un mélange de musc et de rose un peu poudrée.

— Qu'est-ce qu'on va faire, Farouk ?

Il y a tellement de détresse dans cette phrase, soufflée à mon oreille, que j'en ai le cœur brusquement serré. Mon portable sonne. J'hésite à répondre, mais c'est Reynald et je finis par prendre son appel. Je fais bien car il est complètement affolé : il a reçu de Laurent un nouveau mail dément, et cette fois-ci clairement menaçant à l'égard de Lauriane. Je lui dis que je connais désormais l'adresse de Laurent et je promets d'aller sonner chez lui à la première heure demain matin, mais pas ce soir, non, ce soir, j'ai trop à faire, j'ai retrouvé ma femme, et je ne souhaite qu'une chose, passer du temps avec elle, la réconforter et l'assurer de mon soutien indéfectible :

— Ne t'en fais pas, ma chérie. On est deux, on

s'aime, on trouvera ! On trouvera quelque chose, une solution qui nous permette d'être heureux.

L'histoire pourrait s'arrêter là, sur le *happy end* que j'ai tant appelé de mes vœux. Maintenant que je suis sûr de l'amour de Chloé, je me sens tout-puissant, invulnérable, invincible. Ce dont je n'ai pas encore pleinement conscience, c'est que nous ne sommes pas deux, mais trois. Et que la solution, quelqu'un l'a trouvée pour moi.

Reynald

7 et 8 juillet

Que faire ? Je rappellerais bien Farouk, une troisième fois, mais j'ai senti, à son ton, à la fois heureux et distrait, qu'il devait se passer quelque chose d'important chez lui. Je subodore une réconciliation avec Chloé et je comprends qu'il ne soit pas disponible pour moi dans l'immédiat. Il a traîné dans Saint-Julien, a entrevu Laurent cet après-midi même, et ne lui a pas trouvé la mine d'un dangereux criminel. Je me suis peut-être affolé trop vite. Lauriane est sans doute partie se promener. Peut-être avait-elle l'intention d'aller fumer un joint dans la pinède toute proche. Peut-être a-t-elle ressenti le besoin de s'isoler de moi, de réfléchir, toute seule, à la nouvelle vie qui se profile pour elle et à toutes ses implications. Je n'ai qu'à attendre paisiblement qu'elle revienne.

Ce qui m'étonne, tout de même, c'est qu'elle n'ait pas pris son Blackberry, vu qu'elle ne s'en sépare que le temps de prendre sa douche. Machinalement, je le prends dans ma main, le soupèse, avant de me décider à consulter l'historique de ses messages.

Les derniers sont de Patsy, probablement envoyés depuis son TGV. Le ton en est amer et vindicatif : « T'es vraiment trop nulle, je sais pas comment j'ai fait pour pas m'en apercevoir avant, t'es tellement égoïste, je crois que tu te rends pas compte, je me laisserai plus jamais avoir par toi, ça m'étonnerait que Zach te supporte longtemps, t'as de la chance d'avoir Reynald », etc., avec des fautes sur les mots les plus simples, sans compter toutes les abréviations et contractions qui rendent la plupart des SMS incompréhensibles.

Dans ses réponses, Lauriane cherche visiblement l'apaisement, la conciliation : « Je vois pas pourquoi tu dis ça, essaie de me comprendre, parle pas de Zach, tu le connais pas, je sais que j'ai de la chance mais tu sais pas tout... » L'échange s'interrompt à 20 heures. Depuis, Lauriane n'a ni reçu ni envoyé de message.

Il y a aussi quelques textos récents de Zach. Le dernier date du début de l'après-midi et il est aussi lapidaire que stupide : « Love from Z, bb. » Les autres sont de même teneur, de petits messages enamourés, bébêtes : « Je te kiffe trop, Miss U, je pense à toi bb... » Comment Lauriane a-t-elle fait pour s'enticher d'un crétin pareil, mystère. Ou plutôt, non, pas de mystère du tout : Zach est jeune, mignon, pas très futé, mais Lauriane ne l'est pas davantage, qui se ressemble s'assemble.

Vers 22 heures, je recommence à m'inquiéter. De toute façon, les balades en solitaire, la méditation, la contemplation des pins parasols sur fond de nuit méridionale, ce n'est pas du tout le genre de

Lauriane. Dois-je appeler la police ? Mais pour lui dire quoi ? Que ma jeune épouse a disparu ? J'entends d'ici leurs questions et les pauvres réponses que je pourrai leur faire s'ils poussent un peu leurs investigations : « Votre épouse et vous vous êtes-vous disputés récemment ? – Non, nous nous entendions à merveille. – Ah bon ? La meilleure amie de votre épouse, Mlle Patricia Robert, affirme que vous étiez en instance de divorce et que votre épouse avait un amant, c'est vrai ? – Euh oui, mais ça ne nous empêchait pas d'être en très bons termes. – Mlle Robert raconte aussi que votre épouse a eu des rapports sexuels avec un autre homme, sous vos yeux, le samedi 2 juillet, c'est exact ? – Oui, mais tout allait quand même pour le mieux entre Lauriane et moi, je vous assure. »

Sans compter que la volatilisation d'une adulte saine d'esprit n'est sans doute pas prise au sérieux avant que plusieurs jours ne se soient écoulés. Pas avant quarante-huit heures, ai-je entendu dire un jour, dans une de ces émissions de télé malsaines qui reconstituent des affaires criminelles ou reviennent sur des disparitions inexpliquées. Que faire ? Montrer à la police les derniers mails de Laurent ? La photo trash de Delphine et le mail dans lequel Laurent, non seulement annonce son intention de tuer Lauriane, mais fait aussi allusion à mon impuissance sexuelle ? Il conclut d'ailleurs en disant qu'il m'aime, ce qui ne manquera pas faire planer sur moi des soupçons d'homosexualité.

Bizarrement, ce qui me retient le plus, c'est peut-être la peur du ridicule. La peur du scandale aussi :

après tout, Lauriane est connue, et les médias ne manqueront pas de s'emparer de l'affaire.

À minuit, n'y tenant plus, je rappelle Farouk. Une première fois en vain. Puis une deuxième.

— Reynald ? Qu'est-ce qui se passe ? Tu as des nouvelles de Lauriane ?

— Non, justement.

— Quelle heure est-il ?

— Minuit.

— Elle ne t'a pas appelé ?

— Elle n'a pas pris son portable.

— Ah oui, c'est vrai : tu me l'avais dit. C'est bizarre. Elle l'a peut-être oublié.

— Oui, mais dans ce cas, et même si elle était partie de son plein gré, elle serait revenue le chercher au bout de dix minutes : elle vit avec, elle le consulte tout le temps.

— Appelle la police, si tu es vraiment inquiet.

— Tu ne veux pas retourner voir si Laurent est chez lui ?

— Reynald, tu tombes mal, là.

— Je sais, je le sens bien, mais je ne veux pas appeler la police avant d'être sûr qu'il n'y a pas d'autre solution. Peut-être que Laurent est en train de s'envoyer tranquillement en l'air avec Lauriane. Chez lui. Dans ce cas, j'aurais l'air d'un con.

— Tu es sûr qu'elle est pas plutôt avec son mec, là, le jeune dont tu nous as parlé ?

— Zach ?

— Zach.

— Il n'est même pas en France. Il est en tournée, quelque part entre Zagreb et Bucarest.

— Bon, écoute, en mettant les choses au pire, et en suivant la logique de son mail, s'il voulait la tuer, il l'aurait déjà fait : pourquoi voudrais-tu qu'il la séquestre ?

— Je ne sais pas, moi. Pour la torturer ?

— Laurent te fait l'effet d'un tortionnaire ?

J'entends du bruit à l'arrière-plan, une voix de femme qui s'efforce de parler bas. Chloé doit être à côté de Farouk et s'inquiéter de la teneur de cette étrange conversation. Instinctivement, je baisse le ton moi aussi, bien qu'elle ne puisse m'entendre :

— Il me fait l'effet d'un barge capable de tout. Tu sais quoi, Farouk, je vois bien que je t'enquiquine, là, avec mes histoires, et qu'il y a peut-être une explication rassurante, ou en tout cas moins inquiétante, à tout ça. Il se peut très bien que Lauriane ait eu un petit accident, un malaise, que sais-je, qu'elle se soit fait renverser par une voiture, que quelqu'un l'ait ramassée à deux pas d'ici et conduite à l'hôpital, qu'elle soit hors d'état de dire qui elle est et où elle habite, mais ça me semble beaucoup plus invraisemblable que l'autre version de l'histoire, celle dans laquelle Laurent a une responsabilité dans la disparition de ma femme. Alors tu vas me donner son adresse à Saint-Julien, et je vais y aller moi-même. J'en ai pour une demi-heure à tout casser, plutôt vingt minutes en fait.

Il proteste mollement, me dit qu'il ira lui-même aux premières heures de la matinée, mais il finit par lâcher l'adresse de Laurent et par me donner quelques indications :

— C'est vraiment à deux pas de l'église. En fait, si tu te places dos à l'édifice, il faut que tu prennes la rue diamétralement opposée. Ensuite, première rue à droite. C'est au 12.

À son débit précipité, je devine qu'il est soulagé de me refiler le bébé. Je sens aussi son refus délibéré de s'inquiéter, voire sa volonté de s'aveugler momentanément sur la gravité de la situation.

Car la situation est grave, et moi, en tout cas, je ne dois pas m'aveugler plus longtemps. Il y a un psychopathe dans mon entourage, il m'a prévenu qu'il allait tuer ma femme, et ma femme vient fort opportunément de disparaître. Où est, là-dedans, la place pour le hasard, pour la coïncidence malheureuse qui verrait Lauriane se volatiliser sans qu'il y ait motif à s'alarmer ?

*

Bizarrement, après mon coup de fil à Farouk, je dors quelques heures – un sommeil entrecoupé de mauvais rêves et de mauvais réveils. À l'aube, je prends l'A50 et je fonce séance tenante vers Marseille. La dernière fois que j'ai fait ce trajet, c'était pour notre dernier rendez-vous à la Luna, et me voici en train de me repasser le film de nos précédentes rencontres, à Laurent, Farouk et moi. Je me souviens du sentiment d'angoisse qui m'a étreint au moment de quitter la Samaritaine, trois semaines auparavant. Trois semaines seulement, mais une éternité au cours de laquelle j'ai perdu Lauriane, à tous les sens du terme, et peut-être d'une façon aussi cruelle que définitive.

Car je n'ai pas menti à Farouk : je suis intimement

convaincu que Laurent est un psychopathe. Un psychopathe infiniment séduisant, mais qui a probablement tué et mutilé sa femme. Rien ne s'oppose à ce qu'il fasse de même avec la mienne, et je comprends que mon angoisse d'il y a trois semaines était tout simplement une prémonition. Quand l'événement qui se prépare est d'une nature aussi violente et aussi démentielle, quelque chose doit planer dans l'air, *avant*, une menace sourde, comme un suintement avant-coureur. Comme les augures de la Grèce antique, j'ai perçu qu'un danger approchait. Mais comme je suis un esprit rationnel, un homme du XXIe siècle, et non un devin inculte et apeuré, tâchant d'interpréter le chœur polyphonique de ses dieux, j'ai refusé d'accorder du crédit à mon pressentiment et j'ai envoyé bouler mes angoisses : avec une désinvolture coupable, je me suis précipité au-devant du danger. Et si ce danger n'avait concerné que moi, après tout, quelle importance ? Mais ce faisant, j'ai exposé ma femme à ce danger mortel.

Sur l'autoroute du soleil, je prie les dieux, s'ils existent encore en ces temps de matérialisme et de prosaïsme sans esprit, s'ils ont survécu à l'absence de prières et de rituels appropriés, je prie tous les dieux du panthéon grec de protéger ma biche du sacrifice sanglant que Laurent lui prépare.

Je pense à Farouk : lui seul comprendrait que, les mains serrées sur le volant, je prie pour un dénouement semblable à celui de l'*Iphigénie* de Racine : qu'une Ériphile quelconque se substitue à ma princesse, que n'importe qui soit tué, mais pas elle !

Laurent

7 juillet

Avant de sombrer dans un sommeil profond, lourd, presque bestial, je prends de nouveau le temps d'écrire à Reynald et Farouk. Je ne veux pas les prendre en traître. Je veux aussi leur laisser une chance de s'associer à moi, de connaître cette jubilation intense, intime, du devoir accompli, jubilation d'autant plus forte que le devoir est pénible, qu'il nous coûte des larmes et du sang. Le sang a coulé, pas le mien, pas encore, mais j'y suis prêt. Je ne sais pas quel degré de crédibilité je conserve encore auprès de mes deux seuls amis, mais pour le coup je suis sincère. Libre à eux de croire ce qu'ils ont envie de croire. Si notre amitié n'est pas un mirage issu des zones les plus insanes de mon cerveau, ils me comprendront, ils me suivront, et là où je vais, ils viendront avec moi.

À 9 heures du matin, mon portable sonne : c'est Marianne. Elle a dû appeler d'abord son mari et sa fille. En vain. Forcément, puisque le Blackberry de Delphine et l'iPhone d'Hubert ont cramé avec leurs propriétaires, dans un feu de joie qui a embrasé fugitivement la ravine. Fugitivement, mais efficacement : il ne restait pas grand-chose de ma femme et de mon beau-père quand j'ai repris la route des Termes.

Oui, j'ai été capable de regarder sans frémir leurs crânes calcinés. Bien mieux, la seule chose dont je me sois soucié, c'est de vérifier qu'aucune trace de coup ou de mutilation n'était visible désormais. Aucune trace non plus de mon petit dispositif de mise à feu. De toute façon, j'étais bien décidé à faire un époux et un gendre à ce point accablé que je mystifierais tout le monde, enfants, belle-mère, police. L'euphorie me portait.

Je dors. Aucun cauchemar, aucune vision macabre, sourires kabyles, occiputs explosés, marteaux sanguinolents, chairs brûlées grésillantes, ne vient troubler ce sommeil du juste. Pour la première fois depuis longtemps, je suis en paix avec moi-même. Je retrouve le Laurent que j'aime et sur lequel je peux compter, non plus la lavette soumise à sa femme, le père nié et discrédité, le gendre constamment rabroué, mais le guerrier affûté et préparé au pire. Le jeûne me réussit, et je dois vraiment me forcer pour avaler du pain de mie rassis et des pêches glacées, entreposées par Delphine dans le bac à légumes du frigo. Marrant, cette idée de fruits périssables, survivant quand même à la femme qui les a achetés quelques jours auparavant. Et connaissant Delphine, j'imagine le soin avec lequel elle les a choisis, les phrases accortes qu'elle a dû échanger avec le maraîcher. Pas question pour elle d'acheter ses fruits ailleurs qu'au marché, celui de Saint-Julien sans doute, ou mieux, celui de la place Richelme à Aix.

Je laisse le téléphone sonner. Marianne rappelle plusieurs fois. Sur le fixe, sur le portable. J'imagine son affolement d'être sans nouvelles du crapaud, de ne pas arriver à joindre sa fille, mais tant pis... J'aime bien Marianne, mais son effacement et sa docilité m'ont toujours exaspéré. Qu'elle s'inquiète. Rien à foutre. Là aussi, j'ai mon explication toute prête. Mon portable restera sur la table de la cuisine, où je prétendrai l'avoir oublié pendant que je vaquais à mes occupations.

Je pars voir ma mère, que je tire visiblement du lit malgré l'heure avancée de la matinée à laquelle je sonne chez elle. Elle m'ouvre en culotte, œil vitreux, cheveux en pétard, seins nus sous son t-shirt. Tandis qu'elle me précède dans le couloir étroit, j'observe avec tristesse ses mollets variqueux, ses cuisses maigres et néanmoins avachies et grumeleuses.

— Va t'habiller, maman, s'il te plaît.

Elle revient dans un horrible peignoir d'éponge jaune et rose. Mais bon, tout vaut mieux que le spectacle de ces contours flasques, de cette chair blanchâtre, marbrée de pourpre et piquetée de trous.

— Tu vas bien, mon chéri ?
— Mouais...
— Delphine et les enfants, ça va ?
— Les enfants sont à Aix.
— Ah.

Dans cette simple interjection et dans son regard, elle réussit à faire passer tout un monde de sentiments et de ressentiments : « Ah, ils sont à Aix ?

Ben oui, évidemment... Ils sont mieux à Aix qu'ici, ça c'est sûr. De toute façon, ils viennent jamais ici. Bon, je les comprends : qu'est-ce qu'ils feraient ? C'est tout petit chez moi. Je peux quand même pas les envoyer jouer dans la cité. Leur mère ne me le pardonnerait jamais. Jouer dans la cité, c'était bon pour toi, mais tes enfants... Ils préfèrent aller chez papy et bonne-maman. Ils ont tout, là-bas, le jardin, la piscine, la salle de jeux, la table de ping-pong... »

Elle ne dit rien, évidemment, ma mère ne dit jamais rien. Je soupire ostensiblement, histoire qu'elle comprenne que ça ne va pas fort. Je pense déjà à mon alibi et à la crédibilité de mon histoire. Elle me connaît, elle sait que je laisse rarement transparaître quoi que ce soit, ce qui fait qu'elle s'inquiète tout de suite :

— Qu'est-ce qu'il y a ? Ça n'a pas l'air d'aller ! Tu me caches rien, au moins ?

— Écoute, c'est bizarre : hier soir le père de Delphine est venu à la maison, je te passe les détails, mais ils avaient une histoire de famille à régler. Ils se sont disputés. Ils sont partis, assez tard, dans la voiture de Delphine, et depuis aucune nouvelle. Ils sont injoignables tous les deux.

— T'as appelé ta belle-mère ?

Ma mère déteste Marianne. Elle n'a jamais eu besoin de me le dire pour que je le sache. De temps en temps des petites remarques fielleuses lui échappent, des remarques qui ne lui ressemblent pas, à elle si naturellement bienveillante, si prompte à aimer tout le monde, sans discernement.

Je vois bien ce qui la dérange chez ma belle-mère,

toutes ces petites manières, ces affectations, ces mines gourmées, et jusqu'à sa voix d'éternelle petite fille : oui, elle peut être exaspérante. Ma mère n'est pas complètement stupide, elle doit bien sentir, aussi, le léger dégoût qu'elle-même inspire à Marianne, avec ses tenues de vieille cagole, son rire tonitruant, son accent marseillais, sa voix cassée par la clope, et son débit ralenti par les médocs. C'est d'ailleurs assez drôle de les voir toutes les deux côte à côte, dans les rares occasions qui les réunissent. Marianne a l'air d'une chatte circonspecte, hésitant à poser sa patte, tandis que ma mère se répand en jappements déréglés, parlant plus fort que jamais, multipliant les gestes à l'italienne et éclatant de rire à tout propos.

— Non, je n'ai pas appelé Marianne. En fait, c'est assez délicat...

Je feins d'hésiter, de chercher mes mots, et ma mère me presse :

— Quoi, qu'est-ce qui se passe ?
— Hubert a une maîtresse.
— Il trompe sa femme, lui ? Tu es sûr ?
— Oui. Delphine les a grillés. Il couche avec une pute de vingt-cinq ans.

Ma mère met la main devant la bouche, comme pour réprimer un hoquet de stupeur, mais ses yeux rient. Je peux deviner ce qui se passe dans son esprit. Et même si je prends soin de ne laisser paraître moi-même aucun signe d'amusement, je partage sa satisfaction.

C'est vrai, quoi, du haut de la longévité de leur union et de leur bonheur conjugal sans nuage, ces gens ont toujours tacitement renvoyé ma mère à son indignité. Ma pauvre mère, avec sa longue série d'amants, tous plus minables les uns que les autres : Gino, alcoolique notoire, Bernard, qui la tabassait, Daniel, qui aux dernières nouvelles purgeait sa peine aux Baumettes, Jean-Claude, qui la cognait aussi, Franck, vaguement trafiquant de drogue, Kamel, qui marchait aux médocs. Il n'y en avait pas un pour rattraper l'autre. Et je ne compte pas les coups d'un soir, ma mère ayant la grande spécialité de ramener n'importe qui à la maison. J'en avais suffisamment fait les frais.

À présent, ma mère rit ouvertement, et je baisse les yeux, tout en gardant un air peiné et mortifié.

— J'ai jamais aimé ce type, de toute façon ! Toujours à prendre des grands airs, à te faire la leçon sur tout !

Tiens, ma mère n'aime pas plus Hubert qu'elle n'aime Marianne. Bizarre, j'ai toujours cru qu'il lui en imposait, avec ses façons mielleuses et sa fausse jovialité.

— Et tu dis qu'elle a vingt-cinq ans ?

— Je sais pas. C'est Delphine qui m'a dit ça. Et j'ai vu des photos : c'est vrai qu'elle a l'air jeune.

— C'est une pute, tu es sûr ?

— Ouais, c'est une façon de parler... Je vois vraiment pas comment une jolie fille de vingt-cinq ans pourrait tomber amoureuse d'Hubert, qui en a soixante-dix et qui est aussi large que haut.

— Et en plus, il est chauve comme un caillou, pouffe ma mère, décidément de très bonne humeur.

— Bon, en tout cas, j'ai pas envie de rappeler Marianne. Je sais pas du tout quelle raison Hubert lui a donnée pour aller voir Delphine, comme ça, un soir de semaine. C'est pas du tout dans ses habitudes, tu vois : il vient jamais nous voir, tout seul, à l'improviste. Et tu me connais, j'ai pas envie de raconter des salades. Pas envie non plus de me mêler de leurs petites affaires.

— Appelle les enfants : ils te diront au moins si leur mère est avec eux. T'es pas obligé de donner des détails. Parce que moi, je serais inquiet, si j'étais toi. On sait jamais, ils ont pu avoir un accident.

— Ouais, t'as raison, je vais appeler Romane.

Je feins de tâter mes poches, à la recherche d'un portable dont je sais très bien qu'il est resté chez moi.

— Ah merde, j'ai oublié mon portable à la maison ! Et je connais pas le numéro de Romane par cœur !

— Je dois l'avoir quelque part, s'exclame ma mère, décidément beaucoup moins à la ramasse que d'habitude. Oui, tiens, je l'avais noté la dernière fois, pour le rentrer dans mon répertoire, et puis j'y ai plus pensé, mais regarde, je l'ai là !

Elle barjaque sans discontinuer, interrompue parfois par des quintes de toux grasse, elle m'étourdit, elle me fatigue. Je n'ai pas envie d'appeler Romane, dont l'existence et celle de ses frères me paraît lointaine, brumeuse, comme irréelle et reléguée dans un coin de mon esprit où je vais rarement. Je le fais, pourtant, sous l'œil inquisiteur de ma mère, qui m'a tendu son propre portable, un antique Samsung à clapet. Romane décroche tout de suite :

— Papa, j'ai pas arrêté de t'appeler ! Tu es où ?

Où sont maman et papy ? bonne-maman est super-inquiète ! Elle voulait appeler les hôpitaux pour savoir si vous aviez pas eu un accident ! Elle est en train de pleurer, là ! Mais pourquoi vous répondez pas, aussi ?!

Ma fille, comme ma mère, déverse dans mon oreille un flot de propos oiseux et pénibles. J'ai envie de hurler. Ou de me barrer sans plus dire un mot, ni à l'une ni à l'autre. Je me reprends et j'essaie de proposer une version convaincante de ce que je suis censé être en pareilles circonstances, une sorte de moyen terme entre gravité et flegme viril.

— Écoute, Romane, je ne peux pas tout te dire, mais ta mère et ton grand-père ont quelque chose de très important à régler, quelque chose qu'ils doivent faire tous les deux, seuls. Je voulais t'appeler pour te dire de ne pas t'inquiéter, et puis j'ai oublié. En plus j'ai pas mon portable, là, je suis chez mémé. C'est elle qui m'a donné ton numéro.

« Mémé » : Delphine a toujours tiqué sur cette façon de dénommer ma mère. Elle aurait voulu que les enfants appellent leur grand-mère paternelle « granny », ou « mamie », à la rigueur, mais pas « mémé », jugé par elle trop « peuple », trop vulgaire, impossible dans la bouche de ses précieux petits chéris. Du coup les enfants n'appellent pas leur grand-mère. Ils s'arrangent pour la héler vaguement, lui faire comprendre qu'ils s'adressent à elle mais sans dire « mémé », ni « Liliane ».

Tandis que je noie Romane sous un flot de paroles, j'entends la voix de Marianne qui demande à me parler et je me raidis intérieurement. Tranquilliser une enfant de seize ans est une chose, obtenir le même résultat avec une épouse naturellement anxieuse, c'en est une autre.

— Laurent, c'est Marianne, qu'est-ce qui se passe ?
— Comment ça ?
— Hubert était chez vous hier soir, non ?
— Euh, oui...
— Je sais que ça ne va plus entre Delphine et vous. Hubert me l'a dit, mais de toute façon, j'avais bien deviné. L'autre week-end, et puis même avant... Je sais que Delphine l'a appelé au secours hier soir, Laurent. Elle lui a dit que vous étiez devenu violent, que vous l'aviez frappée. Elle avait peur, elle voulait qu'il vienne, qu'il essaie de vous raisonner.

Derrière son discours précipité, effrayé, mais encore relativement poli, j'en entends un autre, nettement plus menaçant : « Je sais tout, espèce de petit saligaud. Je sais que vous avez porté la main sur ma petite fille chérie, mon irréprochable petite Delphine. N'essayez pas de me cacher quoi que ce soit, n'essayez pas de jouer au plus fin. Je suis sûre que vous avez fait quelque chose à mon mari. Il ne me laisserait pas sans nouvelles aussi longtemps. Mon mari m'aime, espèce d'ordure, il a de la considération pour moi, il sait que je suis quelqu'un de sensible et de facilement inquiet. Contrairement à vous, qui n'avez jamais eu aucun égard pour cette pauvre Delphine. Combien de fois elle m'a raconté que vous étiez capable de ne pas décrocher un mot du week-end, que vous la regardiez à peine, que vous ne lui demandiez jamais son avis sur rien. Vous êtes un monstre, Laurent, je le sais depuis longtemps, et

Delphine a fini par comprendre aussi... » La voix stridente interrompt ma rêverie parallèle :

— Laurent ! Laurent, vous m'entendez ? Où est Hubert ? Où est Delphine ?

— Marianne, je n'ai jamais frappé Delphine. Et ce n'est pas pour cette raison qu'elle a demandé à son père de venir. Il y a une autre raison, mais je ne peux pas vous en parler au téléphone, c'est assez... gênant, personnel...

Après tout, j'ai des preuves de l'infidélité d'Hubert, les photos, le portable de Delphine... Le portable, merde, putain ! Le portable de Delphine... Le portable de Delphine a brûlé, en même temps que sa propriétaire. Pas un seul instant je n'ai pensé aux photos d'Hubert et de sa pute marseillaise. Or ces photos sont capitales dans la cohérence et la vraisemblance de mon scénario. D'abord parce qu'elles déplacent le curseur de la culpabilité : Hubert n'était pas l'irréprochable vieux monsieur qu'il s'efforçait de paraître. Il n'était pas un parangon de vertu. De nous deux, c'est lui qui avait intérêt à ma disparition : la sienne ne m'est, a priori, d'aucun profit.

Par ailleurs, l'accident de voiture qui est censé expliquer leur double décès doit pouvoir être imputé à une dispute entre Hubert et sa fille, ou en tout cas à un état de grand trouble émotionnel. Sous le coup de la colère ou de la détresse, ou dans le feu de la discussion, Delphine a perdu le contrôle de son véhicule dans l'un des virages en épingle à cheveux d'une route des Termes notoirement dangereuse. Pourquoi ont-ils pris la route des Termes ? Mystère impénétrable, que seuls les deux morts pourraient dissiper.

De toute façon, sans photos pour établir qu'Hubert n'était qu'un Tartuffe, mon histoire déjà fragile ne tient pas la route. Je gamberge à cent à l'heure, tandis qu'au bout du fil Marianne se perd en conjectures et me presse de questions :

— Quoi ? Qu'est-ce qui se passe. De quoi parlez-vous exactement ? Laurent, vous en avez trop dit ou pas assez !

Je prends la décision de foncer. Peut-être parce que je perçois comme une petite fêlure, une petite mélodie nouvelle qui tente de se faire entendre derrière le chant dominant. Je sens, je devine, que Marianne a dû, ces temps derniers, avoir quelques soupçons. Peut-être n'ont-ils fait que lui traverser l'esprit, vite, vite, avant qu'elle ne les repousse, mais ce que je viens de lui dire les réactive. Un parfum sur le col de chemise du crapaud ? Des airs plus fringants que d'habitude ? Une note de restaurant ? Une communication qu'il aurait précipitamment interrompue ? De trop fréquents allers et retours entre Aix et Marseille ? Aucun adultère n'est indétectable. Sauf les miens, évidemment. Mais moi, je n'ai jamais commis l'erreur de m'amouracher de l'une ou l'autre de mes conquêtes, je n'ai fait que baiser des nanas qui en avaient besoin, je ne les ai jamais embrassées, ni dans un bar-tabac de Castellane ni ailleurs, je ne leur ai jamais téléphoné, je n'ai même jamais pensé à elles en dehors des moments où je les tringlais : peut-on parler d'adultère, dans ces conditions ?

— Marianne, je reconnais que tout n'est pas au beau fixe entre Delphine et moi, mais ça fait des années que ça dure, des années qu'on a des hauts et des bas, et on s'en est toujours sortis. Ce n'est pas de mon couple qu'il s'agit. Delphine ne vous a rien dit du tout ?

— Non. Et je ne vois pas de quoi vous voulez parler.

— Elle le fera demain.

— Pourquoi demain ?

— Parce que vu la réaction d'Hubert, elle a besoin d'au moins une journée seule avec lui. Ils ont besoin de faire le point.

— Je ne comprends rien à vos histoires !

— Marianne, je ne veux pas être le porteur de mauvaises nouvelles. Et vu le peu d'estime que vous avez pour moi...

— Qu'est-ce que mes sentiments pour vous ont à voir avec tout ça ?

— Rien, vous avez raison. Disons que ce que je m'apprête à vous dire ne risque pas d'arranger nos rapports. Il ne vous est jamais venu à l'esprit qu'Hubert pouvait avoir une maîtresse ?

Je laisse passer ses premières réactions, borborygmes, exclamations outragées, dénégations indignées, puis je continue, sur un ton doucereux et compatissant :

— Marianne, le doute n'est malheureusement pas permis. Delphine a surpris son père en galante compagnie dans un bar de Castellane.

— Qu'est-ce que Delphine faisait dans un bar de Castellane ?

— Ce n'est pas la bonne question, et vous le savez aussi bien que moi. C'était lundi dernier. Apparemment, il la voyait tous les lundis.

En restant le plus près possible de ce que je connais de la réalité, j'ai d'autant plus de chances de faire mouche. Ça ne loupe pas. Marianne se tait. Elle doit penser à tous ces lundis où Hubert disparaît sous des motifs foireux. Le lundi, le jour de congé de pas mal de petites nanas, secrétaires sémillantes, hôtesses d'accueil, vendeuses en parfumerie, attachées de direction...

— Écoutez, Marianne, hier Delphine a appelé son père et lui a demandé de venir d'urgence. Je ne sais pas ce qu'il vous a raconté, et je ne sais même pas quel motif elle a invoqué, elle, pour le faire venir. De toute façon, elle refusait d'en parler avec moi. Bref, Hubert a débarqué chez nous hier soir et ils ont eu une discussion très houleuse, à laquelle je n'ai pas été convié.

Je fais en sorte que Marianne sente bien mon dépit et mon humiliation d'être ainsi mis sur la touche, puis j'embraye sur la suite :

— Je ne sais pas ce qu'ils se sont dit. Je n'ai entendu que la fin de la conversation parce qu'Hubert hurlait comme jamais je ne l'ai entendu hurler. Il criait qu'il n'était pas question que vous soyez mise au courant, que ça vous tuerait. Et ce que je sais, parce que Delphine a été très claire sur ce point quand elle m'en a parlé, c'est que pour elle, il n'était pas question de garder le secret. Elle estimait que le mensonge vous ferait plus de mal que la vérité, qu'Hubert devait mettre un terme à sa liaison et tout vous avouer.

Au bout du fil, j'entends les sanglots convulsifs de cette pauvre Marianne. Elle me croit. Elle me croit parce qu'elle a probablement des doutes sur la fidélité de son mari. Qui sait, la brune de Castellane n'est peut-être que la dernière d'une longue série dont Marianne a déjà eu quelques échos ?

— Bref, Marianne, quand ils sont partis hier, Hubert était hors de lui. Delphine m'a dit qu'elle avait besoin de temps, de temps et de sérénité, qu'ils appelleraient quand ils se seraient mis d'accord sur un certain nombre de points. Parce que, pour tout vous dire, il semblerait que la fille soit enceinte et qu'elle veuille garder l'enfant.

Le cri bref poussé par Marianne m'apprend que cette information l'achève, et je poursuis sur ma lancée, cherchant ce qui pourrait bien justifier le silence radio de Delphine et Hubert.

— Ils sont partis voir la fille. Je n'en sais pas plus. Delphine m'a dit qu'elle ne se sentait pas le courage de vous parler pour l'instant. Elle m'a demandé de trouver un prétexte, une explication à leur absence. Mais vous me connaissez, je ne sais pas mentir.

Je continue un moment, répondant aux rares questions de Marianne, m'efforçant surtout de la tranquilliser quant à la sécurité de son mari et de sa fille : non, ils n'ont pas eu d'accident, ils sont sans doute en pourparlers avec la maîtresse d'Hubert, s'efforçant de trouver une sortie de crise et n'osant pas affronter Marianne tant que ce n'est pas réglé. Je n'ai besoin que d'un répit, vingt-quatre heures sans que ma belle-mère et mes enfants ne se se pointent chez moi. Marianne finit par raccrocher sur ma promesse de la rappeler dès que possible, dès que j'aurai des nouvelles, bises aux enfants, et ciao.

Je me débarrasse de ma mère aussi expéditivement, l'embrasse, lui donne un mot d'explication aussi lapidaire qu'évasif avant de me ruer hors de chez elle.

En me retrouvant dehors, devant l'entrée du bâtiment D, cette entrée empruntée tant de fois lorsque j'étais enfant puis adolescent, je recouvre mes esprits. Je regarde autour de moi. C'est là mon fief, un royaumes de cités HLM vétustes, de murs tagués, de caves vandalisées, de pelouses brûlées par le soleil, de jardinières servant de cendriers aux ados désœuvrés, de squares poussiéreux où aucun enfant ne va jamais. C'est moche, mais c'est chez moi. Comment ai-je pu croire que ma place était ailleurs ?

C'est en sortant de mon quartier, en reprenant ma voiture, que je renonce à tout : à mon scénario acrobatique, à la prime de l'assurance, à la reconstruction d'une vie où je serais le veuf inconsolable de Delphine Sportiello et le père des trois enfants que nous avons eus ensemble.

Je n'ai pas tué Delphine et Hubert pour retrouver ma place dans la société. Cette place, de toute façon, n'était pas la mienne. Je ne l'ai occupée que par hasard, voire par erreur : la société était occupée à regarder ailleurs quand je m'y suis faufilé, mais elle n'a pas tardé à m'éjecter du manège. J'ai eu vingt ans pour être un imposteur, vingt ans pour profiter de privilèges indus, basta ! J'ai une mission plus haute, désormais, et elle se dégage peu à peu de l'arrière-plan confus qu'est devenu mon univers mental.

Je prends la direction de Cassis sans même repasser par chez moi. C'est un soulagement de ne plus avoir à se soucier de vraisemblance et de cohérence, de ne plus se demander que dire aux uns et aux autres ni sur quel ton le dire. Je cogite, mais j'ai l'esprit serein.

Au bout d'une vingtaine de minutes, je me retrouve dans le centre-ville de Cassis. Je tourne un peu avant de trouver une place où me garer, puis je me tanque à une terrasse de café. Maintenant que je me suis rapproché de Reynald et Lauriane, je vibre d'excitation. Il est 15 heures. Je n'ai aucun plan précis, je suis juste une flèche tendue qui sait d'avance que sa trajectoire sera *juste*.

Pour tuer le temps plus que pour autre chose, je commande une salade niçoise. Je n'ai toujours pas faim. Depuis la mort de Delphine, je sens en moi une sorte d'écœurement radical, un dégoût de tout, et en premier lieu de la nourriture. De toute façon, la restriction calorique est le secret de la santé et de la longévité. C'est ce que je me tuais à dire à ma femme et à mes enfants, rencontrant toujours leur incompréhension, à ce sujet comme à d'autres. Il fallait que je les regarde se goinfrer à longueur de repas, que je supporte de voir défiler sur ma table des tartes, des gratins, des mousses au chocolat, des côtes de porc luisantes de graisse. Clément, surtout, m'exaspérait, à enfourner n'importe quoi, bouchée après bouchée, comme si rien ne parvenait jamais à le rassasier. Je dois bien m'avouer que mon propre fils me dégoûte, avec sa blancheur adipeuse, ses grosses joues, ses mollets rebondis.

La salade arrive sur la table, mais toutes ces considérations et tous ces souvenirs pénibles m'ont définitivement coupé l'appétit. Je picore, une olive par-ci, un anchois par-là. Les touristes passent en flots un peu hagards et titubants, assommés par la chaleur, rubiconds sous leurs casquettes, et impatients de se déverser dans la mer. Ils font irrésistiblement penser à ces caribous désaxés qu'une même folie grégaire jette dans les tourbillons d'un fleuve ou du haut d'une falaise.

Je décide quand même de les suivre jusqu'à la plage. La mer est belle, agitée, rieuse. Je me déshabille en un tournemain, ne gardant sur moi que mon slip noir, qui peut tout à fait passer pour un maillot de bain. La fraîcheur de l'eau me saisit. J'avais oublié à quel point elle est froide à Cassis, même au plus fort de l'été. Mais que c'est bon de n'être plus qu'un corps, ondoyé par l'écume et le vent ! Je m'étends sur les galets en frissonnant. Le temps passe sans m'atteindre : je suis moi-même un galet gris, rendu poudreux par le sel, heureux de sa minéralité chauffée à blanc par le soleil.

Je finis par me rhabiller, et je déambule nonchalamment dans les rues de Cassis. Il doit être à peu près 19 heures quand je comprends que la chance me sourit. Reynald et Lauriane sont là, à deux pas de moi, environnés par une nuée de curieux, qui tendent à Lauriane des bouts de papier, ou s'efforcent de poser à ses côtés. Elle se prête au jeu avec bonne grâce, signant tout ce qu'on veut, et enlaçant complaisamment les enfants comme les adultes. Il me revient brusquement qu'elle est chanteuse et vaguement connue, chose qui m'est complètement sortie de l'esprit au moment où je l'ai baisée.

Reynald la plante là, descendant précipitamment une des ruelles qui mènent au port. Je ne fais ni une ni deux, et je rejoins Lauriane. Elle a un petit sursaut de surprise en me reconnaissant.

— Qu'est-ce que tu fous là ?

Je dois reconnaître qu'elle est sensationnelle, plus bronzée que jamais dans une petite robe noire, qui dévoile ses jambes interminables et moule ses gros nibards.

— Je serai au bar, là, avec les stores rouges, entre 21 heures et 22 heures. Je t'attendrai.

— Pour quoi faire ?

— J'ai envie de toi, Lauriane. Je n'ai pas arrêté de penser à toi depuis la dernière fois.

Faux, archifaux, évidemment. J'ai eu bien autre chose en tête que le cul de Lauriane depuis *la dernière fois*. La mort de ma femme et de mon beau-père, par exemple. Sans compter leur crémation improvisée, dans une ravine entre Allauch et La Bouilladisse. Mais aucune femme ne résiste à l'aveu d'un désir aussi cru, et Lauriane ne va certainement pas être l'exception qui confirme la règle.

Elle sourit sans répondre et secoue ses boucles avec espièglerie. Pauvre conne. Elle sera là à l'heure, évidemment. La connaissant un peu, je suis même certain qu'elle se fera belle, qu'elle changera de robe, se remaquillera et se parfumera. Tant mieux, car elle va mourir, comme l'oie qu'elle est : autant qu'elle soit présentable pour faire son entrée dans l'au-delà.

*

Comme je l'avais prévu, Lauriane se pointe à l'heure et au lieu dits. Très mignonne. Je comprends ce que Reynald peut ressentir en l'exhibant à son bras. Tout le monde nous regarde. J'ai l'habitude qu'on me regarde, cela dit. Depuis que je suis tout petit, on m'a toujours complimenté sur ma beauté, et ça m'a toujours énervé. Je n'avais pas envie d'être beau. J'avais envie d'être fort, d'être dur, d'être insensible, d'impressionner les autres par ma masse musculaire, ma vigueur, mon agilité, mon endurance. Pas par la couleur de mes yeux ou la finesse prétendue de mes traits. C'était bon pour les filles, d'être belles. Manque de pot, c'est à ma beauté que je dois ma carrière professionnelle, et mon mariage avec Delphine. Delphine voulait un beau mari, un mec dont ses sœurs et ses copines soient jalouses. C'était important pour elle : je l'ai compris plus tard, des années après notre mariage.

Quant à ma carrière, mon embauche à l'Immobilière Gyptis... Mais à quoi bon raconter ce dont je n'ai jamais parlé à personne, ce que j'ose à peine me remémorer ? Avec Lauriane qui se pavane dans ce petit rade, soudain, tout ça me revient. J'attrape mes clefs de voiture et je lui dis :

— On y va ?

Pauvre Reynald ! Sa femme bien-aimée, sa petite Lauriane chérie, n'hésite pas une seconde. Elle est prête à suivre n'importe qui, et ça m'ôte mes dernières hésitations et mes derniers scrupules. Cette conne mérite pire que la mort.

Tout le long du trajet, elle pépie sans que je l'écoute vraiment : Reynald et elle sont sur le point de se séparer, ils doivent rentrer à Paris dans quelques jours, Reynald est super-cool, il prend super-bien la séparation, il restera son manager parce qu'il est trop bien comme manager, dommage que comme mari, enfin bref, c'est compliqué, de toute façon elle a un autre mec, un mec hypergénial, un musicien comme elle, là il est en tournée, il lui manque vachement, mais bon, elle est presque sûre qu'il la trompe, qu'il s'envoie en l'air avec des groupies, elle est furax, mais en même temps elle est super-amoureuse, en tout cas, elle a envie de se prouver qu'elle peut lui rendre la monnaie de sa pièce, qu'elle aussi elle peut baiser avec un autre.

Cet autre, c'est moi, Lolo des Aygalades, pour la servir. Laurent Sportiello, cocufieur certifié. Finalement, depuis toujours je me suis raconté des histoires, et je me suis bercé d'illusions en cherchant à être plus fort, plus endurant, plus stoïque, plus cultivé aussi : tout ce temps que j'ai perdu à bouquiner, à vérifier le sens des mots, à faire des recherches pour cerner un contexte historique, retrouver l'origine d'une citation, toute cette science sans âme que j'ai amassée pour rien, juste pour impressionner Delphine et les enfants, moucher mon beau-père à nos repas dominicaux, ou prendre de court des interlocuteurs qui m'auraient cru aussi con que beau.

À quoi bon tous ces efforts ? Pour me retrouver à quarante-six ans sans travail, sans femme, sans amis, et probablement bientôt sans enfants ? Pour avoir une tout autre vie, il aurait suffi, justement, que je ne fasse pas d'efforts, que je suive la voie qui m'était toute tracée, que je vende mes charmes, ma queue, mon inépuisable énergie sexuelle... Les choses auraient été beaucoup plus simples et j'aurais été beaucoup plus heureux. Au lieu de quoi, j'ai choisi une existence entièrement tissée de contraintes et de faux-semblants.

Tout avait bien commencé, pourtant. Tandis que Lauriane continue à jacasser, plus pour elle que pour moi, cherchant à justifier l'injustifiable, à se trouver de bonnes raisons d'être avec moi ce soir sur l'A50, je revois ma rencontre avec Verrier, le propriétaire de la Gyptis. J'avais vingt ans, un bac et un BTS de négociation commerciale, les dents longues, une envie d'en être et d'en découdre, mais pas grand-chose d'autre à mon actif. Je multipliais les petits jobs, histoire de ne pas être à la charge de cette pauvre Liliane Sportiello. Je baisais à droite et à gauche, tout en me fabriquant une musculature de rêve dans une petite salle de mon quartier, essentiellement fréquentée par des Antillais qui me regardaient d'un sale œil. Je m'ennuyais pas mal, aussi. J'avais l'impression d'avoir fait le tour des charmes de Marseille.

Ce jour-là, je prenais un verre en terrasse du Petit Pernod, un bar du cours Julien. J'avais étendu les jambes devant moi, quand soudain un mec a insinué la sienne entre les miennes. J'ai levé le nez. Un quadra goguenard m'observait. Il a attaqué aussi sec :

— On vous a déjà dit que vous étiez très charmant ?

Drague homo. Directe. Ça passe ou ça casse. Ce

jour-là, ça aurait pu casser : j'aurais pu m'estimer offensé – et j'avais cogné pour moins que ça. Mais je m'emmerdais tellement que n'importe quelle diversion était la bienvenue. J'ai laissé le mec s'asseoir en face de moi et avancer ses pions. On s'est retrouvés chez lui en moins de temps qu'il n'en faut pour le dire. Son appart était d'ailleurs son meilleur atout : un duplex au dernier étage d'une résidence récemment construite sur la Corniche. Une terrasse sur le toit. Il m'a laissé profiter de la vue tandis qu'il s'affairait à nous préparer des cocktails. Il avait une sorte de cuisine d'été sur sa terrasse. Avec un double évier de marbre gris, un bar, un barbecue, le tout sous un abri de canisses.

Un ferry partait pour la Corse. La mer était dorée, étale. Il m'a servi à boire, a mis de la musique et m'a fait faire le tour du propriétaire. J'étais bluffé : l'appart mêlait modernité et traditions provençales, avec des tomettes bien cirées partout, des murs chaulés de frais, des vasques en pierre de Rogne, très peu de mobilier, mais rien que de beaux meubles anciens, en bois sombre et légèrement vermoulu. Le gars parlait de son duplex et m'en faisait valoir toutes les commodités à la façon d'un agent immobilier, élogieux mais détaché. J'ai rigolé :

— Tu cherches à me le vendre, ton appart ?

— Non, je viens de l'acheter. Mais c'est moi qui ai vendu tous les autres.

— Tous les autres quoi ?

— Tous les autres apparts de la résidence. Ça s'appelle les Hauts de Phocée, ici.

— Tu es agent immobilier ?

— Tu plaisantes ? Je suis promoteur.
— Ah bon, parce que je suis un peu de la partie.

Effectivement, BTS en poche, j'avais commencé à démarcher les agences immobilières de la région. En vain, jusqu'ici. Il m'a jeté un regard étincelant de mépris :

— Quoi ? Ton père est entrepreneur en bâtiment ? À moins que tu sois maçon ?

J'ai rougi, compris ma bévue, cherché mes mots, ne les ai pas trouvés. Il n'était pas question que je la ramène avec mon BTS : ce gars et moi ne jouions pas du tout dans la même cour et je me serais rendu ridicule. Je me suis rabattu sur ce que je savais faire de mieux : me taire, prendre un air ténébreux et un regard indéchiffrable. Ce mec avait beau être pété de fric et habiter un endroit de rêve, il me *voulait*, il m'avait levé dans un bar comme une petite pute, et j'allais lui faire payer son arrogance et le mépris qui transparaissait soudain dans ses propos.

De toute façon, j'avais ce qui ne s'achetait pas, ce pour quoi il aurait rampé dans la boue pendant des jours, cette beauté qui n'avait aucun sens pour moi, mais que d'autres jugeaient inestimable.

J'avais la jeunesse aussi, alors que lui déclinait déjà, avec son crâne dégarni et l'avachissement de son ventre, bien visible sous le Lacoste noir. C'était l'époque où tout le monde portait des Lacoste, à Marseille, moi comme les autres. Sauf que là j'étais en marcel, parce qu'il faisait une chaleur à crever. En marcel, en bermuda, et en Docksides. Tant mieux. Ça avait donné l'occasion au gars d'admirer mes triceps et mes mollets : des heures et des heures de muscu pour obtenir que les muscles se dessinent aussi nettement, ça aurait été dommage que personne n'en profite.

— Tu as quel âge, Laurent ?
— Vingt ans.
— Et tu fais quoi dans la vie ?
— Des études.

En fait, je les avais déjà finies, mes courtes études. Deux ans pour obtenir ce BTS dont pour l'instant je ne savais pas très bien où il allait me mener. J'étais allé là comme je serais allé ailleurs. J'avais passé deux ans au milieu de garçons et de filles de mon âge et de mon milieu, des gens auxquels j'aurais théoriquement eu des choses à dire, mais justement, je n'avais rien dit, je ne m'étais pas fait d'amis, me contentant de coucher avec la plupart des nanas baisables de la promo : Évelyne, Isabelle, Véronique, Marielle, Valérie... Putain, le nombre de Valérie que je me suis cogné : à croire que toutes les filles de mon âge s'appellent Valérie !

Faire visiter des deux-pièces sur le boulevard Longchamp, vanter les charmes de la Belle de Mai, ou le potentiel de la Joliette, voilà ce qui m'attendait. Un copain m'avait convaincu qu'il y avait du fric à se faire dans ce secteur, des com à toucher, surtout pour un gars qui aurait un peu la tchatche. La tchatche, moi, je ne l'avais pas vraiment, mais j'avais autre chose : du charme, une belle gueule. Et comme je n'avais pas non plus le début d'une idée quant à mon avenir professionnel, pourquoi ne pas aller là plutôt qu'ailleurs ?

Le mec qui m'avait levé au Petit Pernod s'appelait

Éric Verrier. Me concernant, il n'a pas cherché à en savoir plus que le peu de chose que je lui avais déjà livré : il m'a enlacé brutalement, renversé sur sa jolie banquette en rotin, là, sur sa terrasse ensoleillée. Un bateau entrant dans le port a lancé un coup de sirène, comme pour saluer ironiquement l'aboutissement de nos ébats : son orgasme à lui, tout aussi tonitruant. Je n'avais pas joui, mais Éric s'en foutait pas mal. Il a essuyé son front en nage et soupiré de satisfaction. Devant cette manifestation d'égoïsme tranquille, je me suis juré qu'un jour ma jouissance deviendrait primordiale à ses yeux ; je me suis promis de l'amener à se traîner à mes pieds.

C'est très exactement ce qui s'est produit : un mois plus tard, Éric me mangeait dans la main. Désormais, mon plaisir passait avant le sien : il me suçait pendant des heures, me branlait vigoureusement, guettant dans mon œil impavide le signe que ses efforts n'étaient pas vains. Moi, je différais malicieusement mon orgasme, feignais l'ennui, la lassitude. Non content d'être mon esclave sexuel, Éric m'entretenait grassement. Je m'étais installé chez lui, une semaine après notre rencontre.

Voilà ce que j'aurais pu devenir : le giton attitré d'Éric Verrier, quarante-deux ans, promoteur immobilier bien connu sur Marseille, ville dans laquelle il était né et qu'il connaissait comme sa poche. Comme moi, finalement. Oui, nous avions au moins ça en commun, une connaissance intime de cette capitale phocéenne, si mal connue et si mal dénommée, d'ailleurs.

La capitale phocéenne : ça m'a toujours fait rigoler,

cette périphrase pompeuse. Interrogez les Marseillais, vous aurez du mal à en trouver un qui sache à quoi renvoie Phocée. Et puis Marseille, une *capitale*... là aussi laissez-moi rire. Pourquoi dénommer « capitale » une ville qui a déjà bien du mal à se gouverner elle-même ? Une ville sans fierté autre que le cabotinage des cakes et le chauvinisme criard des supporters de l'OM ? Une ville sans beauté véritable, sans charme caché non plus ? Une ville sans monuments et sans prestige – sauf à compter pour un monument le Palais Longchamp, ce gros gâteau Second Empire, avec son parc zoologique sans animaux, ses pelouses clairsemées et ses massifs mal entretenus ?

Ça ne m'empêche pas d'aimer l'OM. Et d'aimer ma ville, précisément pour son absence de surmoi. Marseille, une ville où l'on peut partir en vrille tranquillement. Ça n'y fera pas plus de vagues qu'une légère brise sur le Vieux Port. Une ville parfaite pour les toxicos : d'où le nombre de copains à moi qui sont tombés entre sida et OD. Une ville parfaite pour les petites magouilles, loin de toute *French Connection, Borsalino*, et autres images d'Épinal de la mafia marseillaise. Une ville parfaite pour ne rien faire et se laisser vieillir sous un soleil et un ciel bleu impitoyables. Oui, impitoyable, le ciel de ma ville. À se demander si finalement les brumes du nord, les lumières voilées, n'auraient pas mieux convenu à toutes les trajectoires descendantes qui ont déjà croisé la mienne. À se demander si un peu de brouillard n'aurait pas dissimulé la violence et la cruauté de leurs pauvres histoires.

Quant à mon histoire avec Éric Verrier, elle a duré, contre toute attente. Peut-être parce que nous avons su, l'un comme l'autre, la transformer. Éric en avait marre des coups d'un soir, mais il en avait marre aussi des passions torrides, qui flambent le temps d'un été, et s'éteignent en laissant plus de mauvais souvenirs que de bons. Surtout pour celui qui a éprouvé cette passion sans l'inspirer en retour. Il n'avait plus envie de se prendre la tête. Je l'ai rendu dingue, au moins au début, mais je ne l'ai jamais pris pour un con. Je ne lui ai rien promis, rien caché non plus. Tout doucement, je l'ai amené à me considérer, non plus seulement comme un amant, mais aussi comme un ami, voire un partenaire potentiel. Sans quitter le terrain érotique, sur lequel nous nous entendions très bien et qui était le ciment de notre relation, nous avons abordé celui des affaires. Cinq ans plus tôt, le TGV avait mis Paris à quatre heures de Marseille, bientôt trois disait-on, et cela rendait cette dernière beaucoup plus attractive. Éric avait misé sur l'immobilier de prestige et s'était spécialisé dans les quartiers sud de Marseille. Sa boîte tournait bien et n'avait pas besoin de mes services. En revanche, il avait hérité de sa mère une petite agence, l'Immobilière Gyptis, que faute de temps il laissait vivoter depuis cinq ans. Il m'a mis le deal en mains :

— Si tu es prêt à te lever tôt, à ouvrir l'agence à l'heure où les autres sont encore fermées... Parce que 7, 8 heures du mat, c'est le bon moment pour faire visiter, contrairement à ce qu'on pourrait penser. Après, les gens bossent, il faut qu'ils prennent sur leur temps de travail pour aller voir des apparts, et ça les emmerde. Pareil pour le soir : il faut que tu sois dispo pour faire visiter à 22 heures, s'il le faut. Tu t'en sens capable ? Et si tu fais tes preuves… je te foutrai une paix royale : t'auras les coudées franches à la Gyptis.

Et c'est très exactement ce qui s'est passé : j'ai fait mes preuves, largement au-delà des espoirs qu'Éric avait pu nourrir à mon sujet. Dans les faits, sinon officiellement, la Gyptis a été ma boîte, j'en ai fait une affaire florissante, n'économisant pour cela ni mon temps ni mon énergie. Éric n'a eu qu'à se féliciter de notre association, tant professionnelle qu'érotique.

Il n'était pas le premier mec avec lequel je couchais mais il a été le dernier. Entre nous, tout a fonctionné harmonieusement et sans à-coups. Quand j'ai rencontré Delphine et en suis tombé amoureux, il a été le premier à le savoir, le premier à deviner mes craintes et mes espoirs, le premier à m'encourager aussi.

— Vas-y, fonce : ça a l'air d'être une fille pour toi.

— Une fille pour moi, tu parles… Elle est hyper-coincée. Catho.

— Ce sont les meilleures épouses. Et puis tu la décoinceras, je te fais confiance.

— Son père est un connard fini.

— Tu n'épouses pas son père. À moins que… Il est mignon ?

— Il a au moins cinquante piges.

— Comme moi. Mais mon âge a pas l'air de te déranger.

En cinq ans, il s'était complètement dégarni et avait pris du bide. Je le regardais aller et venir dans son salon. Il n'habitait plus le duplex des Hauts de Phocée mais une très belle maison d'architecte, toujours sur la Corniche, avec vue panoramique sur la mer et sur Notre-Dame de la Garde. Quant à moi, j'avais pris un trois-pièces à la Pointe Rouge : rien d'extraordinaire, mais moi aussi j'avais vue sur la mer et j'étais tout près des calanques, dans lesquelles j'aimais aller grimper, du temps où c'était encore possible. Grâce à lui, je gagnais bien ma vie. Je l'ai dévisagé. Il a soutenu mon regard.

— Tu vas pas me larguer ?

— Pourquoi je te larguerais ? Parce que t'es amoureux ? Tu n'as jamais prétendu m'aimer, de toute façon. On peut pas dire que tu m'aies trompé sur la marchandise.

— Si je me marie, si on a des enfants avec Delphine, il faut plus que jamais que j'aie une situation.

— Tu l'as. Mais c'est pas non plus un emploi à vie. L'immobilier, tu sais ce que c'est : je peux être amené à te licencier. Même moi, je peux sauter un jour ou l'autre.

— Tu parles, tu es pété de thunes.

— Des thunes, il en faut pour faire ce que je fais. Promoteur, c'est un métier à risques.

— Tu as des agences partout.

— Écoute, Laurent, tu me dis que tu vas te marier et je te donne ma bénédiction. Qu'est-ce que tu veux de plus ?

— Savoir ce que ça va changer entre nous.

— Je t'aime bien, tu bosses bien, mais tu n'es pas irremplaçable. Sauf pour un truc. Alors, qui vivra verra…

Malgré moi, j'ai rougi, compris, fermé ma gueule. Voilà comment j'ai continué à baiser avec Verrier toutes ces années, mariage ou pas mariage. Avec plus ou moins de régularité. Il pouvait très bien ne pas me solliciter pendant des mois comme me sauter dessus tous les jours, à certaines périodes. J'imagine que ça dépendait de la vie amoureuse qu'il pouvait avoir en dehors de moi. Dont il ne me disait rien. J'avais fini par croire notre association inoxydable. Jusqu'au jour où il m'a lourdé. C'était il y a huit mois. À notre dernière entrevue, il s'est montré froid, presque cynique, mais je ne pouvais même pas lui en vouloir : Éric Verrier, le promoteur à qui tout réussissait depuis trente ans, était en train de boire le bouillon et allait être mis en liquidation judiciaire. Il vendait la Gyptis, et je ne faisais pas partie du *package. Good bye and good luck, Laurent : I'm sure you will survive.*

Voilà ce que j'ai en tête, les souvenirs que je remue, tandis que Lauriane continue son bavardage insipide et déculpabilisant. Avec tout ça, on est arrivés à Saint-Julien sans même que je m'en aperçoive. Je gare la voiture juste devant chez nous et introduis Lauriane dans notre intimité, cette maison meublée et décorée par Delphine, cette maison dans laquelle sont nés nos deux derniers enfants, cette maison dans laquelle j'ai tué ma femme et mon beau-père, vingt-quatre heures auparavant.

Rien qu'à cette pensée, à la violation que représente la présence ici de cette chiennasse de Lauriane, je sens ma haine revenir, intacte. Ma haine indistincte de tout et de tous, et ma haine précise, ciblée, ma rancœur à l'égard de toutes les Lauriane, de toutes les Chloé, de toutes les Delphine de ce monde, de toutes ces épouses trop aimées qui n'ont jamais su prendre la mesure de cet amour ni en apprécier pleinement la valeur.

Alors que Lauriane virevolte dans mon salon, je me remémore ma rencontre avec Reynald et Farouk. Nous avons plaisanté sur notre entente immédiate, sur la confiance et la complicité qui se sont installées entre nous, alors que nous sommes si différents et si peu faits pour nous entendre : Farouk, si timide, si doux, presque candide ; Reynald, si arrogant, si pédant, si blasé aussi. Et moi… à jamais le minot des Aygalades, embarrassé de ses manières frustes, de son accent, et de tous ses secrets inavouables.

Le ressort secret de cette entente improbable ? Tous les trois, nous sommes des *maris*. Ce que Farouk a théorisé pour lui-même, se présentant à nous, d'emblée, comme l'homme d'une seule femme, entièrement défini par son statut d'époux, vaut aussi pour Reynald et pour moi. Même si Reynald en est à son troisième mariage, et même si j'ai, de mon côté, copieusement trompé Delphine. La question n'est pas là. Nos femmes nous ont vampirisés. Et loin de s'en tenir là, loin de se contenter de leur victoire écrasante, elles ont ajouté de l'humiliation à l'humiliation : Chloé a trompé Farouk, Lauriane s'apprête à quitter Reynald pour un autre, plus jeune et plus mignon ; quant à Delphine, elle m'a quitté depuis longtemps, avec ses activités paroissiales, le catéchisme, les pèlerinages, sans compter sa dévotion indéfectible à sa famille d'origine : elle n'a jamais été une Sportiello, elle est restée, envers et contre tout, une Signac. Le divorce n'aurait fait qu'officialiser les choses.

Je vais tuer Lauriane. Sans plaisir. Juste pour rétablir un certain ordre des choses et une certaine justice. Je n'espère même pas la reconnaissance de Reynald, dont je cerne mal, désormais, le degré de lucidité. S'il parvient à comprendre mon geste, tant mieux. Une fraternité nouvelle pourra s'établir entre nous. S'il n'y parvient pas, s'il se laisse aveugler par sa sentimentalité et son conformisme, tant pis : la reconnaissance viendra plus tard, avec le soulagement d'être débarrassé d'un fardeau de souffrance et de honte. À ce moment-là, je serai mort depuis longtemps. La mort ne me fait pas peur.

Je vais tuer Chloé aussi. Mais en attendant, Lauriane me regarde d'un air dubitatif. Je lui souris, vite, vite, avant que le doute ne se fasse trop envahissant. D'un geste, je lui indique l'escalier qui mène à l'étage et dans lequel le crapaud a trouvé un sort funeste. Elle gravit les marches devant moi, jambes nues dans sa robe claire, pressée de rencontrer son propre destin. Elle se retourne, fugitivement aguicheuse. Je ne suis même pas sûr d'avoir envie de la baiser avant.

Farouk

8 juillet

Cette nuit, j'ai fait l'amour avec Chloé pour la première fois depuis plus de deux mois. J'ai pris mon temps. Celui de la redécouvrir, de parcourir son corps, des mains, de la bouche, posant des baisers partout, derrière son oreille, dans sa nuque, le long de ses bras, de ses cuisses, sur son ventre tendre, ce ventre qu'une troisième grossesse a à peine distendu, un peu quand même, ce ventre qui a abrité son secret incompréhensible et poignant. Je l'ai pénétrée, prenant appui sur mes bras tendus, la regardant et chargeant mon regard de toute la douceur possible.

Chloé pleurait. Pas moi. J'étais ivre de mon bonheur tout neuf. Pas de place en moi pour autre chose que la joie et le soulagement. Cette nuit, je ne voulais être qu'amour et désir. Elle s'est tendue. Elle si pudique, d'habitude, dans l'expression de son plaisir, à tel point que je ne sais pas toujours si je l'ai fait jouir ou pas, s'est répandue en gémissements tandis que son visage se convulsait brièvement. J'ai joui à mon tour, et me suis étendu à côté d'elle. Un film de sueur collait nos flancs l'un à l'autre, nos halètements conjoints s'apaisaient dans la pénombre.

Un an auparavant, une nuit de juillet comme celle-là, je lui ai fait l'amour. Les choses se sont sans doute déroulées à peu près de la même façon. Nous ne sommes pas très fantaisistes sur le plan érotique. Sauf que cette nuit-là, je l'ai fécondée, je lui ai fait cet enfant dont elle n'a pas voulu et dont je n'ai rien su.

Demain nous aviserons. Demain, je me laisserai rattraper par le petit fantôme bleu et le sort à lui donner. Demain aussi, je m'occuperai de Reynald, de Laurent et de leurs petits jeux, avatars sinistres de ce candaulisme pour lequel je n'ai désormais ni curiosité ni fascination. Je sens bien, d'ailleurs, que j'en ai fini avec tout ça. Avec cette amitié improbable et largement fantasmatique. Il ne s'agit pas de renier Reynald et Laurent : ils m'ont aidé à traverser le cauchemar de ces derniers mois et je leur en suis reconnaissant. Qui sait, peut-être serai-je capable de les revoir un jour ?

Mais en attendant ce jour lointain, je n'aspire qu'à une chose, reprendre ma vie là où je l'ai laissée, renouer avec la normalité, aimer ma femme sans états d'âme, être aimé d'elle, regarder grandir nos enfants sans penser à leur petit frère dans son mausolée de glace, partir en vacances, voir arriver la rentrée scolaire sans autre angoisse que celle de tout prof confronté à de nouvelles classes.

Par acquit de conscience, et compte tenu des appels que Reynald m'a passés et que j'ai distraitement écoutés, je vérifie tout de même mes mails.

Il n'y a rien sur mon portable, en tout cas : aucun SMS ou appel manqué de la part de Reynald. Lauriane a dû rentrer. En revanche, au milieu de spams divers et mails anodins, il y a un mail de Laurent, daté d'hier. J'hésite à l'ouvrir. J'ai peur d'être happé par sa folie convaincante et contagieuse. Peur de la séduction qu'il est capable d'exercer sur moi, même à distance. Je l'ouvre quand même : « Cher Honoré13, m'en voudras-tu beaucoup si je te dis que non seulement Delphine est morte, mais qu'il faut que Chloé meure aussi ? Je sais que l'idée doit te paraître absurde et terrifiante. Je connais cette capacité des faibles à s'effaroucher d'un rien. Car la mort n'est RIEN. Quel philosophe disait que quand elle survient, nous ne sommes plus là ? Tu dois savoir ça, toi. Je n'ai pas peur de mourir, Farouk. Mais avant, je veux être utile. Je veux que ma vie, comme ma mort, ait un sens. Ce sens, Delphine me l'a dénié. Elle aurait dû faire de moi un époux, un père, un homme, et elle s'est employée au contraire à me vider de toute substance. L'homme de sa vie, c'était son père. Mais rassure-toi, je l'ai tué aussi. Profite de cette chance, toi, mon ami : je suis la flèche, je suis le trait du destin, je suis ton bras armé si tu veux que je le sois. Ce que tu n'as pas le courage d'accomplir, je l'accomplirai pour toi. Le sens me reviendra, par toi, par Reynald. Ne te fie pas à ce que tu sens, Farouk : nous sentons et ressentons avec nos tripes, c'est-à-dire avec notre part animale. Les femmes, sans cesse, nous ramènent à notre part animale. Me croiras-tu si je te dis que je n'ai jamais été plus pleinement son mari que lorsque j'ai tué

Delphine ? Jamais nous ne nous sommes aimés autant. Nous nous sommes retrouvés au moment même où j'ai posé les mains sur son cou. J'ai senti son assentiment, son adhésion pleine et entière à ce que je faisais, elle qui a passé toute notre vie conjugale à railler et à discréditer le moindre de mes actes. Je veux que tu connaisses cette sensation, Farouk. Mais si tu ne te sens pas capable d'un bonheur aussi puissant, laisse-moi faire. Oui, j'accepte de me salir les mains. Parce que c'est à ce prix que tu redeviendras le mari de Chloé. Non pas sa chose, son esclave adorant, prêt à tout accepter, y compris qu'elle en aime un autre, mais son MAÎTRE. N'écoute pas la faiblesse, n'écoute pas la lâcheté : elles sont mauvaises conseillères. Écoute ta virilité : elle est là, bien cachée, bien enfouie sous les conformismes et les réflexes de prudence. Ou n'écoute que moi et laisse-moi faire. Chloé doit mourir parce qu'après t'avoir sucé la mœlle, elle t'a bafoué. Dis-moi juste où la trouver. Je t'aime. L. »

Je me sens glacé. Littéralement transi de terreur. Je comprends soudain les affres de Reynald, auxquelles je n'ai finalement prêté qu'une oreille distraite, tout bourdonnant que j'étais de ma liesse conjugale, de ce bonheur et de ce soulagement inespérés après tant de semaines de marasme. Laurent en veut à Lauriane *et* à Chloé ! Ce taré a décidé de tuer nos femmes ! Je ne sais pas si je dois le prendre au sérieux, mais du coup les inquiétudes de Reynald quant à la disparition de Lauriane me semblent beaucoup plus fondées.

J'écris un mail à Laurent, à tout hasard : « Ne

t'occupe pas de Chloé : je m'en charge. De toute façon, nous sommes sur le départ. Je te tiens au courant. Prends soin de toi. Farouk. »

Aussitôt envoyé, ce mail me paraît stupide. Si jamais Laurent est vraiment un criminel, la police fouillera son ordi, trouvera nos échanges électroniques. Je pourrai être inquiété, être accusé de complicité, que sais-je.

J'appelle Reynald. Il ne décroche pas. Il est 10 heures du matin. Il a largement eu le temps d'aller à Saint-Julien et d'en revenir. Pas de nouvelles, ça veut sans doute dire bonnes nouvelles. Que faire ? Appeler la police ? Parler à Chloé ? De toute façon, nous devons partir pour Villard-Dessus demain aux aurores : pourquoi ne pas avancer notre départ et prendre la route dès cet après-midi, quitte à dormir à l'hôtel, si le chalet n'est pas libre ? De cette façon, au moins, je la mettrai en sécurité. Rester ici est plus risqué : même si Laurent n'a pas mon adresse, il sait que j'habite au pied des collines de la Batarelle. Il connaît le coin, nous en avons parlé, évoqué les chères collines de Pagnol, dont il a lu et aimé comme moi *La Gloire de mon père* et *Le Château de ma mère*.

Chloé s'est levée. Je la rejoins dans la cuisine, je l'enlace. Je ne sais pas que dire, ni par où commencer. Je sais pourtant qu'elle sera de bon conseil.

— Chloé...
— Quoi ?
— Il faut que je te parle de ce que j'ai fait, ces derniers mois.
— Tu m'as trompée ?
— Non. Quelle idée !

— Tu aurais pu vouloir me rendre la monnaie de ma pièce.
— Ça ne m'est même pas venu à l'esprit.

Je chasse de mes pensées le souvenir du corps nu de Lauriane, sa cambrure provocante, ses seins énormes, son piercing au nombril. Je refoule encore plus énergiquement la vision de Laurent, son plongeon impeccable dans l'eau turquoise de la piscine, son visage fermé quand il a chevauché Lauriane, puis quand il s'est enfui dans la nuit bruissante et parfumée. Non, je n'ai pas trompé Chloé.

— Qu'est-ce que tu as fait, alors ? Tu sortais, tu ne me disais rien... Je me sentais tellement mal, tellement indigne de ton amour, que je n'osais pas te demander où tu allais, mais je me posais quand même des questions.
— J'ai rencontré deux mecs. Sur un forum.
— Un quoi ?

Chloé n'aime pas internet. Elle y réserve des billets de train de temps en temps, consulte les pages jaunes, a acheté un livre une fois ou deux sur Amazon. Et c'est tout. Ce n'est pas elle qui irait fourrer son nez dans un forum candauliste ni discuter avec de parfaits inconnus. Elle régule d'ailleurs très sévèrement l'utilisation que font nos enfants des réseaux sociaux. Pas question pour Lila et Farès d'avoir leur ordinateur personnel, du moins pour l'instant. Ils n'ont pas encore droit à leur page Facebook, et quand ils téléchargent un peu de musique, ils utilisent pour ça l'ordinateur familial, et uniquement avec notre autorisation et sous ma houlette vigilante.

— Un forum. Je venais de découvrir le bébé,

j'étais persuadé que tu avais eu, voire que tu avais encore, une liaison avec Marc. J'étais paumé, je cherchais du réconfort, je voulais savoir comment faisaient les autres...
— Les autres quoi ?
— Les autres maris trompés.
Elle rit. Qu'est-ce que j'aime son rire...
— Il y a des forums de cocus ?
— Tu serais étonnée d'apprendre le nombre de forums et de sites qui existent. En fait, demande-toi plutôt quelle catégorie de personnes n'a pas son site. Il y a des forums de maris cocus, de femmes battues, de parents sadisés par leurs enfants, de femmes enceintes, de femmes qui ont fait des fausses couches, d'ados qui détestent l'école, de profs qui détestent leur métier, de fétichistes du pied, de fétichistes des poils pubiens, d'oenologues amateurs, d'alcooliques repentis, d'ex-taulards, de danseurs contrariés, d'autistes, de phobiques, de retraités heureux, de retraités malheureux, de parents de jumeaux, d'anciens enfants uniques, de bibliophiles, de joueurs de bridge, la liste est infinie.
— Et ton forum à toi ?
— Le royaume de Candaule et Nyssia. Un site candauliste.
— Qu'est-ce que ça veut dire ?
— Candaule était un roi d'Asie Mineure. Il trouvait sa femme tellement belle qu'il a voulu qu'elle s'exhibe devant ses soldats. Et devant un certain Gygès.
— Comment tu es tombé sur ce site ?
— J'ai tapé « mari cocu ». Les candaulistes se

disent cocus et heureux de l'être. Ils le revendiquent. Souvent, ce sont eux qui organisent l'infidélité de leur femme.

— Comment ça ?

— Ils prennent leur pied quand ils voient leur femme coucher avec un autre homme. Ce sont eux qui passent des petites annonces pour trouver un « cocufieur ». Ensuite, ils se contentent de regarder.

— Tu pourrais faire ça ? Tu y as pensé ?

— Non, je ne pourrais pas, et, oui, j'y ai pensé. Il y a même eu un moment où je me suis dit que ça me ferait du bien.

— Tu es dingue ?

— Je l'étais, sans doute. J'avais l'impression que si j'obtenais de toi que tu couches avec un autre homme, *pour moi*, sans y prendre plaisir, mais juste pour m'obéir, si tu étais complice avec moi, dans une infidélité qui n'en serait pas une, une infidélité voulue et orchestrée par moi, alors ça effacerait ce que tu avais fait avec Marc, je reprendrais la main, je redeviendrais ton mari.

— Tordu.

— Complètement tordu. Note bien que j'ai assez vite compris que le candaulisme, c'était pas pour moi. Mais voilà, entre-temps, j'avais mis un pied dans ce milieu si particulier, et, crois-le ou pas, je m'y suis fait des amis. Deux.

— Des amis candaulistes ?

— Non. Enfin pas tout à fait. C'est plus compliqué que ça. L'un d'eux peut-être. L'autre était plutôt un cocufieur. Mariés tous les deux. Et traversant une crise de couple. Comme moi.

— C'est marrant, si tu m'avais parlé de candaulisme il y a un an, j'aurais été horrifiée. Je t'en aurais voulu de t'y intéresser. J'aurais trouvé ça répugnant. Je suis tellement... conformiste. Mais ça, tu le sais. Un peu psychorigide, même.

— Tu es juste... *droite*, honnête, pure. Les perversions te dégoûtent parce qu'elles sont inimaginables pour toi.

— On peut le dire comme ça : je n'ai aucune imagination, et l'imagination des autres m'effraie, m'apparaît toujours comme vaguement dangereuse. Quand tu pars dans des délires avec les enfants, je ne dis rien mais ça m'agace.

Je ris à mon tour, parce que je connais tellement bien ce côté de Chloé ! J'ai toujours perçu qu'elle désapprouvait mes rêveries fantasques, surtout, effectivement, quand j'y associais Lila et Farès. Mais quoi ? J'aime ça, moi, qu'elle me rappelle à l'ordre et qu'elle me ramène à la réalité.

— Bref, a repris ma raisonnable petite épouse, il y a un an, avant ma grossesse et *tout ça*, je t'aurais demandé de ne pas aborder ces sujets avec moi, et je pense même que je me serais arrangée pour que tu n'ailles pas sur ce site : je t'aurais fait comprendre que c'était inadmissible.

— Et moi, j'ai tellement peur de te déplaire, que je me serais bien gardé d'y retourner : une incursion, une seule, m'aurait suffi.

Une fois de plus, nous rions ensemble. J'en oublie la peur qui me taraude depuis le mail de Laurent.

— Mais là, nous ne nous parlions pratiquement plus, et ce forum est devenu mon exutoire, mon échappatoire, ma thérapie, appelle ça comme tu voudras. Surtout que très vite, j'ai commencé à avoir des discussions très profondes, très intimes et assez drôles, avec un type : Reynald. C'est ce Reynald qui m'a fait connaître le deuxième, Laurent. Laurent habite Marseille, et Reynald a une villa à Cassis.

— Comment ça se fait ?

— Qu'on habite tous dans le même coin, tu veux dire ?

— Oui. C'est le hasard ?

— Non. Dès le début, je me suis restreint aux candaulistes de la région. Me demande pas pourquoi. C'est comme ça. Sans doute qu'inconsciemment je voulais me réserver la possibilité de faire des rencontres. Ils ont dû faire pareil. Je ne sais pas, en fait : on n'en a jamais parlé tous les trois.

— Tu as pensé à faire le « cocufieur », toi ? Ça t'aurait peut-être aidé à surmonter mon infidélité supposée, non ?

— Oui, ça aussi j'y ai pensé. Mais pas longtemps. Chloé, il ne faudrait pas que tu croies que je maîtrisais, que je savais ce que je faisais, que je cherchais méthodiquement le remède approprié. Ça s'est pas passé du tout comme ça.

— C'est toi qui parlais de thérapie, tout à l'heure.

— Oui, mais j'y allais au jugé. Je tâtonnais. Parler avec ces types me faisait du bien, alors je m'en suis tenu là. On a décidé de se retrouver. Dans un bar près de l'Opéra.

— C'est pas le quartier le mieux fréquenté de Marseille.

— Non. Mais c'était une idée de Laurent. Le deuxième type.

— Et alors ?

— Incroyable. Je ne peux même pas te donner une idée de ce qui s'est passé ce soir-là, mais ça a été incroyable. De bout en bout.

— Comment ça ?

— Une sorte de coup de foudre amical. Partagé, pour autant que je sache. On s'est tout de suite... reconnus. On s'est tout de suite sentis en confiance les uns avec les autres. Alors que tu ne peux pas imaginer trois hommes plus différents. Reynald est une espèce de vieux beau. Un peu pédant. Je crois qu'il te déplairait profondément. Il aime le fric. En tout cas, c'est ce qu'il dit. Il en a beaucoup gagné et beaucoup perdu au cours de sa vie. En ce moment, il est plutôt dans une période faste. Sur le plan financier, en tout cas. Parce que sentimentalement, c'est la *lose*. Il est marié avec une fille qui a la moitié de son âge, très mignonne, Lauriane, mais elle veut le quitter. Et il a beau essayer de faire bonne figure, il en bave.

— Et l'autre mec ?

— Laurent ? C'est de lui qu'il faut que je te parle, Laurent... Parce que je crois que je l'ai mal cerné, au début en tout cas. Je crois que c'est un psychopathe authentique, et que j'ai mis trois mois à le comprendre.

— Comment ça ?

— Il faudrait que tu le voies, ce Laurent. Il est très beau. C'est vraiment frappant. C'est la première chose que les gens doivent penser quand ils le rencontrent. Il a quarante-six ans mais il en fait facilement dix de moins. Brun, les yeux très clairs. Baraqué. Il fait de la musculation. Il parle moins que Reynald, mais il écoute. Il écoute vraiment, pas comme la plupart des gens, qui font juste semblant en attendant d'en placer une, et qui veulent seulement parler d'eux sans s'intéresser à toi. Il est même de bon conseil. Lui aussi il est marié. Avec une nana qui n'est pas de son milieu : une bourgeoise, catho. Assez chiante selon lui. Il a perdu son boulot il y a quelques mois. Il gagnait très bien sa vie, et là, du jour au lendemain, il se retrouve au chômage. Il n'a rien dit à personne, il a continué à se lever tous les matins et à faire semblant d'aller au boulot. Ça te rappelle rien ?

— Ouais, le mec, là, qui faisait semblant d'être médecin pour l'OMS. L'affaire Romand. J'espère que la ressemblance s'arrête là.

— Non, justement. Figure-toi qu'hier, Laurent nous a envoyé un mail à Reynald et à moi, avec une photo de Delphine, morte. Delphine, c'est sa femme.

— Comment ça, « morte » ?

— Enfin, elle avait l'air morte, mais tout de suite après il nous a envoyé un autre mail en nous disant que c'était une mise en scène, un jeu entre lui et sa femme. On l'a cru. Même si la photo était assez effrayante.

— Tu peux me la montrer ?

— Écoute d'abord la suite. Il y a eu deux autres mails. Un pour Reynald et un pour moi. Nouveau revirement : cette fois-ci il nous disait qu'il avait bien tué sa femme, et qu'il s'apprêtait à tuer les nôtres.

Tout en parlant, j'allume l'ordi, je me connecte, je retrouve les derniers mails de Laurent et les indique à Chloé. Elle les lit et reste songeuse un moment.
— Qu'est-ce que tu en penses ?
— Je sais pas. Tout est possible.
— Je m'en veux : je t'ai mise en danger.
— Pas sûr. C'est peut-être du pur délire, tout ça.
— Mais la photo ?
— La photo est vraiment flippante. Mais il se peut effectivement que Delphine soit aussi folle que son mec et qu'elle se soit prêtée au jeu.
— Ses blessures, ce serait du maquillage ?
— Oui.
— Attends, il faut que je te montre aussi le mail que Laurent a envoyé à Reynald. Regarde !
Elle lit le mail forwardé par Reynald avec la même attention scrupuleuse que les deux autres. Je vois qu'elle n'en perd pas un mot et qu'elle gamberge à toute vitesse.
— C'est à peu près le même trip dans les deux mails : vos nanas sont des putes, elles vous font souffrir, elles méritent de mourir, mais vous n'aurez jamais le cran de les tuer, donc je vais le faire à votre place ! C'est un missionnaire, ton mec !
— Il y a de ça chez lui. On a toujours l'impression qu'il est en train de se préparer pour un raid : il s'entraîne tous les jours, il a une diététique de dingue, et il est obsédé par les samouraïs.
— Tu n'as pas pensé à appeler la police ?
— Si ! Attends, il y a un autre élément inquiétant dont je t'ai pas parlé : Lauriane a disparu !
— Quoi ?

— Elle s'est volatilisée de la villa de Cassis. En laissant son portable. Reynald m'a appelé hier pour me le dire, il était aux cent coups.

— C'est le coup de fil que tu as eu hier soir ?

— Oui. Je t'ai dit que c'était Fouad parce que je ne voulais pas t'inquiéter. Ou plutôt, je crois que je ne voulais pas m'inquiéter, moi, je ne voulais pas penser à Reynald, à Lauriane, à Laurent. On était en train de se retrouver toi et moi, il n'y avait pas de place pour autre chose. Reynald m'a dit qu'il voulait aller sonner chez Laurent, et je lui ai donné l'adresse. Il a dû y aller.

— Tu sais où habite Laurent ?

Je soupire :

— Ouais, à Saint-Julien. Je l'ai vu rentrer chez lui : je le guettais. Hier. Pendant que les enfants étaient à la piscine.

— Tu m'as vraiment caché beaucoup de choses.

— J'avais promis à Reynald que j'irais voir. Après la photo. On était inquiets pour les enfants.

— Je ne comprends pas : vous étiez inquiets ou vous ne l'étiez pas ? Vous avez pris la photo au sérieux, ou pas ?

— Bof, un mélange des deux. Et puis, pour tout te dire, tu m'avais dit que tu voulais me parler, alors j'avais pas vraiment la tête à tout ça, Laurent, Delphine, leurs enfants.

— Rappelle Reynald : il faut qu'on sache si Lauriane est rentrée.

— J'ai essayé : il ne répond pas.

— Essaie encore. Mais je crois qu'il faut vraiment qu'on appelle la police.

— Tu n'as pas peur qu'ils commencent à mettre le nez dans nos affaires ?

— Pourquoi est-ce qu'ils mettraient le nez dans nos affaires ?

— Je ne sais pas, moi. Parce que si Delphine est morte, si Lauriane et Reynald ont disparu, il va y avoir une enquête.

— Tu oublies le père de Delphine.

— Comment ça ?

— Il dit qu'il l'a tué aussi.

— Ah oui, c'est vrai. Bref, je suis probablement la seule personne à connaître à la fois Laurent et Reynald. La police va trouver des mails, des traces des conversations que nous avons eues sur le forum, sur MSN, que sais-je... Ils vont forcément venir me parler.

— Tu penses à...

— Oui. Personne ne doit le trouver.

Elle prend ma main et la serre très fort. Le bracelet de *L'Écume des jours* brille à son poignet. J'ai eu raison de l'interpréter comme le signe que Chloé m'aime toujours. Nous nous retrouvons peut-être impliqués dans une affaire criminelle, je l'ai peut-être entraînée malgré moi dans l'orbite de ce dingue de Laurent, je l'ai peut-être désignée à sa vindicte, mais je me sens fort, je me sens confiant, et comme toujours, je compte sur elle pour prendre les bonnes décisions, les décisions qui s'imposent, les décisions raisonnables.

Elle a pourtant fait la preuve de sa déraison, et dans le cellier, le petit fantôme bleu, né et mort de la folie de ma femme, attend que nous lui donnions une sépulture. Avant toute chose, c'est de lui dont nous devons nous occuper, et ce geste, beaucoup plus que n'importe quelle cérémonie, n'importe quelle alliance, n'importe quel bracelet de verre bleu, scellera notre union.

Reynald

8 juillet

Je trouve sans peine la maison de Laurent. Une maison de ville, qui a sans doute un petit jardin sur l'arrière. Je sonne. Personne ne répond. Dans ma poche, le portable de Lauriane vibre. Ce doit être Zach, une fois de plus. J'ai écouté son dernier message vocal, lu les SMS qui sont arrivés depuis la disparition de Lauriane. Cette fois-ci, ce n'était plus la curiosité à la fois légitime et malsaine du mari cocu qui me poussait, mais l'espoir que Zach ait plus d'informations que moi, l'espoir qu'il ait eu des nouvelles de Lauriane par quelque canal imprévu. Mais cet espoir, bien acrobatique, fait un dernier salto avant de disparaître, et avec lui toutes les illusions dont j'essaie encore de me bercer : Zach s'inquiète, comme moi, du silence radio de sa belle.

L'horizon des possibles s'est sérieusement rétréci, ne laissant se profiler qu'une hypothèse, la pire de toutes : Laurent a enlevé Lauriane pour l'assassiner aussi froidement qu'il a tué sa propre épouse, cette Delphine que je n'aurai plus l'occasion de connaître et qui de toute façon ne m'aurait pas plu : trop vieille pour moi, pas assez malléable, pas assez naïve, pas assez bandante.

Qui sait ? Peut-être Lauriane a-t-elle suivi Laurent de son plein gré, inconsciente du danger qu'il représente. C'est elle, pourtant, qui m'a mis en garde. J'entends encore ses paroles :

— Il est pas clair, ce mec. J'te dis juste de faire gaffe avec lui.

Elle se méfiait de Laurent. Mais malgré ses dénégations et son discours un peu blasé sur leurs ébats de l'autre fois, je l'ai sentie attirée, mi-effrayée mi-fascinée. Ma gazelle, que je n'ai pas su protéger contre les prédateurs...

Je m'installe à la terrasse du café le plus proche de chez les Sportiello, dans une rue qui part de la place pour s'enfoncer au milieu des coquets pavillons du quartier. De ma table, je vois l'entrée de la maison de Laurent. Je ne sais pas exactement ce que j'attends. Peut-être m'a-t-il observé derrière les persiennes mi-closes de la façade. Peut-être attend-il que je m'en aille. Ou peut-être va-t-il débarquer avec Lauriane, une Lauriane vivante, consentante, s'offrant une dernière virée avant de retrouver sa vie parisienne et son petit amant attitré, si peu sexy en regard du magnétisme énigmatique de Laurent. À moins qu'elle ne soit justement en train d'agoniser entre les murs anodins de cette maison marseillaise si semblable aux autres.

J'ai beau me perdre en conjectures, me torturer en imaginant Lauriane violée, mutilée, perdant son sang par les blessures jumelles qu'il lui aura faites de part et d'autre de sa jolie bouche, je garde les idées claires. Suffisamment claires pour me donner deux heures avant d'appeler la police. Si au bout de ces deux heures rien n'a bougé chez Laurent, j'irai tout droit au commissariat le plus proche, déballer aux flics une histoire aussi nébuleuse qu'inquiétante et difficile à croire. Certes, Lauriane n'a disparu que depuis hier soir. Mais j'ai les mails de Laurent, la photo de Delphine : cela constituera peut-être des éléments suffisamment alarmants pour que cette affaire soit prise au sérieux.

Je m'attends à être en butte à la suspicion des flics, à leur incrédulité et à un certain nombre de questions humiliantes. Ce sera probablement le grand déballage. Suis-je prêt à voir ma vie conjugale méticuleusement examinée sous le microscope, jugée à l'aune des idées toutes faites et des réflexes réactionnaires de fonctionnaires obtus ? J'ai épousé une fille de vingt ans alors que j'en ai cinquante, j'ai modelé son corps et son esprit, je tire d'elle l'essentiel de mes revenus et elle est en train de m'échapper. Il ne faudra pas longtemps aux flics pour établir qu'elle me trompe et nul doute qu'ils prendront fait et cause pour l'amant de ma femme, ce joli freluquet sympathique qui rétablit l'ordre des choses. Car il y a bien un point sur lequel je ne me fais pas d'illusions : je ne leur serai pas sympathique. À leurs yeux, avec ma calvitie, ma queue-de-cheval et mes cigares, je serai au moins coupable du délit de sale gueule, et on a vu des erreurs judiciaires se produire pour moins que ça. Je suis vieux, je suis moche, je suis arrogant et pédant, j'ai du fric : bref, je ne mettrai pas longtemps à représenter pour eux l'homme à abattre. Mais je suis prêt à endurer toutes les avanies possibles s'il s'agit de retrouver Lauriane avant que Laurent ne lui ait fait subir le même sort qu'à Delphine.

À l'idée que j'arrive peut-être trop tard, mon estomac se tord et une sueur malsaine baigne ma nuque. Mais quelque chose me dit que Laurent m'attend. Bien que complètement délirant, son mail me propose quand même d'assister au sacrifice rituel de ma brebis, voire d'y prêter la main. Me reprochant de ne pas y avoir pensé plus tôt, j'empoigne mon iPhone et me connecte. Péniblement, parce que j'y vois mal et que mes doigts n'ont pas la dextérité juvénile de ceux de Lauriane envoyant des textos, j'écris à Laurent : « Laurent, je suis à deux pas de chez toi, au Bar des Amis. J'ai passé toute la nuit à réfléchir à ta proposition et si elle tient toujours, je veux être là. Ne fais rien sans moi. Appelle-moi sur mon portable ou rejoins-moi. Je t'attends. R. » Je lui redonne mon numéro de portable, et j'envoie le mail sans plus attendre.

Il fait atrocement chaud. Je reprends une pression, appuie le verre embué contre mon front et laisse l'angoisse refluer : Lauriane est encore vivante, je vais l'extirper des griffes de ce malade, et elle m'en sera éternellement reconnaissante. Qui sait ? Peut-être vais-je désormais être nimbé à ses yeux de l'aura du sauveur, du chevalier, du super-héros. Peut-être notre couple va-t-il repartir sur les chapeaux de roue, remis sur les rails par cet épisode digne des meilleures séries américaines.

Laurent s'assoit en face de moi. S'affale sur la chaise, plutôt, comme une marionnette dont on aurait brutalement coupé les fils. Il a encore maigri, et me dévisage de ses yeux injectés de sang et cernés de façon inquiétante. Ses mains tremblent :

— Salut, Reynald.

— Salut. Tu as eu mon mail ?

— Non. Tu m'as envoyé un mail ?

— Oui. À l'instant. Après avoir sonné chez toi.

— J'ai pas entendu. T'as dû arriver au moment où j'étais dans le jardin.

— Tu arrosais tes marguerites, ou tu enterrais ta femme ?

Il me dévisage avec un air hébété :

— J'ai pas l'intention de l'enterrer.

— Ah bon ? Et qu'est-ce que tu vas faire du corps, alors ?

Une partie de mon esprit se délecte du tour absurde et macabre de la conversation, tandis que l'autre cherche fébrilement comment amener la conversation sur Lauriane sans braquer ce barge fini.

— Crémation.

— Ça va, Laurent ?

— Ça a l'air d'aller ?

— Non, à vrai dire.

Il éclate de rire :

— Je ne sais même pas si je vais très mal ou si je vais très bien. Je crois qu'au stade où j'en suis, ça ne veut plus rien dire.

Sans coup férir, il prend mes mains dans les siennes, plonge son regard clair dans le mien :

— Ta femme est une pute, Reynald, tu sais ça ?

Je prends mon air le plus pénétré et le plus solennel :

— Tu ne m'apprends rien, Laurent. Elle est avec toi ?

— Oui.
— Vivante ?

Il agrippe mes mains avec plus de force :

— Qu'est-ce que ça peut te foutre ?

— Tu crois que je n'aurais pas les couilles de la tuer ?

— Des couilles, il t'en reste plus beaucoup, à ce que j'ai cru comprendre.

— Je ne laisserais pas à un autre le soin de tuer ma femme.

— Tu aurais dû me le dire avant.

Mon cœur se met à battre la chamade : putain, ce connard ne m'a pas attendu pour mettre ses sinistres petits plans de dingue à exécution ! Moi aussi je resserre mon étreinte sur ses poings crispés. Quoi qu'il ait fait à Lauriane, il me le paiera cher. L'Alain Delon des Aygalades prend ma fureur pour un excès d'effusion, et se lance dans un discours confus :

— Reynald, je n'avais pas le choix, ni pour Delphine ni pour Lauriane. On peut pas se laisser marcher dessus comme ça, sans rien faire. Toi, t'as pas d'enfants, mais moi j'en ai trois : quelle image ils auraient eue de leur père si j'avais continué à tout endurer, comme ça, sans jamais réagir ? Je pense à mes garçons, surtout...

— Tu crois que tu vas beaucoup améliorer ton image en tuant leur mère ?

De nouveau, mon cerveau se scinde en deux : une partie tient cette conversation inepte avec un psychopathe homicide, et l'autre réfléchit fébrilement au meilleur parti à prendre. Dois-je aller chez lui, constater les dégâts ? M'enfuir et prévenir illico la police ? Il semble à peine avoir entendu mon objection et poursuit sa diatribe amère. Sa voix monte dans les aigus, son accent marseillais se fait plus prononcé que jamais :

— Pour ma fille, c'est foutu. Mais si je pouvais au moins récupérer mes garçons, passer du temps avec eux... Je suis sûr qu'ils finiraient par me comprendre. Comprendre que la virilité ne doit jamais démissionner. Leur mère les a élevés dans du coton et je l'ai laissée faire, bêtement... Par amour, en fait. Mais il n'est pas trop tard : Clément a douze ans, Cyriaque bientôt quatorze, on peut espérer qu'ils ne sont pas encore complètement déformés, qu'est-ce que tu en dis ? Surtout que Cyriaque me ressemble : il est brun, comme moi. Les deux autres sont blonds, de vrais petits chleuhs. On dirait que j'ai perdu la bataille des gènes, avec eux.

Son regard se perd dans le vague : je vois bien qu'il ne parle plus pour moi, et que n'importe quel interlocuteur ferait l'affaire. Ou plutôt, non : devant quelqu'un d'autre, il ne parlerait pas, au contraire, il se fermerait comme une huître. Il y a cette confiance étrange, injustifiée, qu'il a mise en moi et en Farouk, dès le premier jour, la première rencontre à la Luna.

Quel con j'ai été, moi aussi, de me fier à lui, de croire en une amitié aussi immédiate et aussi improbable : l'amitié, ça se construit, ça s'entretient, ça se mérite. Nous sommes tombés tous les trois, comme des enfants, dans le piège que nous tendait notre détresse affective, nos ennuis du moment avec nos femmes respectives. Nous avions désespérément besoin de parler. Et parler à des inconnus, rencontrés sur le Net, c'était finalement l'idéal. À partir d'une base affinitaire somme toute ténue, notre intérêt commun pour le candaulisme, nous avons projeté des sentiments qui n'existent pas et qui n'ont pas lieu d'exister : une connivence, une compréhension, une solidarité imaginaires. Nous nous sommes monté la tête, et en définitive, il n'y a rien... Rien d'autre que la vieille solitude de toujours, sans compter la terreur qui m'étreint tandis qu'un fou aux yeux vides débite devant moi son boniment misogyne et guerrier. Sois donc un samouraï, Laurent, si ça te chante, mais ne m'embarque pas dans tes fantasmagories personnelles et sanglantes.

Trop tard. Embarqué, je le suis. Il arrive toujours un moment où il faut payer le prix de ses conneries. J'ai clairement péché par naïveté, moi le vieux requin pessimiste et blasé, moi à qui on ne la fait pas, moi qui croyais être revenu de tout, avoir survécu aux divorces et aux faillites. Je sais déjà que je ne me relèverai pas de ma dernière erreur, celle qui m'a fait foncer dans le mur, dans un élan d'euphorie aussi stupide que sentimentale. Ou plutôt si, je pourrais me relever car j'ai la tête dure et le cuir solide, mais Lauriane, elle, ne reviendra pas de sa petite équipée sauvage.

La mort de Lauriane, une mort violente, barbare, ignominieuse, une mort dont je serais entièrement responsable, comment pourrais-je en supporter ne serait-ce que l'idée ? Voilà qui m'achèvera bien plus sûrement que tous les revers, tous les coups durs, toutes les panades dans lesquelles j'ai vécu.

En face de moi, Laurent est intarissable. Je regarde ce con aux yeux injectés, ce taré psalmodiant dans son rêve éveillé, et je me sens tout à la fois lucide, détaché et... fou de rage.

— Laurent,
— Ouais ?
— Où est Lauriane ?

Il frissonne, prend un regard mauvais qui ne m'effraie plus. J'insiste :

— Où tu l'as mise ?
— Tu le sais.
— Non, je ne sais rien.
— J'ai fait ce que tu aurais dû faire depuis longtemps.
— D'accord, mais où est-elle ?
— Tu veux pas que je te raconte, d'abord ? Après, on ira la voir.
— Non, je veux la voir, *maintenant*.
— Impossible.
— Pourquoi ?
— Je veux d'abord que tu m'écoutes.

Je sens qu'il ne cédera pas, que pour une raison qui m'échappe, il veut d'abord que j'entende le récit insoutenable de ses exploits. Je commande un 51. J'ai besoin que l'alcool érode un peu mes sensations. Autour de nous, les gens vaquent à leurs occupations. C'est une journée d'été comme les autres. Une journée qui s'annonce caniculaire. Une journée que Lauriane ne verra pas parce qu'elle est morte. Elle qui aimait tant l'été, elle qui supportait si bien le soleil, contrairement à moi qui sue comme un phoque dès que la température dépasse trente degrés. Lauriane, tellement faite pour la vie alors que je mérite pire que la mort.

Laurent plante ses ongles ras dans mon avant-bras, suscitant en moi une telle réaction de dégoût que je me mords l'intérieur des joues pour ne pas lui envoyer mon poing dans la figure.

— J'ai retrouvé ta femme à Cassis, hier soir. Je lui avais donné rendez-vous : elle s'est bien gardée de t'en parler, hein ? La petite maligne... Je vous avais vus, plus tôt dans l'après-midi. Tu es parti faire je sais pas quoi, j'en ai profité. Elle s'est pas fait prier, remarque. À 21 heures pétantes, elle était là, ta femme. Et note bien qu'elle s'était changée. Elle portait une autre robe, et elle était maquillée comme une voiture volée, parfumée à mort : tout ce que je déteste, mais elle pouvait pas savoir.

— Tout ce que tu détestes ?
— J'aime la discrétion, le naturel.
— Comme Delphine ?
— Parle pas d'elle : tu l'as jamais vue.
— Si, en photo. Bref, tu préfères les blondes glacées aux beautés exotiques et flamboyantes type Lauriane.
— Mouais... Note que j'aime bien les putes, aussi. J'aime bien les grosses chaudasses, les bonnes cagoles de par chez moi.
— Tu es un homme plein de contradictions, mon cher Alpha66.
— Comme nous tous, non ?
— Mais je t'ai interrompu, continue.

Nous ne sommes pas là pour disséquer sa personnalité, ni pour dégoiser interminablement sur la complexité de la nature humaine. Je m'impatiente, mais je sens que je dois impérativement conserver mon flegme pour obtenir des aveux circonstanciés.

— On est partis pour Marseille. Dans ma caisse. Je lui avais dit que je voulais la baiser une dernière fois. Que tu étais d'accord. Ce qui ne l'a pas étonnée. Cocu un jour, cocu toujours.

— Épargne-moi les aphorismes.

— Bref, dans la voiture, elle a commencé à me chauffer. Impossible de la faire se tenir tranquille : elle voulait me sucer sur l'autoroute.

Ça m'étonnerait. Lauriane déteste la fellation. Elle maîtrise la technique – merci papa Reynald – mais c'est pas son truc. Mais bon, peut-être que c'est me sucer, *moi*, qu'elle n'aimait pas.

— J'ai eu du mal à obtenir qu'elle me foute la paix. On a quand même fini par arriver chez moi. Et là, rebelote, elle se jette sur moi, une vraie chienne en chaleur. On est montés dans ma chambre.

Il s'arrête. Tripote le bracelet de sa montre avec un air soudainement sérieux et concentré qui m'exaspère.

— Alors ?

— Alors quoi ? Tu es sûr que tu veux connaître la suite ?

— Je veux voir ma femme.

— Ta femme, qui allait bientôt cesser de l'être, je te rappelle. Elle allait t'échapper, Reynald…

— Tu vas me dire ce que tu lui as fait, oui ou merde ?

— J'ai fait à Lauriane ce que j'ai fait à Delphine : je l'ai attachée et je l'ai bâillonnée. Elle était très excitée. Pas effrayée pour deux sous. Je te rassure : jusqu'au bout, elle a cru que c'était un jeu, un trip SM. Je l'ai baisée, comme ça. Je l'ai fait jouir jusqu'à ce que ses yeux se révulsent. Et ensuite, couic.

— Quoi, couic ?

— Je l'ai étranglée. Ça lui a plu. Au début. Ensuite, je peux pas te dire. De toute façon, je la regardais pas, j'étais derrière elle. Après, je me suis un peu amusé. Avec mon couteau. Comme sur Delphine.

Ma chérie, ma beauté, imaginer les mains de ce connard sur toi, ses mains serrant ton cou fragile, son couteau entamant tes chairs dorées, mutilant ton sourire ravageur... Putain ! Je ne sais pas comment je réussis à faire bonne figure. Peut-être parce que je suis tout entier tendu vers mon objectif : retrouver ma femme, arracher sa dépouille des griffes de ce taré, et le faire coffrer. D'urgence. Avant qu'il ne s'en prenne à ses propres enfants, puisque apparemment ils sont toujours en vie. Dans la poche arrière de mon jean, mon téléphone vibre. Je lève la main pour interrompre l'exposé macabre de Laurent. C'est Farouk.

Farouk

8 juillet

Ma décision est prise, Chloé doit partir avec les enfants, aujourd'hui même. Non pas à Villard-Dessus, dont il me semble bien avoir mentionné le nom à Laurent, mais dans une pension de famille à Annecy, que nous connaissons bien et où nous avons vérifié à l'instant qu'il y avait de la place. Je resterai là, le temps de vérifier ce qui se passe du côté de Laurent, Lauriane et Reynald, quitte à affronter des investigations policières qui de toute façon ne me menacent guère : je suis un con, mais pas un criminel, ni même le complice d'un criminel. Au pire, je serai coupable d'avoir trop tardé à prévenir les flics, et cette culpabilité-là m'écrasera longtemps, surtout s'il s'avère que j'aurais pu encore sauver Lauriane, voire les enfants de Laurent, dont je ne sais même pas s'ils sont menacés eux aussi.

Mais en attendant, Chloé et moi avons à accomplir un acte qui ne peut pas être différé plus longtemps. Et pas seulement parce qu'il y va de notre liberté future. Main dans la main, et sans que rien ne soit dit ou presque, Chloé et moi descendons au cellier.

Sans solennité superflue mais avec toute la gravité et toute la tristesse requise, nous ouvrons le congélateur et extrayons notre enfant de sa tombe provisoire.

Notre enfant. Cela change tout, pour moi, de regarder le petit fantôme bleu, non plus comme le fruit d'une infidélité, mais comme un enfant né de *nous*. Cela rend sa mort encore plus inexplicable, encore plus choquante et encore plus irrémédiable. Avec précaution, Chloé ôte la fine pellicule de cellophane qui l'enveloppe encore. Nos doigts se rejoignent sur le petit corps rigide, caressant, inlassablement, le modelé de ses épaules, la dépression visible de sa fontanelle, ses lèvres, son front bombé, son petit nez légèrement busqué.

Nous prenons la voiture et roulons un moment dans les collines, déjà vibrantes de chaleur malgré l'heure matinale. Nous nous garons à l'entrée d'un chemin que nous connaissons bien, et que nous avons souvent emprunté tous les quatre, Chloé, Lila, Farès et moi. Nous faisons quelques pas, observons les amoncellements de calcaire blanc, les oliviers épars, les cades, le thym broussailleux, et, par-ci par-là, un pin à la silhouette tourmentée… Nous cherchons un peu de terre meuble dans ces collines ingrates et stériles.

Au pied d'un chêne-liège, un endroit nous semble propice. Nous creusons tour à tour dans l'humus desséché, arrachant des souches, écartant des pierres, jusqu'à ce que le trou soit assez profond. Il ne s'agit pas qu'un chien déterre la dépouille de notre enfant. Rien qu'à cette idée, mon cœur se serre d'horreur et de compassion.

— Tu ne veux pas qu'on lui choisisse un prénom ?

Chloé me regarde avec une tristesse découragée :

— Farouk, si ce que nous enterrons là est un enfant, je suis une criminelle.

— Tu m'as dit qu'il était mort-né : tu n'y es pour rien.

— Je n'aurai pas assez de toute la vie qui me reste pour démêler exactement ce qu'il en est de mon innocence et de ma culpabilité. Et crois-moi, ce n'est pas du tout ce à quoi j'ai envie de passer le reste de ma vie. En fait, je ne veux plus jamais y penser.

Je fais ce que je fais toujours avec Chloé, j'acquiesce, feins de rentrer dans ses vues. Mais en réalité, ça me ferait du bien, à moi, que ce bébé cesse d'être *le petit fantôme bleu*, qu'il soit notre deuxième fils, notre troisième et dernier enfant. Car je sais bien que nous n'aurons plus d'enfants, Chloé et moi. Alors, sans rien en dire à ma femme, muette à mes côtés, pâle malgré la chaleur déjà torride, je le baptise, moi, cet enfant, histoire qu'il ne regagne pas les limbes sans avoir acquis une identité, histoire qu'il soit un petit voyageur un peu moins anonyme que les autres, tous les autres, tous ces enfants non désirés, avortés, assassinés, morts avant d'être nés, dont j'imagine la sarabande brumeuse autour du mien.

Je décide, comme ça, tout seul, qu'il s'appellera Aurélien, comme le roman éponyme d'Aragon. Aurélien, un prénom que déjà j'aurais voulu donner à Farès. C'est Chloé qui a imposé des prénoms arabes, auxquels je ne tenais pas particulièrement : comme si elle voulait me rattacher malgré moi à des origines marocaines que je ne revendique jamais. J'ai objecté, mollement, que nos enfants portaient déjà un nom de famille clairement oriental, et qu'il n'était peut-être pas foncièrement utile de charger la barque. Elle a tenu bon : ce serait Lila, puis, après Lila, Farès. Les motivations de Chloé m'ont été, une fois de plus, mystérieuses et impénétrables, mais je l'ai suivie, pour la plus grande joie de mon père, d'ailleurs, qui n'en demandait pas tant, mais trouvait ce choix très judicieux. Mes deux frères, eux aussi mariés à des Françaises *de souche*, ont de leur côté opté pour Sacha, Théo, Clara, Alice et Sophie.

Bref, une fois Aurélien mis en terre, nous regagnons la voiture, un peu accablés. Je sais déjà que je reviendrai sous le chêne-liège, mais pas Chloé. Je sais déjà que j'aurai besoin de me recueillir, de méditer sur cet épisode aussi incompréhensible que tragique. Et qui sait, peut-être qu'un jour je parviendrai à lui trouver un sens que Chloé ne veut pas chercher. Elle choisit l'oubli. Moi pas. J'en suis incapable. Je ne guérirai un jour de ce terrible été qu'à la condition de l'inscrire pleinement dans notre histoire, non pas comme une péripétie aberrante, mais comme un événement hautement signifiant.

De retour à la maison, j'appelle Reynald. Il va être 10 heures et il ne décroche pas. Chloé, de son côté, prévient les enfants qu'elle va passer les chercher chez sa mère. Elle leur expliquera que papa a des affaires à régler à Marseille, et qu'il les rejoindra dès que possible. Tels que je les connais, ils ne s'inquiéteront de rien et ne poseront aucune question. Les bagages sont faits depuis longtemps, nous n'avons qu'à les charger dans la 307. Je dis au revoir à Chloé, je l'embrasse très calmement, je promets de la tenir au courant dès que possible de ce qui se trame du côté de Laurent, puis je la regarde démarrer avec un petit pincement au cœur.

Tandis que j'erre entre la maison et le jardin, rassemblant quelques affaires, vérifiant que tout est en ordre, volets entrebâillés, appareils électriques soigneusement débranchés, plantes dûment arrosées une dernière fois, mon portable vibre dans ma poche arrière. C'est un SMS de Reynald : « Où es-tu ? » Je lui réponds immédiatement : « Chez moi. Tout va bien ? » Sa réponse est tout aussi immédiate : « Suis à la Luna avec Laurent. On t'attend. T'expliquerai tout. »

Troublé, indécis, mais passablement rassuré par le SMS de Reynald, je continue à déambuler dans la pénombre de la villa. Suivant les moments, j'arrive à me persuader que tout cela n'est qu'élucubrations malsaines de la part de Laurent, dont la femme et les enfants sont probablement partis en vacances quelque part tandis que lui est resté tout seul à débloquer. Plutôt que la police, c'est les urgences psychiatriques qu'il faudrait que j'appelle. Mais je me heurte aux mêmes difficultés dans les deux cas : que dire ? Il y a un type bizarre, qui nous envoie des photos de sa femme morte, enfin morte ou grimée de façon à paraître morte. Ce même type bizarre menace de tuer aussi la femme d'un copain. Et il se trouve que la femme de ce copain a disparu depuis hier soir. Le copain aussi, d'ailleurs. Enfin, il ne répond plus sur son portable, en tout cas. Ah non, il vient de me donner rendez-vous par SMS !

Aller à la Luna me semble tout compte fait l'option la plus raisonnable. Ça me permettra de jauger l'état d'esprit de Laurent et son degré de lucidité. J'espère aussi être en mesure d'évaluer le crédit que l'on peut accorder à ses récits ou à ses menaces de meurtre. Et puis, tant qu'il est à la Luna avec Reynald et moi, il ne constitue pas un danger pour les miens. Pourtant, je répugne à quitter le domicile conjugal. La vue de tous ces objets familiers me rassure. Le même domicile et les mêmes objets me faisaient pourtant presque horreur avant que Chloé, par ses aveux, ne me délivre miséricordieusement de mon cauchemar estival.

Chloé... Elle me manque déjà. L'image de la 307 s'éloignant me plonge dans la mélancolie, comme la pensée de mon petit garçon à jamais enfoui sous la terre et les aiguilles de pin des collines de la Batarelle. Les collines de la Batarelle, déjà la chaîne de l'Étoile, en fait.

Aurélien dormira là, à quelques kilomètres de la maison de ses parents et du jardin dans lequel joueront, pour quelques années encore, son frère et sa sœur, dont les cris joyeux ne lui parviendront pas. Malgré le soleil qui monte à l'horizon, le frémissement des platanes dans la brise, le ciel d'un bleu impeccable, presque violent d'être aussi bleu, je me sens de plus en plus désespéré, comme si cette petite mort, passée inaperçue de tous, à l'exception de Chloé et moi, en préfigurait d'autres, encore plus injustes et plus inacceptables.

Quoi qu'il puisse advenir dans l'immédiat, je n'envisage plus l'avenir que comme un long et douloureux processus de dégradation et de séparation. Mes parents vont vieillir, tomber malades, perdre leur autonomie, agoniser dans des lits d'hôpital où je ne pourrai plus que les veiller. Lila et Farès vont grandir, leur vie va désormais tourner autour de leurs amis, de leurs études, de leurs sorties, loin de nous. Ils ne viendront plus jamais se blottir sur nos genoux, comme il leur arrive encore de le faire ; ils ne nous feront plus de dessins pour la fête des mères ou la fête des pères, ils ne feront plus de dessins tout court d'ailleurs ; ils ne viendront plus nous réveiller la nuit parce qu'ils ont fait un cauchemar ; ils deviendront de jeunes adultes, puis des adultes à part entière, nous quitteront, auront leur vie à eux, dans laquelle nous aurons peu de part.

Chloé et moi nous retrouverons seuls, avec le souvenir obsédant de la stèle invisible d'Aurélien quelque part dans les collines. Certains soirs, elle sera encore plus silencieuse que d'habitude, et moi, malgré tout mon amour, encore plus incapable de la rejoindre. Nous vieillirons nous aussi, pas trop mal avec un peu de chance, mais qui sait ? La vie m'apparaît soudain atrocement fragile, affreusement menacée.

Peut-être est-ce le fait d'envisager qu'un drame ait pu se nouer à quelques kilomètres d'ici, impliquant des gens que je connais. Un de ces drames dont les journaux font leurs choux gras. Bizarre. Moi, Farouk Mokadem, l'apôtre de la normalité, le chantre de la vie paisible, l'ennemi de tout sensationnalisme, voilà que je me trouve peut-être impliqué dans un fait divers sanglant, voilà qu'une menace pèse sur moi, ou plutôt sur celle que je voudrais préserver plus que tout, tenir à l'abri de la violence et de la barbarie du monde.

Heureusement, elle est en route pour Annecy, la ville carte postale aux canaux fleuris, loin de la folie homicide de Laurent, loin de ses fantasmes misogynes, loin des missions imaginaires qu'il s'est fixées au mépris de toute réalité. À l'arrière, Lila et Farès doivent déjà se disputer, et elle leur jeter des regards furibonds par le rétroviseur intérieur, les menacer de s'arrêter tout de suite s'ils continuent. Marseille-Annecy, quatre heures de route à tout casser, elle y sera avant quatorze heures. Peut-être me passera-t-elle un coup de fil en chemin, pour s'assurer que tout va bien, que mes craintes étaient infondées, que je me suis monté la tête, que j'ai finalement trouvé Laurent, Delphine et leurs enfants tranquillement attablés sur leur terrasse. Si tant est qu'ils en aient une. Un dernier repas pris en famille avant le grand départ pour la Grèce. De son côté, Reynald m'appellera pour dire que Lauriane est rentrée, la mine un peu basse après une escapade amoureuse. Nous parlerons un petit moment, lui aussi sera sur le départ, s'apprêtera à regagner Paris avec sa petite épouse volage et contrite. Nous nous quitterons sur la promesse de rester en contact, et qui sait, peut-être de nous revoir à son prochain séjour dans la villa de Cassis.

Mais finalement, l'un comme l'autre, nous aurons hâte de tourner la page, de mettre un terme à toutes ces semaines de souffrance partagée et d'élucubrations malsaines sur le compte de Laurent. Je recevrai peut-être un mail, de loin en loin, auquel je ne répondrai pas. Je fermerai peut-être ma boîte mail, pour en ouvrir une autre, faire table rase de cet été caniculaire et cauchemardesque qui a bien failli avoir ma peau. La rentrée approchera, je reprendrai le harnais, en grommelant mais avec soulagement. Je retrouverai ma routine, mon emploi du temps, mes classes, les conversations lénifiantes avec les collègues autour de la machine à café. J'oublierai comment j'ai failli devenir fou. En rentrant, je m'occuperai du travail de Lila et Farès, suivrai leurs devoirs, les interrogerai sur leur journée. Chloé aura fait à manger, la maison sera impeccable, presque trop bien rangée, signe que Chloé a consacré l'essentiel de son temps à passer l'aspirateur, plier du linge, dépoussiérer les meubles, récurer les toilettes. Comme d'habitude, j'en serai un peu triste pour elle, et je l'enlacerai sans rien dire, pour faire passer d'elle à moi un peu de cette flamme qui m'habite et qui porte son nom : Chloé, Chloé, Chloé. Rien n'aura changé. Rien ne doit changer.

Reynald

8 juillet

— C'est Farouk, dis-je d'une voix blanche.
— Ne décroche pas.
— Pourquoi ?
— Parce que maintenant, on peut aller voir Lauriane. Maintenant que tu sais.
— Elle est chez toi ?
— Oui.
— Qui me dit que tu ne vas pas me faire subir le même sort ?
— Un principe élémentaire de cohérence : j'ai tué ta femme parce que tu n'aurais jamais eu le cran de le faire, je l'ai tuée pour toi, pour te délivrer de la servitude volontaire. Je serais vraiment con de te supprimer au moment où tu vas enfin pouvoir vivre en homme.
— J'ai cinquante-deux ans, je bois comme un trou, mes artères sont complètement bouchées et je fais de l'hypertension : mes dernières années, je vais les vivre comme un vieillard cacochyme.

Il éclate d'un rire inattendu, qui, l'espace d'un instant, lui fait retrouver cette beauté et ce magnétisme singuliers qui nous ont tellement impressionnés, Farouk et moi.

— C'est ça que j'aime chez toi, Reynald, tu emploies des mots que personne ne connaît, comme ça, avec le plus grand naturel.

— *Cacochyme*, d'un mot grec qui veut dire à peu près « qui a de mauvais sucs, de mauvaises humeurs »...

Une lueur indéfinissable, fierté, crainte, nostalgie, passe dans son regard :

— Romane fait du grec au lycée. Delphine y a tenu. Et Cyriaque en fera l'an prochain.

Je l'interromps : il n'est pas question que je le laisse repartir dans ses grands discours sur ses enfants, sur Delphine, sur la façon dont elle l'a perfidement dessaisi de ses prérogatives de père. Au secours !

— Tu m'entends, Laurent ? Tu comprends ce que j'essaie de te dire ? Tu as tué Lauriane pour que je puisse vivre en homme, mais qu'est-ce que j'en ai à faire de ta vie d'homme et de tes délires sur la virilité ? Je ne suis pas un homme selon tes critères conformistes ? Grand bien me fasse ! Et je n'ai jamais voulu que tu assassines Lauriane !

— C'est pas ce que tu disais tout à l'heure.

— Tout à l'heure, je t'ai dit ce que tu voulais entendre, je t'ai dit n'importe quoi pour te mettre en confiance et en savoir un peu plus sur tes agissements. Et maintenant que je sais de quoi tu es capable, je ne vais certainement pas me précipiter chez toi pour te faire le plaisir d'observer ta petite scène de crime avant que tu ne me zigouilles à mon tour ! Non, tu vois, je vais plutôt aller chez les flics leur balancer tout ce que je sais.

— Tu sais pas grand-chose. Et puis pendant que tu seras chez les flics, j'en profiterai pour me barrer. Et je peux te garantir un truc : on me retrouvera jamais.

— Tu vas devenir l'homme le plus recherché de France, tu vas être traqué, pourchassé. Et quand tu en auras marre de vivre comme une bête, tu viendras te rendre de toi-même. Et d'ailleurs, je vais te dire, je m'en fous. Que tu vives ou pas, qu'on t'attrape ou pas, que tu finisses tes jours en prison ou pas, je m'en fous.

— J'ai tué ta femme : t'as pas envie que justice soit rendue ?

— Lauriane est morte parce que je n'ai pas su détecter ta folie, et je paierai pour ça. Je n'en finirai pas de payer : justice sera rendue, j'aurai mes Érinyes personnelles.

— Tes Érinyes ?

— Laisse tomber.

— Tu n'as pas peur que je tue quelqu'un d'autre ?

— Si.

— Alors ne me laisse pas partir.

Il y a des limites à ce qu'un cerveau humain peut endurer, et je suis en train de les toucher. Devant moi, posé sur la table, mon portable recommence à sonner. C'est encore Farouk. Je vois qu'il me laisse un message et j'en imagine la teneur. Laurent, avec sa logique tordue, me paralyse. Puis-je prendre le risque de le laisser partir alors qu'il est comme une grenade dégoupillée, n'ayant plus rien à perdre. À moins que...

— Et tes enfants ? Si tu te barres et qu'effectivement tu parviens à échapper à la police, tu ne les reverras jamais.

— Tu crois vraiment qu'ils auront envie de revoir leur papa un jour ? Un papa qui a tué leur mère et leur grand-père ?

— Ils n'auront plus que toi. Tu peux toujours leur dire que tu as pété les plombs, que tu ne sais pas ce qui t'a pris, que tu ne te souviens de rien.

D'un revers de la main et d'une exclamation exaspérée, il balaie mon pauvre montage de la dernière chance :

— Ça fait longtemps que j'ai perdu mes enfants. Tellement longtemps. D'une certaine façon, je n'ai jamais été leur père. Delphine ne l'aurait pas voulu.

— Elle n'en aurait pas fait trois avec toi si elle ne te voyait pas comme le père de ses enfants.

— Elle a fait trois enfants parce que ça se fait dans sa famille. Chez les Signac, ils aiment les familles nombreuses. Si ça n'avait tenu qu'à elle, on aurait même pu en avoir cinq ou six. Je crois qu'elle a essayé d'en avoir d'autres, mais que ça n'a pas marché.

— Pourquoi les faire avec toi ?

— Bonne question. À mon avis, du fond de son utérus, elle a dû sentir qu'il fallait qu'elle brasse les sangs, qu'il fallait pas qu'elle procrée avec un mec de son milieu, si elle voulait avoir de beaux enfants. Je pense que très inconsciemment, elle cherchait un étalon, un reproducteur, un mâle pour l'ensemencer, mais surtout pas un père pour éduquer la progéniture issue de ces saillies. Elle a compris que je ferais d'autant plus l'affaire que je me sentais pas à la hauteur. Elle m'impressionnait, tu comprends. Elle et toute sa famille, leur fric, leur façon de parler, leurs bonnes manières, leur bon goût, leurs vieilles maisons, les meubles qu'ils avaient hérités de l'arrière-grand-mère... En matière d'éducation, je lui ai cédé les rênes, tout de suite, avant même la naissance de Romane. C'est elle qui a choisi les prénoms, les dates de baptême, les écoles, les lieux de vacances, tout... Elle ne m'a jamais laissé leur acheter ne serait-ce qu'une fringue. Et quand ma mère leur en offrait, elle les refilait aussi sec aux pauvres de sa paroisse. Ma mère et moi on savait pas, on n'avait pas les bons codes, on se trompait sur tout. Mes enfants n'ont rien de moi. Leur mère ne l'a pas voulu. Et dès qu'ils ont été en âge de comprendre, ils ne l'ont pas voulu n'ont plus. Ils ont fait corps avec elle pour me rejeter.

C'est reparti. De nouveau, la colère et l'impatience me coupent presque la respiration. Et en même temps, son magnétisme étrange s'exerce de nouveau sur moi. Il parle avec une telle conviction et une telle tristesse désespérée que je ne peux pas m'empêcher de l'écouter et, plus étonnant, de le *comprendre*. Ma colère passe fugitivement au second plan tandis que l'assassin de ma femme évoque Romane, Cyriaque et Clément. L'expérience de Laurent en tant que père a beau relever de l'échec, son histoire être celle d'une paternité ratée, à ses yeux du moins, je l'envie. Ce qu'il me raconte a beau être pathétique, je me sens littéralement transi du regret de ne pas avoir eu d'enfants moi-même. Il y a quelques mois seulement, il aurait été tout à fait envisageable que Lauriane et moi en ayons un. Il y a quelques mois seulement, les velléités de révolte de ma petite épouse ne faisaient que couver sous la braise et elle était encore docile et consentante. Il y a quelques mois seulement, ma queue se raidissait encore dans mon pantalon, se dressait encore pour elle, et pas seulement pour elle, d'ailleurs ; il y a quelques mois seulement, j'aurais pu engrosser Lauriane sans problème, l'horloge biologique ne tournant pas pour les hommes à la même vitesse que pour les femmes.

Trop tard. Ni Lauriane ni moi n'aurons d'enfants. Et tout ça par la faute du connard mégalomane qui se tient en face de moi, qui a foiré sa vie dans les grandes largeurs mais prétend quand même régenter celle des autres. Je cesse de le plaindre, cesse de l'écouter, cesse de le comprendre, de nouveau submergé par la haine. Mon cœur déjà éprouvé ne va pas résister longtemps à ces brusques bouffées de rage, de pitié et de désarroi qui me secouent successivement et sans relâche. En face de moi, Laurent continue à pérorer, ses mains triturant nerveusement la note que le garçon nous a amenée, jusqu'à la réduire en charpie, puis en un tortillon innommable. Il finit par me regarder, par reprendre conscience de ma présence hostile.

— Alors, tu viens ?
— Chez toi ? Pas question.
— Et si je te prouve que Lauriane est encore vivante ?

J'explose, envoie valdinguer les verres, mon téléphone, la coupelle qui a contenu la note. Sans que je l'aie prémédité, mes mains vont chercher la gorge de Laurent. Un voile rouge passe devant mes yeux. *Voir rouge*, je ne savais pas que l'expression pouvait avoir une acception littérale, mais c'est très exactement ce qui est en train de m'arriver. Il me semble percevoir un brouhaha autour de nous, les autres clients sans doute, mais je suis largement au-delà de toute considération tenant à la bienséance :

— Putain, tu vas arrêter de me souffler le chaud et le froid ?! Tu vas arrêter de me prendre pour un con ?! Elle est morte ou pas, Lauriane ? Qu'est-ce que tu as fait à ma femme, espèce de taré ? Tu vas me le dire, maintenant, tu vas me le dire, oui ou merde ?!

Mes mains resserrent leur étreinte autour du cou de Laurent, qui n'en paraît pas autrement affecté, juste un peu surpris. D'autres mains essaient de me faire lâcher prise. Des voix effrayées bourdonnent à mes oreilles, sans que je saisisse le sens des propos. Laurent se lève, se débarrassant de moi aussi facilement que si j'étais une mouche importune. Nous tournant le dos, il se dirige à grands pas vers sa maison. Jetant un billet sur la table, je le suis, ma vision toujours obscurcie par la fureur.

Une fois arrivé devant son perron, il se retourne vers moi.

— Attends-moi là.

Je sens mes mâchoires se tétaniser, mon rythme cardiaque s'accélérer, ma vue se brouiller légèrement. Soudain, j'ai bien plus que cinquante-deux ans, ou en tout cas je suis trop vieux, trop usé, trop fragile, pour endurer les montagnes russes par lesquelles Laurent me fait passer. Aucun bruit ne me parvient. L'attente est d'autant plus insupportable que je ne sais pas ce que je peux bien attendre : un signe de vie de Lauriane, une preuve de sa mort, voire une tentative de meurtre sur ma propre personne, Laurent fondant sur moi et m'attirant dans son antre ?

Je compose le 17. À la voix impersonnelle qui me répond, je bredouille :

— Je crois qu'il y a eu un meurtre au 27 *bis*, rue d'Italie. Venez vite.

— Oui, monsieur, qui êtes-vous ? Où êtes-vous exactement ? Qu'est-ce qui vous fait penser que...

Je raccroche fébrilement. Si Laurent a jusqu'ici épargné ma femme, il peut se raviser à tout moment et décider qu'elle a suffisamment vécu. La porte d'entrée étant entrouverte, je m'y glisse et tombe sur un petit hall avec portemanteau art déco, plantes vertes, petite table marquetée... Un escalier mène à l'étage, et mon œil enregistre immédiatement les traces de sang qui maculent les marches et que l'on a sommairement essayé d'effacer sur le mur blanc. Le cœur battant, les jambes se dérobant presque sous moi, j'entreprends de monter l'escalier. Derrière moi, la porte d'entrée claque brutalement.

Laurent

8 juillet

Je finis par baiser Lauriane. Après tout, elle n'attend que ça. Bizarrement, même si je n'éprouve aucun désir pour elle, mon corps répond au stimulus : une jolie fille se frottant contre moi, m'enlaçant, me chuchotant des phrases crues, stéréotypées mais efficaces :

— Baise-moi ! Tu sens comme je suis chaude ? Prends-moi, mets-moi ta grosse bite dans la chatte !

En un tournemain, je la débarrasse de sa petite robe blanche. La vue de ses gros nibards couturés manque me faire débander et je le lui dis :

— Putain, Lauriane, tes seins sont vraiment trop gros. Y'a des mecs qui aiment ça, tu es sûre ?

Elle croise les bras sur sa phénoménale poitrine et me sourit :

— Tu serais étonné du nombre de gars que ça excite. À mort.

— Pourquoi tu t'es fait faire un truc pareil ?

— J'ai pas choisi, figure-toi : c'était une idée de Reynald !

— Mais c'est ton corps, quand même : tu avais ton mot à dire !

— J'ai toujours flippé d'être plate. J'étais d'accord pour me faire opérer, au début. La première opération, en tout cas. Et puis Reynald disait que ça ferait décoller ma carrière. Que ça me donnerait un genre. Que ça ferait qu'on me remarquerait.

— Tu parles : toutes les nanas ont les seins refaits, maintenant ! Si tu veux te faire remarquer, mieux vaut garder ta poitrine d'origine !

— Aujourd'hui je suis d'accord avec toi, mais à l'époque, je croyais tout ce que Reynald me disait et je faisais tout ce qu'il voulait.

— C'est pour ça que tu veux coucher avec moi ? Pour te venger ?

— Pas du tout. Je m'entends très bien avec Reynald, en fait.

— Ah bon ? Je croyais que tu voulais divorcer ?

— T'es vraiment au courant de tout, hein ?

— Reynald me fait confiance.

— Il a bien tort.

— Je suis pas sûr.

— T'as vachement l'accent marseillais.

— Et toi tu as vachement l'accent parisien.

— Moi ? J'ai pas d'accent !

— C'est ce que disent tous les Parisiens.

— J'suis pas parisienne, j'suis de Sevran, dans le quatre-vingt-treize.

— C'est la banlieue, Sevran ?

— On peut pas faire plus banlieue.

— Tu es comme moi, alors. Moi je suis des Aygalades, les quartiers nord de Marseille.

— Ouais, on peut dire que j'suis comme toi.

Elle n'a gardé que sa culotte, une petite chose

ajourée, d'un blanc immaculé, très différente des grosses culottes montantes et informes que Delphine affectionnait. La trace du bronzage se dessine nettement sur ses épaules, ses hanches. Elle est belle, sexy, appétissante : pourquoi m'excite-t-elle aussi peu ?

— Tu ne m'as pas expliqué pourquoi tu veux que je te baise.

Elle fait un pas en arrière, l'air décontenancée.

— Mais c'est toi qui veux. Tu disais que t'avais pensé à moi tout le temps, depuis la dernière fois.

— Et il suffit qu'on te veuille pour que tu dises oui ? Tu es vraiment une fille facile. Note que moi aussi, je suis un mec facile, alors je vais te donner ce que tu demandes.

Soudain, elle ne sait plus trop ce qu'elle veut, je peux lire le doute dans son regard, les regrets de dernière minute. Je ne lui laisse pas le temps de se raviser et je l'allonge sur le lit conjugal, sur ce même boutis bleu et rose que Delphine a tant de fois lavé et repassé. Je ne cherche pas à la faire jouir. Mon moteur, c'est plutôt le mépris qu'elle m'inspire, elle et toutes les jolies filles qui parce qu'elles sont jolies croient que c'est arrivé, que tout leur est permis, et qu'elles peuvent prendre les mecs pour des connards finis. À mon avis, c'est Lauriane qui a fait une bonne affaire en épousant Reynald, et non l'inverse, même si tous deux sont persuadés du contraire.

Je regarde froidement Lauriane onduler sous moi. Elle a beau sourire, de ce sourire éblouissant et creusé de fossettes qui est son meilleur atout, elle a beau se cambrer et gémir, je n'y suis pas, et elle non plus d'ailleurs. Je lui règle quand même son affaire en quelques coups de reins : je ne sais pas si son orgasme est réel ou simulé, mais je me retire après son dernier hurlement, bien avant de jouir moi-même. Je veux garder ma hargne et mon énergie intactes pour ce qui va suivre.

Sans lui laisser le temps de reprendre son souffle et ses esprits, je la ligote avec le fil qui m'a servi pour Delphine, ce Tiagra qui a déjà fait ses preuves. Lauriane doit prendre ça pour un prolongement de nos ébats, un peu de ce sexe hard dont elle a jusqu'ici cruellement manqué, entre les érections défaillantes de son vieux mari et les éjaculations précoces de son puceau. Toujours est-il qu'elle ne réagit pas. Ce que je lis dans son regard est indéchiffrable : vague crainte, surprise, expectative.

Moi, je retrouve l'élan qui peut parfois me porter, cet état de semi-conscience fébrile et grisant, dans lequel les actes s'imposent, les gestes s'enchaînent. Agir.

— Tu as déjà souffert, Lauriane ?
— Qu'est-ce que tu veux dire par là ?
— Tu as déjà eu mal au-delà du supportable ?

Elle commence à paniquer :

— Noooon.
— Il serait peut-être temps que tu saches à quoi la souffrance ressemble, non ?
— Ne me fais pas de mal, Laurent.
— Tu as remarqué qu'on avait presque le même prénom ?
— Oui, j'ai remarqué. Libère-moi, enlève-moi ce truc.

— Pas question. Tu commences tout juste à avoir ce que tu mérites.

— Qu'est-ce que je t'ai fait ?

— À moi, rien. À part m'allumer dans les grandes largeurs.

— Qu'est-ce que j'ai fait de mal ?

— Tu as fait du mal à Reynald. Beaucoup.

— Et qu'est-ce que ça peut te foutre ? Tu le connais depuis quoi, un mois ?

— C'est pas une question de temps. Je connais beaucoup mieux Reynald que toi.

La terreur la rend agressive, combative, elle d'ordinaire aussi amorphe qu'une jarre d'huile.

— Tu connais Reynald, toi ? Mon cul ! T'as même pas idée comment il peut être chiant parfois ! Toi, tu connais le Reynald des grands soirs, celui qui porte une lavallière et qui fume le cigare, celui qui peut faire mourir de rire toute une tablée, parce qu'il connaît plein d'histoires et qu'il sait bien les raconter ! Tu connais celui qui peut te moucher en trois mots, te faire te sentir minable, parce qu'il sait exactement où frapper pour que ça fasse mal ! Tu connais le Reynald sûr de lui, hautain, qui ramène sa fraise et qui étale sa science. Tu connais pas le Reynald qui a des angoisses parce que ses bilans sanguins sont mauvais ! Celui qui va courir quinze fois chez le médecin en une semaine, celui qui va te bassiner pendant des heures parce qu'il a mal aux dents, mal au dos, mal au bide !

— T'avais qu'a pas épouser un vieux.

— Exact. C'est bien pour ça que je vais me maquer avec un jeune. Mais pour en revenir à Reynald, tu sais rien non plus de ce qu'il donne au lit ! Tu l'as jamais vu en train de chialer parce qu'il arrive plus à bander, à genoux sur la moquette à deux heures du mat. Et là, pas question de dormir, il faut l'écouter, le rassurer, réessayer pendant des heures, pour voir si des fois la flamme reviendrait pas. Sauf que la flamme revient jamais. Au contraire, c'est comme quand t'essaies de démarrer une voiture : au bout d'un moment tu noies le moteur, et là c'est foutu, t'as même plus droit à un petit soubresaut. Rien, fini, niet.

— On va parler de mécanique ?

— J'essaie juste de te dire que tu connais pas Reynald et que tu sais pas ce que j'ai dû supporter ces derniers mois. Tu connais ni le Reynald minable qui chiale sur lui-même, ni le Reynald tyrannique. Tu crois que tu connais Reynald, mais tu connais que dalle ! *Moi*, je le connais ! Mes seins le connaissent ! Tu sais ce que c'est de porter cinq kilos de poitrine en permanence ? D'être gênée pour courir, gênée pour dormir ! Sans compter les cicatrices : elles me démangent, elles me font un mal de chien, et en plus elles sont moches. J'étais pas faite pour avoir des gros seins ! Et Zach m'a dit que le silicone, ça donnait le cancer : du coup, j'ai l'impression de porter une bombe à retardement en permanence. Tu rigoles ? Touche comme c'est dur ! Je suis sûre que ça peut exploser à tout moment : tu crois que c'est bon, le silicone, si ça se répand dans l'organisme ?

— J'en sais rien et je m'en fous.

— C'est exactement ce que je me tue à te dire : tu

sais rien de rien sur Reynald et sur moi, et t'es là, à jouer les vengeurs masqués !

Je dois dire qu'elle me freine un peu dans mon élan, la petite Lauriane nouvelle manière, revancharde, furibonde, m'agitant ses gros seins sous le nez à titre de preuve pour tout ce qu'elle avance. Je crois aussi que le moment est passé, que les substances chimiques qui ont galvanisé mon organisme, quelles qu'elles soient, adrénaline ou endorphine, ont reflué, me laissant lucide et froid. J'attrape le foulard à impressions équestres dont je me suis aussi servi pour Delphine, et sans chercher à rétorquer quoi que ce soit, je bâillonne Lauriane comme je l'ai fait pour ma femme.

Je redescends, notant au passage que l'escalier et le mur, que j'ai cru nettoyer, sont encore maculés du sang de mon beau-père. Du sang de crapaud : en d'autres temps, les sorcières s'en seraient servies pour confectionner des philtres maléfiques. Le sang de mon beau-père, ce concentré de fiel et de miel : fiel de ses haines et de ses frustrations mal jugulées, miel de ses manières doucereuses. Un frisson de dégoût rétrospectif me secoue. Le concernant, je ne regrette rien.

Une fois dans la cuisine, je me prépare méthodiquement à manger. J'ai dépassé le stade où l'on a faim, mais je sais que mon corps a besoin de carburant. Je fais griller du pain, ouvre une de ces boîtes de sardines que Delphine a achetées à Quiberon, l'été dernier. Conserverie haut de gamme. Pas question chez nous de manger les sardines de tout le monde. Je termine par une orange pressée. Calories.

Vitamines. Ensuite, je me couche sur le canapé du salon. Je regarde la télé, cherche vainement le sommeil. Au-dessus, j'entends les geignements étouffés de Lauriane. La fenêtre de la chambre donne sur le jardin, et je n'ai pas à craindre que qui que ce soit l'entende. D'ailleurs, nos voisins les plus proches sont partis en vacances depuis plus d'une semaine. Je monte quand même vérifier que ses liens tiennent et qu'elle n'est pas parvenue à se débarrasser de son bâillon. Tout est O.K. et j'ignore les regards furieux de Lauriane comme les sons qu'elle émet sous le foulard Hermès. Une fois redescendu, je finis par m'endormir jusqu'au matin. Le sommeil du juste… En me réveillant, j'avise mon portable, sur le buffet. Marianne a laissé un message, me demandant de la rappeler, ce que je fais.

— Marianne ?
— Oui, Laurent…
— Vous avez des nouvelles ?
— Non.

Elle soupire au bout du fil. Sa voix a changé : faible, atone, elle donne l'impression que sa propriétaire est gravement malade. Elle reprend, se faisant visiblement violence pour parler :

— Je voulais m'excuser, Laurent. J'ai eu l'air de mettre votre histoire en doute, hier…

— Oui, c'est le moins qu'on puisse dire…

— Et voilà, cette nuit, j'ai un peu fouillé dans les affaires d'Hubert, son bureau, son ordinateur. Je sais que je n'aurais pas dû, mais c'était plus fort que moi. Je voulais en avoir le cœur net, vous comprenez…

Pauvre conne, en train de s'excuser de ses péchés véniels alors que son mari l'a cocufiée dans les grandes largeurs ! Je retiens mon souffle en attendant la suite, le résultat des investigations de cette chère Marianne.

— Et j'ai trouvé... des choses...
— Quoi ?
— Des photos, pour commencer. Toute une série, bien cachée sous des dossiers. Une fille, jeune, brune, comme vous l'aviez dit. Elle était nue sur les photos, alors je pense que le doute n'est pas permis. Mais de toute façon, j'ai trouvé des mails, aussi. Et le pire, vous voyez, c'est qu'il s'était contenté de les jeter. Je les ai trouvés dans sa corbeille. Comme s'il s'était dit que j'étais trop conne pour aller voir dans ses messages supprimés, comme si cette pauvre Marianne ne comprenait vraiment rien de rien au fonctionnement d'une boîte mail. Les mails...

Elle soupire de nouveau. Je frétille de satisfaction. Les découvertes de Marianne m'enlèvent tout regret d'avoir bêtement laissé brûler le portable de sa fille.

— Ces mails, Laurent... Aussi bien ceux qu'il a envoyés que ceux qu'il a reçus... ils étaient... orduriers. Mais je dois dire que ceux d'Hubert étaient les pires. Comment peut-on, comment peut-on vivre près de cinquante ans avec le même homme et ne pas savoir qu'il a *ça* en lui ?

Je pourrais lui répondre qu'on ne sait jamais rien de ce que l'autre a en lui et que ce qui définit le mieux un individu, c'est précisément ce qu'il dissimule avec le plus de férocité. Le crapaud était un cochon ? Tiens donc, première nouvelle ! J'écoute, je compatis, promets une nouvelle fois de rappeler dès que j'en saurai plus. Marianne n'a plus l'air de s'inquiéter du tout, d'ailleurs. Ses jérémiades concernent exclusivement l'infamie d'Hubert, et l'outrage dont elle s'estime la victime innocente. Comme s'il y avait des victimes innocentes…

Je finis par raccrocher. Bien m'en prend, car à ce moment-là quelqu'un sonne à la porte. Lauriane a dû l'entendre aussi, car elle intensifie ses gémissements. Ils demeurent toutefois parfaitement inaudibles de l'extérieur. Je monte à pas de loup dans la chambre de Romane, la seule à donner sur la rue, et je jette un œil par la fente du volet mi-clos. C'est Reynald. Il sonne de nouveau, attend, fait quelques pas en arrière, jette un œil hagard sur la façade sans détecter ma présence. Il finit par s'éloigner à grands pas.

Je remonte voir Lauriane. Je lui donne à boire, exactement comme je l'ai fait pour Delphine, puis sans prêter une seule seconde d'attention au flot hargneux qu'elle déverse sur moi, je lui remets son bâillon, je resserre ses liens, et pars à la recherche de son vieux mari.

Je n'ai pas à chercher longtemps. Il s'est posté au Bar des Amis, devant lequel je passe souvent sans jamais m'y arrêter. Je suis pour le cloisonnement : un bar aussi proche de chez moi ne sera jamais un bar où j'ai mes habitudes. Je m'installe en face de Reynald. Il en est déjà à sa deuxième pression et il n'est même pas 10 heures du matin.

— Salut Reynald.
— Salut. Tu as eu mon mail ?

— Non. Tu m'as envoyé un mail ?
— Tu étais chez toi ? J'ai sonné.
— J'ai pas entendu. Tu as dû arriver au moment où j'étais dans le jardin.
— Tu arrosais tes marguerites ou tu enterrais ta femme ?
— J'ai pas l'intention de l'enterrer.
— Ah bon ? Et qu'est-ce que tu vas faire du corps, alors ?

De Delphine, nous passons très vite à Lauriane. Je pourrais jeter l'éponge, lui dire tout de suite que sa petite femme, qui ne mérite pas de vivre, est tout de même bien vivante, à quelques mètres de lui, mais mes mains se mettent à trembler, et j'entreprends de lui livrer ma version des faits, non pas ce qui s'est réellement passé entre Lauriane et moi, mais ce qui aurait dû se passer. Seul mon bon vouloir a séparé Lauriane d'une mort violente, et mon bon vouloir, c'est peu de chose. D'ailleurs, je n'ai pas dit mon dernier mot. Il me semble soudain très injuste d'être le seul veuf de nous trois, Reynald, Farouk et moi. Delphine valait mieux que Lauriane et Chloé réunies. Je vaux mieux que Reynald et Farouk réunis. Alors je parle, sans discontinuer, regardant Reynald se décomposer à chaque détail vraisemblable que je lui donne.

— On est partis pour Marseille. Dans ma caisse. Je lui avais dit que je voulais la baiser encore une fois. Que tu étais d'accord. Ce qui ne l'a pas étonnée. Cocu un jour, cocu toujours.
— Épargne-moi les aphorismes.
— Bref, dans la voiture, elle a commencé à me

chauffer. Impossible de la faire se tenir tranquille : elle voulait me sucer sur l'autoroute. J'ai eu du mal à obtenir qu'elle me foute la paix. Mais, bon, on a fini par arriver chez moi. Et là, rebelote, elle se jette sur moi, une vraie chienne en chaleur. On est montés dans ma chambre.

Cette fois-ci, Reynald prend un 51. Ai-je dit que je déteste au moins autant les alcoolos que les toxicos ? J'ai trop eu affaire à eux dans ma vie, à leur regard vitreux, à leur haleine lourde, à leur élocution pâteuse, à leurs oscillations entre sentimentalité larmoyante et brutalité sans frein.

La vision de Lauriane, non plus ligotée sur le lit, mais allongée dans une mare de sang, s'impose brusquement à moi. L'ai-je vraiment quittée vivante, comme je le croyais il y a cinq minutes encore ? Le tremblement de mes mains s'accentue. La chaleur, à laquelle je suis indifférent d'habitude, me tombe dessus comme une chape de plomb. J'essaie de me reprendre, de fouiller dans mes souvenirs, de démêler le vrai du faux. Impossible : tout se superpose, Delphine, Hubert, Lauriane, et tout ce sang. En face de moi, Reynald miroite et ondule comme un mirage. Dans le doute, je continue :

— J'ai fait à Lauriane ce que j'ai fait à Delphine : je l'ai attachée et je l'ai bâillonnée. Elle était très excitée. Pas effrayée pour deux sous. Je te rassure : jusqu'au bout, elle a cru que c'était un jeu, un trip SM. Je l'ai baisée, comme ça. Je l'ai fait jouir jusqu'à ce que ses yeux se révulsent. Et ensuite, couic.

— Quoi, couic ?

— Je l'ai étranglée. Ça lui a plu. Au début. Ensuite,

je peux pas te dire. De toute façon, je la regardais pas, j'étais derrière elle. Après, je me suis un peu amusé. Avec mon couteau. Comme sur Delphine.

Loin de me manifester sa reconnaissance, Reynald s'agite sur sa chaise comme s'il était assis sur un nid de frelons. Il me regarde avec un tel air de stupeur horrifiée que les yeux lui sortent presque de la tête. Comme si je le prenais en traître... Comme si la mort de Lauriane n'était pas une mort annoncée... Comme s'il n'avait pas lui-même engendré le processus avec ses jérémiades et ses confidences éplorées... Nature humaine, tu ne cesseras jamais de me surprendre.

Le portable de Reynald se met à sonner, à chanter, plutôt. « Sugar Town », de Nancy Sinatra. C'est Farouk, mais j'interdis à Reynald de décrocher. Chaque chose en son temps. J'ai bien l'intention de m'occuper de Farouk, ou plutôt de Chloé, mais pour l'heure, il faut que j'en finisse avec le mari numéro un. Notre conversation se perd en propos stériles, Reynald essayant de me convaincre de me rendre à la police, quand il ne menace pas d'aller me dénoncer lui-même au commissariat le plus proche. La pensée que j'ai tué Lauriane pour rien et pour personne, cette pensée-là est sur le point de me rendre définitivement dingue. Dans la brume rougeoyante de mes cogitations, surnage la conviction que Reynald doit absolument venir la voir et admirer ce dont j'ai été capable. Lui tergiverse, m'objecte ses craintes imbéciles :

— Qui me dit que tu ne vas pas me faire subir le même sort ?

Je crois qu'au bout d'un moment, je me mets à lui parler de mes enfants et de la façon dont Delphine m'a disqualifié dès le départ, la façon dont elle m'a dépossédé des manettes, me laissant comme seul rôle celui de l'engrosser tous les deux ans. En face de moi, Reynald reste arc-bouté sur sa position : non, il n'ira pas chez moi, et je ferais mieux de me rendre. J'ai beau me triturer le cerveau, je ne sais plus si j'ai tué Lauriane ou pas. Tantôt je la vois étendue morte sur le lit conjugal, tantôt j'entends les exclamations de rage qu'elle poussait derrière son bâillon au moment où je l'ai quittée pour rejoindre Reynald au Bar des Amis.

Il n'y a plus de réalité, plus de vérité, mais ça je le savais depuis longtemps. Dans tous les cas, il faut absolument que j'attire Reynald chez moi :

— Alors, tu viens ?
— Chez toi ? Pas question.
— Et si je te prouve que Lauriane est encore vivante ?

Il me saute à la gorge, me reprochant de le prendre pour un con et de le mener en bateau. Il n'a absolument pas l'air de se rendre compte de mon état d'égarement absolu. Je n'ai aucun mal à me débarrasser de lui. Il sue, souffle comme une baleine, et les mains qui enserrent mon cou n'ont absolument aucune force. Je me lève, ramassant au passage, machinalement, l'iPhone qu'il a envoyé valdinguer dans le caniveau. Il trottine sur mes talons jusqu'à la maison.

— Attends-moi là.

Je monte quatre à quatre jusqu'à la chambre,

ne sachant pas moi-même si je vais y trouver un cadavre encore chaud ou une Lauriane bien vivante et prête à me hurler dessus sitôt que je lui aurai enlevé son bâillon.

Elle est bien vivante, cette petite pute. Elle dort. À moins qu'elle n'ait perdu connaissance. En tout cas, ses énormes seins se soulèvent au rythme de sa respiration paisible, et je ne perds pas de temps à la regarder. Toute cette chair distendue et boursouflée me dégoûte. Je ne l'ai pas tuée, tant pis, tant mieux. De toute façon, la vision de son corps nu, de ses chevilles et de ses bras ligotés, du bâillon qui menace de l'étouffer, tout cela me semble suffisamment saisissant pour que Reynald en soit durablement marqué, pour qu'il comprenne, aussi, que la vie de sa femme n'a tenu qu'à un fil, le fil tendu de ma volonté. Il saisira l'étendue de ma magnanimité en même temps que celle de mon pouvoir. J'aurais pu…

Pour ce qui est du mari numéro un, l'affaire est réglée, et de toute façon je ne suis pas sûr de vivre assez longtemps pour vérifier l'efficacité de ma pédagogie conjugale. Avant de disparaître, il me reste à trouver, pour le mari numéro deux, une leçon tout aussi magistrale.

Je dévale l'escalier. Mes pas me dirigent machinalement vers la chambre des garçons. Je m'assois sur le lit de Cyriaque, sur la couette impeccablement repassée par Delphine, quelques jours auparavant, sans doute. J'entends du bruit dans l'entrée : Reynald se décide sans doute à aller voir ce qu'il en est. Je me rue hors de chez moi, je reprends l'A6 que j'ai garée à deux rues de là et je roule jusqu'à La Rose.

Là, je me gare, incertain sur la conduite à tenir. Il faut que je sache si Farouk et Chloé sont déjà partis, auquel cas je jetterai l'éponge et renoncerai à ma dernière mission Je lui envoie un SMS à partir de l'iPhone de Reynald :

— Où es-tu ?
— Chez moi.

Farouk n'a décidément pas confiance en moi : dans son dernier mail, il a prétendu être « sur le départ ».

— Suis à la Luna avec Laurent. Viens. T'expliquerai.

Je redémarre et prends la direction de Sainte-Marthe. J'ai, depuis longtemps, trouvé l'adresse d'un Farouk Mokadem dans le XIVe arrondissement, un Farouk Mokadem qui ne peut être que lui. Une fois arrivé avenue Blériot, je reste au volant, observant le domicile des Mokadem, une villa années trente, adossée à la colline et mitoyenne d'autres villas du même genre. Je ne sais pas ce que j'espère exactement. Mais dix minutes après mon arrivée, Farouk sort de chez lui, seul. Sa Punto est garée avenue Blériot, il s'y engouffre, démarre sur les chapeaux de roue, et s'éloigne dans un nuage de poussière.

Je suis tellement fatigué... Pourquoi est-ce à moi de faire régner l'ordre et la justice alors que je n'ai qu'une envie, de plus en plus impérieuse : en finir avec moi-même et avec la souffrance de n'être que moi. Tout en surveillant vaguement la maison de Farouk, j'attrape un bloc Rhodia un peu écorné et jauni, qui traîne dans la boîte à gants depuis des années. Je souris en y retrouvant des indications d'itinéraires notées de l'écriture ronde et précise de Delphine : la fois où nous avons loué des chambres d'hôte du côté de Blois ; la fois où nous avons rejoint sa sœur Clotilde dans une villa qu'elle avait louée vers Biarritz... Je voudrais écrire, laisser aux enfants, ou peut-être à Cyriaque seulement, une lettre où je lui expliquerais qui était son père. Mais au bout de quelques tentatives, de pauvres formules aussitôt raturées, j'abandonne. Je sens bien que ma vérité intime est incommunicable. Un moment, j'ai cru Farouk et Reynald en mesure de la comprendre, mais je me suis trompé.

Je suis sur le point de rebrousser chemin, avec la vague idée de rouler vers la mer, quand une voiture se gare, exactement à la place laissée libre par Farouk. Une femme et deux enfants en sortent et se dirigent aussitôt vers la villa des Mokadem. Chloé, Lila, Farès. La femme referme sur eux trois le lourd portail de pin, et ils disparaissent. Ils ne sont pas partis, ni même « sur le départ », comme me l'a assuré Farouk. Son mensonge m'attriste : malgré tout, il persiste dans son attitude chevaleresque envers sa femme, il cherche à protéger sa nana contre moi. Il ne sait pas à quel point je suis déterminé, ni à quel point la conviction d'être dans le vrai me porte. *Va, cours, vole et nous venge*. Farouk pourrait sûrement me dire qui est l'auteur de cet hémistiche si approprié à notre situation, et j'ai soudain eu hâte d'en avoir fini, pour que nous puissions enfin discuter d'homme à homme, non plus en tant que *maris*, mais en hommes libres que rien ne viendra alourdir ni entraver.

Laurent 8 juillet

Malgré la chaleur étouffante, je reste dans la voiture. Farouk va bientôt arriver à la Luna : y restera-t-il alors que ni Reynald ni moi n'y sommes ? Ai-je envie de le revoir alors que je n'ai rien fait de ce que je lui ai promis ? Tandis que je me laisse gagner par la torpeur, Chloé ressort de la villa. Chloé... Blonde, pas très grande, ni belle ni laide, assez ordinaire, en fait. Elle commence à remonter l'avenue dans la direction opposée à la mienne. Je sors de ma voiture et je marche derrière elle, restant quelques mètres en arrière. Elle serre contre elle un grand fourre-tout de toile bleue et avance à grandes enjambées. À deux cents mètres de chez les Mokadem se trouvent quelques commerces : une supérette, une maison de la presse, et une pharmacie. Chloé pénètre dans la pharmacie. Je rebrousse chemin et reprends mon poste dans l'A6. Bien m'en prend, car quelques minutes plus tard Chloé revient. Bizarrement, au lieu de rentrer chez elle, elle reprend sa 307, et je démarre derrière elle.

Farouk

8 juillet

Je regarde ma montre Beuchat, ce cadeau de Chloé : il est midi, les enfants et elle doivent être à mi-chemin. Je peux bien consacrer encore quelques instants à cette histoire aussi triste que folle. Je réponds à Reynald par un laconique « O.K. J'arrive », puis je remonte dans ma voiture et je roule en direction du centre-ville sous un soleil implacable.

Au moment où je manœuvre pour me garer rue Pavillon, mon portable sonne de nouveau. C'est Chloé.

— Farouk ?
— Oui ? Vous êtes où ?
— On n'est même pas partis !
— Quoi ? Mais qu'est-ce qui se passe ?
— Je suis revenue à la maison. Farès est malade : il a une grosse angine. Il est prostré, quarante de fièvre, je l'ai jamais vu comme ça. Ma mère dit que ça l'a pris ce matin. J'ai appelé Rabaud. Coup de chance, il est pas encore parti en vacances, il est venu tout de suite chez ma mère : c'est lui qui a examiné Farès.
— Tu es chez ta mère ?
— Non : on est revenus à la maison. Je préférerais

que Farès ne prenne pas la route dans cet état. Rabaud lui a prescrit des antibiotiques : c'est bactérien, son truc. Je vais à la pharmacie, là. Farès dort.

— Écoute, file-lui ses médocs, et repartez : il dormira dans la voiture.

— Tu as des nouvelles de ton pote, le psychopathe ?

— Ouais. Il m'a appelé. Je le rejoins à la Luna. Apparemment, Reynald y est aussi.

— Il a retrouvé sa nana ?

— J'en sais rien. Je suis fatigué de toutes ces histoires. J'y comprends plus rien. Aller à la Luna, c'est aussi un moyen d'en avoir le cœur net. Pour tout te dire, j'ai l'impression que je me suis un peu monté le bourrichon, et que ni Delphine ni Lauriane n'ont jamais été vraiment en danger. Et en même temps, ça me rassurerait que vous soyez déjà en route pour Annecy.

— Bon, écoute : je fais un saut à la pharmacie et on part. Si tu dois être plus tranquille comme ça. Mais appelle-moi, tiens-moi au courant. Tu repasses par la maison après la Luna ?

— Non.

— C'est un peu stupide de prendre deux voitures, non ? Tu préfères pas que je t'attende, pour qu'on reparte tous les quatre ?

— Non. Et en plus, je sais pas combien de temps ça va me prendre, tout ça. Si Laurent a vraiment fait des conneries... Ou s'il faut qu'on le fasse interner...

Elle soupire avec lassitude :

— Bon, O.K. On s'appelle.

— On s'appelle. Prends soin de toi.

Reynald

8 juillet

Je reviens sur mes pas, rouvre la porte d'entrée, dont je n'avais pas remarqué jusqu'ici le carillon guilleret : Laurent vient de se ruer hors de chez lui et j'ai juste le temps de le voir courir comme s'il fuyait les flammes de l'enfer, tourner à droite et disparaître. L'enfer, c'est probablement ce qui m'attend à l'étage, au bout de cet escalier sinistrement éclaboussé de sang.

Une fois arrivé en haut, je pousse une première porte sur ma gauche et je pénètre dans ce qui est clairement une chambre de jeune fille, avec un lit en fer forgé qui me paraît ancien, une couette dans les bleus lavande, une coiffeuse en marbre, ancienne elle aussi, des posters d'inspiration manga, et, chose plus étonnante, un crucifix au-dessus du lit : tout simple, en bois sombre, avec un rameau de buis desséché glissé entre le mur et lui. Je me rappelle alors ce que Laurent nous a dit sur le catholicisme fervent de sa femme et de ses enfants, et en refermant la porte j'adresse une petite prière à ce dieu en lequel je ne crois plus, pour que Romane soit encore vivante.

Une autre porte, à droite, donne sur une salle de bains spacieuse et claire. La suivante est la bonne : Lauriane gît sur le lit de Delphine et Laurent, complètement nue, les bras ligotés dans le dos. Je me précipite vers elle et la retourne vers moi. Laurent l'a bâillonnée avec un foulard dont les plis dissimulent à la fois sa bouche et son nez, l'empêchant complètement de respirer. Son corps est tiède, souple sous mes doigts affolés. Elle n'est pas morte depuis longtemps. Je n'essaie même pas de défaire le nœud du bâillon et le remonte simplement sur le front moite de Lauriane, dégageant ainsi ses voies respiratoires. Des mots précipités, lambeaux de phrases sans suite, s'échappent de mes lèvres : « Ma petite chérie, trop tard, quel con, tu es tellement belle, qu'est-ce qu'il t'a fait, je regrette tellement, trop tard, je suis trop con, pourquoi, dis-moi, et ses enfants, tu sais, toi, Lauriane ? Quel con... » À ce moment-là, elle ouvre les yeux et me regarde fixement, sans surprise ni soulagement apparents.

— Lauriane ! J'ai cru que tu étais morte !

— Putain, Reynald, je suis tellement contente que tu sois là ! Détache-moi !

Impossible de défaire les nœuds faits par ce taré de Laurent. Avisant une paire de ciseaux sur une table de chevet, je coupe sans difficulté le fil avec lequel il l'a ligotée. À ce moment-là, seulement, tandis qu'elle masse ses poignets endoloris, elle paraît réaliser ce à quoi elle a échappé et le danger que nous encourons encore :

— Il faut qu'on se barre : il peut revenir d'un moment à l'autre. Je sais jamais quand il est là ou pas !

— Non, il est parti, je l'ai vu partir ! Et Delphine ? Et les enfants ? Tu les as vus ?

— Non. Il n'y a personne dans la maison, personne de vivant, ça j'en suis sûre !

— J'ai cru que tu étais morte, toi aussi ! J'ai cru que tu étais morte !

La joie et le soulagement me montent à la tête, et je ne peux que répéter en boucle que je l'ai crue morte, perdue, par ma faute. Je la serre dans mes bras, et elle éclate de rire :

— Tu sais quoi ? En fait, je dormais ! Je ne sais pas depuis combien de temps je suis ici, mais au début j'ai essayé de ne pas dormir, de peur qu'il en profite. Là, je dormais depuis une heure, à peu près. Mais, viens, on se tire ! Je veux pas rester ici une seconde de plus, même si Laurent est parti ! Où sont mes fringues ?

— Écoute, je vais quand même faire un tour dans la maison. Il y a du sang dans l'escalier : je suis sûr qu'il a au moins tué sa femme. Descends, toi : va m'attendre dehors. De toute façon, j'ai appelé les flics : ils ne vont pas tarder.

— Justement, barrons-nous ! J'ai pas envie d'être embringuée dans cette histoire.

— Lauriane, tu l'es, embringuée dans cette histoire ! Ce salaud t'a kidnappée, séquestrée, ce sont des délits !

— Euh, il m'a pas vraiment kidnappée.

— Oui, je sais, il m'a raconté, qu'il t'avait donné rendez-vous à Cassis, que tu l'avais sucé dans la voiture, et cætera.

— Reynald, j'suis désolée. J'suis vraiment trop

conne. Quand je pense que c'est moi qui t'ai dit de te méfier de ce mec !

Elle secoue les épaules, comme prise d'un accès de dégoût rétrospectif :

— Et je l'ai pas sucé, ce con ! Pourquoi il t'a raconté ça ?

— Je m'en fous. Ce qui compte c'est que tu sois vivante.

— Il faut qu'on s'en aille : j'ai peur qu'il revienne. Il est vraiment taré, tu sais. En plein délire.

— J'étais au café avec lui, là, à l'instant. On a parlé pendant au moins une demi-heure : il a complètement disjoncté.

— Tu étais au café avec lui pendant que j'étais prisonnière ici ?

— Mais oui. Je ne savais plus si tu étais vivante ou morte, à Marseille ou pas. Tu as disparu et puis après j'ai reçu son mail, où il disait qu'il voulait te tuer sous mes yeux, qu'il m'aimait, qu'il ferait ça pour mon bien. J'ai passé des heures à me demander si j'allais appeler les flics ou pas. J'étais paumé. Et comme je savais où Laurent habitait, j'ai foncé à Marseille, j'ai sonné chez lui, puis je suis allé l'attendre au café le plus proche. J'étais malade de peur, je m'en voulais à mort, j'ai commencé à picoler et il est arrivé. Lauriane, je ne peux même pas te dire à quel point c'était surréaliste d'avoir cette conversation avec lui, de l'écouter débiter ses conneries, en essayant de savoir s'il me menait en bateau ou s'il disait la vérité. J'ai fini par lui sauter à la gorge. Et puis voilà...

— Barrons-nous : on se racontera tout ça plus tard.

— Je t'ai dit que je voulais rester là jusqu'à ce que les flics arrivent. Attends-moi dehors : poste-toi en face de la maison, comme ça tu verras qui entre et qui sort.

— Et si Laurent revient ?

— Il ne reviendra pas : il en a fini avec toi.

Elle récupère sa robe, une robe Céline blanche que je lui ai offerte l'été précédent ; elle retrouve ses sandales, ramasse sa culotte et son soutien-gorge avec un air indéchiffrable. Je l'entends descendre l'escalier, faire résonner le carillon si primesautier de la porte d'entrée, puis plus rien. Je reprends mon exploration de l'étage : un dressing, des toilettes, plus grand-chose d'intéressant et aucune trace de violence. Je descends à mon tour, évitant de poser les yeux sur les éclaboussures et les traînées brunâtres dont j'ai noté la présence. Le hall d'entrée donne dans un double-living d'inspiration provençale : faïences de Moustier sur le buffet, grosse cigale de céramique au mur, nappe blanche brodée de minuscules bouquets de lavande, canapé et fauteuils de cretonne un peu avachis, écran plasma. La cuisine est pimpante et fonctionnelle, peinte dans des couleurs safranées qui m'horripileraient rapidement si je devais vivre là, mais ce n'est pas le cas, et ce n'est pas non plus le moment de juger les goûts décoratifs de cette pauvre Delphine.

Irrésistiblement, mon œil est attiré par les nombreuses photos de famille accrochées ou posées un peu partout. Ce qui est le plus frappant, c'est leur sourire à tous les cinq : invariablement, sur tous les clichés, ils offrent des sourires radieux et finalement presque inquiétants, comme s'ils avaient voulu, éperdument, convaincre le monde entier de leur bonheur d'être ensemble, et de leur conviction d'être une famille parfaite. Delphine est une jolie blonde un peu fanée et assez corpulente. Les enfants, saisis à divers stades de leur développement, sont mignons : très blonds pour deux d'entre eux, des *chleuhs*, disait Laurent. Le troisième – Cyriaque, si mes souvenirs sont bons – ressemble à son père de façon alarmante : même tignasse brune, même regard clair, même sauvagerie derrière le sourire forcé, mêmes traits insolents de perfection. Cyriaque sera un jour aussi beau que son père, mais, je l'espère de tout mon cœur, pas aussi gravement perturbé.

Je débouche dans ce qui doit être, précisément, la chambre commune des fils Sportiello. Comme celle de leurs parents, elle donne sur le jardin, mais elle est beaucoup plus grande. Chaque garçon a clairement son espace, son lit, son bureau à dos-d'âne, ses étagères chargées d'objets comme en amassent les garçons : des pierres, des fossiles, des dinosaures en plastique, des figurines de chevaliers, des cartes, des jeux de DS... À l'idée que Cyriaque et Clément ne sont peut-être plus de ce monde, mon cœur, déjà si éprouvé, se met à battre de façon anarchique, à tel point que je dois m'asseoir sur un pouf à impressions colorées.

Je m'attendais à entendre des sirènes de police, des bruits de frein, toute une armada de flics casqués déboulant chez Delphine et Laurent, prêts à interpeller un forcené. Mais rien. Je me relève péniblement et je continue mon tour du propriétaire.

À côté de la chambre des garçons, il y a une autre salle de bains, aussi spacieuse que celle de l'étage. Par le salon, on accède à une terrasse dallée sur laquelle on a installé une table, des chaises, et de grosses jarres en terre cuite dans lesquelles poussent des lauriers roses. La terrasse elle-même donne sur le jardin, petit mais bien entretenu. Je cherche du regard ce qui pourrait faire penser qu'on y a enseveli un ou plusieurs corps, un endroit où la terre aurait été remuée, des sacs de gravats, des pelles ou des pioches : rien. D'ailleurs, Laurent ne m'a-t-il pas parlé de crémation ?

J'entends la voix de Lauriane qui m'appelle :

— Reynald ? Tout va bien ?

Hormis les traces de sang dans l'escalier, il n'y a rien dans la maison qui puisse accréditer l'hypothèse d'un drame. Mais compte tenu de la personnalité de Laurent, de ses mails et de ses discours, c'est déjà beaucoup. Je rebrousse chemin et retrouve Lauriane sur le seuil de la maison.

— Alors ?

— Alors rien. Juste le sang dans l'escalier. On va attendre que les flics arrivent.

— T'as mon portable ?

— Oui.

— Je vais appeler Zach. Il doit se demander ce qui se passe.

Elle s'éloigne de quelques pas et je la regarde mélancoliquement parler avec animation à celui qui va prendre ma place et qui ne saura jamais la rendre heureuse, la gâter comme je l'ai fait, la couvrir de cadeaux qui devancent ses désirs, veiller à son hygiène de vie, la sortir, l'emmener dans les meilleurs restaurants. Elle a l'air fatiguée, tout à coup, ma petite épouse de vingt-quatre ans, ma petite épouse qui bientôt ne le sera plus.

Il me revient à l'esprit que quelques heures seulement nous séparent de la journée d'hier, de la promenade que nous avons faite ensemble dans les rues de Cassis, de la complicité heureuse que nous avons alors retrouvée, et du désir qui a surgi en moi à ce moment-là, celui de la posséder une dernière fois, de lui faire l'amour lentement, cérémonieusement, et en sachant que cela ne se reproduirait plus. Je suis certain que cette conviction me redonnerait de la vigueur, me permettrait de vaincre les difficultés sexuelles que je rencontre depuis plusieurs mois.

Quand Lauriane revient vers moi, je l'enlace, un peu gauchement, et je lui souffle à l'oreille :

— Ma chérie, j'ai une proposition à te faire.

Laurent

8 juillet

Le sentiment d'avoir été trop bon avec Lauriane, d'avoir laissé passer une occasion qui ne se reproduira plus, le sentiment de ne pas avoir été à la hauteur, d'avoir probablement déçu Reynald, quoi qu'il en dise, tout cela m'incline à faire preuve de la plus grande sévérité avec Chloé. D'ailleurs, elle est beaucoup plus coupable que Lauriane, sans parler de Delphine. À partir des propos de Farouk, je me suis fait une juste idée de sa femme : une mijaurée jouant les épouses idéales, une sainte-nitouche posant à la respectabilité, alors qu'elle s'envoie en l'air avec un ami de lycée. Au moins, Lauriane affiche la couleur avec ses jupes courtes, ses robes moulantes, et ses airs provocants.

Chloé roule cinq cents mètres avant d'emprunter une route à peine carrossable, qui se termine de façon assez abrupte au pied de la colline. Elle se gare, sort de la voiture et me regarde avancer vers elle sans marquer de surprise.

— Tu sais qui je suis ?
— Je devine.

— Farouk t'a parlé de moi ?
— Ouais, un peu. Il m'a dit que tu étais dingue.
— Farouk n'aurait jamais dit ça.

Elle hausse les épaules et je suis frappé par son air absent. Rien à voir avec Delphine et Lauriane, qui ont hurlé, pleuré, manifesté leur panique, leur colère, leur haine…

— Farouk m'a parlé de ton dernier mail. Il voulait qu'on s'en aille le plus vite possible, les enfants et moi. Histoire qu'on soit hors d'atteinte de ta folie furieuse.
— Mais tu n'es pas partie.
— Comme tu vois.
— Pourquoi ?
— Ça ne te regarde pas.
— Qu'est-ce que tu fous là ?
— Ça non plus, ça ne te regarde pas.

Me tournant le dos, elle s'engage sur un petit sentier sablonneux. Elle marche vite et d'un pas décidé. Compte tenu de mon état de fatigue et d'inanition, je peine à la suivre mais il n'est pas question que je la laisse échapper au sort que je lui ai promis. Je dois dire aussi que son absence de réaction concernant ma présence en ce lieu m'intrigue au plus haut point. Quoi que Farouk ait pu lui dire, elle devrait être étonnée et effrayée de me voir là. Or, elle ne m'a posé aucune question, et semble absorbée et préoccupée par quelque chose qui n'a rien à voir avec moi. Après avoir progressé sur plusieurs centaines de mètres, elle s'arrête net, au pied d'un chêne rabougri et tordu par les vents. Elle s'agenouille, sans un regard pour moi.

C'est l'occasion rêvée. Nous sommes loin des premières habitations. Vu l'heure et le soleil de plomb, personne d'autre que nous ne se risquera dans cet endroit sans charme particulier : une sorte d'esplanade, plantée çà et là de quelques pins et chênes étiques. Je n'ai rien sur moi, pas même le pseudo-foulard Hermès qui a successivement muselé Delphine et Lauriane. Tant pis. Je suis largement capable d'étrangler Chloé à mains nues. Mais je veux d'abord lui parler, lui faire comprendre que je ne suis pas un dangereux allumé, mais un justicier.

— Chloé ?

Elle se tourne vers moi avec une sorte de jappement hargneux :

— Quoi ?

Putain, mais qu'est-ce qu'elle fait là ? Pourquoi cette étrange attitude de recueillement ? Alors qu'elle n'a absolument pas l'air incommodée par la chaleur, je sue à grosses gouttes. Je m'essuie le front d'un revers de la main et j'attaque aussi sec :

— Je te connais, Chloé.

— Ah bon ? Tu as bien de la chance, parce que moi-même, je ne suis pas sûre de me connaître.

— Farouk m'a parlé de toi.

— Et Farouk, tu le connais ? Tu le connais, ou tu crois le connaître ? Tu l'as rencontré quand ? Fin mai ? Début juin ?

Comme Lauriane, elle va sans doute chercher à me démontrer par A plus B que je ne connais pas son mec, qu'elle seule a ce privilège, et cætera. Je contre-attaque :

— Je connais Farouk. Pour tout te dire, la première fois, à la Luna, j'ai même eu l'impression de le connaître depuis toujours.

— Tu es pathétique. C'est quoi, ces conneries de gamin ? Tu t'es dit que tu l'avais rencontré dans une autre vie ? Vous vous êtes reconnus au premier regard ? Parce que c'était lui et parce que c'était toi ?

Son agressivité me décontenance. C'est à moi d'être agressif, pas à elle.

— Exactement.

— Et donc, Farouk t'a parlé de moi ? Ça m'étonnerait : il est plutôt du genre discret.

— Ouais. Il nous a dit plein de trucs. Et même ce qu'il ne nous a pas dit à Reynald et à moi, on l'a deviné.

Elle a un rire sarcastique :

— Reynald et toi, vous êtes vraiment très forts. Il t'a dit quoi exactement, Farouk ?

— Que tu l'avais trompé. Avec un copain à toi. Et qu'il ne s'en remettait pas. Parce qu'il t'avait mise sur un piédestal, parce qu'il était persuadé que tu étais différente des autres nanas. Mais vous êtes toutes les mêmes, et ça, j'aurais pu le lui dire.

— Mais oui, bien sûr. Tu es cocu, toi aussi ?

Cette conne arrogante se permet d'insulter la mémoire de Delphine et je sens revenir le brouillard rouge, la vague de rage qui me sera nécessaire pour mettre un terme à cette petite existence inutile, voire nuisible.

— Delphine ne m'a jamais trompé.

— Ah bon ? Pourquoi tu l'as tuée, dans ce cas ?

Je pourrais l'envoyer bouler, lui faire la réponse

qu'elle-même m'a faite tout à l'heure, à savoir que ça ne la regarde pas. Mais ça la regarde. Delphine est, ou était, infiniment supérieure à Chloé, mais elles ont en commun d'avoir bafoué leur mari, d'avoir foulé aux pieds les sentiments les plus sacrés et les plus inestimables.

— Parce que pendant vingt ans, elle m'a méprisé, humilié, discrédité en tant que mari et père. J'étais juste bon à l'engrosser, à des intervalles choisis par elle. Sa famille et elle m'ont toujours fait sentir à quel point j'étais un moins que rien, une merde, une petite frappe des quartiers nord qui n'arriverait jamais à la cheville de leur précieuse petite fille aînée.

Chloé ricane :

— O.K., Delphine méritait de mourir. Et moi ? Tu vas me faire quoi ?

— Ce que Farouk n'a pas le courage de faire.

Son regard harpone le mien, un regard étrange, lourd, voilé... Ses yeux n'ont pas la clarté des miens, ni le bleu franc de ceux de Delphine : ils sont d'une teinte difficile à nommer, un gris bleuté, imperceptiblement moucheté de jaune. Comment Farouk a-t-il pu la trouver belle ? Elle n'a aucun éclat : tout en elle est mat, assourdi, presque terne. Chloé est un trou noir. Le fait qu'elle n'ait pas peur de moi s'explique par une forme de dépression particulièrement sévère. En la tuant, je lui rendrai service. Et surtout, j'épargnerai à Farouk des années de souffrance supplémentaire. Car en admettant qu'il lui pardonne son infidélité, en admettant qu'elle-même ne récidive pas, cette tristesse que je lis dans ses yeux, cette apathie, empêchera à tout jamais son mari d'être heureux. Farouk est ainsi fait qu'il ne se permettra jamais le moindre plaisir s'il voit Chloé s'étioler à ses côtés. Même leurs enfants seront contaminés.

Chloé me tourne résolument le dos. Toujours agenouillée, elle m'offre le spectacle tentant de sa nuque frêle sous une masse de cheveux châtain clair. Elle est passée à deux doigts de la blondeur, comme elle est passée à deux doigts de la beauté : un peu plus blonde, un peu plus grande, un peu plus élancée, avec des traits moins indécis, une peau plus transparente, des yeux plus lumineux, elle aurait été belle. Telle quelle, elle est banale, insignifiante. Reste à comprendre pourquoi, malgré ma menace explicite, elle persiste à faire comme si je n'étais pas là.

Je finis par m'asseoir à l'ombre d'un pin. Comme tout à l'heure, dans la voiture, je sens l'épuisement me gagner. Je suis à deux doigts de jeter l'éponge, de renoncer à tout, y compris à moi-même, à cette existence qui n'a jamais eu de sens ni de valeur pour personne. Je sais, soudain, que je tuerai Chloé, comme elle semble elle-même me le réclamer, et que je mettrai ensuite fin à mes jours avant la nuit. Il vaut mieux pour mes enfants être orphelins, que de savoir vivant un père qui a tué leur mère. Cette perspective me soulage et me redonne un peu d'énergie. Je me lève et je fais vers Chloé trois pas titubants. À ce moment-là, elle se lève aussi, mettant fin à l'espèce de prière étrange qui l'a retenue au pied du chêne. Nous nous retrouvons face à face. Elle soupire, et commence à parler d'une voix dure et implacable :

— Pauvre dingue ! Je ne veux même pas savoir si tu as vraiment tué Delphine ou pas. Je m'en fous.

Mais tu ferais mieux de m'écouter. Je ne te connais pas, et je ne prétends pas te connaître. Je ne sais de toi que ce que m'a dit Farouk et ce que tu viens toi-même de me dire. Mais ça me suffit pour savoir que je n'ai pas envie d'en apprendre davantage ni de te fréquenter plus longtemps. Alors tu vas me faire le plaisir de sortir de ma vie et de celle de Farouk. Si ta femme est morte, paix à son âme ; et si elle est encore en vie, sache que je la plains de tout mon cœur. Parce que contrairement à ce que tu crois, tu n'es pas et tu n'as jamais été un mari. Tu es juste un mec avec une tonne de problèmes dont tu as rendu ta femme responsable. Tu es juste un pauvre type caractériel qui n'a pas supporté que sa nana lui échappe. Farouk m'a raconté qu'elle voulait divorcer, et ça pour toi, c'était inconcevable. Sans compter qu'elle allait bien finir par savoir que tu t'étais fait virer. Il aurait fallu vivre sur son salaire, tu n'aurais plus été le mâle qui pourvoit aux besoins de sa famille... Si Delphine est morte, c'est parce que ton ego est trop boursouflé.

La stupeur me coupe la respiration. Non contente d'être une conne finie, non contente d'avoir trompé et torturé Farouk pendant des mois, Chloé se permet de me faire la leçon. C'est le monde à l'envers, mais mon cerveau ne carbure plus assez pour que je lui rive son clou. Je suis juste... pressé d'en finir. Chloé, maintenant, embraye sur Reynald :

— Et Reynald ne vaut pas mieux. Lui non plus, je le connais pas, mais le peu que m'en a dit Farouk est suffisamment édifiant. Vous vous ressemblez, en fait, Reynald et toi. Lui aussi, il a toujours considéré sa femme comme sa chose. Et maintenant que la créature se révolte contre son créateur, il est complètement paumé. Tu lui as fait quoi, à Lauriane, au fait ? Elle aussi, tu l'as zigouillée pour la punir de vouloir exister ? Je vais te dire, le seul de vous trois qui soit un *mari*, c'est Farouk ! Le seul qui ait compris quelque chose à l'amour, c'est Farouk ! Reynald et toi, vous n'avez cherché qu'à posséder ! Et le jour où vous avez été dépossédés, vous êtes partis en vrille !

— Je te rassure, j'ai épargné Lauriane. Quant à Reynald, je te rassure aussi, si être un *mari*, pour toi, c'est dire amen à tout, eh bien, c'est très exactement ce qu'il a fait : sa petite femme le quitte pour un autre, mais il ne lui en veut pas ! Non seulement il la laisse partir, mais il reste son manager, il va l'aider à prendre un nouveau départ, bref, il se fait entuber sur toute la ligne et il en redemande !

— Ah bon ? Après avoir fait de Lauriane une sorte de phénomène de foire – parce qu'un bonnet 100 D, je vois pas ce que ça peut être à part une attraction de cirque –, il renonce à jouer les Monsieur Loyal ? Un bon point pour lui : après tout, il n'est jamais trop tard pour s'amender ! Mais ça, ça t'échappe, hein ? Tu aurais préféré que Reynald lui fasse payer très cher ses velléités d'émancipation, hein ? Bon, mais si finalement tu n'as pas tué Lauriane, peut-être que tu n'as pas tué Delphine non plus ! Tu es là, à jouer les terreurs, mais au fond, tout ce que tu sais faire, c'est parler, menacer, envoyer des mails déments et des photos bidon ! Alors maintenant, fous-moi la paix ! Et laisse mon

mec tranquille ! Il n'a pas besoin de tes conneries !
Nous aussi, on a vécu des trucs durs ! Qu'est-ce que
tu crois ? Que tu es le seul à avoir souffert ?

— Il a souffert ! Mais pas toi !

— Tais-toi ! Tu es ici précisément à l'endroit où
lui et moi avons souffert ensemble ! Un endroit qui
devrait t'interdire d'ouvrir ta grande gueule ! Je
m'en vais, mais tu n'as pas intérêt à me suivre ni à
recontacter Farouk !

Avant que j'aie la moindre réaction, elle part, courant presque dans le sentier et soulevant un nuage pulvérulent qui la dissimule à ma vue. Quelques minutes plus tard, j'entends ronfler le moteur de la 307. Bien sûr, sachant désormais où elle habite, je pourrais la rejoindre en moins de temps qu'il n'en faut pour le dire, lui fermer sa grande gueule, à elle et à ses enfants, mais voilà, je suis anéanti. Peut-être le suis-je depuis longtemps, d'ailleurs. Peut-être ai-je vécu dans l'illusion depuis deux jours, depuis que j'ai tué Delphine et son père pour des raisons qui m'apparaissent soudain extrêmement nébuleuses. Peut-être ai-je vécu dans l'illusion depuis toujours. Le brouillard rouge revient, miséricordieux, pour me soustraire à une réalité que je n'ai plus les moyens de comprendre. Nous sommes le 8 juillet, août ne viendra jamais et c'est tant mieux.

Lauriane

deux ans plus tard

La dernière minute est la plus longue. Mon corps tendu frémit d'inquiétude et de plaisir mêlés. Une rumeur inquiétante, un bruissement de voix et d'exclamations, me parvient de derrière le rideau de velours poussiéreux. Au signal donné par Giovanni, je fais mon entrée sur scène, guitare à bout de bras. Sans saluer ni regarder le public, je m'installe sur la chaise en rotin sombre que je trimbale de salle en salle comme un talisman depuis un an. Je fais mine de régler le micro, tout en sachant qu'il est exactement à la hauteur voulue. Du regard, je vérifie la présence rassurante d'Oscar à ma droite : guitare basse en bandoulière, il m'adresse un sourire affectueux. À ma gauche, Nora et Chris sont prêtes à assurer les chœurs : Nora en robe courte à impressions africaines, Chris en combinaison-short dans des tons assortis. Derrière moi, J.-B. fait discrètement vibrer ses cymbales. Aux claviers, Selma m'interroge du regard : tout le monde est prêt et je plaque les premiers accords de « Feelin Free ».

Je sens mes seins venir frotter le coton du t-shirt

rouge que j'ai choisi de porter ce soir avec un slim noir : rien de sexy ni de tapageur, juste des fringues dans lesquelles je me sens bien. Comme d'habitude, je trouve délicieuse cette sensation de légèreté : mes seins, libérés du soutif, mes seins revenus à leurs dimensions d'origine, mes seins qui désormais n'attirent plus les regards ni les commentaires, sans qu'il me vienne à l'idée de m'en plaindre, au contraire. Me restent des cicatrices, mais là non plus il ne me viendrait pas à l'idée de m'en plaindre : elles sont là pour me rappeler que plus jamais je ne me laisserai faire par qui que ce soit ; que plus jamais je ne laisserai qui que ce soit m'imposer sa façon de voir, de *me* voir.

Zach a fait les frais de ma nouvelle indépendance d'esprit. Notre histoire n'a duré que jusqu'en mai dernier, après quoi je l'ai largué : ciao, Zachariah, bon vent et merci. Oui, je peux le remercier de m'avoir épaulée dans les moments très difficiles qui ont suivi cette horrible histoire avec Laurent, histoire dont la presse s'est évidemment emparée avec délectation. Il faut dire qu'il y avait de quoi émoustiller les lecteurs : non seulement Laurent a tué sa femme et son beau-père avant de se tuer lui-même sur les rochers de la Pointe-Rouge, mais de surcroît, une star, enfin une starlette, moi en l'occurrence, était mêlée à l'affaire !

À cette occasion, toute la France, à commencer par moi, a appris le sens du mot « candaulisme ». Car comme Reynald l'avait subodoré, toute la vie de Laurent, ses activités et ses déplacements récents, ont été passés au crible, son ordi et son téléphone disséqués, ses misérables petits secrets exhumés.

Ses derniers mails à Reynald et Farouk, dans la mesure où ils faisaient état de la mort de Delphine, ont évidemment été d'importantes pièces à charge. La voiture de Delphine, retrouvée quasi instantanément, a dissipé les derniers doutes qui pouvaient rester quant au sort de l'épouse et du beau-père de Laurent.

Reynald et moi avons été pas mal cuisinés par les flics, beaucoup plus que Farouk et Chloé. Celle-ci était pourtant, selon toute probabilité, la dernière personne à lui avoir parlé puisque après leur entrevue dramatique dans les collines de la Batarelle, Laurent a filé se mettre une balle dans la tête. Oui, mais voilà, si Chloé a été son ultime interlocutrice, j'ai été, moi, sa dernière amante et la police n'a pas tardé à l'établir. J'ai eu beau protester, avancer qu'entre le 2 et le 8 juillet, Laurent avait très bien pu coucher avec des tas de nanas y compris la sienne, c'est cette version de l'histoire qui a prévalu, avec tous les détails scabreux qui allaient avec : Laurent Sportiello le psychopathe s'enfilant Lauriane dans la piscine d'une villa de Cassis, à l'instigation de son vieux mari et sous son regard complaisant.

Reynald en a pris plein la gueule. Son look, son catogan, ses foulards, ses cigares, ont évidemment joué contre lui. Sans compter qu'il s'est montré insupportablement hautain et pédant, avec les flics comme avec les journalistes, qui le lui ont chèrement fait payer. Rien ne lui a été épargné, pas même la divulgation de ses problèmes sexuels, que mentionnait Laurent dans un de ses fameux mails. En quelques mois, il a pris dix ans, a maigri, perdu les derniers cheveux qui lui restaient, s'est tassé, voûté. Même sa bouche, cette bouche sensuelle qui lui donnait des airs d'Oriental, a changé, s'affaissant et prenant une teinte violette assez malsaine.

Ça ne l'a pas empêché de faire face. Et surtout de me protéger, de se battre comme un lion pour que je sois le moins possible éclaboussée par le scandale. Le scandale a eu lieu quand même. Mais alors que j'étais effondrée, dégoûtée par l'étalage de nos vies privées, honteuse de ce que mes proches pouvaient lire et entendre à mon sujet, persuadée que ma carrière ne s'en remettrait pas, il a toujours positivé : « Il n'y a pas de mauvaise publicité, Lauriane. On salit ton nom ? Peut-être. Mais les feux des projecteurs sont braqués sur toi, et quand tu sortiras ton prochain album, tu auras dix fois plus de presse que d'habitude. Essaie de faire abstraction de toutes ces conneries. Fais de la musique, travaille, tiens-toi prête. »

C'est ce que j'ai fait, me réfugiant en studio dès que nous avons pu quitter Cassis. M'essayant pour la première fois de ma vie à la composition, sollicitant des artistes que j'aimais pour collaborer à mon prochain album, réfléchissant avec Reynald et Boris à la couleur que je voulais lui donner. Un an plus tard, j'ai sorti *L.*, qui contre toute attente a bien marché. Moins que « Nage libre », évidemment, mais de façon plus qu'honorable.

Je me suis installée avec Zach dans un deux-pièces du XIXe arrondissement, pas très loin de l'appart que j'avais partagé pendant cinq ans avec Reynald, et que Reynald a d'ailleurs vendu. Vendue, aussi, la villa de Cassis. Il a pris un studio à Marseille, sans que je comprenne exactement les raisons qui le poussaient à venir s'installer dans une ville où il avait des souvenirs aussi terribles. Son amitié avec Farouk peut-être, qui s'est maintenue intacte, qui est même sortie renforcée de cette épreuve.

Zach m'a soutenue lui aussi. Je lui étais reconnaissante d'être rentré plus tôt que prévu de sa tournée avec les Thrills, histoire de m'apporter un peu d'aide au plus fort de la tourmente médiatique dans laquelle j'étais prise. Mais comme j'ai fini par le comprendre, cette tournée avait de toute façon été un fiasco. Le groupe s'est d'ailleurs séparé peu après. Cet échec n'a pas été étranger à notre rupture. Bizarrement, Zach n'a pas supporté de me voir devenir une chanteuse soul crédible. Mes premiers succès, même incertains et relatifs, l'ont blessé comme un affront personnel. Il est devenu irascible, volontiers humiliant, et surtout insupportablement égoïste.

Deux ans auparavant, j'aurais sans doute encaissé ses caprices et ses sautes d'humeur, j'aurais plié, fait le gros dos, attendu que ça lui passe. Mais l'épisode Laurent et ses conséquences m'avaient changée moi aussi, et j'ai envoyé paître ce Zach nouvelle manière.

Désormais, je vis seule pour la première fois de ma vie. J'ai appris à me prendre en charge : plus de papa Reynald pour faire mes comptes, fixer mes rendez-vous chez le dentiste, ou me programmer des séances de Pilates. J'ai repris les manettes, et c'est pour moi un motif de fierté et de satisfaction supplémentaire.

Je termine « Feelin Free », et je jette enfin un regard à la masse bruyante et mouvante des spectateurs. Avant d'attaquer le deuxième morceau, je lance à la salle : « Bonsoir Marseille ! », et tandis qu'une rumeur affectueuse me répond, je cherche Reynald du regard. Il m'a promis d'être là, et de se mettre, si possible, au premier rang. De toute façon la salle n'est pas très grande. Fini le temps où mes concerts drainaient des foules d'ados, quand ce n'était pas des préados hystériques, souvent accompagnés de leurs parents. Je finis par apercevoir Reynald, au premier rang sur ma droite. Il me sourit et fait mine de m'applaudir silencieusement. À côté de lui se tiennent Farouk et Chloé. Je ne l'ai jamais rencontrée, ni elle ni moi ne l'avons souhaité, mais je la reconnais tout de suite. Farouk aussi a vieilli depuis la mémorable soirée de Cassis, où il s'était tenu en retrait, avec le même sourire un peu confus qu'aujourd'hui, comme s'il s'excusait en permanence d'être là. Chloé lui tient la main. Ils me paraissent minuscules, tous les deux, un peu déplacés aussi, au milieu de cette foule de trentenaires branchés.

J'empoigne ma guitare plus fermement. Je *sens* la salle, comme jamais, et j'ai la conviction soudaine que je vais faire le meilleur concert de ma vie. Je rends son sourire à Reynald, et approchant mon visage du micro, je prononce ces mots, en articulant voluptueusement chaque syllabe : « Je voudrais dédier la chanson qui va suivre à celui qui a été pour moi beaucoup plus qu'un mari… »

Farouk, *11 mai*	11
Reynald, *13 juin*	16
Laurent, *13 juin*	28
Farouk, *12 mai*	36
Reynald, *14 juin*	46
Laurent, *13 juin*	51
Farouk, *27 mai*	59
Reynald, *20 juin*	70
Laurent, *16 juin*	76
Farouk, *7 juin*	84
Reynald, *23 juin*	92
Laurent, *19 juin*	100
Farouk, *18 juin*	110
Reynald, *24 juin*	120
Laurent, *24 juin*	129
Farouk, *25 juin*	139
Reynald, *24 juin*	150
Laurent, *28 juin*	161
Farouk, *2 juillet*	175
Reynald, *3 juillet*	190
Laurent, *3 juillet*	197
Farouk, *4 juillet*	207
Reynald, *4 juillet*	214

Laurent, *4 juillet*	225
Farouk, *5 juillet*	239
Reynald, *6 juillet*	252
Laurent, *6 et 7 juillet*	256
Farouk, *6 juillet*	277
Reynald, *7 juillet*	278
Farouk, *7 juillet*	295
Reynald, *7 et 8 juillet*	316
Laurent, *7 juillet*	323
Farouk, *8 juillet*	355
Reynald, *8 juillet*	371
Farouk, *8 juillet*	383
Reynald, *8 juillet*	392
Laurent, *8 juillet*	400
Farouk, *8 juillet*	418
Reynald, *8 juillet*	420
Laurent, *8 juillet*	428
Lauriane, *deux ans plus tard*	437

DU MÊME AUTEUR

Aux Éditions P.O.L

LES GARÇONS DE L'ÉTÉ, 2017 (Folio n° 6470).
HUSBANDS, 2013 (Folio Policier n° 869).

Composition Nord Compo
Impression Novoprint
à Barcelone, le 1 octobre 2018
Dépôt légal : octobre 2018

ISBN 978-2-07-280518-9./Imprimé en Espagne.

339018